魅丽文化 花火工作室

王妃很忙 2

轻卿子衿 著

QINGQING ZIJIN WORKS

江苏凤凰文艺出版社
JIANGSU PHOENIX LITERATURE AND ART PUBLISHING, LTD

图书在版编目（CIP）数据

王妃很忙．2/ 轻卿子衿著．-- 南京 ：江苏凤凰文艺出版社，2017.4

ISBN 978-7-5594-0140-3

Ⅰ．①王… Ⅱ．①轻… Ⅲ．①长篇小说－中国－当代 Ⅳ．① I247.5

中国版本图书馆 CIP 数据核字（2017）第 071507 号

书　　名	王妃很忙2
作　　者	轻卿子衿
出版统筹	黄小初　邹立勋
选题策划	花火工作室
责任编辑	胡小河　姚　丽
文字编辑	黄　欢　周慧娥
责任监制	刘　巍　江伟明
出版发行	江苏凤凰文艺出版社
出版社地址	南京市中央路165号，邮编：210009
出版社网址	http://www.jswenyi.com
印　　刷	湖南凌宇纸品有限公司
开　　本	880 mm×1230 mm 1/32
字　　数	200千字
印　　张	10.5
版　　次	2017年4月第1版，2017年4月第1次印刷
标准书号	ISBN 978-7-5594-0140-3
定　　价	29.80元

目录

目录

第1章 凰女归来

五月，阳光明媚。立夏过了不久，早熟的樱桃已经摆上了檀木桌案。

江陵城西。一座破旧的小四合院里，身着茜红罗裙的少女贪婪地伸出两个指头，拈起盘里最后一颗樱桃，红唇微启，轻咬，酸甜的汁液喷香四溢。

她满足地喟叹一声，边用手作扇子状扇着风，小嘴儿凑近身侧的冰碟，大大地呼了一口气。因为炎热，芙蓉似的面上晕起两团淡淡的红云，连百叶髻上的穿珠步摇也跟着一颤一颤的。

忽而门外传来脚步声，少女猛地坐直，捧起方才被抛到身后的书，有模有样地念了起来：“心犹首面也，是以甚致饰焉。面一旦、一旦……哎哟！”

从门外进来的小女孩一只手叉腰，一只手拿着玉板子，头上的羊角辫张牙舞爪，细眼一瞧对面那人嘴上一溜的樱桃汁，当即面色一凛，猛地一板子就啊拍了下去！

“短短的《女训》都念不顺！还敢偷懒，趁我不在的时候偷吃樱桃！”小瑾学着安逸姑姑平时训话的模样，也有板有眼地训斥起林陌染来。

林陌染赶紧一擦嘴边的证据，讪讪一笑：“我的姑奶奶！你不是去午歇了吗，怎的又回来了？”

小瑾一张圆圆的小脸蛋儿装得十分严肃：“我不放心！怕你偷懒，就折回来看看！没想到还真让我逮着了！今儿个罚你抄《女训》三十遍！”

“哎哟喂！”林陌染当即头疼地叫了起来，“我吃樱桃，可不是偷懒！这是调剂心情，调整状态啊！需知读书用功，也得讲究个劳逸结合，你说是吗？”

小瑾歪了歪脑袋，似乎没转过来，还在想这个“劳逸结合”是什么意思。

林陌染一见对方面色松懈，心知有戏，连忙将小瑾往怀里一抱，哄着道：“一会儿姐姐带你去玉楼春看花灯，怎么样？好小瑾就不要罚姐姐抄《女训》了！”

小瑾一听可以看花灯，当即将所有事情都丢到爪哇国去，扭头兴奋道：“今晚有花灯？小瑾好久都没看过花灯了！自从上次清明灯会出事，晟哥哥就不准宫内再举办灯会，也不让放焰火！小瑾可闷坏了！”

听到久违的名字，林陌染微微失了神，愣怔片刻才恍惚地笑道：“办灯会是怕人多眼杂，又闹出不好的事来。可是为什么他连焰火都不让放了？”

小瑾撇嘴道：“晟哥哥说，他平生第一次为了一个人放焰火，那个人却离他而去。那个人一日不回来，他就一日不许全北燕放焰火！他还说，他是堂堂帝王，若是连这点儿哀愁都不许有，那他干脆就不要当皇帝了！”

林陌染顿时哑然失笑，许久不见，这人变得越发无赖了。

小瑾从她怀里下来，小心翼翼地凑过去，细细瞧了她一眼，很是纳闷地说道：“染姐姐其实也很想念晟哥哥，小瑾看得出来，可是你为什么不肯回到晟哥哥身边，还不让小瑾告诉他你在这儿？小瑾觉得这样不好！有时候，晟哥哥太想你了，半夜突然爬起来，一个人走到陌雪坊，一言不发地坐上一夜。”

她越往下说，见林陌染的神色越是黯然，只能闭上了嘴。

这些话，自她从阿九那儿得知林陌染在这座小四合院里藏身时，就说了不下十次，可是没有一次能把她劝回去。

小瑾干脆学着大人的模样，也是一声长叹，人小鬼大地一屁股坐在旁边的位置上，满脸愁容。

林陌染觉得好笑："你小小年纪，愁什么啊！我又不是永远不回去！"

小瑾怒道："你总是这样说！立夏前，你说阿九怀孕了你就回！如今阿九真的怀上了，你却又说等黎笙嫁给林奕时你就回！后来我问辰靳，他告诉我，你是在寻你的哥哥，一直要等寻到你哥哥，你才肯回去……"她可怜巴巴地嘟起小嘴，"若是一直寻不到呢？你是不是就不回去，不当晟哥哥的皇后了？"

林陌染苦笑着摇摇头："怎么会寻不到呢？我很快就能找到他。小瑾，你的染姐姐做事一向是最有把握的！染姐姐的话，你还不信吗？"

这时，门外一人撩起了半边帘子，一张清俊的面容探进来，狭长的桃花眼染着暧昧不明的笑意："今儿天气甚好，染妹妹不出来走走？"

是辰靳。该死的！自从这人辞了官，搬到她隔壁院子住以后，就越发娘炮起来！

穿着一身花里胡哨的海棠红锦袍也就算了，手里这一把附庸风雅的折扇又是怎么回事？！

林陌染看不惯地一手将他的折扇抽去，淡淡道："一个大男人，穿着舞凤纹的衣服，还挥着粉红色的折扇，像什么样！"

辰靳抿唇一笑："你不喜欢？"

废话！喜欢的话她还会说吗？林陌染白了他一眼。

辰靳顿时站直身子，敛去那副意兴悠然的样子，凑到她耳边低声道："你不喜欢我哪点，我统统改掉，一直改到你喜欢上我为止。"

林陌染皱紧了眉，一脸嫌恶地推开他："我不喜欢你这个人，可以直接把你从我的人生中删掉吗？"

辰靳闻言一滞，又立时失笑起来，抽回扇子一收，往她脑袋上就是一敲，嗔道："这么狠心！把我删掉了，你的人生可是要少很多乐趣的！"

林陌染一拧眉："比如？"

辰靳眸子一闪，忽而从身后变出两盏精致的花灯："比如今晚染妹妹若是肯赏脸的话，靳哥哥我就带你们去赏花灯！"

还不等林陌染反应过来，一旁的小瑾已然雀跃："好啊！靳哥哥最好了！"她两手一伸，搂住辰靳的脖子，毫不客气地"吧唧"就是一吻！

辰靳漂亮的眉眼弯成一道优弧，一把将小瑾抱了起来。

林陌染却失神地望着那两盏花灯。上面画着百鸟归巢，浓稠的笔墨，大气磅礴的写意手法。右侧用行书写就的一行小字：

去年元夜时，花市灯如昼。月上柳梢头，人约黄昏后。

瞬间，她觉得呼吸有些不畅，千言万语，说出口时却只有这两个字："这诗……"

辰靳不知这是清明灯会上燕乐晟和林陌染不约而同写下过的诗句，只纳闷道："这是大文豪欧阳修的诗……"他忽而醒悟了，"你是不是不喜欢？觉得这首诗不好？那我去换了它！"

"别！"林陌染鬼使神差地将他拦下，急急将花灯抢过来，宝贝似的护在怀里，"别换！我……挺喜欢的。今晚带我去赏花灯吧。"

小满是个不亚于惊蛰的重要节日，不仅意味着夏熟作物的籽粒开始灌浆饱满，也意味着今年第一个完满的日子到来。

所以今日，朱雀街上熙熙攘攘，四面八方都是赶来参加小满灯会的百姓。

林陌染牵着小瑾，做了普通人家公子的打扮，混迹在人群中，沿着玉楼春周围闲逛。

辰靳为了不引起赵家怀疑，没有跟她们走在一起，而是远远地找了几个旧日同僚结伴而行，目光不时警惕地注视着这边。

"那个糖葫芦，小瑾好想吃！还有这个瓜……"小瑾指着一个小摊上的水果。

商贩凑上来道："小公子，这是西域的哈密瓜，味道可甜了！买一个回去吧，保准好吃！"

林陌染不敢在街上闲逛太久，给小瑾买了些吃的，两人便匆匆回了玉楼春。

却见两人离开后，商贩立刻抬手招来一个伙计，耳语了几句，伙计点点头，转身没入人群。

回到玉楼春，林陌染始终还有些担心，怕行踪暴露。

阿九见她面露忧色，劝道："别想太多。那晚辰靳把易了容的夏雪带回去，赵琅坤和赵楚珩虽然有过怀疑，也想过暗中寻找你的下落，但沉雪坞那晚被林奕带着马贼一闹，什么痕迹都闹没了！他们就是想找，也无从下手。更何况，皇上后来也打着确认你是否已死的幌子，明里暗里寻了你好几天，虽然还未亲口证实你已不在人世，但所有人都道你已经死了。"

林陌染勉强地点了点头。

阿九又道："你若仍是担心，我们这便回去。"

她先是喊了人将小瑾送回宫中，而后又找人把辰靳唤来，准备让辰靳护送林陌染回去。

没想到就耽误这么片刻的工夫，玉楼春出事了。

此刻的小满灯会，两丈宽的护城河里，花船纷纷亮起了五彩的灯。

容颜俏丽的姑娘们坐在船头抚琴唱曲，吸引着风流墨客纷纷驻足，更有人一掷千金包下姑娘一夜同船共游。

这其中就有以风流成性而闻名全江陵的赵二公子——赵楚珩。

当夜最大的花船上，他一口气包下了六个姑娘，一个人端着酒杯，衣冠不整地游戏花丛间。

这时，船下有小厮跑上来掀起了船帘，凑近他耳边道："方才爷让小的盯着大公子，果然发现大公子又去了一趟玉楼春！"

赵楚珩一笑："这玉楼春背后的老板娘是林陌染，他还当我不知道？哼！"他随手把怀中的姑娘一推，头也不回地往外走，"看看去！"

旁人只道他找到了线索，心急想要探个究竟。哪里知道，那天他听闻林陌染很可能没死的消息，心就一直躁乱不已！他一定要寻到她，狠狠地折磨她！

待来到玉楼春大堂，赵楚珩二话不说，直接动手！他一把揪起一个小二模样的男子，厉声道："把你们的老板娘给我叫出来！"

男子吓了一跳："什、什么老板娘？我们老板娘早就没了！"

"还敢狡辩！"赵楚珩将他甩到一边，一挥手，外间顿时涌入一群凶神恶煞的男子。

赵楚珩冷笑道："躲着不出来是吧？！来人啊，给我一把火将这玉楼春烧了！我倒想看看，她能躲到什么时候！"

赵楚珩带来的人个个凶悍，竟然真的拿来油灯、蜡烛等物，将一楼大堂四处点燃，当值的几个伙计过来阻拦，都被打翻在地。

玉楼春里的客人吓得四散而逃。

正在账房对账的小翠儿一看形势不对，连忙奔上了三楼，朝林陌染着急道："赵府的二公子寻来了！要放火烧了玉楼春！"

林陌染面色一变："坏了！方才必定是叫他认出我来了！"她催促阿九，"你们快走！随着二楼逃难的人群，赵楚珩不一定会发现你们。"

阿九不放心："那你怎么办？"

林陌染神色坚毅："他既然敢来我的玉楼春闹事，我定要他付出代价！"

玉楼春的人在一楼拦着赵楚珩不让他上来，苏孟护着阿九混在人群里顺利离开了。

林陌染唤来小翠儿，交代道："你且去找几个可靠的人，即刻将玉楼春的贵重物资全部搬到四合院去！"

小翠儿又急又慌："小姐，你这是要做什么？！"

林陌染言简意赅道："我要火烧玉楼春！"

玉楼春大堂。赵楚珩像头疯狂的野兽，正等着林陌染自投罗网。

林陌染深吸一口气，缓缓步下一楼。一张清秀的芙蓉面上，已经看不出丝毫慌乱的痕迹。

“赵二公子，许久不见。”她的语气十分淡然，“既然来了，就坐下喝杯茶，何必一见面就动粗？”

赵楚珩讥讽道：“那人为找你，闹得满城风雨不得安宁。你倒好，悠闲自在地躲在这里喝茶！”

林陌染低眉回敬：“赵二公子又何尝不是闹得满城风雨不得安宁？再说，我若是不躲，只怕不能活着从你们赵府的魔掌下逃离，如今哪还有命在这里跟赵二公子闲聊？”

言罢，林陌染扬眉笑了出来，清风淡雅，宛如三月春光。

看着面前这张清水芙蓉般的小脸，一笑之间百媚生，赵楚珩顿时更加烦躁！

他踏前一步，猛地抬手勾起她的下巴：“林陌染！今晚，我便让你知道我赵二的厉害！让你后半生都离不开我！”

“是吗？真可惜……”林陌染却轻哼一声，眼中腾起浓浓的雾，“我只希望后半生再也见不到你！”

下一刻，双眼倏地闪出一片锐芒！

“放火！”

大堂四面屏风之后，猛地蹿出一片片火光，将整个玉楼春从里到外尽数点燃！

楼里的两个人，成了火笼中挣扎的模糊身影！

“你竟舍得烧了苦心经营的玉楼春！”赵楚珩不可一世的表情终于出现了一丝崩塌，他猛地推开她，难以置信地看着她，看她状若疯狂的举动，看她眼神中瘆人的杀意！

赵楚珩呸地吐了三个字：“疯女人！”转身就欲跃上二楼！

然而他脚步一抬，才发现四周已成火海！大火燃起的那一刻，他就已经没有任何退路了！

他转身，望向身后那个在火海中发丝纷飞的疯狂女子，忽而平静下来，毫无预兆地笑了。他缓缓走过去：“你以为，只有我一个人急着来玉楼春寻你吗？”

林陌染面色瞬变！

赵楚珩眸光一凛："来之前，我已经派人去宫里禀告了皇上。"

"燕乐晟！"她无法相信地低叫，"你竟敢！"

"为何不敢？"赵楚珩冷笑着走过去，"我在他前往玉楼春的必经之路上设了埋伏，十二个顶级的西域高手。你说，他能撑多久？"他冷笑地提议道，"不如我们就来赌一把，看是你这玉楼春的火烧得久，还是他活得更久？"

林陌染怒道："这是我与你之间的旧账！与他无关！"

这时，火光之外，突然又闯入一道身影，是辰靳！

"陌染！"他抖开手里的披风，迅速将林陌染裹住，同时将手中另一个披风丢给赵楚珩，道，"跟我走！"

两人被带到安全的地方。自有赵府过来的小厮粗使一拥而上，护着一身狼狈的赵楚珩回府。

瞬息间变化太快，逃出火海后，林陌染才发现自己出了一身冷汗。

她一抬头，辰靳绷紧了一张脸，怒气冲冲地站在她面前："你为了帮燕乐晟抓到赵家的把柄，竟将自己的性命安危置之不顾？！"

一句话便将她火烧玉楼春的动机道出！

是的，她确是要将计就计，烧了皇上御赐的茶楼，赵楚珩便难逃大不敬之罪！

可是她却没想到，下一刻，辰靳突然俯身紧紧地将她拥入怀中。有力的心跳声就在耳边响起，陌生的滚烫气息让她不禁浑身一僵。

"陌染！"辰靳压抑着情绪，在她耳边低声道，"你今日哪怕只是看我一眼也好！你看着我！看看我为你做的一切，一点儿都不比燕乐晟少！"

"燕乐晟……"林陌染痛苦道，"快救他！"

"救他？嗬！"辰靳捧起她的脸，眸子中那股子嚣张纨绔的玩笑神色早已不见，取而代之的，是一抹让林陌染顿觉呼吸沉重的认真，"我奉他之命保护你的安危，在昆山，在王府，甚至如今我辞了官，住在你隔壁的院子里，天天守着你！你以为，我真的只是在执行他的命令？"

"不……"林陌染摇头。

她知道，辰靳不过是在以一种开玩笑的语气，表达对他们之间来说略显沉重的爱意。可她从未想过他会将这种情感挑明！她原以为，他一日不说清楚，她就可以继续装傻下去。

辰靳叹了口气："你始终只看到他一人，今日甚至连自己的安危都不顾！"

他颓然地肩膀一垮，面色难堪："我想知道我败在哪里？我可以不顾前程，带你远走高飞！我不需要你以命助我！和我在一起，那些沉重的东西你都不需要再背负！陌染，我辰靳和他相比，到底输在哪里？"

"也许……"林陌染艰难道，"你只是来晚了。"

辰靳闻言一愣。

"来晚了？"片刻后，他自嘲一笑，手中的折扇却猛然握紧，"那么，我便等下辈子！"

随后辰靳深深地看了她一眼："护好自己！我去救他！"下一刻，他步子轻点，无声无息地没入了无边的夜色之中。

夜，无尽的黑暗。燕乐晟捂着左臂的伤口，手中一把仍旧滴血的剑，鲜红的液体顺着剑尖一滴滴落在地面，渐渐积成一小摊。那不是他的血，是魏喜的。

他听到宫外来报：找到林陌染了！

政阳殿的御书房里，奏折笔墨掉了一地，他丢下手里的半篇残赋，推开众人就闯了出来。

魏喜原本紧紧跟随在他身后。但在上一个路口，黑夜中突然冒出三名黑衣人，将他们团团围住。来人武功十分高强，他们两人合力，竟都无法突破半分。

缠斗之中，魏喜的左臂被划伤，幸未伤及筋骨。

魏喜冒着受重伤的危险，替他杀开了一条血路："皇上快走！老奴处理完这些孽贼，马上就赶来！"

而今，他又被四人堵在这条巷子口。黑衣黑刀，面容是清一色的冷酷狠戾。

燕乐晟反手挥剑，瞬间如闪电般冲了过去——他的速度极快，眨眼间已逼近其中一人，手起剑落，血肉横飞！

在一剑刺穿对方胸膛的那一刻，他突然惊惶不安地想，这里一路已如此艰险，她如今可还安全？是否有人护着她？

脑海被林陌染占据，下手的动作却丝毫不停！招招狠戾，将面前三人悉数刺伤。然而终究敌不过对方几人默契的配合，层层剑网之下，他很快落了下风。无处不在的剑刃再次逼近——

“呲！”一剑划破他的左肩！

燕乐晟拧紧了眉，顺势将那人震开。待要反击，已然来不及，利剑当空斩下！他脚步微晃——突然，一道劲风从身后袭来，直直击向身前舞剑的那个黑衣人！

“辰靳！”燕乐晟沉声低唤。

辰靳反手舞着手里的锦扇，一招将对方推出数米，稳稳自半空落下。月牙白的锦袍无声飞扬，宛如九天谪仙凌空降世。

他扭过头，望向燕乐晟，邪气的薄唇挑起一抹清浅的笑意，忽而戏谑道：“不成！你竟还没死，留着你这祸害，日后又要跟我抢女人！”

燕乐晟回以爽朗的一笑：“是我跟你抢，还是你抢我的？”

有辰靳相助，主仆俩再次默契地并肩作战，以二敌三，稳居上风！数十回合，已将其中两人击杀！

余下那人把心一横，赴死般冲了上来，燕乐晟干净利落地一剑将其结果。人头落地的同时，他潇洒地将剑收回鞘中，长身而立于寂静夜色。

主仆二人浑身浴血，幸而受的不是重伤。

两人继续疾速赶往玉楼春。

路上，燕乐晟担忧道：“陌染呢？你没有和她在一起？”他隐隐有些怒意，“朕不是说了，让你暗中保护她！”

辰靳眸子一沉，若有深意地道出一句话：“她不需要我保护。”

不需要保护？！燕乐晟心中诧异，脚步却瞬间加快！那意味着，在这危险的处境中，她已经被迫开始自保！

然而很显然，派刺客前来的人不会这么快善罢甘休！很快，即将出巷子口的时候，五个黑衣剑客再一次堵住了他们的去路。

辰靳冷冷一笑，撑开扇子，却反手将燕乐晟一推："你走！她在等你！"

他说这话时，目光尖锐地锁着对方，俊逸的面容只有一种神色——狠！无比冷酷的狠！刹那间，浑身已满是冰冷的杀意。

独自一人对战五人，燕乐晟知道他没有胜算，他的脚步顿住，不肯离去。

辰靳横眉怒道："她需要的人不是我！是你！"他反手再次一推，"这一回，换你来护她！答应我，这一回，护她一世！"

语罢，辰靳身形忽起，扇舞如冰，招招蚀骨寒心！

燕乐晟挥剑刺破一人杀招，扭头再看，那人混战在四人的包围圈中——折扇成剑，一剑刺入一人心脏！狠狠抽回，血花四溅，将一身月牙白锦袍染成了血衣。

辰靳狠狠道："快走！"

燕乐晟紧握手中的剑，脚步一点，跃入前方的黑暗中。

他记得，他要护林陌染一世！

这一晚，玉楼春的大火，烧得半边天通红发亮。

林陌染一人沉默地站在楼外，凝视着面前熊熊燃烧的烈火。半年的心血，就此付之一炬。

说不心疼，那是假的。可是，却也值得。

在赵楚珩带人闯入玉楼春时，所有人都看见了他凶横霸道的样子。要说这楼不是他烧的，没有人会相信！明天捕快来询问时，小翠儿等人只要一口咬定是赵楚珩来势汹汹地将所有客人赶出去，再一把火烧了皇上御赐的玉楼春……

这条罪名，赵楚珩是背定了！

敢明目张胆地破坏皇帝御赐之物，可不就是公然对抗皇权？这是大不敬之罪的铁证啊！

一旦这个罪名成立，赵楚珩所要面临的就不仅仅是剥夺官位那么简单，重则入狱，轻则发配偏远之地。

如今她更担心的，是燕乐晟……

“陌染！”

视线中猛然闯入一道身影，林陌染的思绪顿住，愣在原地。

燕乐晟竟伤成这样！浑身是血，左臂左肩伤痕累累，血肉模糊！十二个顶级刺客，却没能阻挡他万死不辞前来营救最爱的女人的脚步！

林陌染惊惶失措地飞奔过去。

燕乐晟呆愣地站在玉楼春的牌坊前，眼睁睁地看着他亲手书写的匾牌被烧成一块黑炭。外间的火焰已然如此剧烈！更不用说里间！

他疯了似的拽起一个路人，张口就喊：“玉楼春里的人呢？”

路人满脸惊恐地望了望燕乐晟，又望了望里间，好半晌才道：“里、里面没人了！”

“不可能！”燕乐晟气急败坏地放开他，又拽起另一个，“什么时候起的火？”

被他抓着的那人慌忙指着一楼：“烧很久了，要是有人在里面估计也早就烧死了……”

话未说完，拽他衣领的那股力气猛地一松！

漫天火海前，这个突然闯来的高大男子，方才还激动焦灼的神色瞬间颓然，他凝望着这片火海，喃喃地说着什么，细听却是“我留不住她……连她唯一剩下的玉楼春也留不住……”

突然，他脚步一晃，又站直如松！

路人眼睁睁地看着这一身是血的年轻公子，像飞蛾扑火似的，毫不犹豫地冲进了火焰四起的玉楼春——

“哎哎！你去哪里？！火那么大，你不要命了！”

燕乐晟顾不得片刻就点燃自己衣服和发肤的火墙，他在高温中挣扎着瞪大双眼，四处搜寻她的身影！

“陌染！”他高喊，好几次被浓烟呛得直咳嗽，仍是顽强地扯开嗓子，喊着那个每夜梦回呼之欲出的名字！

他怎么能不冲进来！他怎么能眼睁睁地看着她葬身火海！

他从宫里不管不顾地闯出来，不是为了见证她的死亡！他要她活着，他要她活在自己身边！

“陌染！”最后一声，浓烟和滚烫的温度让他再不能往里走分毫，正是心痛难言之时，手臂突然传来清凉的温度，谁将他一把扯了起来！厚重的还带着水汽的毛毯兜头就将他包裹严实！

燕乐晟猛地抬头——是梦中思念萦绕的那张脸！

“陌染！”他抱住她，接过她递来的毛毯，将她紧紧护在自己身边，浑身颤抖，“你没事！”

林陌染肩后的碎发丝都被烤焦卷了起来，眼睫上一片水雾。火焰最大的时刻，她来不及思考，随手抽了身边一条毛毯，浸在水塘里，反手披上就冲了进来！

熊熊大火吞噬了她瘦小的身影，身后，是小翠儿和赶到的黎笙惊惧到极点的尖叫：“小姐！你不能……”

火焰吞噬了她们的声音，以一种烧毁一切的力量将她接纳进去。

她想她一定是疯了！可是，若她不冲进来救燕乐晟，她会真的疯掉！

幸好，冲进火海后没几步，她就看到了他，绝望地呆立在火圈中，浑身是血。

“你就不怕死吗？！”片刻后，她兜头一句狠戾的话骂了过去！

把护着她的燕乐晟吼得一愣，旋即笑容再也止不住地爆发出来：“你呢？你不也不怕死！”

两人闯出火海，将沉重的、早已被点燃的毛毯丢进水塘。

燕乐晟急急捧起她的脸查看——万幸，除了沾了不少灰以外，没有受伤。他大大松了一口气。他再也按捺不住，猛地将她往怀中一带，用力地紧紧抱住了她！

分别半个月，再度重逢，漫天火海为他们见证！

燕乐晟俯身深深一吻，吻住了面前这让他千百回魂牵梦萦的女人，他的女人！

“朕答应了要护你一世！幸而不迟！”他淡笑着牵她手，眉宇舒展，十指相扣，“不怕念起，唯恐觉迟，既以执手，此生不负！”

这火终是渐渐灭了。曾经富丽堂皇的玉楼春，皇家御用的茶楼，就这么化为一地灰烬。

两人逃离火海不久，即刻赶往辰靳苦战的巷口。

然而，漆黑的巷口血肉横飞一地。血泊之中，倒着七八个人，已然没有气息。

独独站着的那一个，却是魏喜。他满身伤痕，发丝凌乱，面容透露出深深的疲惫，右臂显然受了重伤。

他踉跄几步走来，跪地谢罪："老奴……未能护得辰靳大人全身而退，万死难辞其咎！"

林陌染拽紧燕乐晟的袖子，听了此言，脑海瞬间一片空白！

燕乐晟紧张的神色也出现了动容，他紧紧反握住林陌染的手，却发现自己的手也那么冰冷。

"他在哪里？"他四下寻望，急切又害怕地在死人堆里搜索着辰靳的身影。

和他一样，林陌染甚至不敢追问魏喜当时的惨烈状况。

魏喜身边躺着的那人，就是辰靳。

一身鲜血染红的月白锦袍，早已看不出原来的样子，握着锦扇的手亦是一片血肉模糊，却至死不放。紧闭的双目，俊逸的面容，都透露出他深深的疲惫。

十二个顶级高手，在魏喜和他的共同力敌之下，一个都没有逃脱。

可是他却……

"不可能！辰靳他……"林陌染不敢靠过去。不靠过去，看不见那张脸，就可以欺骗自己他还活着。

没想到这时，辰靳没握锦扇的手，却飞快地动了一下——

林陌染惊呼："啊！"

紧接着，辰靳的嘴角忽而扯开一个邪气的弧度，低笑着从地上一跃而起，锦扇飞舞，衣袂如仙，又是那个翩翩佳公子！

"你！"燕乐晟喜极而怒，"浑蛋！"又指向魏喜，"你也帮着他编排朕和陌染！”

魏喜不急不慢地站起来，道：“老奴只说未能护得辰靳大人全身而退……”

燕乐晟余怒未消，冲着辰靳低喝道：“以后断不能拿自己的性命开玩笑！”

辰靳轻笑躲开，还狡辩：“我没开玩笑，魏喜也没有撒谎，我现在真的是半个身子都废了！”

眼尖的林陌染立刻发现，他半边身子果然十分僵硬。

她走上前，和燕乐晟并肩面对辰靳，指着辰靳拿着锦扇的那只手：“你的手……”

辰靳的右手连着整个胳膊都僵硬地垂在身侧，一动不动。

他不以为意地晃了晃失去知觉的手臂，苦笑道：“被人废了，要重新接骨，估计以后也不能用这只手习武了。”他指了指倒在脚边的一具尸体，“他断我一臂，我取他一命，也不算输得太难看。”

那人虽也是一身黑衣，但看气度和腰间的佩剑，应该是这群刺客的头。

这些人武功深不可测，真不知赵楚珩是从哪里招来的！辰靳和魏喜能留得性命已是万幸。

辰靳看穿林陌染的担忧，笑意顿柔：“染妹妹在担心？”他摆摆手，“一条胳膊而已，大不了我以后都用左手舞扇！只是可惜……以后再不能用双手抱你了！”

林陌染苦笑摇头，这个时候他还开玩笑。

燕乐晟则怒道：“都成这样了，还有心思油嘴滑舌！”

话说间，黎笙和林奕也骑马赶来。

看林奕一身打扮，依旧是行走西域经商时所穿的劲装，风尘仆仆，应是刚带领商队日夜兼程赶回来。

林奕见到林陌染，率先抱拳行礼：“见过阁主。”然后才淡淡地朝燕乐晟一拜，道，“皇上万福。”

燕乐晟冷声责备道：“你去西域前，也不多留几个人护着你家主子？！万一今日真出事，朕第一个拿你是问！”

林奕才不吃他这套，暗暗白了他一眼，站在一边，面容清清冷冷的，没有说话。

倒是黎笙赶紧过来拉着林陌染：“怎么回事？小姐，要火烧玉楼春，你事先也不跟我说！我听小翠儿她男人火急火燎赶来说了一通才知道！幸好林奕他们离得不远……”

“是是是！”林陌染赶紧打住她的话，“就是怕说了让你担心！黎笙，自从你跟了林奕，就越发啰唆了！我可不敢没事找事去你面前讨骂！”

黎笙气得跺脚。

辰靳挥着锦扇，凑过来冷冷地咳了一声，斜眼打量着林奕，道：“这就是那个拐走我师妹的臭小子？”

林奕不动声色地回望他，眼里的锐光并不因为他是黎笙的哥哥而退却。反而昂首挺胸，越发显出一股清高冷傲的侠客气质。

辰靳啧了一声，低声赞道：“是个硬气的小子！配得上我妹妹。”

黎笙又是气得跺了一脚，这次脸上却多了一团红晕。

另一边，燕乐晟自安排人给魏喜疗伤，又差人去报官，还特意强调要据实禀报。

林陌染凑在他耳边，将自己之前的计划说了：“要一口咬定，玉楼春就是赵楚珩烧的！”

燕乐晟立刻会意：“敢烧了朕的御用茶楼！定不饶他！”他怒气冲冲一挥手，“去把左丞相和赵二公子都请来，就说朕在衙门候着！”

第 2 章 敢窥视朕的女人?

一行人来到衙门，江陵太守邓文俊已经早早在门前等着，老远见了以燕乐晟为首的一群人，二话不说先领着众人恭恭敬敬地跪地请安。

燕乐晟脚下生风，沉稳地从一行人面前穿过，带起凛风阵阵。疾而不乱的步子，显示出他对此案的重视和志在必得。

他掀起衣袍，大马金刀地在主位上坐下，一拍惊堂木:“带赵楚珩！”

想当然，赵楚珩拒不认罪，开口就辩解道：“皇上口口声声说我火烧玉楼春？”他目光射向林陌染，“是她这样告诉你的？”

燕乐晟避重就轻，淡然道：“是她报的案。”

“那么，如果我说火是她放的，楼也是她烧的！”赵楚珩冷笑，“你信吗？”

燕乐晟疑惑道：“你的意思是，她放火烧了自己的茶楼？”他转向堂中的各位，问，“这话说出来，你们信吗？”

玉楼春不是普通的小茶馆，是御用的，装修华丽不说，里面还展出了不少名贵玉石，是江陵城中文人骚客和纨绔子弟最喜欢去的场所之一，每日的盈利自然非常可观，他们想不出林陌染为什么要烧掉自己的茶楼。相反，这个突然冒出来的赵二公子，平时就以吊儿郎当、玩弄世人的形象出现在众人面前。相比之下，众人自然更愿意相信放火烧楼的人是他。

赵楚珩知道形势对自己不利，又抬眼看面前联手设局给他钻的这对男女，恨得咬牙切齿。

这时，一旁的小翠儿等人站出来，指证他进楼时指使随从驱赶茶客的暴行。两相照应，再也没人相信赵楚珩的辩词。

众人窃窃私语声更大。

燕乐晟走到他面前，沉声道："人证物证俱在，如此，你可还有话要说？"

赵楚珩把头一昂，目光也是冷冷地对上他："皇上既一心想治臣罪，那就效仿南宋皇帝，安一个莫须有的罪名，直接赐死臣得了！"他若有深意地冷笑，"可让臣心寒的是，北燕最高统治者都如此是非不分，这世道，哪里还有什么公道可言！"

燕乐晟冷冷道："两次派人刺杀朕，指使咎弥道长偷兵符，这样的人，在朕面前谈论公道？"

赵楚珩生生一滞。

这时，赵琅坤也匆匆赶到。听闻此言赵琅坤猛地一怔，急急忙忙走过来跪下，开口就要求情。

燕乐晟摆摆手："赵丞相，朕没问你。你先跪着，有话一会儿再说！"

赵琅坤抬眼看那年轻皇帝一脸肃然冷意，略微思索，闭上了嘴。

燕乐晟冷哼，转向赵楚珩续道："你不是说，朕是借此案故意治你的罪吗？那么朕告诉你……确然如此！你又当如何？"

那神色，那气度，竟叫人无言以对！他是皇帝，全北燕都是他说了算，即便他今日大大方方承认，就是要强加一个罪名给赵楚珩，你赵楚珩又能怎样？

此言一出，赵楚珩果然更加愤然，却半句话都反驳不了。

燕乐晟一声冷笑，缓缓踱步到他身边，俯身凑过去低声道："你们要谋反，还撺掇了朕的九弟一同谋反。朕即便今日杀了你，你也是罪有应得！更何况，你竟还敢窥伺朕的女人！如今只是治你一条小小的大不敬之罪，已是给足赵家面子！"

他这话说得低沉，只有赵楚珩和赵琅坤两人能听见。

赵琅坤闻言面色发白，略微思索，便将所有求情的话都咽下。

燕乐晟沉眸转身，下令道："今赵丞相之子赵楚珩，火烧御用茶楼，庭审中出言不逊，犯下大不敬之罪！押入牢中，秋后发配凉州！"

凉州是北燕最西边的一个统治区域，那里大部分都是汉化的胡人，民风十分彪悍，当地十分贫穷。赵楚珩被发配到那里，明显是要吃很多苦头的。

赵楚珩恶狠狠地盯着燕乐晟。

一旁的赵琅坤一阵唉声叹气，忍不住开口道："请皇上看在老臣这些年精业勤王的分儿上，容我儿发配前在府中禁闭，免受牢狱之苦。"

他面上虽是一副极委屈的模样，可林陌染分明看见他迷蒙的眼中突然一闪而过的精光。这个老家伙又在算计什么？

燕乐晟却似没看见般，道："朕允了。赵楚珩这两个月便在府中禁闭，若敢踏出赵府半步，朕立刻差人将他押送凉州！但——"他语气一转，"赵楚珩暗中行刺，重伤魏公公一臂！这笔血债，朕要他立刻偿还！来人！给朕废了此人双手！"

赵楚珩和赵琅坤闻言齐齐一震！被废双手，那岂非就是废人一个？！

不容他们分辩，自有衙门侍卫上前，准备将赵楚珩带下去打断双臂。

就在这时，赵楚珩动手了！袖里短剑一挥，刺翻身旁两名侍卫，直取离他最近的燕乐晟！

那距离太近，短剑寒光一闪，转眼已到眼前，所有人都为燕乐晟捏了一把冷汗！

然而燕乐晟眼神一凛，已轻松移开半步，看准了他攻击中的破绽，反手一挡，直接将对方手里的短剑挡掉，再一出手，将赵楚珩推出数米。

燕乐晟俯身捡起短剑，贴身追击而上，动作间也不过是半秒的时间，只见他身影一晃，挥出去两剑——赵楚珩猛地跪坐在地上，双臂耷拉在身侧，显然是已经被燕乐晟给废了。

燕乐晟将短剑一丢，冷哼："你派出的十二个顶级西域杀手都杀不了朕，难道凭你这三脚猫的功夫，还想近朕的身？你且记着，今日你的这一双手，是朕替魏喜和辰靳废的！下次敢动朕的人之前，不妨先暗自算算，自己输不输得起！”

侍卫一拥而上将赵楚珩制伏。

燕乐晟冷冷地甩袖，道：“谋刺皇上，罪加一等，廷杖三十！”

横眉冷眼的赵楚珩很快被拖到另一侧，板子被不由分说地狠狠砸下来，一时间他被打得血肉模糊。

燕乐晟神色清冷地负手而立，望着面前的赵琅坤，缓缓开口道：“赵大人还跪在这儿，是不服朕的处罚？”

赵琅坤这才幽幽起身，面上的委屈神色早已不复存在，取而代之的是一张冷厉的老脸：“皇上，臣在此，只是想提醒皇上一句，不要忘了你曾经答应老臣的那笔交易！此事已是臣的底线！若是臣子为此丧命，就不要怪臣出手无情！”

燕乐晟眉头一拧，却眼睁睁地看着他领着随从将赵楚珩带走，既不阻止，也不开口，目光一片暗沉。

这时，一直在后堂默默听着庭审的辰靳却突然走到燕乐晟的身边，和他并肩望着早已消失在夜色中的赵家人，幽幽叹了口气，道：“为了隐瞒我的身世，你这样做，值得吗？”

没想到燕乐晟和辰靳之间，竟然存在着这么狗血的激情互动！林陌染简直大惊失色！她赶紧几步走过去，守在两人身边，一副愿闻其详的样子。

燕乐晟失笑地抚了抚她的发，道：“你想听？”

林陌染瞪大眼睛用力点了点头。

这时就听燕乐晟丢出一句让人大跌眼镜的话：“其实北燕的皇帝不是我，而是他。”

林陌染顺着他的目光望过去！没错，燕乐晟口中的“他”，就是辰靳！

这剧情也反转得太厉害了，让人无法接受啊！

燕乐晟苦笑：“你这副表情，是在想，朕为什么窃取了辰靳的皇位？”

林陌染再次用力地点了点头。

燕乐晟无奈扶额："不是朕窃取的。"他怨恨地扫了辰靳一眼，"是这家伙不愿意继位！"

辰靳难得配合道："当皇上要每天处理一堆破事，还得时刻提防臣子篡位，太累了。不如行走江湖来得痛快！"

林陌染诧异得下巴都要掉下来，不愿当皇帝就算了，这人还能如此坦然地在抢了自己皇位的人面前侃侃而谈，还能屈尊给对方当手下？

辰靳看着她一脸错愕的表情，锦扇一挥敲了下她的脑袋，道："别这副表情！其实我也挺后悔的。若今日当皇帝的人是我，说不定早就把你抢过来当我的女人了！"

说罢，他目光挑衅地望向燕乐晟："怎样，把皇位还给我如何？"

燕乐晟满是无奈地听他胡诌，摇头看向依偎在自己身后的林陌染，笑道："即便我今日将皇位还给你，恐怕陌染也还是我的女人，你抢不走。"

辰靳恨恨地将扇子一收，闷哼了一声。

燕乐晟笑笑，又继续道："更何况，你确定要在这个如此棘手的时候，将皇位从朕手中接过去？"

想当然，皇位好换，可这天下风云万变，全系于皇帝一身，牵一发而动全身，如果处理得不好，就会给赵琅坤那种人钻了空子，发起政变，尤其是当下，赵琅坤蠢蠢欲动。皇位，实则是个烫手的山芋！

辰靳一挑眉，顿觉了无趣味，摆摆手："谁要跟你争这个破皇位，小爷才不稀罕！"

一想到赵琅坤，便想起方才他口中说的交易，林陌染赶紧凑上来："那赵琅坤说的那笔交易，也和辰靳的身份有关？"

"很显然。"燕乐晟点头，"辰靳身为皇子，却被赵琅坤隐瞒身份，带入丞相府抚养……此事只能是赵琅坤的作为。"

辰靳亦道："若非那日在宫中太后认出我后背的胎记，我和皇上直至今日仍被蒙在鼓里。我本是先皇后所生的嫡皇子，岂料皇后生产那日血崩而亡。赵琅坤便给当时还是德妃的太后出了个主意，骗皇上说母子皆亡，却暗中将我抱回了丞相府。"

林陌染听得心惊胆战："赵琅坤将你抱走，就是为了有朝一日谋反，能够亮出你这个底牌，宣称继承皇位的人应该是你，而燕乐晟则是窃取皇位的反贼？”

“不错。”燕乐晟苦笑，“你不是想知道朕为何忌惮赵家，即便被他们逼迫至此，都没有狠下杀手吗？”

林陌染点点头，当时在公堂上，她就有这种奇怪的感觉。

燕乐晟旋即叹气，道：“因为当年，参与制定先皇遗嘱的大臣里就有赵琅坤。朕继任皇位不久后，他派人篡改了先皇的遗嘱，声称继承皇位的是辰靳而非朕……现如今，遗嘱在他手上，他随时可以将朕从皇位上揪下来。”

“那他为何没有动手？”林陌染烦恼地扯着头发，政治上的纠纷，着实让她有想破脑袋也想不明白的感觉！

燕乐晟捧起她的脸，又是一阵失笑：“既觉得烦，干脆就别去想。这些事，交给朕去打理就好。”

林陌染拧着眉：“不行！此事关系重大！”她一脸理智神色，“我要搞清楚，跟你在一起会不会给我惹来麻烦？”

闻言，燕乐晟顿时就是一愣。

辰靳则在一旁毫不客气地大笑起来，指着林陌染和燕乐晟道：“一物克一物！我今日算是明白我为什么败了！”

燕乐晟忍着薄怒，一甩袖：“闭嘴！笑得一点儿形象都没有！”他又转向林陌染，赌气似的憋出一句解释，“遗嘱是赵琅坤手里的一张王牌！没有被逼到绝路，他是不会亮出来的！就好比你与人玩天九（宋朝的一种赌牌），不到最后时刻，你会将你手里的至尊（最大的组合牌）掷出去？”

林陌染看着他气鼓鼓的样子就觉得好笑，故意拉长声音“哦”了一声。

燕乐晟气得甩袖就走。

走出几米，发现身后的女人没有跟上来，他转身又怒道：“还不跟朕回宫？！赖在这衙门前做什么！”

林陌染点点头应着：“好的，来了！”然而脚步刚迈出去，醒悟过来，抬起头，“我跟你回宫做什么？”

燕乐晟眉毛都拧紧了：“你想做什么便做什么！只要你跟朕回宫！”

谁知林陌染方才还言笑晏晏的，此时突然就绷紧了脸，嘴硬道：“我不回！别以为我今日救了你，就是要跟着你，同你回宫当你的妃子了！”

燕乐晟又急又怒：“不回宫，你要去哪里？！”

林陌染撇撇嘴：“当然是回我自己家啊！”

辰靳低笑一声，替她解释道：“染妹妹用开茶楼赚的钱，把江陵城西原就是她名下的一座小四合院子重新修葺了一遍。如今便是住在那里。哦对了，”他生怕燕乐晟气得不够重，又笑着补了一刀，“忘了告诉陛下，我就住在染妹妹的隔壁，我们是邻居，经常串门！”

燕乐晟果然气得眉毛狠狠一抖，嘴角凛然一抿。半晌，他憋出一句很是霸道无赖的话来：

“你不跟朕回宫！朕就跟你去住四合院！一直住到你肯搬回去为止！”

林陌染长长一叹！这都什么跟什么啊！

瞧燕乐晟这死皮赖脸的德行，她果断扭头，对辰靳道：“你要是想将皇位从他手上夺回去，我第一个站出来支持！”

燕乐晟咬牙切齿：“林陌染！”他拽起她的手就大步往前走，心里暗暗决定，这段时间都不允许她和辰靳见面了！

原以为燕乐晟只是说说，没想到他竟然指挥身边的小太监回宫里取来衣物和公文，当晚就搬了进来！他不由分说自觉地将衣物放在林陌染的衣笼中，然后又在林陌染的书案旁加设了一张小案几，大大咧咧在她旁边一坐，开始津津有味地批阅奏折。

林陌染眼看着自己好好的一座小四合院，再一次变成了御用四合院，自己放东西的地方统统被他的东西占据，忍不住开口怒道：“我好好的一座小院子，你非要把它变成御用的！”

燕乐晟捧着奏折，脸都不抬一下，云淡风轻道：“这有什么？连你都是御用的。”

“啪！”林陌染将手里一本书狠狠砸了过去——某人微微抬手，轻松接过。本欲放在一边，不料斜眼一瞅，面色顿时染上一层笑意，他晃了晃手里的书："你这段时间在背《女训》？"

《女训》是什么东西？！就是用来告诫女子，不仅要为悦己者容，还得为悦己者修养品德和学识。难怪燕乐晟会这么喜形于色！

他笑着走过来，一把就将林陌染拥进怀里，道："你是为了朕而看的？你早就在为进宫做准备了，是不是？"

林陌染大声叫苦："不是不是，你误会了！"这是小瑾逼着她背的，他以为她想啊！

然而她越发摇头说不，看在燕乐晟眼中，就越像是在欲拒还迎，是在害羞。他低头看着她皱着一双眉，眼神躲闪的模样，就觉得心痒难耐！不仅是心痒，全身都痒！

他一把将面前的小女人扛起来，转身就迈进里屋，顺手关上门，吹熄烛火。

"你……嗯！"林陌染连一句话都还没来得及说，就被他反身压在了床榻上……

屋外守夜的黎笙都听得面红耳赤，再转身一看，马厩边喂着马的林奕亦是一双眸子沉沉发亮地看着她。看得她更加面红耳赤，丢开手里的灯笼就钻进了东厢房中。

林奕放下马绳，清冷的面容终于出现一丝动容。他略微沉思，笑着跟了上去。

第二天，林陌染和黎笙都没有准时起来。

据守门的一个十岁小丫鬟说，昨晚不知哪里来的两只猫，一直在院子里叫，她打着灯笼寻了半天，什么都没找着！此话一出，整个院子的婆子都笑翻了。

林陌染躺在床上指挥燕乐晟给自己斟茶递水穿衣服，还不停地抱怨："就不知道克制一点儿！"

燕乐晟低头淡淡一笑："忍半个月了……克制不住。"

直到卯时将近，他才依依不舍地坐上软轿进宫早朝。

另一边，无独有偶，黎笙也躺在床上，却是看着在自己房中忙碌着的林奕，嘴角止不住笑。

林奕见她醒了，讪讪低头，绕着头发，好半天憋出一句：“我今日就找阁主说明……”

黎笙笑着逗他：“说明什么啊？”

林奕顿时更加窘迫！他一向习惯了以清冷孤傲的姿态示人，今日也是头一次经历这种时刻，当下竟然红了脸，结巴道：“说、说我要娶你！”

话一说出口，他再也不敢看面前的女人，一溜烟跑了出去，甚至迫切得不经意间就施展了轻功，出门前还不忘扭身将门扉一扣，生怕他的女人被别人觊觎了去。

林陌染悠闲自在地喝着早茶，嘴里嚼着半块杏仁糕，正品尝得津津有味……

冷不防眼前一黑，林奕不知从哪里飞来的，像个蝙蝠一样，玄衣起舞，突然就掉在了她面前，双膝一跪，二话不说，闷闷地磕了一个响头。

林陌染惊呆了，努力将嘴里的半块杏仁糕咽下去，颤着声道：“你这是抽了哪门子的风？”

林奕头都不抬，一口气道：“阁主，属下想向你求娶黎笙为妻！”

不得了！下手速度这么快！

林陌染翻着白眼算了算，黎笙今年及笄了没？

“不成！”她本着要尊重古人“女子许嫁，笄而醴之”的礼法，摇头不答应，“黎笙太小了！再等个两三年吧！你且回去等着。”

林奕死死咬着唇，就是不肯起来。

他一向很听她这个阁主的话，今日是怎么了？为了一个小丫鬟要逆主？

林陌染皱眉道：“你这是什么意思？”

林奕把心一横，一脸豁出去的表情，道：“等不了了！属下昨晚就和她圆房了！”

噗！还真是……不知道说什么才好！这神同步的节奏，她该乐呢？还是乐呢？

林陌染一笑之间，已经起身走过去，将林奕给拽起来，嘴上越发笑得不含蓄，道：“你啊你！叫我说你们什么好！黎笙好歹比你小十岁，你就不能等她几年！”

林奕低头抿唇，想来也知道自己昨晚冲动了，傻傻地站着，就是不发一言。

“罢了罢了！”林陌染一挥手，唤来许嬷嬷，“找个良辰吉日，给他们操办个大喜事吧！”

林奕身子一震，面露喜色，猛然就单膝跪下道：“谢阁主！”

下午燕乐晟处理完宫里的事情回来，晚膳后，林陌染把此事跟他一说，哪知他竟然很赞同林奕的作风，笑着说：“喜欢一个人就该先下手为强！”望向林陌染，他一脸懊悔，“朕就是吃了这个亏！若非当初将你错指婚给九弟，今日你已经在我宫里，是全北燕独一无二的皇后了。”说罢，好一阵唉声叹气。

林陌染愣了半晌，没反应过来这话题怎么会又扯到自己身上，等理顺了其中的关系，顿时一拳揍上燕乐晟的肩膀，怒道：“我在说黎笙和林奕的喜事呢！你这人听话怎么不抓重点！”

燕乐晟一脸无辜笑容：“朕怎么没抓重点了？对朕来说，你才是重点啊！”

这人狡辩还有理了！林陌染气得直接将他推下榻：“今晚你不要睡我的床！滚书房睡去！”

燕乐晟更加无辜了，极委屈道：“书房没有床……你忍心让朕睡地上？”

林陌染冷着一张脸，点头道：“忍心。去吧！”

燕乐晟皱起一双好看的剑眉，还是一副无辜的模样，道：“可是朕不忍心让你独守空房！”

“我习惯……嗯！”一句话还未说完，再次被扑倒！

第二日，燕乐晟索性给自己放了个假，不去早朝，大臣有事就直接将折子递给魏喜，再由魏喜拿到四合院来。

而赵府那边，因为赵楚珩的伤势和那个案子的影响，一时间也沉默了不少，赵琅坤甚至连请了数日的病假。

如今放眼看去，满朝太平，燕乐晟每天都心情甚好！

如此过了七八天，一个意想不到的人终于出现了，打破了仅仅维持在表面的平静，同时预示着暗涌即将变成滔天的巨浪。

这一天本是双喜临门。被烧毁的玉楼春经过修葺，再次开业。而黎笙和林奕的喜事也定在今日。

燕乐晟耽于宫廷事务，不能前来，但还是遣来了宫廷乐师和大厨，送来几箱金银做贺礼，准备替二人大肆操办一番。

不料，就在黎笙和林奕准备拜天地的时候，燕肃祁来了。

他带着一队人马，来势汹汹地踢开了小四合院的门。

燕肃祁当先迈了进来，一脸冷厉神色，目光锁着林陌染，阴森森低笑道："原来你竟然没有死，为夫可是因为你的死讯伤心了好一阵子！"

他说这话时，脸上没有半分温情，只有狠色。

"林陌染，你身为本王的侧妃，今日该跟本王回府了吧！整日里住在这小四合院里，成何体统！说出去，倒叫人觉得本王我亏待你了！"

该来的总会来！

知道她躲在这个地方，他燕肃祁自然不会善罢甘休，这不，当即找上门来，要将她强行带回九王府！说得好听，是不亏待她；其实就是为了软禁她！而且瞧瞧，连她的身份都变了。

林陌染低声一笑："陌染竟不知，自己是什么时候成了侧妃的？"

燕肃祁冷冷挑眉："那日所有人都以为你死了，正妃之位自然就顺到了婉莹的头上。今日你跟我回去，名分虽然是侧妃，但本王保证，府中待遇和俸禄，依旧按正妃的标准！"

院外的百姓看不见此刻燕肃祁面上冷厉的神色，只听得他说话，觉得此人还是挺重情义的。知道自己的王妃活着，第一时间赶来接她回府；虽成了侧妃，还依旧以正妃之礼对待……贵为九王爷，能为一个女子做到这一步，已是不错了！

可是林陌染看得见他此刻脸上根本没有半点儿温情，心知他接她回府，肯定是打着自己的小算盘！好不容易逃离的王府，她怎么甘愿再次陷入？

冷冷一笑，她开口便反驳："王爷可还记得，当日我嫁入九王府时，曾与你约法三章？”

燕肃祁背对众人，却不动声色地皱起了眉。

林陌染续道：“约法其二，提前支付正妻俸禄，可我至今没有收到银子！其三，只能和离，不能休妻，王爷可还记得？即便我真的死了，王爷若要改我名分，也要等到百日之后，如今只过去一个月，我堂堂九王府正妃就成了侧妃，这和休妻有什么区别？嫁入王府不到半年，王爷就违背了三约中的两条，你让陌染怎么敢再跟你回府？”

她原以为，搬出这些话后，燕肃祁一定会惊怒，就像他从前那样。

然而没想到，冷冷听她说完后，燕肃祁只是凛然一笑，若有深意地看着她，突然面色一变！

他径自掀袍，猛地就跪在了她面前！

就连一向觉得他面目可憎的林陌染都不禁微微一震！更遑论从未见识过他真面目的百姓！

众人都被九王爷这情深义重的一跪给震慑了！

全场的窃窃私语瞬间停止，所有人的目光都紧紧追随着院里跪倒的燕肃祁！

燕肃祁眼中闪过一抹得逞之色，开口时，那语气却恳切而深痛：“陌染，随为夫回家，好吗？为夫从前做下了种种错事，自你离开后，才深感后悔！每每思念起你来，都觉得无比心痛自责！从前只道你已去了，此生再没有弥补的机会！可如今，如今是上天恩赐，让我又重新寻到了你！陌染，跟我回王府，给我一次重新好好爱你的机会！”

林陌染狠狠地皱起眉！若非她能看清此刻燕肃祁面上隐隐而现的不耐烦，她还真以为他是来忏悔的！还道他真的改变戏路，要演深情角色了！

可是闹了半天，他来演戏是真，若要他真的情深义重好好爱她？林陌染压根儿不信！

他今日的目的很显然，就是无论如何都要将她挟持回府，拿捏在手上，作为威胁燕乐晟的人质！

反观之，今日他演绎得如此情深义重，若她公然拂逆，岂非要叫别人数落她这个九王妃心胸狭隘，薄情寡义？！

好奸诈的阴谋！他甚至不惜当着众人的面跑到她跟前来下跪！

然而她能看穿对方的阴谋，寻常百姓哪里得知！他们只看到一向清高只爱财的九王爷下跪了，生平第一次，放下身份和姿态，为了一个女人下跪了！只为求妻子原谅，跟他回家！

“陌染……”燕肃祁再次开口，确保她在他全面的施压下无处可逃，“你一日不跟我回府，我就一日跪在此地不起！直到你愿意原谅我为止！即便我跪死在此，也无怨无悔！”

可惜，他实在是小看了林陌染我行我素的性格！

被人指指点点算什么，她从来不为别人而活，别人爱怎么看她就怎么看她！想要用舆论来给她施压，那无疑是下策！

林陌染转身回屋，再出来时，手里端着一盆水。

“王爷不走？要跪在这里是吗？”她哼笑，“那可真不巧了！陌染瞧着今日天色好，正准备洗洗院子呢！”

说罢，她没有任何犹豫，一盆水兜头就朝着燕肃祁泼了过去！

水花四溅，瞬间将燕肃祁浇了个透心凉，从头湿到脚！

还未反应过来的燕肃祁仍维持着跪地的姿势，却被这突如其来的一盆水浇得瞬间蒙了！回神后，一脸狂怒的恨意，喷火的眼神，死死地锁着面前这个嚣张的女人！

敬酒不吃吃罚酒是吗？燕肃祁冷笑一声，用手抹去一头一脸的水。

下一刻，他晃了一下，故作踉跄地站起来，用更加伤痛的语气道：“为夫知道了……爱妃，你今日不肯原谅我，我明日还会继续来，为夫不会放弃的！”

众人围观这巨变的一幕，好半晌都回不了神！

这么情深义重的王爷！这个疯女人，说泼水就泼水，竟然完全不给对方一丝面子！真是疯了！大逆不道啊！

林陌染凛然而立，听着院外群情激愤的议论，面上却没有丝毫动容。

燕肃祁冷冷一笑，转身离开前，突然目光一寒，压低了声音，用只有他们两个能听到的声音道：“林陌染！今日你不随我回府，明日可不要后悔！”

被燕肃祁这么一闹，好好的喜事也办不成了。

黎笙和林奕倒是很体谅，虽然冷冷清清地拜过天地高堂，入了洞房，却始终还是一副很高兴的笑脸。

黎笙说，她不在乎喜事排场，不在乎有多少祝福、多少人闹场，只要寻得了值得托付一生的人就好。毕竟以后的日子才是真的过日子，是跟眼前这个人过，不是跟那些平白无故闹事的人过。

林陌染很是欣慰。这一点上，黎笙继承了她的优良传统，心不大，活着只求“踏实”二字。而夏雪……她原本打算给夏雪最好的归宿，如果不是出了那件事。

晚上，燕乐晟从宫中出来。听闻了白日里发生的事，却是一阵默然，难得没有和林陌染同仇敌忾。

“怎么了？”她替他解下披风，抖去上面的绵绵春雨。

他无奈一笑，拉着她到床榻前坐下，拧着眉，神色是一片沉凝。

林陌染便知道出事了。而且肯定和白天发生的事有关，和燕肃祁有关！

第 3 章

午门死谏！燕乐晟被迫亲征

仔细想来，燕肃祁今日种种举动，包括他整个人，都存在很大的异常。他这种人，若是按其真实的性格来行事，断不会无缘无故地到她的小四合院闹。即便是胁迫她做人质，那便会派人直接将她掳走就好。何必放下姿态来演苦情戏？

燕乐晟握紧她的手，语气深沉：“你可知，今日赵丞相领着文武百官在午门死谏……”

“什么？”林陌染惊诧低叹，“他谏求什么？赵楚珩吗？！”

燕乐晟淡淡“嗯”了一声：“也算是在为赵楚珩脱罪。他认为，此事尚有异议的余地。”

“可当时你处罚赵楚珩，他并没有异议啊！”林陌染急道，“即便有异议，在世人眼里，罪是赵楚珩犯下的，他理应受到这样的处罚！不存在异议的余地！”

燕乐晟眉眼凝着苦笑望向她，叹道：“若是人人都如你这般知理，这天下就能永远太平，就不需要朕在这儿庸人自扰！”

林陌染瞧着他疲惫的神色，又听他这种无可奈何的话，顿时更加担忧：“到底怎么回事？”

说话间，辰靳也来了，急急地一掀门帘，迈进里屋就道：“我爹今天去午门死谏……”

他一抬头发现燕乐晟也在，原本担忧的神色竟显出了一丝气恼：“你答应了？一年后退位？！”

林陌染瞬间站了起来：“什么退位？！燕乐晟，告诉我发生了什么？”

燕乐晟却只是苦笑着坐在床榻上，一只手悠闲地拨弄着杯中的茶梗。

辰靳恨得一巴掌夺过去——本想就此砸了，想起这是自己送给林陌染当贺礼的，又抖了抖，放在一边，恨铁不成钢道：“你就退吧！退了拉倒！剩下的就是我和燕肃祁的事！我和他争个头破血流的时候，你最好别出现在我面前！”说罢，他掀开门帘就走。

林陌染听了这一席狠话，真叫个一头雾水！昨日才开玩笑说，如果燕乐晟把皇位让出，她一定举双手支持辰靳继位，没想到今日竟然成了事实。

燕乐晟幽幽一叹，半晌却说：“辰靳这性子太浮躁，将皇位交给他前，朕得先把这满朝的破事处理好，不然朕不放心。”

林陌染盯着他那么久，可不是为了听他这一番退位的狗屁话！

虽然他是不是皇帝对她来说都一样，但突然之间他被迫放弃皇位，还是让她非常不爽！

她俯下身，捧起他的脸，对上他一双略显憔悴的眼，一字一句开口道：“告诉我，为什么退位？今天赵琅坤到底说了什么？”

“你不知道比较好。”他亦伸手捧起她的脸，两人额头贴着额头，“朕只愿你就这样平淡安稳地生活，一世安好，就够了。”

“可是你呢？”他额头很凉，手却很温暖，“若你不在，我要一世安稳做什么？”

燕乐晟微微一震，捧着她脸的手竟有一丝颤抖。

“陌染……”良久，只闻他轻轻一叹，似是十分苦恼于她的执着追问，同时又拿她没有任何办法，“你可知，你失踪的那段时间，朕每每会梦到你，梦到你进了宫，陪伴在朕的身边。可是猛然惊醒却又发现，这只是一场梦！那种得而复失的感觉，朕这辈子都不想再体会了。朕不想再失去你！”

林陌染坚定道：“你不会失去我！我会和你一起渡过每一道难关！前提是我要知道发生了什么事？”

燕乐晟愣怔了片刻，无奈一笑，终于还是开始了述说：“赵琅坤以赵楚珩一事为由，列数了朕的十大罪状，包括听取佞言、迫害忠臣、耽于淫乐、毫无建树等等。很不幸，其中几条，确实是朕之过。就位近三年来，除了继承先皇未尽的事业，扫除乾罗国余孽外，朕确实毫无建树。”

他苦笑道：“那晚朕对赵楚珩的处罚，他之所以没有提出异议，不过是因为此一事早已在他的计划之中。等朕重罚之后，他就能拿此事做缘由，呵斥朕的暴戾无道。你可知，他今日除了率领百官外，还找来了什么人？”

燕乐晟尽量用轻描淡写的语气谈论今日发生的事，不想引起她的担心，可是这一问，却暴露了他心中的不安。

林陌染抿唇摇头。

死谏的百官，毫无疑问都是站在赵琅坤那一边的人。除此之外，他还能找些什么人？

燕乐晟冷哼：“赵琅坤将今年赴考的进士都召集到午门，陪着他静坐！”他神色一恼，压抑着怒气，“那群文儒，总喜欢标榜自己心怀天下，稍微撩拨，就群情激愤，根本没办法跟他们说道理！事已至此，你说朕能不退位吗？”

没想到啊没想到，赵琅坤竟然将这一步计划埋得如此深！恐怕她林陌染将赵楚珩引到玉楼春时，他就已经算计好了！

届时，燕乐晟将他们处罚得越重，他们喊起冤来，就越发显得可怜！所以那晚赵琅坤才任由燕乐晟罢了赵楚珩的官，任由他将自己的儿子发配到大西北凉州！

赵琅坤不是没有异议，而是借力打力，让他们自己给自己下了个死套。

而燕乐晟和她竟然毫无察觉，就此中计！他们甚至还沾沾自喜，自以为除掉了赵楚珩，就除掉了赵家的左臂右膀！

如今想来，真是太天真了！

林陌染试图平静下来："你可以收回成命，让赵楚珩复官？"

燕乐晟眼角一挑："窝囊！区区一个百官死谏，就要逼得朕收回自己说过的话？若是到了以后，这事传到世人耳中，朕的权威何在？！"

他目光深深："林陌染，你知道朕不能退让。一次退让，就会带来无穷无尽的后患！一次退让，朕以后就不得不次次退让！"

"我懂！我只是觉得……"林陌染拧着眉心，"既然不想退让，你就更不应该答应他们一年后退位啊！"

"要朕退位，也是有条件的。"燕乐晟绷紧的肩膀一松，"一年内，若不能收复故土。那么一年后的今日，朕退位，禅让九王爷，同时，赵琅坤也必须辞官。"

她不知道，燕乐晟耗费了多少精力，才换来这么轻飘飘的一句：赵琅坤也必须辞官。而更让她惊讶的是，这些人死谏所求之事，竟然是收复故土！

这意味着……她诧异无比地抬头，对上燕乐晟的目光。

后者脸上是肯定的神色，苦笑道："是的。朕要亲征南燕。"

南燕！

几年前，大燕一位镇守边疆的将军叛国，率领八十万部下一路北上，遇城便攻。三年来占据了南方五个州，改国号为南燕。

和北燕隔着一条长江，遥遥相对。

先皇亲征三次未果，最后一次重伤，数个月后便郁郁而亡。临死前，先皇并没有将复国的重任交给燕乐晟，反而叮嘱他，千万不要攻打南燕。

"南燕民风甚悍，攻之必亡。"先皇留下这句话后，一命呜呼，至死两眼都没有闭上，还遥遥望着东南的方向。

燕乐晟一年前迁都江陵，就是为了在长江沿线布下最严实的战线，防止南燕攻入。

如今，赵琅坤竟然逼着他去收复南燕故土？！

林陌染毫不客气地骂道："这老奸贼，不是间接让你去送死吗？！"她一改先前的态度，改口道，"退位吧！你退位，他辞官，两不相欠！以后你不当皇帝了，就跟着姐！姐带你混江湖去！"

神色压抑许久的燕乐晟，听闻她此言，顿时大笑起来。一只手将她脑袋按进怀中，忍不住道："你是不是还想着，朕武功这么好，行商西域时，还能给你当保镖！"

林陌染大赞道："孺子可教也！"

这么一番嬉戏，似乎方才的沉重气氛已然扫去。然而，一想到他断然不是那种未经过尝试就轻言放弃的人，一想到他必定会将亲征作为首选，退位只是最后不得已为之的行为时，她的心情又郁闷起来。

燕乐晟瞧着她苦恼的样子，长叹一声，将她拥入怀中："早说了，你不知道比较好。朕就晓得，要是告诉了你，你肯定会日思夜想，平白给你增添烦恼。"

"这么大件事，就算你不告诉我，我也会知道的。我倒宁愿是你亲口告诉我！"林陌染再次拧着眉，"亲征定在什么时候？"

如果可以的话，她宁愿他永远不需要上战场！就坐在那把奢华的龙椅上，安稳地过完他富贵的一生。

她难过地想，方才他还说要她一世安好，如今他却面临着生死难料的结局……

燕乐晟紧紧搂着她，薄唇贴着她的脸，好久才道："七月初十五。"

她怔了怔："鬼节？"

燕乐晟苦笑点头。

"谁选的狗屁日子！就不能选个良辰吉日？竟然定在鬼节！"

燕乐晟依旧苦笑，伸手刮了刮她的鼻尖："满嘴狗屁，多难听。"然而语气却是十足的宠溺，"不管定在什么日子，不管良辰还是其他，朕都答应你，一定会活着回来……回来娶你，让你当朕的皇后！"

这是他能给她的所有承诺。

可是，这对她来说却太遥远了，她现在只求他能平安。

突然，她想到什么——燕肃祁今日如此反常，恐怕也是和赵琅坤串通好了！

一边演绎忠臣对抗昏君的苦肉戏，一边演绎情深相公挽回娇妻的苦肉戏！两相对应！目的，就是为了突出燕乐晟的暴戾无道，反衬出燕肃祁情深义重的形象！为将来燕肃祁名正言顺地继承皇位打下基础！

好精彩的一出戏！

林陌染狠狠皱眉，沉声道："是不是九王爷的主意？"

燕乐晟一愣，旋即叹气点了点头，道："赵琅坤谋反，他是最终的得益者，当然脱不了干系。所以朕听闻你泼了他一身水时，才会如此无奈又苦恼。"他神色凝着几分苦恼，"朕既不想让你被他占了便宜，又不想让你因得罪他而惹来祸事。"

他双手微颤扶着她的肩："你是朕失而复得的，朕如今只愿你好好的，腥风血雨，都让朕来挡。陌染，今日朕跟你说的这许多话，目的都只有一个，就是希望你不要担心……所以，朕不许你做傻事！知道了吗？"

那一晚，林陌染记得，当燕乐晟这样问她时，当着他的面，她郑重地点了点头。

可是第二天，当他的软轿晃晃悠悠地转出四合院时，她倚在窗边，望着他的轿子渐行渐远，用他听不到的声音对自己道："恐怕，有些傻事，是不得不做的……"

他能豁出性命亲征，只为争取那满朝太平，为了他挚爱的这片江山获得永宁。

她为何不能豁出去，也为她心爱的人做点儿什么呢？

黎明，凉风袭来。

林陌染淡然地坐在院子里，感受着最后的一丝宁静。这里风月馈赠她片刻清闲，然而日出之后，却不知何时才能再享有？

今日，将是怎样的一场腥风血雨在等着她？

清晨睡醒时，黎笙来禀告，眼底沉着深深的乌黑，张口就是一阵叹气："小姐，林府出事了。"

林陌染坐起来："可是昨日赵琅坤带领百官去午门静坐，我爹拒绝参与？"

黎笙果然点点头："赵大人带了几个随从，夜里到林府做客。林奕领着商队去城里散布消息时无意中听到，说赵大人走后，林大人就一病不起，这会儿正满城找大夫治病呢！”

林陌染真的觉得头疼，一拍桌案站起来，顿时又有些哭笑不得：“平常我爹一副唯唯诺诺的样子！如今怎生这般铮铮铁骨！他即便不愿和赵琅坤同流合污，昨日若是假意顺了赵琅坤的意思，随随便便到午门哭闹一番，今日也不会落得这步田地！”

黎笙犹豫道：“那小姐要回林府看看吗？”她一边给林陌染整理发髻，一边不安地又补了一句，“昨晚赵府那边也出事了，说是林府三小姐闹着要回娘家探望父亲，二公子不让，动手打了几下，这会儿正闹着要上吊呢……辰靳大人急得一大早便搬回去了！”

林陌染描眉的手堪堪一顿！

林萱？她想过赵家如今腥风血雨的，必然会有不少人站出来反对，可万万没想到，这其中竟然会有林萱！

想当初她可是信誓旦旦地要嫁入赵府的！

林陌染愁思万分。依林萱的性格，若旁边无人劝阻，势必会一直不停哭闹。到时候不仅自己惹祸上身，还极可能被赵府的人抓到把柄！

片刻后，林陌染决然道：“不回林府！我们就坐在这里等九王爷！”

此刻满江陵城，传遍了三件事，都和总督府有关。

一是江陵总督病了，找了十几位大夫，皆治不好，皇上给他放了三天的假，恩准他在家休息，不需前来早朝。

二是这赵府二公子新讨了不到两个月的夫人，听闻自己父亲病了，闹着要回林府，不惜以上吊相逼，闹得整个丞相府不得安宁，当夜就被狠狠打了五个板子，这会儿躺在床上奄奄一息了。

这第三件，却是林府的嫡长女林陌染，前几日还当众泼了九王爷一身水，今日便低调地跟九王爷回了王府。娘家失势，她也没底气再闹脾气。

三件事合在一起，当即有百姓深深感叹，这有钱有势的总督府气数已尽，终于要败了。

九王府。沉雪坞还在，只是没了人精心打理，从前养在院里好好的梅花，竟然也出现了颓败的姿态，枝叶枯黄。满院荒草疯长。

林陌染站在从前她最喜欢晒太阳的地方，瞬间只觉得无限唏嘘。更何况，当初一起进府的夏雪如今尸骨已寒。

本来她不愿将黎笙和许嬷嬷再带进王府受罪，她们二人却表示除了陪在她身边，哪里也不去！她甚至在昨晚专门找了许嬷嬷，答应给她想要的一切，包括财富，包括房子，让她不至于孤独终老，没想到许嬷嬷一口回绝。

“当年是老奴陪着娘娘嫁入这吃人的九王府，如今祸难来了，娘娘逃不掉，哪有老奴独自逃生的道理！从前老奴是怕死，做下了许多窝囊事，可到现在，老奴也算想明白了，人活这一世，不过追求“无愧”二字！小姐，老奴今日若是逃了，这余生都要活在后悔和愧疚之中！老奴不愿这样活着！即便这次入府凶险多灾，老奴也认了！”

林陌染诧异失笑，她竟不知道，这短短半年的时间，许嬷嬷的觉悟竟提高到了如此境地。

也是当晚，二人将林奕唤来，把琉璃阁中的事情都交代妥当，包括如何经营玉楼春，商队的扩建，还将商队分为了两支，一支仍旧北上行往西域贩茶挖玉，另一支则筹备着渡长江南下。

“万一燕乐晟真的要亲征南燕，我们的商队也好将提前收集到的信息告诉他。”

如今北燕和南燕虽各自为政，但允许商业贸易往来。因此组建商队南下收集信息，才可以做到神不知鬼不觉。

“娘娘。”

林陌染正陷入思虑之中，耳边传来一声轻唤。她抬眼看时，黎笙捧着一壶龙井，轻轻放在她手边。

“中馈那边发了话，说娘娘您的一切俸禄按正妃品级发放。”黎笙眉头一皱，没有半点儿喜色，又紧接着道，“但是九王爷不准您踏出沉雪坞半步。”

换言之，这是将她软禁了。

林陌染摆摆手，不以为意：“不管怎么说，我一品夫人的称号还在。燕肃祁和赵婉莹就算再嚣张，也要顾及几分太后的面子。”她苦笑，“我比较好奇的是，燕肃祁对外是怎么宣称我死而复生的？”

黎笙面有难色："这……奴婢不知。"

林陌染摇头："无妨。你找个借口，去寻大姨娘来，就说我时隔许久回府，挺想念她的。"

大姨娘当晚就来了，领着初娘子，带了好些时令蔬果和甜点，装出一副久别重逢、姐妹叙旧的样子，不仅一同晚膳，还在膳后絮絮叨叨地说起了许多从前的事。

等到夜沉了，林陌染屏退众人，将大姨娘和初娘子领到里屋，这才道："半年相处，陌染自是信得过你们母女二位，所以有话也直接问了。今日让黎笙找你们来叙旧，其实是有两个问题想要请教一二。这第一个便是，当初我是被皇上一道谕旨赐死的，是戴罪之身，燕肃祁要将我接入府，总该对外有个交代吧？"

大姨娘登时一阵唏嘘："娘娘可能不知道，你离开王府的当晚，数十个带刀的马贼突然闯了进来，个个都身手不凡，可奇怪的是，这些人别的什么都没抢，只抢了赵大人从宫中带来的谕旨！"

林陌染心中一动！

那天率领部下前来救主的林奕并没有告诉她这件事甚至也没见他带回谕旨。想来是一得手就将谕旨给烧了！这么想来，这果断决绝的行事方式，果然是林奕处理事情的一贯手段。

大姨娘以为她是担忧，安慰地劝了一句："那天的马贼一个都没抓到，三十余号人，骑马的，轻功的，一发而来，又一哄而散。当晚又正值江陵城中放焰火庆祝柳贵妃归来，满城乱得很！后来听人说，竟是连谕旨也遍寻不到！事后，九王爷对外宣称，王妃被马贼掳走，不知去向。皇上颁布圣旨，要查遍整个北燕国！不想这件事发生六天后，宫中却传来消息，说那道谕旨是赵丞相假传的，要治赵府欺君罔上之罪。赵丞相当晚就被宣进宫中，不知道和皇上密谈了些什么，第二天却无罪释放了。"

她说罢一笑："不过娘娘放心，既然谕旨是假的，那么之前加在娘娘头上的罪名自然也是假的。娘娘如今并非戴罪之身，无须对外交代什么。你能平安回来，奴婢和初娘子都十分高兴呢！"

林陌染靠着藤椅，一言不发。她躲在四合院中时，决心再不会踏入这江湖乱世，所以对这些已发生的事情都不闻不问。燕乐晟心疼她，见面之后也从不向她提起。如今听来，想必当初她失踪时，燕乐晟一定是发了疯似的恨不得将整个江陵城都翻过来。

她能想象得到，若那天换作燕乐晟不见了，活不见人、死不见尸，她也一定会疯掉，恨不得搜遍江陵每一条缝隙去找他。

那些日子，他一定是对她又恨又气又怜。恨她怎么能如此狠心地一走了之，气她连一声平安都吝啬于转告他，怜她独自在外漂泊，怕她吃不好住不惯……可是久别重逢见面时，他满心满眼只剩下失而复得的喜悦，对之前他所受的折磨只字不提。他给她的爱，热烈，又十分包容。

林陌染回神后笑着点头："一时想得入了神，倒是怠慢你们了。"她定了定神，又拾起方才的话题，"我还有第二个问题想问。其实这个问题，我自己也思考了很久，二姨娘去世后，王爷几乎没有等到她头七过去，就急急将西厢房拆了，重建绣楼。"

她顿了一下，看向初娘子，抱歉道："说句不好听的话，你们不要见怪。离初娘子及笄只有一个多月，现在才来重建绣楼，未免晚了点儿。那么，为何九王爷一意要在二姨娘原来居住的地方重建，不另寻一个院子给初娘子呢？"

这个问题，其实她心中隐隐有个答案。但等大姨娘回答之后，这个答案才最终确定下来。

大姨娘苦笑不已："娘娘，王府的地儿就这么大。后院能住人的院子统共就那么四个，沉雪坞、云雀阁，还有西偏院和倦芳阁所在的东偏院。若不在西偏院里建绣楼的话，初娘子就只能搬去倦芳阁住了。"她摇头一叹，"倦芳阁闹鬼，怕不是用来住人的。"

林陌染心中一动——抬眼去看，大姨娘的目光似乎若有深意！

不是用来住人，难不成是用来养鬼？只是此"鬼"非彼鬼啊！这个世界，从来不会无缘无故闹鬼！但凡闹鬼，都是人为的！

倦芳阁！林陌染暗暗思索着，明天一定要寻得机会去一趟！

三人又闲唠了些别的话，眼见夜色已深，林陌染唤来黎笙送客。不料就在这时，院子里突然传来一声短促的惊叫，很轻，但没有逃过几人的耳朵！

林陌染登时警觉地站起来，冷冷地注视着门口。

门帘被缓缓撩起，两道身影前后走了进来，半掩在夜色中，被这里的昏暗灯光勾勒出来的身姿，皆是高大英武。

等其中一人终于从黑暗中踏出一步时——

林陌染还未反应过来，一旁的初娘子却是猛地捂住了嘴巴，一脸喜极而泣的表情，一声轻呼脱口而出："苏靖！"

几人定睛一看，可不正是阿九那宝贝庶弟！自昆山百花宴一别后，就再也无缘相见的苏靖苏将军！

苏靖微微一笑，如风拂柳叶，清雅温润，缓缓张开了怀抱。

一向沉静的初娘子，用出人意料的速度奔了过去，直直扑进他怀中！

让一旁一头雾水的大姨娘都看得呆住了！

林陌染一声轻笑，向大姨娘解释道："抱歉，一不小心就把你女儿卖了，还卖得这么彻底。"

当初阿九和夫君上门提亲时，被燕肃祁赶了出去，大家都想着初娘子和苏靖今生是断无可能了！没想到这二人竟然还暗中保持着交往！

大姨娘一声长叹，脸上尽是欣慰又低落的神色。

随后，第二个人自苏靖身后走了出来，不料竟是林奕！

"你不是出发前往南燕了吗？"林陌染诧异道。

林奕的眼光若有深意地看向一旁相拥的两人，无奈道："这小子辞官入了我们的商队，出发前，说死活一定要见一个人才肯走。属下就将他拎到这里来了。"

闻言，屋里几人纷纷莞尔失笑。

只有林奕一人依旧绷着一张清冷严肃的脸，在别人失笑的时候，他缓步走了过来，俯身在林陌染耳边低声道："属下今夜前来，还有一事禀告。"

林陌染听出他语气中的郑重，顿时凝了神："什么事？"

他正色望着她："你哥哥找到了！"

林陌染顿时呼吸一滞："他在哪里？！"

林奕摇头："在长江一带，有人声称见过他，和一个男子在一起。我已经派人连夜过去追查，如今还没有收到最新的消息。"

林陌染默默绞着手里的帕子，顿时思绪万千。

如今，林府的生死存亡正到了关键时刻！林博性格太过懦弱，不足以和翰林府联手对抗赵家！反观哥哥，聪明有智谋，行事果断！若他能回来，这情势就能发生大逆转！

当晚送走林奕，初娘子也依依不舍地和苏靖告别。

"放心，林兄武功十分高强，我们施展轻功，不会被人发现。"苏靖扬眉，温柔许诺，"你要好好的，等我回来！"

林奕的武功如何精深，林陌染是见识过的，当时就在这沉雪坞内，为了躲避燕肃祁的搜查，他在一秒内跃出数米，不带起身边一丝空气的波动。

于是也反过来安慰初娘子："此去南燕比之西域，少了许多凶险，又有林奕护着，苏公子断不会有事，初娘子且放心。"

等屋里又只剩三人时，大姨娘看着自己的宝贝女儿，只是摇头叹气："王爷不许你嫁给苏公子，我这当娘的竟是一点儿办法也没有！造孽啊！初娘子，你这不是自己找罪来受吗？"

初娘子一脸毅然："靖郎说了，他辞官就是为了日后方便带我离开！等这次行商回来，他赚了足够多的银两，若届时父亲还是不允许，我就跟他私奔！"

此言一出，大姨娘差点儿一口气没喘过来！

林陌染却是一阵失笑，再看初娘子的目光里多了几分赞许："不错，有本妃不怕死的风范！为了爱情，赌一把又何妨！"

当晚送走大姨娘母女俩后，林陌染早早就睡了。她可没忘记，如今自己身为侧妃，每天早晨可是要向正妃赵婉莹请安的！

这晨昏定省也是个技术活，宅斗中的大多数阴谋都是从此处而来。

第二天一大早，林陌染抖擞了精神，领着黎笙，前往云雀阁。燕肃祁可没忘记她被软禁这件事，早早拨了五六个健壮的婆子，一路押送着。

到了云雀阁，又见到了陈嬷嬷那张恶心的脸。

如今，她已是掌管王府中馈的管事嬷嬷，言辞间越发嚣张。见了林陌染等人行来，手中的一盆洗脚水登时就泼在林陌染脚边，冷冷一笑，解释道："去去晦气！"

林陌染也不恼，堪堪避开后，看也不看她一眼，径直越过去，就要往里屋走。

陈嬷嬷顿时怒了，叉腰拦在她面前："谁准你进去了！"

林陌染一挑眉，故作诧异道："谁不准我进去了？"

陈嬷嬷一时气结，怒道："我！不准！你没看到我这么大个活人拦在你面前？！娘娘你可听清楚了，我说，不准！"

林陌染点点头，云淡风轻地一笑："你不准？"

这一笑，再一问，气势上明明白白显出几分当年她还是正妃时的风采来！陈嬷嬷登时怯了，没有应答。

林陌染再一笑，冷冷道："可我今日要请安的对象是婉莹娘娘，不是你。你不准，关我什么事？"语气中颇有几分痞气。

陈嬷嬷愣然了好半天，正想说"我是奉了正妃娘娘的意思拦着你的"，可是转念一想，人家一大早来请安，规矩礼节都到位了，断没有拦着的理由，她若是这么出言喊一声，岂非让人抓住把柄？登时又止住了，不情不愿地让开道路。

林陌染挺直腰背，迈开步子就走了进去。

里屋，赵婉莹坐在梳妆台前，由几个丫鬟服侍着穿金戴银，一头琳琅满目的花钿玉钗，光泽闪闪，晃得林陌染一阵头晕眼花。

赵婉莹见她被闪得蒙了，面上更加得意，细长的指尖一指，语气中是不言而喻的嘚瑟："妹妹请坐吧。"

林陌染一步都不动。

赵婉莹还以为她是难堪，面上笑得越发得意了，口中还不忘假惺惺地问一句："妹妹这是怎么了？眼睛只管看着姐姐头上的玉钗……"她伸手虚扶了扶，故作不经意道，"这是前不久本妃顺位继任正妃之位时，王爷专门找了宫中御用的制钗师傅给做的，妹妹若是喜欢，赶明儿姐姐让王爷也给你做一个，送到沉雪坞去。”她又一推面前的软榻，“妹妹还是快坐下吧！这么站着，姐姐怪不好意思的！”

原来你也会不好意思啊！你讲这么多话时，怎么没一句让你脸红呢？

林陌染笑了笑，依旧冷冷地站着，毫不顾忌地一开口便道：“妹妹我是来请安的。请完安就走，不坐了！”

听闻此言，赵婉莹维持在脸上的笑容瞬间一沉，嘴边扬起的半抹弧度，顿时成了狠戾的一勾一抿！

跟进来的陈嬷嬷手一扬，就要掌林陌染的嘴，喝道：“怎么跟娘娘说话呢！”

一旁的许嬷嬷也不甘示弱，将陈嬷嬷一把推开！两个婆子势均力敌，一时谁都动不了手。

而林陌染身后，原本押着她前往云雀阁的众婆子，都是没料到她一开口就说出这么不客气的话，都没有反应过来。

瞧着赵婉莹那张气得煞白的脸，林陌染又是轻描淡写地一笑；“原来姐姐不喜欢听妹妹说话。那以后，妹妹还是少来为妙！”

利落地一个福身行礼，她没有任何感情地丢出一句：“妹妹给正妃娘娘请安！”然后转身招呼许嬷嬷和黎笙，“我们走！”林陌染带着自己的人就撤出了云雀阁。

丢下气得回不过神来的赵婉莹。

押送她的婆子稀稀落落地跟上去，很快有人偷偷跑去向燕肃祁通风报信。

黎笙紧紧随在林陌染的身边，不安道：“娘娘这般奚落正妃，若是传到九王爷耳中……”

林陌染不以为意地摆摆手：“与其被他困在这个地方拿作人质，不若惹怒他，让他一刀把我杀了！”

黎笙登时皱眉，待要再劝几句，林陌染自己笑了起来，叹道：“只怕如今的他，根本不会杀我……”

如果辰靳暴露了，那么她无疑就是燕肃祁对抗燕乐晟最后的王牌，他自然不会杀她，而是要将她留到最后，威胁燕乐晟。

回到沉雪坞不久，燕肃祁果然带着一群婆子丫鬟来势汹汹地闯入，身边还跟着艳妆打扮的赵婉莹。

燕肃祁不容分说，当先发难：“林陌染，你身为侧妃，却对正妃出言不逊！”他一挥手，“给爷掌嘴十下！”

立刻有婆子上前摁住林陌染，挥手要打。

林陌染笑着扬起一张芙蓉面，半分惧色都无！

一巴掌还未打下去，燕肃祁忽而又是一声冷喝：“慢着！”生生阻止了婆子的动作。

他哼笑，上前一步凑过去低声讽刺道：“林陌染，你竟然敢算计我！”

林陌染两眼一闭。心中一叹：计划失败！

随即，燕肃祁在众人的诧异中，扬起宠溺的微笑，亲手将林陌染扶了起来，并道：“陌染刚回王府，身体不适，心情也不佳，今日说的都是些无心之话，本王不怪你！接下来你只管好好在沉雪坞休息，不必到云雀阁请安了。”

这话配着他脸上泛起的温柔笑意和温柔体贴的动作，都让众人登时迷惑不解，难道这九王爷真的爱上林陌染了？

赵婉莹看在眼中，更是气得不行，一甩袖子，领着院子里的婆子丫鬟转身就走！

这一厢，燕肃祁嘴边的微笑渐渐变冷，最终凝成狠戾的一句话：“你就闹吧，但我保证，外人眼中只会看到我是如何爱你、宠你，即便你出言不逊，我也不舍得惩罚你。”

他狠狠地捏起她的下巴：“我这么爱你，你说，若是哪天燕乐晟按捺不住，将你从我身边抢走！我这个痛失爱妻的王爷，再到午门前哭求一番……此事落在百姓眼中，燕乐晟要背上怎样的骂名？昏君？美色误国？夺兄弟妻？”

越想越觉得无比讽刺！燕肃祁干脆仰头，一阵肆意大笑。笑罢，他猛地将她下巴一甩，神色厌恶地看了她一眼，冷冷转身离去。

晚膳。林陌染一边揉着自己被钳得生疼的下巴，一边愤愤地想，这年头，她难得想找死，燕肃祁还不让她死！

原本要是挨下那几巴掌，燕肃祁迎王妃回府两日后就家暴的消息，势必会迅速传到江陵百姓的耳中，势必会将他苦心积虑伪造的暖男形象瞬间打碎！

可是燕肃祁竟然一点儿都不着道，还一眼就看穿了她的企图。

黎笙很是体贴地安慰道："娘娘还是早些睡吧！明日就能入宫面见太后了！"

晚膳时，余嬷嬷过来传话，说是太后召见，要她第二天一早入宫。她这个一品夫人回归，入宫给太后请安是正常程序，燕肃祁就是有心要阻止，也没有办法。

第二天入了宫，果不其然，才和太后坐着聊了片刻，燕乐晟就神色焦灼地赶来了。

他二话不说，先一把将她拥入怀中！

"陌染！"他满眼都是担忧，"你入王府这两日，为何都没有给朕报信道平安？"

林陌染摇头就是一叹："别提了，燕肃祁把我软禁在沉雪坞，现在防我跟防贼似的！"

她挑着要紧事，将王府倦芳阁的疑点和辰靳身份暴露被赵楚珩怀疑等事，都跟燕乐晟说了。

后者听罢，也是凝神，一脸沉重。

"此事朕只会跟暗卫说明，你无须担心，只要乖乖待在王府就好！"罢了，想起她从不听自己的劝告，他又郑重强调，"切勿轻举妄动！一切有朕！"

宫中别人安插的眼线不会比外间少，两人又商量了片刻，林陌染乘轿返回了九王府。

回府后天色尚早，林陌染左思右想，唤来许嬷嬷："太后今日赏了好些时令蔬果，你跟中馈告个假，替我将蔬果分一半出来送到林府，就说是女儿的一点儿心意，希望父亲早日好转。"

许嬷嬷应了。

她又低声道："寻个机会，找到顾清媚。告诉她，叫林萱无论如何都不要再闹脾气，有什么事，只管顺着赵家。"她顿了一下，神色凝重地补了一句，"告诉林萱，保命要紧！"

林陌染也是病急乱投医，却忘了，依林萱的性格，旁人越是劝她不要做什么，她就越是要做什么。

许嬷嬷向顾清媚转告她的话后，当即回王府，面色一直不虞。直到晚膳时，许嬷嬷瞅了机会，才跟林陌染说："二夫人去丞相府探望了几回，连人影都见不着！这赵家也是够绝的！赵二公子还说，丞相府哪里是姨娘奴婢可以随便进出的地方，林府要来人探望，也非得是有品级的不成！"

林陌染狠狠皱眉。这不明摆着说她吗？放眼整个林府，除了她受封一品夫人外，还有谁是有品级的？

"娘娘。"许嬷嬷不安地劝着，"依老奴看，这丞相府还是别去了吧。指不定那赵二公子又……"

她话未说完，生怕隔墙有耳。许嬷嬷这一点还是比黎笙谨慎许多。

林陌染立刻了然点头："我知道。"

这无非就是赵楚珩下的一个圈套，等着她自个儿往里钻！

可她万万没想到，她不去丞相府，不代表别人不能去！更不代表，赵楚珩不会把圈套下在别人身上！

这个一不留神就入了套的不是别人，正是辰靳！

第4章 林萱暴亡

赵府。画眉楼。

这是赵楚珩新婚后，赵府中馈特意拨银子重新修葺的二层小楼，林萱出嫁到了府中后，就居住在此。

可是算来，这将近两个月的时间里，赵楚珩在楼中过夜的次数，总共还不到五次。倒是没日没夜地出去花天酒地，更别提外宅还养着三四个伶人。

府里下人都道林萱可怜，年纪轻轻就不受宠，将来在丞相府的日子可不好过。

如今已是深夜，画眉楼中静谧无声，楼里楼外皆是冷冷清清，只余一片月光和道路旁亮着的昏暗铜灯。

林萱静坐在二楼的窗边，仔细想着下午随她陪嫁到赵府的刘嬷嬷偷偷进来传的话："保命要紧！"

这心里，就百般不是滋味，又恼又怕！一想起林陌染活得有滋有味，外间传闻九王爷对她宠得一塌糊涂，就连她犯了事也不舍得打骂一句，更何况宫里还有皇上惦记着她！一个额间有胎记的孤女，怎么能混得这般好！再反观她，爹娘捧手心里宠着的宝贝女儿，名分上争不过，嫁人又嫁得不好！

这些日子以来，她最怕的不是独守空房，相反，她最怕的就是见到赵楚珩！前几日她实在受不了，吵着闹着要上吊，顶了几句，没想到赵楚珩一声令下，竟然动了家法，小腿粗的铁棍子狠狠往她身上招呼！她觉得自己快死了！偏偏今日，顾清媚找人给她传话，要她保命？

林萱捂着脸，委屈得快要哭出来！

她此刻好想见一个人，哪怕马上让她死去！可是赵楚垣，他明知道自己心心念念想着他，他偏偏在自己嫁入王府的第二天就搬了出去！

如今她知道了，他搬去的地方，就在林陌染外宅的隔壁！

可恶！可恨！她这辈子最恨的人，就是林陌染！如今她还让顾清媚给她传话，让她保命？！哼！她凭什么听她的！

“砰！”她顺手拿起桌上的花瓶，狠狠砸在地上。

没想到，楼下的门也在同一时间被人撞开！一声巨响，将林萱整个人震得浑身发抖！

他来了！

赵楚珩一身酒气，摇摇晃晃地爬上二楼，脸上带着惯有的邪恶笑意。自他被罢官后，每日里只知道寻花问柳、醉生梦死，今日亦是沾了一身的脂粉香味。

林萱厌恶地躲到一边，嘀咕道：“怎么又醉成这样！再过五日便要发配凉州了，爹不是交代过，让你在家好生陪陪你哥？”

“我哥？”赵楚珩一声怪笑，“是爹想让我陪我哥，还是你想陪我哥？”

林萱怒道：“赵楚珩，你不要胡说！”

挣扎间却被赵楚珩沉沉的身子压了下来。

“放开！贱人！”林萱的反抗根本没有用，只能不停地破口大骂，“我恨你！赵楚珩，你就是个浑蛋！”

一顿发泄之后，赵楚珩穿好衣服就走，根本没有任何留恋。

临出门时，他突然冷冷一笑：“差点儿忘了告诉你，一会儿见到我哥时，记得好好伺候他……”

林萱惶恐地睁大眼睛，心里的不安到了极点！

很快，几个强壮的婆子窸窸窣窣地上楼，将一身污秽的林萱原封不动地打包抬了下去。借着夜色的掩护悄无声息地来到赵楚垣所居住的清风斋，打开了门，将林萱放到他床上，又悄无声息地离开。

清风斋，夜色侵袭着这片方寸天地。

林萱睁着眼，入目是一片陌生的景色，陌生的床榻和垂帘。而身边睡着的这人，却如此熟悉！每夜梦回，她都希望能入他梦中……

楚垣！她张了张嘴，才发现自己开不了口。她连忙又挣了挣，身体很沉，看样子那几个婆子不仅将她绑过来，还给她下了麻药！

真够狠的！那个王八蛋把衣衫不整、一身污秽的她丢到自己哥哥的床上，第二天就要诬蔑她和哥哥有染了是吗！

如此，不仅一举除掉了两个碍眼的人，还给林府抹了黑，可谓一箭双雕！

她拼命地挣扎着，床榻开始摇晃，身子却仍然动不了分毫！

再后来，她不敢动了，生怕吵醒身边熟睡的人。他睡得这么香，梦中还哼了哼，微微翻身，带起一阵清雅的竹香，丝毫没有感觉到身边多了一个人。

昏暗的夜色中，林萱就这么看着他。最爱的人就在身边，可她却只能看着，什么都做不了。

楚垣……她多想开口唤他，告诉他，她这一生，都已经没有资格去爱他了。

如今她所能做的，就只是护着他，用命去护他！

命运如此残酷，只留给她短短的一夜，去感受最爱的人就在身边的幸福。如果可以重来，她不会选择赌气嫁入赵府！可是她的生命，再也不会重来了。

这一夜，真的好短暂啊……

“啊！”清晨，一声惊慌的尖叫打破了丞相府的平静。

一个婆子哆哆嗦嗦地从清风斋跑了出来，满脸惶恐不安，一只手指着里屋："夫、二夫人！"

闻声赶来的下人，听她结结巴巴的大喊，都是迷惑不已："二夫人怎么会在大少爷的房中呢？"

这时，帘子被一把掀开，赵楚垣一身齐整，大步走了出来，眉头皱得死死的。

"进去给她梳洗！"他冷冷的腔调，分不清是怒还是厌恶，总之是这般冷。几个小丫鬟愣住了，好半晌才回神，窸窸窣窣地鱼贯而入。

她们从未见过大少爷发这么大的火，在他们的印象里，大少爷一直是和和气气的。

然而进到了里屋，看到床榻上那突然多出来的一个人，所有人都倒吸了一口凉气！

还未婚娶的大少爷屋子里，竟然多了一个女人，还是个衣冠不整、满身污秽的女人！

而这女人不是别人，却是二少爷刚迎娶进府的夫人林萱！

二夫人果然在屋里！这是怎么回事？！众丫鬟都吓坏了，你看我、我看你，都不敢上前。

林萱裹着被子、斜靠在床柱旁，一双大眼平静地看着面前的人："替我梳洗吧。"

她的语调也是平平的，没有半分惊慌失措。

可是……这是捉奸现场啊！

小丫鬟给她洗净身体，换上干净的衣服，手一直都是抖的，眼睛都不敢抬起来看她。

直到外面一声怒吼响彻整个清风斋："孽子，你给我跪下！"

听闻此言，方才还一脸平静如死灰的林萱猛地从床上奔下来，她披着发，光着脚，风一般径直奔出里屋，来到院子，"扑通"一声狠狠跪地。

"父亲，此事和大哥无关！"林萱坚定地抬头，说出了这句一整晚辗转在唇边的话，"是我！全都是我的阴谋！是我半夜爬上他的床……"

她的话未尽，身前的赵琅坤一巴掌狠狠地甩上她的脸颊，将她整个人打翻在地！

“贱人！你毁我儿名声！”愤怒不已的赵琅坤紧接着又猛地几巴掌砸上来，揪着林萱的头发，恨不得将她往死里打！

“我赵府怎么会娶进你这样一个十足的荡妇！”他骂骂咧咧，下手又狠又重！

几巴掌下去，林萱早已晕头转向，嘴角挂上一抹献血，模样狼狈不堪。

赵楚垣看不下去，横身过来挡在她面前，皱着眉将赵琅坤沉重的巴掌拦了下来：“爹！勿要再打了，我和她并没有做什么。”

“没做什么！”赵琅坤怒目而视，“她这么往你床上一睡，就已经毁了你的清白，你还替她说话！让开！”

赵楚垣目光沉得死紧，就是不让一步。

这时，众人身后，又缓缓地走来一拨人。为首那人长发散肩，一身白绸长袍，神色悠闲，嘴边挂着一抹吊儿郎当的笑意。

“哟！这大清早的，在捉奸啊？”赵楚珩目光随意地扫了林萱一眼，神色根本没有半分怜悯。他垂着被折断的胳膊，像个风流地痞似的，步履轻浮地踱了过来。边走边打量着赵楚垣，“我说大哥，你眼光真不大好！这女人要姿色没姿色，还是被我享用过的！”

赵楚垣绷紧了一张脸，目光冷冷地越过他。

赵楚珩便径直走到林萱身边，抬脚轻轻地踹了她一下，似要确认她还有气儿，这才俯身蹲在她的面前，语调狠戾了起来：“林萱，你喜欢我哥，是不是？你早就觊觎着能和他春宵一度！昨晚我听画眉楼的丫鬟说，你偷偷买了一包迷药回来，嗬！原来是一早就想好了，要给我哥下药，然后爬上他的床！你真当我什么都不知道？！你真以为，我胳膊废了，就不敢拿你怎么样？！”

赵楚垣一把将他拽起来，狠狠道：“二弟，勿要乱说！”

赵楚珩嘿嘿一笑：“我乱说？哥！这个女人要害你，你知不知道？她想侮你名声，想让你背上争夺兄弟妻的污名！”他目光一闪，“你又不是皇帝，总不能效仿皇帝那样，说抢就抢吧！”

他的这一席话一语双关，暗里还不忘把燕乐晟抢九王妃的事拿出来揶揄一番。

赵楚垣眉头皱得更深了。他想起昨日林奕潜入王府，警告他赵楚珩已经察觉了他的身份，手就下意识地握紧！

赵家毕竟对他有养育之恩，小时候，他也确实将赵楚珩当作亲弟弟，如今赵楚珩胳膊已废，又没了官职，让他还怎么下得了狠手？！

赵楚珩见他并无丝毫反应，愈加有恃无恐，言语上也更加肆意："要说这林府的小贱人，庶女出身，还如此放肆！到底是林府没教好你规矩，还是有人在暗中指使你？！"

他目光如炬地射向林萱，震得林萱当即浑身一颤，竟挣扎着爬了起来连声反驳："没有人指使我！全是我恣意而为！"

赵楚珩面色沉了几分，不再望她，却扭头转向赵楚垣："那么大哥呢？此事当真和你没有半点儿关系？还是说，你其实是意欲抢夺我的夫人，以此羞辱我？！"

赵楚垣猛地抬起了头，一双眸子决然地对上他的视线。

"不！这事和他没有任何关系！"

还未说话，俯在地上的林萱已经猛地抱住了赵楚珩的腿，喊道："大哥是被我害的！全是我的错！我喜欢大哥，喜欢楚垣！所以我给他下了药，偷偷脱了衣服爬到他的床上，让他以为自己无意中碰了我，我想逼着他跟我好！"

她挣扎着哭喊，一身狼狈。这一辈子，她从未说过这么露骨的话语，可是今日一咬牙，竟然一口气全说了出来，就仿佛她真的这样做过似的！

没法顾及太多，她只想救他！

"你个贱妇！"赵楚珩怒不可遏地一巴掌扇在她脸上，破口大骂，"我怎么娶了你这么水性杨花的臭女人！来人啊！给爷打，狠狠打！打死她！"

无数乱棍，顷刻间重重砸在她的身上，打得她全身都疼，倒地翻滚惨叫。可是棍棒并没有因为她的挣扎减弱半分，反而越来越重，越来越狠，直到一棍子狠狠地砸在她脑门上——顿时鲜血直流！

她上气不接下气地瘫软在地上，仿佛一摊烂泥，血越流越多，呼吸越来越弱，身体越来越冷。

眼前又浮现那一幕，他们都还是小时候，她追在他身后喊："楚垣哥哥！楚垣哥哥，等等我！"

好不容易追上他了，却见他扬起一脸灿烂的笑容，将手里新摘的野花递给林陌染……

"噗！"好痛……她猛地喷出一口血，身体不停地颤抖、抽搐，直到最后再也动不了分毫。

眼前的世界，熄灭了。

这一夜，丞相府中传来了一个噩耗：嫁入不满两个月的二夫人林萱，暴亡。

消息传到了九王府。

还在用膳的林陌染，手中的白玉盘"哐当"一声掉在地上砸了个粉碎！

"娘娘！"黎笙听得声音奔进来，看见她脚边狼藉的碎片，黎笙吓蒙了，再看她面无表情的模样，心就是一抽，连忙上前搂着她。

许嬷嬷在一旁默默抹泪，不住叹气："三小姐临死前说，她辜负了娘娘的嘱托，如有来世，定会……弥补此生对娘娘犯下的诸多错事……"

一言至此，许嬷嬷禁不住一声哀号："我可怜的三小姐，才刚开始学着懂事，怎么就、就……"

来世？哪有来世？！人只能活一次而已！

所以林萱从前诸多挑衅，甚至言行上各种冒犯，她都忍了下来，至多不过在言辞上回敬几句，始终没有下重手惩罚过林萱。因为她知道，林萱还小，还在喜欢争强好胜的年龄。等长大了，自然就懂了。

她想给林萱一个成长的机会。没想到，却这样被赵家剥夺了！

林陌染克制着胸腔翻腾的怒气。

如果当初林萱听从自己的建议，安安稳稳地嫁个小户人家，如今不就平安无事、幸福地活着？可她偏不！她偏要赌气嫁入丞相府……

林陌染闭上眼睛，长长地叹了口气。

她再睁开眼时，疲惫的神色中夹杂着决然："回林府！我要亲自替她发丧！"

寂静的江陵总督府内，一片哀恸之色。挽联垂挂，红联悉数摘下。雪白的绸带，将偌大庭院的色彩一寸寸遮去。

凌晨，天色还未亮，林萱的灵柩被送回故园，如今正停放在她生前曾居住的偏院。

在林府倾尽百金打造的那口厚重棺椁里，林萱闭目安详沉睡着。而一旁的顾清媚早已哭成了泪人。

直到清晨初阳东升，踏着这清冷的晨曦，林府的大门送走第一拨哭丧的人后，又再一次缓缓开启。

门外，只有一个人。

全身素色绸裙、头戴白玉钗的林陌染，迈着沉稳的步子，一步步踏入这座哭声响彻的院子。

她面上没有哀切，没有动容，毫无波澜的双眸中，只凝着一丝深沉的冷。

她走到棺椁前，上香，跪拜，动作冷静得近乎冷酷。

直到三拜结束，她再抬头时，那绷紧的容颜才出现了一丝松动，呢喃般轻轻叹了一声，道："我让你保自己的命，可不是让你保他的命。萱妹妹，你真傻。"

顾清媚哀痛欲绝，嗓子早已哭哑，听她这番话，顿时又是一阵哀号，泫然欲泣地瘫软在地上："萱儿，你好傻！娘也好傻！若知道会有今天，当初说什么都不能把你交给赵家的人啊！"

林陌染神色一恸，默默地走到顾清媚身边跪下，咬紧了唇，陪着她一起迎送前来吊唁的人。

因卷入党派之争，林博如今虽还是江陵总督的头衔，但实际与他亲近的官员已所剩无几。大多数人为了避免被赵家寻麻烦，都很果断地和林家断绝了来往。所以如今来吊丧的人并不多。

上午过后，灵堂一下子就冷清下来。

林陌染搀扶顾清媚去往后堂休息，再回来时，看到林博仍坚守在原地，僵硬的背影瞬间苍老了许多。

“是我害死了她。”林博凝望着棺材中沉睡的女儿，不住地哀叹。

“父亲。”林陌染摇摇头，“谋事必有牺牲。至少，你选择站在和赵家的对立面，这一点没有错。萱妹妹若是能早日看清这紊乱的政治格局，想必当初也不会执意嫁入赵家。”

哪知林博一阵嗟叹，道：“我为官从来都是为了敛财，何曾想过什么派别，更没有刻意站在赵府的对立面！”

他愤愤然一甩袖子：“不知道是哪个小人在背后满口谗言，竟然跟那姓赵的狗官说，我林博存那么多银子，都是为了给圣上起兵南燕用的！放他娘的狗屁！哼！我的钱都是为着养家糊口！为着我自己存的！”越想越气愤，干脆怒道，“我明日就辞官！这样的朝廷，不待也罢！”

此一言，使林陌染惊诧得不是一分一毫，林博被赵家盯上，总督府的没落，竟然是因为小人的谗言？

她疑惑道：“那赵大人去午门静坐时，父亲为何不去？”

林博听了，生生一滞，眼中闪过一丝尴尬和懊悔，结巴道：“赵琅坤要我出银子，发给那些被他忽悠去静坐的人……我、我没舍得……”

林陌染一双柳眉立刻竖了起来！

“那种时候，你还想着钱！”她怒目道。

待眼神看向躺在棺材中的林萱时，骂人的话语又止住了。她深深地叹一口气：“你若是辞官，女儿只有一个请求，能不能等肃哥哥回来你再辞，且所有的家产都要留给他。”

林博摆摆手：“随他吧，林萱走得凄惨，这里的+事我也看淡了。钱财再多，买不回一条命，人死之时也带不走分毫。”又是一阵叹气，他不甘道，“我只是咽不下这口气！狗娘养的赵琅坤，眼红我钱财多，害得我家破人亡！我不甘心！”

不甘心？这世上哪有那么多让人甘心的事呢。只因不甘心，所以所有人都在互相争！不争，就会被踩下去！

林陌染定定地看着林萱那双再也不会睁开的眼睛，无奈道：“爹不甘心，女儿又何尝甘心！”她沉声一笑，“可是爹放心！今夜，女儿定叫他们偿还这笔血债！”

一个时辰前。

林陌染抢了一匹马，疯了似的猛抽一路，只身从九王府硬闯出来。

半路上，辰靳追上了她。一双手按上她握紧缰绳不住颤抖的手，一把将她从疯马的背上拽了下来，他开口就喝道："不要去！那是个圈套！"

赵楚珩早料到，林萱死了，宠爱她的林博必定要求将她遗体接回林府发丧，而林陌染，为了保住林府不再继续遭受赵家的迫害，定然也会前往。

所以他从将林萱丢上自己哥哥的床那一刻起，就设下了一个局。

"他们将那道谕旨缝在了林萱的肚子里！"

饶是她活两世，听闻了许许多多的怪事，这一刻，听了赵楚珩的这一做法，仍不免感到毛骨悚然！

即便林萱生前诸般欺辱她和她的生母，言行上多有冲撞，如今，她也不禁替林萱感到难过。更加没办法想象，只有十五岁的林萱，那瘦瘦小小的身子，被开膛破肚，柔软的肚子里被硬塞进一道谕旨！

林陌染握紧了拳头。赵楚珩，他还是人吗？！

辰靳将她拽到暗处，压低了声音："林萱的棺椁将在林府停放七日，他们一定会寻个时间，去假装'揭穿'谕旨被林博盗取！到时候，林博就要背上盗谕旨的罪名，这可是要满门抄斩的！"

他神色严肃，林陌染却突然笑了："赵大公子，既然是满门抄斩，那我今日去与不去，又有什么区别？这罪名我爹一旦坐实，我也逃不了被杀的命运。"

辰靳神色一顿，眉宇紧锁："我怕你在时，二弟去闹事，伤着你……"

林陌染冷眉一挑："他来正好！我便等着他！就怕他不敢来！"

"你……"辰靳将她猛地一扯，"你疯了！又要做什么，上次火烧玉楼春，差点儿就丧了命，还嫌不够？！"

林陌染现在是气不打一处来，好不容易下定决心要除掉赵楚珩，眼前辰靳却跑过来大说特说一通，简直烦人！

她索性推开他，心里想到什么，一股脑就骂了出来："你如今跑来我面前说这些有什么用？！我妹妹在时，你就在赵府，你何曾护过她？！

当初哪怕你就是阻止一下，萱妹妹也不会死！林府也不会陷入如此被动的地步！”

辰靳愕然不已，睁大眼睛看着她。

林陌染的怒骂依旧没有停止，一双眸子狠狠地盯着面前错愕的男人：“我知道你们总是有太多的顾忌！顾忌朝纲，顾忌文武百官间的派别之争，顾忌江山、顾忌黎民百姓！可是我没有，我没有任何顾忌，除了我家人的安危！”她深吸一口气，“所以你们不敢动手除掉的人，我自己来杀！”

她低头看着自己一双洁白的手，语气狠冷：“今日我便等着赵楚珩！等着用这双手，亲自结果他的性命！这一次，我决不饶他！”

辰靳震惊了许久，皱眉紧紧盯着林陌染，眼神中闪过诸多情绪，从难以置信，到陷入深思，再到狠然，最终定格。

他缓缓点头：“我帮你。”

林陌染一直守到日落月升，夜色沉凉。

灵堂早已没有前来吊唁的人，婆子、丫鬟稀稀疏疏地打扫院子里烧尽的纸钱余灰，又将哭晕过去的顾清媚扶回堂屋休息。

有人来劝林陌染：“娘娘也早些回去歇息吧，这里由赵二夫人的乳娘守夜便好。”

林陌染点着手里的香，拒绝道：“所有人都去休息吧，今夜由我来守。”

乳娘拗不过她的坚持，最终还是转入了后院，自去服侍顾清媚歇息。

静谧的灵堂，终于只剩下林陌染一个人，还有耳边不时传来蜡烛燃烧的声音。

良久，直到一道轻微的脚步声打碎了这一方平静。

赵楚珩带着一身的酒味和似笑非笑的神色，一步一晃地踏入了灵堂。

林陌染背对着他，专心地点着手里的香。她点燃第二把时，身后赵楚珩猛地一把将所有的香夺了过去，狠狠地掷在她的脚边——

“林陌染！别装了！你和你的萱妹妹根本就不亲！她从前诸般陷害你，如今她死了，你该高兴才对！”

林陌染神色平静地望着他，转身再取一把香握在手里，凑到烛火前，道："守灵七夜，七夜中，香火不能断。如此，逝者才会护佑生者万福。这个习俗，赵公子难道不知？"

"林陌染你个贱人！"赵楚珩彻底怒了，他怒目锁着她，身子一寸寸逼近。

"爷今天来不是看你演戏的！"他怒喝道，"你和你的姘夫折断了爷一双手臂，爷今晚就要来跟你算这笔账！"

林陌染沉着一张脸，仍旧不动声色，弯下身，将被他打翻的香案扶起。

再起身时，却突然猛地抓了一把灰，照着赵楚珩的脸撒过去——

"唑！"

赵楚珩行动不便，一时竟没能避开，被撒了一脸，眼睛刺得生疼。

他恼怒地甩了甩头，睁大眼睛，瞪着面前的女人！

林陌染清浅一笑，一脸讽刺："都说在眼睛上撒香灰，就能看到鬼神。不知道萱妹妹灵前的这一把灰，足不足以让赵二公子看清楚，站在你面前的，究竟是人还是鬼？"

赵楚珩被她清冷的语调说得浑身一震。

饶是他再不惧怕鬼神，此刻在被他亲手害死的林萱的灵堂上，还是感到了一丝凉意。他迷迷蒙蒙间，仿佛真的能看到一片片白雾在他身边飘荡！赫然就是一抖！

瞧着他一脸恐惧不已又拼命克制的矛盾神色，林陌染就是一阵冷笑，她阴沉的语气中，音调听不出丝毫起伏。

"赵二公子，你怕鬼吗？"

刹时间，灵堂似有阴风四起。

伴随着这阵突如其来的穿堂风，赵楚珩阴森森地笑了："我怕鬼？"

他脚步沉沉地走过来："林陌染，小爷这双手上沾的人血不计其数！我要是怕鬼的话，早八辈子就给吓死了！"

他因是断臂，脸上又带着灰，说这话时，模样十分狰狞。

没想到他一声令下，原本还死寂的灵堂四周，突然围上了十几个黑衣刺客，十几把短刀，明晃晃的刀尖齐齐指着林陌染。

赵楚珩在众刺客的簇拥下，冷笑着反问她："林陌染，你怕死吗？"

林陌染全然忽略他带来的那群顶尖杀手，安然的神色间，反而浮起一抹恬静的笑意："赵二公子给妻子守灵，还要带着这么多走狗来，真真是气派！"

赵楚珩不笑了，目光锐利起来："林陌染！我不是来守灵的，我是来取你的命！"

"不等将萱妹妹腹中的谕旨取出来，让林府上下九族被诛，赵二公子就急着取我的命？"林陌染摇头，"岂非辜负了你爹为替你报仇而设下的这个局？"

赵楚珩狠狠拧眉："你知道……"

"我不仅知道。"林陌染始终微笑，"我今日来，还准备了一样东西给你。"

赵楚珩冷哼："准备什么？"

林陌染缓缓开口："我自己。"

她眼光扫向赵楚珩身后的人，脸上闪过一丝促狭的神情："你不是曾说过，只要我开口，你一定会让我满足？"

赵楚珩一愣之下，顿时爆发出一阵大笑。他屏退身后众人，骤然间，眉宇中升起一股狷狂："林陌染！我真真是小看你了！这种时候，这种地方，你还有这样的心思？！"

林陌染敛去笑容："我是有条件的。一夜，换林府全府老少的性命。今晚事毕，任杀任剐，陌染绝无二话！"

赵楚珩疑惑地皱起了眉："你舍了清白，赔上性命，就是为了救林府全府人的性命？"

林陌染坚定抬头："赵二公子不信？觉得我这样不值？"

她轻笑："那我再加一个。"她眸中锐芒一闪，"不准再逼迫燕乐晟亲征！"

赵楚珩闻言一阵冷笑："林陌染，你是哪里来的自信？！小爷我今晚即便不答应你任何事，也可以轻而易举强上了你！更何况，小爷今晚想不想还是个问题！"

林陌染对他言语中的讽刺不为所动："你会的。"她志在必得，"因为这样的场合，只有一次机会。”

她狡黠一笑：“想想看，这是灵堂。赵二公子就算再怎么经验丰富，想必也从未试过在灵堂和女人缠绵悱恻；更何况，今日躺在这棺材里的不是别人，而是你的新婚亡妻，是我的亲妹妹！林萱她就在这棺材里，看着我们是如何恩爱……”

“林陌染！”赵楚珩双眸骤然泛红，若非双臂折断，他早已死死摁住了她！

“有意思！你这女人真有意思！”他狞笑着走过来，正准备下手时，哪知林陌染却猛地往后退了一步。

跳跃的焰火映照下，她精致的面容上，一抹笑容蛊惑人心：“赵公子，不若将萱妹妹的棺盖推开，如此才能更加尽兴，你说是吗？”

赵楚珩早已被欲望冲昏了头脑，一听此言，更加起了兴致。他三步两步走过去，命人迅速将棺盖一推——

身侧，林陌染的视线随着来人推棺盖的动作移动，随着棺盖的缓缓移开——她愈发紧张起来。

在棺盖推开了一条足以钻进一个人的缝时，然而棺材里黑漆漆的，什么都看不到，更别提林萱的尸体！

赵楚珩诧异之下，猛然醒悟，这一切不对劲——然而已经来不及！

“砰！”棺材中骤然爆发出一条三米高的火龙，将昏暗的灵堂映照得亮如白昼！点燃了棺材四周垂挂的挽联。

赵楚珩猝不及防，正想躲开，转身之际，却见身前的林陌染迅速将一杯烈酒朝他泼过来！

冰凉的烈酒浇得他满头满脸，然而还未来得及擦掉脸上的酒水——炙热的火焰已经沿着他的脸，快速地往上蹿，将他的整个头部点燃，几秒的时间内，已经蔓延到他全身！

滚烫的热浪吞噬了他，赵楚珩睁着恐怖的双目，在火焰中，他死死地盯着林陌染，下一刻，迈开步子朝她扑了过来！

“林陌染！我要你跟我一起死！”赵楚珩在火烧的剧痛中不辨方向，一路带倒了许多物什，火焰便一路蔓延，将整个灵堂都燃成了火海。

这情景如此相似。

林陌染避开他，目光中没有半分怜悯："上一次放火没能烧死你，我一直觉得很遗憾，感谢赵二公子今日给了我一个弥补的机会。"

面前那人已经痛不欲生地滚倒在地，发出凄厉的叫喊："你逃不掉！这火……你也得死！跟我一起死！"

"赵二公子此话当真可笑。"同样置身火海，林陌染却仍然是一脸平静，"我早已经是个'死'人，如何能再死一次？所以，恕我不能跟你一起了。"

赵楚珩忍着火烧火燎的剧痛，他难以置信道："你明明是活人！你竟然为了杀死我，要和我同归于尽！林陌染，这一次，你就真的成了一个彻底的死人了！"

林陌染幽幽道："赵二公子真是健忘。当初不就是你撺掇柳太妃，谣传说我是九命猫转世，想让皇上取我的脑袋，如今怎生忘了呢？九条命，今日烧死一条，也不算什么事，你说是吗？有时候啊，这命太多了，我也不觉得活着是件多稀罕的事了。倒是你们这些凡夫俗子，死一次，就再也活不回来……"

被火吞噬的赵楚珩，听她此言，狠狠打了个哆嗦，满目惊诧！

她冷冷面对着他这副狰狞的表情，沉沉道："赵楚珩，你不是说你不怕鬼？那么今日，就让我这个厉鬼送你上路！"

她对准他的身体，猛然甩出了一道火折子——

"砰！"再一次爆发的火焰顷刻间以无以复加的毁灭姿态包裹了赵楚珩！

赵楚珩痛苦万分，却一个字也发不出，满眼尽是恐惧之色。

他挣扎着张了张嘴，睁圆了一双眼睛……

这是他留给世人最后的表情，很快，火焰中，再也辨不清他的五官。赵楚珩整个人都消失在了炽热的火海中。

同样林陌染也走不出去。

闻讯赶来的林府家丁乍然看见这猛然蹿起的大火，都是一阵惊慌失措，急急忙忙取了水，开始疯狂救火。

来救火的人太多，刺客见此情势，别说闯进去救赵二公子，能否从众多家丁中突围都是个难题。于是他们略一商量后，四散而去。

再反观林府灵堂，尖叫声、指挥声、呼救声连成一片，给这个原本悲伤的夜晚平添了几分鸡飞狗跳的喜感。

火焰中，林陌染静静站着，看着赵楚珩从痛苦翻滚，到如今静静躺在地上，睁大一双充满恐惧的眸子，再也不动丝毫。

确认他已死后，林陌染才缓缓地抬头，朝灵堂的顶梁使了个眼色。

光线照射不到的灵堂顶梁上，猛地跃下一个人，裹着湿润披风，不由分说地将林陌染拥进怀中，然后猛地发力，带着她冲出火海——

双脚踏上地面的同时，辰靳第一时间去看怀中的人，是否安然无恙。

“可有烧着？”他急急细查，确认她除了发尾和部分衣角被烤焦之外，并无任何外伤，这才肩膀一松，长长舒了一口气，“你可真能忍！我在房梁上都能感觉到那火焰的滚烫！你要是当时再不唤我，我都想立马冲下去将你捞起来！”

林陌染虚弱一笑，咳了几声，哑着嗓子道：“我要亲眼看着他死……”

她转念一想，觉得在辰靳面前说这样的话不对：“你可还好？他毕竟是你的……”

辰靳目光一冷，半晌，沉声道：“无妨。这种人，也是该死。”

林陌染只觉得他此言话中有话，打趣道：“莫非你也恨他企图玷污我？”

她本是打趣，哪知辰靳神色很是严肃地点头：“对！恨死了！我都不敢做的事，凭什么他做了两次！”

“噗！”林陌染失神一笑，绷紧的神经也在这一笑间松懈下来。

月色中，她的笑容有股劫后余生的幸福感。

辰靳微微动容，伸手将她被火焰冲乱的碎发一一顺到耳后，这才低声开口：“谁伤了你，我都要叫他加倍奉还！即便这人是我的弟弟……”

辰靳的话让她一时间无言以对，只能默默地侧头，错开他的手。

手指传来的微凉，让辰靳心中微微落空。但是很快，他又扬起一抹轻笑，将裹在两人身上的披风扯下，道：“赶紧去前面看看，别让你爹担心。”

他若有深意地看了一眼林府外的天色：“只怕那人也快要赶到了。”丢下这句饱含失落的话语，他脚步一晃，甚至不再看她一眼，就转瞬跃出林府外墙，没入漆黑的夜色中。

今晚辰靳不能露面，以免引起赵琅坤的怀疑。更何况，他还有更重要的任务。

但她真的很想知道，辰靳究竟用了个什么手段，才能在这么长的时间里，将赵家两人都隐瞒得如此彻底？

辰靳走后不久，她才缓缓从灵堂后侧绕回去。见她平安无事，立刻有人哭喊着叫来林博，说大小姐还在！一群人自然又是急匆匆地冲过来，查看她有无受伤。

正混乱时，林府外，朱雀主道上突然响起了急促的马蹄声——来势汹汹，蹄声急躁杂乱，生生将这里救火现场本就凌乱的气氛震得一滞！

伴随着马的长嘶声，一辆华丽的红色马车，猛地停在了林府门前。

一人身着玄色蟒袍，脚踏锦云靴，急切地迈了下来，张口便唤：“陌染！”

燕乐晟满脸焦虑，奔过来后一把就将她拽进了怀中！

“我听闻林府灵堂起火！想起你今日前来守丧……我……”他紧张得语无伦次，“怕再一次失去你。”

这场景让他想起玉楼春，越想越是要发疯！

他将她拉开几寸，神色严肃而郑重：“随我进宫！这一次，你必须答应朕！”

这道命令下得太过迫切了，他竟然又将“我”变成了“朕”，想借此给她施压呢！

林陌染疲惫一笑：“还不行……不过快了。”

燕乐晟这时一眼瞥见她手里的披风，心知她是将其浸湿后用来避火的，顿时心里一疼。然而再一看，却发现很眼熟！

“这是？”他将披风从她手里抽开，目光澄明，瞬间了然，“辰靳救了你？”

本是个简单的疑问，然而他嘴一抖，无端地生出几分气恼来！

关键时刻，他又一次缺席！身为她的男人，这叫什么事？！

林陌染歪头看他丰富的表情，听他这语气，是吃醋呢？还是吃醋呢？

她有心给他再添一点儿烦恼，笑嘻嘻地开口道：“是呢，辰靳从房梁飞身而下将我救起，那英姿，那身手，可帅了！”

面前的男人果然冷眉一拧，一只手死死揪着那披风，恨不得将它扯碎。半晌，他克制着自己的不爽，冲着林陌染就决然道：“今天朕必须将你接回宫！这宫外不安全，将你留在这里，朕不放心！而且，你出事时，朕总是没法第一时间赶到！等收到消息前来时都已经晚了！”

“还有呢？”林陌染听他信誓旦旦地说了这么多理由，就是没有说到重点，笑意更浓，故意催促他，“没有别的原因了？”

燕乐晟死死压着眉心，好半晌才下定决心，憋出了一句话：“有！觊觎你的男人太多了，朕吃醋！”

林陌染再也忍不住了，在这火焰四起的着火现场，放声大笑。

清甜的笑声，将这里的雾气尽数扫空。

燕乐晟怔了怔，望着她带笑的容颜，嘴角也自扬起一抹弧度。顿了一下，他平静下来，才问：“辰靳现又去了哪里？”

林陌染狡黠一笑：“辰靳啊，按照他的速度，现在应该刚出九王府吧。”

燕乐晟皱眉：“你和他又想出了什么歪点子！”

“先不告诉你。”林陌染伸出一根手指在他面前晃了晃，“等你那宝贝弟弟来了就知道。拭目以待！”

燕乐晟压抑着眉眼中的恼意，伸手就将眼前那根纤纤玉指握在手中。

火势小了之后，燕肃祁果然带着王府的家丁赶到了。

踏入林府大门的同时，他不忘第一时间追问林陌染的安危：“本王的王妃呢？！”

然而夜色中，谁都能对比出来，燕乐晟和燕肃祁，这兄弟俩一前一后追来林府要人，谁是虚情假意，谁是真的关心林陌染。

这一对比之下，疲惫的众人竟然都没有心思再去和这位虚情假意的王爷客套，纷纷驻足在原地，既不请安，也不迎接。

而犹在病中的林博，更是没有正眼看他。

花重金给女儿打造的灵堂被烧毁，连女儿的尸骨都没能保存下来，林博今晚心情十分沉重，面色不虞，如今他呆呆地望着渐小的火势，根本顾不上迎接燕肃祁。

受冷落的燕肃祁只能自己上前，先朝燕乐晟请安，然后一步步走到林陌染面前，开口不由分说地道："爱妃，跟我回府，这里太乱，又漫天灰屑，还是早早离开为好。"

他边和林陌染说着话，边朝身后数名家丁使眼色，道："我带来的人都可以去帮忙，自会将你妹妹灵堂被烧一事彻查清楚这里的杂事，你不必顾虑，跟我回府休息。"

燕肃祁说罢，伸手要去牵她。

岂料林陌染冷冷地退开一步，扬起一张笑意冷峭的脸："只怕九王爷不是来帮忙的，而是来找东西的！"

燕肃祁脸色瞬变，却很快压制下去，换上一副疑惑的模样："爱妃这是在说什么话？本王和你妹妹素不相识，为何会到灵堂来找东西？"

林陌染面带笑容："人在说谎时会不自觉地语速加快，企图用大量的话语去掩饰自己的谎话，但往往欲盖弥彰！正如现在！"

她眸子一亮："陌染从未说，王爷是来找我妹妹留下的东西，更未说，你是来灵堂找东西！为何王爷却定要将你自己和我妹妹牵扯到一块呢？"

此话一出，众人哗然。细思之下，后背隐隐生凉，都感觉有个惊天的阴谋即将被揭开了。

第5章 燕肃祁，你的死期到了

林陌染面上的笑容带着志在必得的自信和平静，而看在燕肃祁眼中，却越发显得刺眼。

他下意识地逼近一步，眼中沉着森森的冷意，企图在林陌染有任何举动前先发制人！

然而与此同时，燕乐晟也堪堪往前迈了一步，将林陌染彻底地护在身后，语调十分不虞："九弟，回答她的问题！"

燕肃祁面色沉了沉："本王不懂你在说什么！"

"也对。"林陌染点头，"这年头但凡要说服人家，总得拿出点儿真凭实据。九王爷，事先声明，我把丑话说在前面，你如今翻脸不认，一会儿我拿出证据来时，可不要有任何怨言！"

燕肃祁狠狠挥袖："你说！"

林陌染坚定开口："两年前，新帝即位，但先皇下诏传位的谕旨却不幸失窃！而盗窃谕旨的人正是赵丞相赵大人！赵大人和赵二公子将谕旨缝在萱妹妹腹中，企图嫁祸我父亲窃取谕旨！"

她目光转向灵堂，渐渐熄灭的火焰在她眸中燃起一抹妖红。

她缓缓续道："不幸的是，这个阴谋，被今晚前来守丧的我无意中发现。赵二公子企图毁尸灭迹，前来放火烧毁灵堂，也打算将我一并烧死在内。”

她篡改了部分事实，然而没关系，她只要装出一副让人信服的模样就好，依旧坚定继续道：“我侥幸逃了出来。然而，由于火势太猛，赵二公子自己却葬身火海，自作自受！”

燕肃祁听罢一阵轻笑，打断她：“陌染，你又在瞎编什么故事？这些浑话等回府后慢慢跟本王说！”

“王爷认为这是故事？”林陌染冷嘲摇头，“那如果我说，赵二公子死前，将谕旨托付给随从，转交给了你，如今谕旨就在九王府中！你……信吗？”

燕肃祁冷眸一闪：“林陌染，要胡闹也得有个分寸！我看你今日定是被火烧坏了脑子，马上跟我回府！本王为你找个御医仔细检查一番！”

“既然王爷不信……”林陌染面无波澜，转向燕乐晟，“那么妾身恳请皇上下令，派人前往九王府搜查。有无谕旨，一搜便知！切勿让贼人将谕旨转移了！”

燕乐晟早有此意，立刻传令暗卫：“搜九王府！”

黑暗中，数个黑色身影飞速蹿起，无声无息地消失在夜色中。

燕肃祁面露厉色，冷冷转身也要走，却被燕乐晟一把抓住：“九弟要上哪里去？”

燕肃祁压抑着怒气：“自然是回府！你派人搜我王府，本王不回去坐镇，你的人乱来怎么办？！若是惊扰了我的家眷，又当如何？！”

燕乐晟不急不缓，笑道：“朕的暗卫又不是西域请来的那些土匪杀手，怎么会无端惊扰你的家眷呢？”

此话一语双关，既讽刺了赵楚珩为弑君不惜请来十二名西域杀手，却没有得逞的事实；又暗中点明，连西域顶级刺客都拿他们没办法，你燕肃祁即便如今去搬救兵，只怕也是无用。

燕肃祁果然面色惨白。

燕乐晟接着道：“九弟少安勿躁，只需在这里静静等朕的暗卫前来报告结果。若是没能搜查到谕旨，那就好说，朕给你赔罪，后宫的古玩你随便拿！若是不幸搜到谕旨……只怕九弟你现在还是抽空想想一会儿该怎么向朕解释比较好！”

他讥诮的语气，显然让燕肃祁十分不爽。

然而最后这一句话，却一语点醒了燕肃祁。既然身为皇帝的燕乐晟已经清楚表明自己是站在林陌染这边，听信她所说的，那么他燕肃祁如果不能想一个好的办法脱罪，只怕今晚就要坐实盗窃谕旨的罪名了！

他和赵琅坤，本是想着将这个罪名安在林博一家身上，怎么会想到，如今竟然要落得个自作自受的下场！而再一细想，赵楚珩如今已经被烧成焦炭，死得不明不白……他可不愿步其后尘！

仿佛为了验证他心中恐惧的想法，这时，清理火场的家丁小厮们突然齐呼了一声："大人们，找到赵二公子的尸体了！"

尸体很快被兜在油布里抬了出来，放置在众人的面前。

说是尸体，其实就只剩下一个完整的人形而已。被林陌染一杯酒泼湿的头部更是早已烧成了黑乎乎的一片，不辨五官。

往日里那个风流倜傥的纨绔公子赵楚珩，如何会想到有朝一日自己竟然会以这么难看的方式死去！

此时，院中众人神色各异。

顾清媚也被惊醒了，一路由丫鬟们搀扶着，跌跌撞撞地奔到灵堂前院——抬眼一看那座早已烧毁的灵堂和已经完全化成灰烬的棺材，她瞬间蒙了！她呆愣愣地凝望了半晌，彻底崩溃，放声大哭！

林陌染紧紧地闭上眼睛，心中一声长叹。

她还不能告诉顾清媚真相，其实林萱的尸体早已被她暗中送到林府后花园那片树林里藏得好好的。而灵堂中被烧成灰烬的，只是一口装满了火石煤油的空棺材。

不能告诉她，就只能眼睁睁地看着毫不知情的顾清媚在灰烬中哭得死去活来。

对林陌染来说，这事情委实太过残忍了。

让她觉得，自己实在不是个好人，指不定哪天也会遭到报应的。

顾清媚的哭声，让林府全府上下都陷入一种彻底的悲伤中，早有不少丫鬟、小厮跟着哭了起来。

林博勉强站直，却也掩藏不住眼中的一抹泪光。

然而燕肃祁却丝毫不为所动。他只觉得无比烦躁！这哭声让他心烦！也许他今晚就不该来，赵琅坤那个奸诈的老狐狸就没有来！

他必须想个办法，让燕乐晟不敢动他！

燕肃祁眼眸微眯，视线转移到林陌染身上，心中一声冷哼！燕乐晟的软肋，远在天边，近在眼前！

窸窸窣窣的脚步声突然从林府大门外传来，打断了他的思绪。

燕肃祁神色凛然地将目光投向夜色中疾步而来的暗卫，心中浮起一句话：该来的，总是会来！

同一时刻，这句话也再次在林陌染心中浮起。

这一刻，她以为一切就要结束了。她很快就能进宫，伴随在燕乐晟身边，从此再不必过这种提心吊胆的日子。

从前她以为，自由就是不被约束。她不想被燕乐晟约束，更不想被他的皇宫高墙所约束。

而如今，她想明白了。她想要的自由，其实并不是离开皇宫、闯荡江湖的洒脱。而是居有所爱，爱有所得。心若自由，燕乐晟和他的宫墙都不能约束她分毫。相反，若为了追求活得自在，而让爱她的人整日里为她担心，这是对爱人的不负责任。

暗卫们恭恭敬敬地上前，手中捧着一卷油布包起的长方形物体。

在场的人都急忙把视线往这里聚焦，争着想看清楚，九王府上到底有没有窝藏谕旨？

燕肃祁更是眉毛都竖了起来。谁也没有注意，在他沉冷的一双眸中，已然渐渐泛起锐芒。

暗卫将油布掀起一角，终于露出里面金黄色的卷轴！

燕乐晟虽然不知此刻林陌染将谕旨公之于众是什么意思，然而出于对她的信任，他没有丝毫犹豫。

上前一步，他将谕旨一把抽出来，动作干净利落！

再一抖，谕旨被整个展开，事隔多年，自先皇去世后，就再也没有出现在众人眼中的传位谕旨，第一次暴露在世人眼中。

谕旨上，齐齐整整地用小楷写着:“皇长子燕辰靳自幼养于赵丞相府，秉性仁慈，居心孝友，朕薨逝，即传位皇长子燕辰靳，望诸臣共同鼎力辅佐，俾皇子辰靳成一代明主。钦此。”

燕乐晟略一沉眉，并未将其中内容念出来，只淡淡道：“看这字迹，应是先皇遗诏无疑。但为谨慎处理，还是交由宫中专拟遗诏的翰林大学士查验，较为妥当。”

听罢此言，燕肃祁冷哼：“这么说来，今日虽然从我府上搜出谕旨，皇上却仍然无法治我的罪，是吗？”

燕乐晟平静道：“今日而言，是的。”但他神色间那股自信，确是清清楚楚表明，九弟你逃不掉。

辰靳是告诉过他，赵琅坤篡改后的遗诏是什么内容，正和如今手中这份一样！只翻开看第一眼，他就能肯定！但是为了服众，为了日后燕肃祁输得无话可说，他还是建议由大学士查验。

燕肃祁一声冷笑：“那么如今，本王总归可以回府了吧？”竟是一副对结果满不在乎的样子！他一抬眼，“陌染，你是本王的侧妃，不跟本王回府，难道还打算夜不归宿吗？”

林陌染回敬他一道更冷的目光：“王爷，如今林府乱作一团，需要一位女主人出来安排各项事务，而看二姨娘这状态，恐怕林府中能主事的人只有陌染一个了！所以抱歉，陌染今晚必须留下帮忙，不会跟你回府！”

燕肃祁似乎早已料到她会这样回答，很快就不再坚持，而是笑意森寒地补了一句：“林陌染，本王提醒你一句，只要你一日还顶着九王妃的头衔，就一日都是我九王府的人！将来若我不幸坐实盗窃谕旨的罪过，你也要与我同罪！”

说罢，燕肃祁冷笑转身，如来时一样，领着他的人大步踏出林府大门。留下身后一脸沉思的林陌染和瞬间绷紧了身体的燕乐晟。

“今晚就跟我回宫！”燕乐晟的目光狠狠看向九王爷那道远去的身影，终于被刺激得不行，狠下决心，道，“林陌染，朕不管那什么狗屁礼法！

若是身为皇帝连抢一个女人还要顾忌那么多，还不若不当！”

林陌染还在犹豫，不置可否地低着头。

燕乐晟恼了，不管不顾地抓起她的手，就往林府大门外停放的轿子走去，他还不忘扭头吩咐暗卫：“帮着打理林府诸事，不处理好不准回来！”

他一指林博：“记住，这位是朕未来的岳父，北燕的国舅爷！今晚你们都听他的！他说什么，你们做什么！明白了吗？”

众暗卫齐刷刷地点头：“是！”

被点名的林博顿时神色一凛，又见身前那么多双眼睛都恭恭敬敬地看向他，顿时内心泛起一种自豪又苦不堪言的情绪——自豪的是，女儿竟然被皇上相中，自己一个说小不小、说大不大的总督，居然有朝一日能成为国舅爷，皇帝的岳父！苦的是——苍天啊！眼前这些可都是皇上身边的暗卫，他怎么敢使唤？！

燕乐晟交代完，牵着林陌染就走，压根儿没留意林博眼中那矛盾无比的神色。他如今只能顾上林陌染了！

而林陌染一路默默地由他牵着，没有拒绝也没有挣脱，乖乖地上了轿子。

他生怕她反悔，或是又找出什么理由反驳他，干净利落地一挥手：“起轿起轿！”

这可是皇帝，轿夫们不敢怠慢！赶紧抬起轿来，脚下生风，一晃一晃直往北燕皇宫而去。

“陌染？”燕乐晟坐在晃晃悠悠的小轿子里，心也是晃晃悠悠的。见林陌染始终拧着眉，眼睛不知道望着哪一处，就张开五指在她眼睛前晃了晃，他担心地唤了她一声，“你是生气，还是担心？若是担心九弟以此告朕一个抢夺兄弟妻的罪名，朕就认了！”

他把眼一瞪，无赖道：“朕还就真想看看，到底谁敢治堂堂北燕皇帝的罪？！”

闷头静坐的林陌染咧嘴发出“扑哧”一声笑。

燕乐晟大受鼓舞，干脆扳过她的身子，直视她的眼睛：“大不了朕不当这个皇帝，从此与你浪迹天涯！反正谕旨的内容迟早要公开的，这个皇位也要还给辰靳……”

把皇位还回去？这话他说得轻松，然而真的细想，三年兢兢业业打理下来的江山霸业就这么拱手送给别人，是人都会心疼的！

林陌染忍不住轻笑抬头：“燕乐晟，你真是想太多了！难道你还猜不出来，我和辰靳设的那个局是什么吗？”

燕乐晟一听辰靳的名字，就皱起眉头：“朕想不到！”

林陌染失笑：“谕旨是被赵琅坤缝在萱妹妹腹中无疑！那把火，却不是赵楚珩为了毁尸灭迹而烧的。是我为了烧毁证据、同时烧死赵楚珩而放！至于谕旨，自然也不可能是赵楚珩让随从转交燕肃祁的，而是辰靳方才偷偷藏进九王府的！所以方才你问我辰靳去了哪里，我才会说他在九王府……”

“另外，关于遗诏的内容。”她顿了一下，“辰靳说他对王位没兴趣，遗诏公开后，他会向天下宣布，禅位于你。”

这话若是由别人说出来，燕乐晟自然不会相信。

可若是由辰靳说出来，那他便信了九分。辰靳此人，毫无野心，凡事只求随心所欲，问心无愧即可！

也正是因为他是这样的性格，所以不适合当皇帝，也不屑于当皇帝。

轿子行至宫门时，林陌染忽而叫了起来：“完了！我忘了提醒父亲，萱妹妹的遗体还存放在林府后花园！”她果断一抱身边燕乐晟粗壮的大腿，“皇上，能不能借你的暗卫替我传个话？”

燕乐晟讶然失笑：“小东西！朕花重金培养的暗卫，你不仅当成看门狗来用，如今还当成信鸽来用……你还真是暴殄天物啊！”

此时宫中静得很，丝毫没有因为林府出事而起半点儿波澜。

魏喜正守在政阳殿等燕乐晟回来。

两人下了轿子时，就见他老远迎上来，恭敬行礼请安：“恭迎皇上回宫。”

燕乐晟亲自将他扶起：“你身上还有伤，朕不是一早就吩咐过了吗？你只管在房中安心歇养，不必出来迎送朕！”

魏喜面无表情地沉声道：“谢皇上隆恩。但老奴此次来，实有一重要的事情相告！”

燕乐晟脸色一沉，牵着林陌染的手不由得一紧，嘴上立刻道：“何事？”

魏喜低叹摇头：“赵丞相赵大人，失踪了。”

林陌染两人顿时一愣。

魏喜继续道：“皇上离开时，负责监视赵府的暗卫匆匆来报，今日夜里，赵琅坤出门会见了一个老友后，拐入闹市，不久便失去了踪影。暗卫遍寻不到，回赵府蹲守至今，也不见赵大人回府。因此断言，他失踪了！暗卫回宫禀告时皇上不在，老奴特代为转告。”

林陌染皱眉摇头：“这个老狐狸定然是听到了风声，为了逃命，竟然连自己儿子都不顾了！”

“非也。”魏喜低声开口，“暗卫声称，赵大人今日曾和赵二公子有过激烈的争吵。吵完后，他才出府潜逃。”

“这么看来，这父子俩的想法是出现了分歧，赵琅坤要逃，而赵楚珩却主张留下。”燕乐晟略微沉思，果断部署，“立刻加派禁卫军，严守江陵城四个大门，每一个出入城门的人都要仔细盘问，以防赵琅坤逃出江陵！另外，迅速带人暗中查封赵府，府里的人一个都不准离开！”

他郑重道：“魏喜，这件事，朕不放心交给别人来做。你替朕走一趟，亲自领着人去，审问下人的工作，朕也委托你全权负责！当然，保证生命安全是前提！”

“是！”纵然魏喜练就了一副泰山崩于前而不动容的面瘫神功，如今乍听皇上此言，眼中还是不由得闪过一丝敬重——对伯乐和明君的敬重。

魏喜领命而去，燕乐晟牵了林陌染的手大步就往宫里走：“朕给你看一样东西！”

林陌染顿感好笑：“什么东西，非得大半夜去看？”

燕乐晟脚下生风，拽着她在黑暗中走得稳稳的，随口就道：“你不在时，朕每天晚上睡不着时，都要来这里转转。”

林陌染见他走得快，忍不住开口提醒：“走慢点儿，这夜里不比白天，天色这么暗，摔着了怎么办？”

“摔不了！”燕乐晟头也不回，依旧走得飞快，“这条路，朕在夜里都走过无数回了！闭着眼睛都能走下去！”

说话间，面前就出现一座装饰特别的四合院。

院内院外遍植梅花，看似杂乱无章，却分明是出自名匠的设计，一片片交相呼应，如今是夜里，鸟虫低鸣，意趣昂扬。

“这是？”林陌染诧异道，然而刚一问完，抬眼便看见四合院的桐木门扉上那三个龙飞凤舞的大字：陌雪坊。看这字迹，自然是出自燕乐晟之手无疑。

而这院名，“陌”取自她的名字，“雪”暗指她额间那抹雪中之梅。这是他专门为她而修建的院子！

林陌染瞬间眼眶微湿，抿唇低笑，好半晌只是望着那院门，迟迟不敢踏进去。

她在想象，她消失的那段时间，燕乐晟是如何独自一人落寞地守着这座空院子，睹物思人……想着想着，心就疼了，没法再继续想下去。

燕乐晟见她犹豫着不敢进去，一声低笑，牵牢了她的手，带着她一步步缓缓走进陌雪坊。

四合院门内，一座雕刻着君子四友的大理石照壁，将一院景色巧妙遮挡，隐约可闻流水之声。转过照壁后，景色才豁然开朗，假山回廊，曲水流觞，即使夜色再浓，也掩饰不住这一院巧夺天工的美景。

“跟朕来。”燕乐晟在前面慢慢地带路。

她跟着他，像小孩子们玩过家家似的，一路走进了只属于他们的秘密花园。

再走几步，她才认真体会到燕乐晟的用心良苦。

原来这前院的梅林假山，只是很小的汉字部分点缀而已，真正的精华，在她生活和居住的中堂和后院。

中堂内除了中规中矩的堂屋外，还在东南角修建了一座纳凉的三层高小竹楼，坐在竹楼顶层就能看到繁华的朱雀街。她可以像往常在玉楼春一样，悠闲地品着茶，笑看世间百态。

而后院，竟然匠心独运地给她建了一座小形的驯马场，甚至还有箭靶！马厩里两匹经过精挑细选的矫健骏马已经早早在此，等着它们的新主人。而马厩之外，燕乐晟不惜空出一大片地，种植了树林，养了兔子、野鸡等动物，只为了给她闲时打猎！

林陌染大大惊艳："你有钱也不能这样任性啊！我住进去后，万一被大臣弹劾，说你动用国库资金只为取悦女人，我罪过可就大了！"

燕乐晟竟然还十分紧张："你不喜欢？"又不好意思地补了一句，"宫里没什么可以消遣的玩物，你一向喜欢自由，朕怕你觉得宫里生活太闷。有了马场，你无聊的时候就能骑骑马，或者到林中狩猎。若是觉得箭术不好，朕想着还可以亲自教你，于是又多设置了几个箭靶。朕能为你做的便只有这些了，其实也花不了多少钱……"

他顿了一下，竟然有些讪讪的样子。

林陌染抄着手，就望着他等下文！

燕乐晟一只手压眉，叹了口气："若是朕的后宫里只养着你一个女人，就算我把全后宫最好的都给你，也真花不了多少钱！"

哪知林陌染听了此言后，很严肃地站直，开口道："燕乐晟，什么叫若是！难道你还打算用这样的方式，在后宫养一群女人？！"

燕乐晟一愣，旋即也故作严肃地教训道："女人！这天下，一向是朕要什么，别人就拱手送来的，包括美女亦然！朕还从未试过为了讨好哪个女人，又花钱又花精力，嘴上还得卖乖的！"

林陌染甜甜一笑："那敢情好，我让你有了另一种人生体验。"

燕乐晟深深叹气："朕真不知道，自己是如何混到如斯境地，反被你牵着鼻子到处转。想来朕手握天下权，金银满囊中，算来还略比你毒舌些……"

林陌染想都没想，丢给他一句话："那又如何？你还不是都听我的！"

她一笑，转身就跑进了堂屋。轻盈的身影，翩翩然闪进门扉，如同暗夜精灵，只留给世人门扉里的一寸光景。

那模样，真是像极了一只被人宠坏的张牙舞爪的小野猫！

不一会儿，屋内亮起烛光，烛火将那姣好的身体曲线完完全全地展示在窗纸上。看得出，她正在屋内好奇地打量着各种摆设，虽然是如此正常的动作，然而一举一动间，却端的是风情万种。

屋里暗香浮动，惹人浮想。屋外，燕乐晟不禁哑然失笑，脚步一迈，就急急跟了进去。

屋内瞬时又多了一个高大的身影，从后面将林陌染轻轻拥住。

片刻后，烛火无声无息地灭了，院子又恢复了往常的平静安宁。

清晨，陌雪坊沐浴在初升的暖阳中，鸟兽虫鸣，生机勃勃。

一身团花簇绣白衫罗裙的林陌染，打着哈欠推开了堂屋厚重的红木门，深深呼吸一口清凉的空气，满足地伸了个懒腰。

昨晚折腾了一夜，累是累了点儿，却反而让她睡得特别踏实，竟然一夜无梦到天明。

再睁眼时，身边那人已经早早去了朝堂议事，独留下房间里若有若无的淡淡松木香。

“黎笙。”她习惯性地唤了一声，半天不见有人来应声。扭头一看，身边伺候的小宫女一脸陌生，根本不是黎笙！

她这才猛然醒悟，自己如今已不在九王府了，而是在宫里，在燕乐晟给她修建的四合院。

小宫女怯怯地凑上来：“娘娘需要些什么？”

林陌染微皱了眉，这东西用久了，一旦换了个新的，还真是不适应，人亦如此，她摆摆手：“没事了，你先下去吧。”

小宫女也不走远，退了几步，远远跟在她的身后。

林陌染便领着她，一前一后在陌雪坊里闲逛起来。

她们先去树林里转了一圈，欣赏了一遍宫内外都难得一看的野趣横生的大自然景象。逗趣的是，这里的动物大概经常见到人类，看到她走过来时，不避也不躲。一头雌鹿领着一头小鹿悠闲地啃着青青绿草，圆溜溜的黑眼睛也只是淡定地扫了她一眼，就又低下头继续吃自己的大餐。

林陌染觉得自己就在逛野生动物园。走了片刻，来了兴致，她问身边的小宫女道：“你们宫里的奴婢刚认新主子，不是都未起名，要主人赏名字的吗？”

小宫女果然点点头：“回娘娘，是的！奴婢还未取名，宫里的老嬷嬷说，要等娘娘你亲自取了，我们才有名字。”

“那敢情好！”林陌染一拍手，玩心大发，对小宫女道，“今后我院里的宫女们，一律姓陌，依照等级排名，就按陌鹿、陌鱼、陌鸳、陌雀……这样叫下去吧！”

小宫女连忙喜盈盈地应了，笑道：“奴婢排名第三，以后便唤陌鸳了。”

林陌染故意板起张脸：“敢情给你捡了个大便宜，陌鸳可是这里面最好听的名字了！”

陌鸳莞尔一笑，不忘拍马屁道：“娘娘起的名字都好听！”

再走几步，忽而见到树林里躺着一座石碑，却是座无字光滑的石碑，再一细看，石碑后不远处，静悄悄立着一栋小阁楼。在这鸟语花香的树林中，宛如世外之境一般！

燕乐晟端的是好雅兴！竟然还想到要在这里给她修一个世外桃源！

瞬间，林陌染就被勾起了兴趣，急急走上前去查看。

不料因为走得实在太急，竟然一下子没注意脚下那块石碑，猛地就被绊了一下，幸好她重心稳，才没有扑倒在地。

然而这一摔之下，却猛然将她摔醒了，顿时想起了黎笙！

她们还在九王府，燕肃祁会不会对她们下毒手？

完了完了，昨晚她只想着燕肃祁还未治罪，不会轻举妄动。如今想来，既然赵琅坤都能不管不顾地逃出赵府，难保燕肃祁不会做出什么惊人之举！

她实在不该继续将黎笙和许嬷嬷丢在九王府！

“陌鸳！”她收起一脸的雅兴，语气肃然，“领我去政阳殿外的宫道上候着，我要见皇上！”

她们赶过去的时候，早朝刚下，三五成群的大臣陆续走出政阳殿，隐约可以听见他们在低声讨论着什么。

“这个赵丞相……真是出人意料啊！原以为是和西域诸国勾结谋反，没想到竟然叛逃去了南燕！”

“在下也想不明白！若是他早已有了投靠南燕的反心，为何当初还让皇上出兵亲征南燕呢？”

这个问题，几人听了都是摇头，答不上来，其中一人不禁感叹道：“真是怪事年年有，今年特别多。方才还听说，昨晚皇上自九王府中搜出一道遗失数年的谕旨，翰林府大学士正在查验是不是先皇的遗诏。”

另一人连忙捂着他的嘴：“小声些！若真是遗诏，搞不好北燕就要换皇帝了……”

林陌染目送大臣们摇头离去，静静地守在大殿后的宫道上。

殿外来来往往，竟然没有人发现她。

不久后，燕乐晟迈着沉重的步子，也从政阳殿里走了出来。

一袭明黄色的双舞龙纹朝袍，迎着骄阳，光芒万丈，即便他眉目间有着深深的疲惫，也掩饰不了那独有的睥睨天下的王者气势。

他一拐弯，突然看到了身前淡笑的林陌染，一时间有种恍如隔世的感觉，当即几步迈过来，用力将她拥入怀中。

抱着她时，他再也不用刻意隐藏自己的疲惫，半个身子依靠在她的肩膀，重重地舒了一口气，呢喃道：“陌染，朕好累……”

林陌染微微惊讶地看了他身后的魏喜一眼，接收到魏喜眼中投过来的否定目光，知道现在还不是开口的时候，便扶起燕乐晟双肩，淡笑道：“议事结束了？皇上要不要去妾身的竹楼，饮一杯新泡的龙井？”

她温柔地自称妾身，喊他皇上，邀他到属于他们的竹楼去饮茶……这些话听在燕乐晟耳中，顿时觉得身心无比舒畅！

登时脚步一迈，他牵起林陌染的手：“走！”

朱雀街上商贩往来，叫卖吆喝声传遍整条大街。不远处，江陵最大的茶馆玉楼春，西域玉石展览刚刚开展，观展的同时还能欣赏江陵最富盛名的琴师歌姬吹拉弹唱，一时间吸引了众多百姓前往。

一楼的大堂里人潮涌动。

林陌染勾着嘴角，素手轻抬给燕乐晟泡了一杯西湖龙井，眼睛望着宫城外繁荣的景象。

燕乐晟一只手搂着她，一只手端着白玉杯，品着杯中茶，目光看似凝望着远方的景色，实则不时转向林陌染，欣赏她恬然静美的一面。

两个人便这样默默坐着，不需要说话，却独有一种天长地久、绵延情深的味道。

良久，林陌染突然轻叹一声，低声开口："不知道黎笙和许嬷嬷在九王府中可还安然无恙……"

燕乐晟一愣，旋即明白过来："你找朕来竹楼，搞这么多玩意儿，不会就是为了求朕替你将黎笙和许嬷嬷从九王府中救出来吧？"

言语间很是有几分气恼。

林陌染早知道他会这么联想，也不再继续装下去了，大笑道："燕乐晟，以你对我的了解，我林陌染是那种假惺惺、装模作样的人吗？我要是有求于你，早就直接开口了！"

燕乐晟不以为然："那你又陪朕看街景，又给朕泡茶是要做什么？"

林陌染觉得好生不爽："我看你心情不好，想安慰一下你而已！如果方才贸然开口求你救人，只会让你心情更不好！再说了，你以为对着你这张苦大仇深的脸，我的心情能好吗？"

燕乐晟顿时哑然失笑，连忙摆摆手："娘子不要动气！为夫错了还不行吗？"

见她还是一副被惹毛的表情，干脆一把搂在怀中，"吧唧"一下狠狠地亲了一口。

林陌染面色这才有所缓和："那你现在心情好了没？"

燕乐晟点点头："好了！颇好！十分好！"

他能说不好吗？他要是说不好，这小女人是不是会当即发火将他从竹楼窗户丢出去啊？

林陌染理理袖子站起来，腹诽着：不应该啊，她难得一次装出贤良淑德的样子，燕乐晟感动是感动了，可是这结果怎么和她想象中有点儿不一样？她感觉此刻自己就是个挥舞着小皮鞭的女魔头，正在言辞凿凿地教训奴隶。

噗！堂堂北燕皇帝给自己当奴隶，还真是……林陌染摇头掩饰着自己的笑意，扭头去看还在一旁作发誓状的燕乐晟，故意板着脸道："心情好了？那还不赶紧带着我去救人？”

她虽然努力装出一副怒气未消的模样，然而眼角那一丝笑意，还是轻而易举地将她出卖了。

燕乐晟看在眼中，眉宇一扬，哈哈一笑，站起来再一次牵起她的手，唤魏喜道：“出宫！去九王府！”

他们若是就这样杀过去，说不定以后就不会闹出那么多破事，然而……

两人刚踏出陌雪坊，准备上轿时，前方突然急急奔来一个小宫女，来到燕乐晟脚边还未来得及请安，就止不住满脸惊喜地喊：“皇上！柳贵妃醒了！睁眼了！正四下寻您呢！”

林陌染脚步一顿。是了，她倒是忘了宫里还有一位柳贵妃呢！

燕乐晟亦是浑身一震，眼中渐渐浮起复杂的思绪。

下一刻，他双手扶上林陌染的肩，郑重道：“陌染，你先回院子，稍等朕一会儿！朕先过去看看柳琦……朕保证，一定会很快回来！不会耽误你救黎笙！”

言罢，他疾步上轿，跟着小宫女就消失在宫道深处。

林陌染被独自留在陌雪坊前的宫道上。

清风袭来，她狠狠地打了个哆嗦。转身进屋，她略微思索，对陌鸳道：“你跟去看看，有任何事马上回陌雪坊告知我！”

这个柳琦，阴魂不散！偏偏还挑了她进宫第一天就睁眼！到底是什么来头？

林陌染对着镜子，手抚上额间黑色梅花曾在的位置，一时间思绪万千。

未几，陌鸳回来了。她谨慎地虚掩上房门，凑到林陌染耳边低声禀告：“回娘娘，柳妃确实醒了。听柳翠斋的姐妹们说，皇上正在院子里大发雷霆。”

燕乐晟还未回来，这边又有小宫女赶忙过来禀告消息，说谕旨已查证确为先皇的真迹，是遗诏！九王府已经被查封，九王爷等人都被软禁在府中，等候皇上发落。

林陌染一只手撑着下巴想，这么说来，黎笙和许嬷嬷在府中也被软禁了。

一般这种查封全府，是要点人头数的，一个人数不对都要追查很久。燕肃祁应该不会对她们怎样吧？

想是这么想，但仍旧不放心，可是她又出不了宫！

林陌染焦急地在屋里来回踱步。她正一筹莫展，院子里又缓缓走来一群宫女嬷嬷。为首那嬷嬷，竟然还是故人，当初在德妃院子里遇到的柳姑！

柳姑一走进来，就是一声招牌怪笑，盈盈的腰身一拜："给九王妃请安。"

林陌染对这个人没有半分好感，想当年德妃还想要她的命呢。当即林陌染淡淡地应了："柳姑免礼。"

柳姑站起来，扬起一脸的笑容。然而那模样，看似笑容可掬，眸子里却没有半分真情，四周扫了几眼，神色间起了几分嫉恨，冷冷地道："九王妃住的这处院子，可真是别具一格啊！就连柳妃娘娘的柳翠斋都比不过呢！"

林陌染一听"柳妃"二字，当下明白，柳姑离了德妃的宫殿，就被派到柳琦身边当差了。她淡淡一笑，并不搭话。

柳姑便直接开口："只是这院子再好，九王妃是宫外之人，还是不宜久留啊！九王妃，您看奴婢说得对吗？"

林陌染皱眉："柳姑对我说这些话是什么意思？难不成你今日带着这一群人来，是想将我赶出去？"

"哎哟！奴婢可没有这个意思！"柳姑连忙挥起手里的手帕，娇声道，"奴婢今日其实是奉了柳妃娘娘的旨意，来请九王妃出宫的。"

她压低声音，故作惋惜道："九王妃想必也听说了，九王府遭了不好的事，如今全府之人被软禁。九王妃虽说是皇上的贵客，可怎能独自留在宫里？这话要是传出去，说九王府全府都查封了，就您一人逍遥在外，可不好听了。"

林陌染生神色一凛："我是皇上接来宫里疗伤的，要走要留，只怕还轮不到柳妃来指指点点！”

柳姑当即面色一寒：“九王妃这话怎生说得如此难听？柳妃是皇上的贵妃，是如今后宫最尊贵的女人之一，掌管着整个后宫的中馈！而你呢？九王妃,你不过是宫外的一个命妇。你说柳妃娘娘没有资格请你出宫，难不成你还想让皇上亲自来请？”

柳姑两手叉腰，气势十足，较之方才刚进院子时的态度截然不同。

林陌染站得稳稳当当，不为所动：“柳姑既知本妃是命妇，又是皇上的贵客，那便断没有让一个奴才请出宫的道理！要请我出宫可以，但是得柳妃自己来！”

林陌染有条不紊地说出自己的条件，半步不让。

出宫对她来说不是坏事。然而，既然知道黎笙和许嬷嬷不会出事，一时间她也不着急出宫了。反而想借此机会好生瞧瞧这个柳琦到底是何方人物?

柳姑见说不动她，气得一跺脚，又领着一班人马原路返回。

陌鸳是个懂事的，见一行人走远了，悄悄凑过来，满脸担忧：“娘娘方才的话说得在理，可若是柳姑在柳妃娘娘面前搬弄是非，故意说您坏话，那可怎么办？”

林陌染瞧陌鸳提到柳妃时，一副战战兢兢的模样，好奇道：“这个柳妃，当年在宫里是怎样的一个人？你们很怕她吗？”

陌鸳犹豫着不敢说，好半晌才道:“柳妃当年挺好的，就是有一怪！”

“哦？”林陌染更加有兴趣了，“怎么个怪法？”

陌鸳却道：“奴婢不敢编排柳妃娘娘。”

林陌染见小丫鬟不敢再开口继续这个话题，只好也闭上了嘴，将好奇全部咽在肚子里。心想一会儿自己就能见到她了!

然而又过了许久，柳琦没来，宫女、嬷嬷们也不再出现。

反倒是魏喜，神色惊慌地一个轻功无声无息地飞落到院子里，抬眼就唤：“九王妃，收拾一下，赶紧随老奴出宫吧！”

林陌染急急跑出来：“怎么回事？”

魏喜拧眉道：“遗诏的内容被公之于众，如今大臣们正热切讨论着，是否应该匡扶辰靳上位！皇上恐怕……”他摇头一叹，“恐怕要被定下篡位的罪名了。”

“什么？”林陌染惊呼，“可是辰靳当时跟我说了，他不会当皇帝！他人呢？”

魏喜不再多说，催促着她赶紧离开：“娘娘请立刻回林府！没有收到老奴的消息，就不要踏出林府一步！”

林陌染没有东西需要携带，空着两只手，跟在魏喜身后就急急走出了陌雪坊。

陌雪坊外，早有一辆马车候着。

魏喜扶着林陌染上车后亲自驾车，叮嘱道：“一会儿不论发生什么事，你都不要出声！更不要让别人看见你！”

林陌染担忧道：“是不是有人指责燕乐晟，说他将宫外的女人带进了宫里？”

魏喜低头长叹：“不仅如此。总之，老奴会尽最大努力，保护娘娘和皇上的安危！”

他话一说完，伸手隔空一推，带起的厉风瞬间将林陌染稳稳地推入了马车内。

下一刻，只闻外面一声短喝：“驾！”

马车立刻飞奔起来。

她被颠簸得左右摇晃，只能紧紧攀附着窗柱，不让自己摔下来。

马车很快驶过了后宫的宫道，来到政阳殿外的大路上。

这时，马车外突然多了很多嘈杂的声音，车轮子太响，她只隐约听到一些，新皇继位、处罚、九王妃婢女、通奸……

只听最后这一句，她的心就突然一片荒凉！她的婢女……黎笙？

此刻她只想催促魏喜再快一点儿！

然而上天就似故意和她作对般，正疾奔的马车突然毫无预兆地停了下来——

她猛地往前一冲！因一心记着魏喜的交代，不能出声，不能让别人知道她在这里，所以她死死捂着嘴，不敢发出半点儿声音。

这时就听外面传来了几人的对话。

其中一人声音冷冽，带着几分玩世不恭和讥诮，赫然就是辰靳。

只听辰靳冷冷道：“大臣们建议我三天后登基，说是良辰吉日，届时你就以战王的身份出席，你看这样可好？”

燕乐晟清润的笑声，听不出半分情绪：“你若是想继位，随时都可以，我绝无二话。”

辰靳冷哼一声，缓缓道：“我登基那天，正巧也是你出征南燕之日。作为多年的好兄弟，我答应你，一定会为你准备一份厚礼！”

燕乐晟依旧是无波无澜的声音：“如此，我便谢过新皇的恩赏。”

可是马车内，林陌染却是越听越惊心动魄！

燕乐晟三日后要出征？他方才不是去见柳妃了吗？为什么突然剧情跳跃得这么快？

林陌染好不容易才按捺住想要冲出马车见燕乐晟的念头，却不料，外面再次响起辰靳那冷冷的声音。

“我还有个要求。”他说要求，而不是请求！

林陌染苦笑，辰靳啊辰靳，你到底是入戏太深，还是真的骗了他们所有人？我是不是还该感谢你，没有直接说“命令”两个字呢！

燕乐晟似乎早已料到他有此说法，并不惊讶：“且说。”

辰靳似乎轻笑了一声，才道：“你搬出皇城的那一天，所有你用过的东西，我都不要！独有一样，你必须留下！”

闻言，林陌染面色煞白！不是吧？

而燕乐晟久久没有回应，直到辰靳再次开口，吐出了一句话：“我要你，把林陌染留下！”

林陌染的大脑瞬间炸了！

难怪魏喜叮嘱她无论如何不能被人发现！辰靳今日进宫，不仅仅是来抢皇位，还是来抢女人的！

如果说方才她还觉得辰靳是在演戏的话，那么现在，他的戏实在是演得太过了！该收场了！

马车外，那两个人似又沉默了片刻。

然后，燕乐晟的声音坚定地响了起来：“陌染并不在朕的宫中，‘留’这一字，从何而来？”

好机智！燕乐晟，耍赖你是最在行的！一定要将辰靳给忽悠过去！

对于他这个回答，辰靳显然不置可否。

从林府一别后，他确实都没有再见过林陌染，如今的她不在王府，不在林府，也不在曾经居住过的四合院，更不在玉楼春，如果还不在宫里的话，他实在想不到她还有什么地方可去！

而就在方才，柳琦声称有个人他一定很想见到！就在他急急赶过去，一心以为要见到的人就是林陌染时，却不料，燕乐晟不知从哪里听到风声，竟然突然赶到，将正在密会的他们俩抓个正着！

燕乐晟当即在翠柳斋里大发雷霆！甚至还下旨软禁了柳琦……

辰靳低笑，这人恐怕是真的爱上林陌染了，对自己从前最宠爱的贵妃柳琦都能狠下心惩罚！

第 6 章

燕乐晟，我们成亲吧！

燕乐晟寸步不让："你若是不信，只管现在就派人搜查朕的皇宫！"

辰靳冷冷一笑，哼道："这倒不必。还是让我想想，你出征那天，我送什么礼，比较让我感兴趣……"他一叹，然后又一笑，"可是现在太忙！要准备各项登基事宜，就不与你多做闲谈了！"

说罢，马车外脚步声响起，辰靳冷笑着领了一群人离开。

这边魏喜见威胁解除，也悄悄挥起马鞭。马车行驶，从燕乐晟身边缓缓经过。

车内，林陌染战战兢兢地坐着，凭感觉凝望着窗外他的方向，满脸担忧，却死死咬唇不敢开口。

而车外，燕乐晟孑然一身，昔日翻云覆雨的帝王，如今默默负手凝望斜阳，眼中尽是愁绪。

马车经过他时，出乎意料，他突然轻轻拍了拍车窗，低声郑重叮嘱道："出宫后别停留，魏喜会去救黎笙……"

他知道她在这里！

林陌染的心狠狠一颤，眼泪就这么毫无预兆地掉了下来！

然而魏喜没有给她丝毫回应的时间，猛地发力，马车飞快奔驰，扬尘而去。

这一路，她强忍哭声，只用手背狠狠地抹泪。

魏喜果然一路出了宫门，不做任何停留，在朱雀街上拐了弯，抄小路径直前往林府。

收到消息的林博早已将偏门打开，带着几个健壮的家丁守在门内。

见马车停稳，林陌染走下来，他赶紧上前将她径直迎入府中。

魏喜并未下车，只留下一句："林府内外都有我们的人。"便神色坚忍地掉头，赶去九王府救黎笙了。

林陌染被带去了顾清媚的偏院，不仅她，林府的所有家眷如今都集中到了偏院里，其他地方则派人轮流巡查。

全府上下弥漫着紧张的气氛。

林陌染根本坐不住，忐忑不安地在院子里来回踱步，不停地朝林博发问："燕乐晟即将被封为战王，是不是意味着，新皇免除了对他的处罚？新皇登基，会对林府造成不好的影响吗？为何林府如今个个一副草木皆兵的样子？"

林博只是唉声叹气："谁都想不到辰靳竟然会……唉！其实主要倒不是辰靳的问题，而是九王爷！幸好你昨晚入了宫！你可知，今天一大早，九王爷就带人闯入府中，问我要你！我说你不在，他竟然二话不说就命人进来搜查！把府里搞得那叫一个人仰马翻……"

林博边说，边叹气不止。

一旁的顾清媚更是神色呆滞地望着院外，一言不发。自从林萱去世后，她就一直是这个样子。

他们怕继续惹事，林萱的遗体没有停放七天就匆匆秘密下葬了。

顾清媚哭得死去活来，觉得对不起女儿，甚至几度寻死。闹多几次后，她就不闹了，每日里只是静静坐在偏院，眼睛望着林萱下葬那地儿的方向，一坐就是一天，有时候一天也不说一句话。

好好的一个林府，弄成如今这个样子，要说林陌染不觉得愧疚，那是不可能的。这期间很多事，按理来说都和她有莫大的关系。甚至到现在她都说不清，她到底是救了林家，还是害了林家？

林博见她沉思不语，拍了拍她的手：“莫想了。这事不怪你，怪爹一开始就没正确抉择，若是早早投靠了翰林府大学士一家，如今的林府也不至于混得如此凄惨，萱儿也不至于惨死……”

“爹。”林陌染赶紧劝道，“别说了。事已至此，再讨论是非对错也是无用，不若好好谋划，过好接下来的每一天。”

林博点头：“那你觉得，爹如今投靠翰林大学生，他们还会接纳我们吗？”

林陌染顿时一笑：“会！女儿亲自写一封信，爹你拿着我的信去见苏公子，他一定会明白的！”

不消说，林陌染想到了阿九！想起从前与她为数不多的几次交往，每次都心旷神怡！如今的她，应该正在坐月子吧？

当天下午，林博就揣着林陌染的亲笔信出发了。

说是信，其实就是歪歪扭扭的几行字，也亏得燕乐晟之前教过她，勉勉强强写出来的字竟然还能辨认一二。

稍晚的时候，林博坐着翰林府的马车回来了。

“好消息。”林博道，“苏大学士同意了，三日后，新皇登基，他就启奏建议继续任用我这个江陵总督。如此一来，林府和苏府就算是结为一个阵营了！”

林陌染当即笑道：“恭喜父亲！”转念一想，又道，“这么说来，父亲是打算站在新皇这一边了？”

林博顿住，一脸的笑意也沉了下去。半晌，他什么也没说，却动起筷子，催促大家吃菜。

林陌染便不再开口。

饭后，她正寻思着该不该出府去玉楼春找林奕，却想起魏喜郑重的叮嘱——千万不要踏出林府一步，犹豫了好久，她还是不敢踏出府门。

这时，院子里突然传来一声轻微的枝叶折断声。

林陌染顿时警觉地站起来，吹熄烛火，反手将烛台抄在手里当武器，借着夜色的掩护，悄悄朝着门口挪过去。

窗纸上，月光将一道颀长的身影勾勒得一清二楚。可以看出是个高大的男子。

未几，男人轻叩了一下房门，道："是我。"

是林奕！林陌染松了一口气，将房门打开一条小缝，见果然是一身夜行装的林奕，连忙将他迎了进来。

"你来得正好！"林陌染点上烛火，喜道，"我有件事要同你商量！正愁着不能离开林府去玉楼春找你呢！你就来了！"

林奕面色一沉："属下也正好有事找你。"他顿了一下，示意林陌染先开口。

林陌染冷静道："黎笙有麻烦了。我今日从宫里逃出来时，听马车外有人说，九王妃的婢女通奸……"

"属下找阁主，正为此事。"林奕绷紧身体，"我今晚要夜闯九王府。此来，是向阁主告别，若我不幸遇难，商队的事已尽交由苏靖处理，凡事都已安排妥当，还请阁主放心。"

林陌染一听，哪成啊！燕肃祁摆明了是在用黎笙作圈套，如今恐怕正坐等他们上钩呢！

"不成！"她毅然拒绝，"万一，九王府有埋伏……"

林奕狠声打断："黎笙是我娘子！难道就让我眼睁睁地看着她被人辱了名声，见死不救？！就算有埋伏，九王府，今夜我也闯定了！"

林陌染急急拦在门口："如今的九王府被查封，外有重兵把守，内有燕肃祁设下的阴谋诡计！实在不宜深入。燕乐晟已经派了魏喜前去打探消息，应该过不了几日……"

岂料林奕根本不听，大手一挥将她往旁边一扯，道了一声："抱歉！"拉开房门，施展轻功就飞了出去。

林陌染揉着被扯得生疼的胳膊，真是觉得又气又恨！

无奈再追出院子时，早已看不到林奕的身影。她重重叹了口气。

同一时刻，北燕皇宫。

燕乐晟再一次一脸肃穆地站在陌雪坊外。

这座他为迎接她到来而精心设计修建的院子，她仅仅住了一夜，就被迫匆匆离宫。而三天后，他也要搬出去，踏上攻打南燕的征途。

放眼如今，粮草还未丰收，岭南又正是炎热的时候，长年居于北燕的士兵们能不能适应那里的气候还是个严峻的问题。这一仗，他实则没有多少胜算，他甚至不敢对林陌染说。送她出宫，恐怕是他今生为她做的最后一件事了。

南燕，不归之地……

他正沉思，身后突然传来轿子的晃动声。

燕乐晟眉头顿时凝了起来。

很快，轿子晃到了他身后，停了下来。轿帘被掀起，走下来一个亭亭玉立的盛装女子，头戴十色金钗，柳腰轻摇，莲步生香。

那一张脸竟然和林陌染像足了八分，可是她的额头一片光洁，根本没有黑色的胎记。

女子走到燕乐晟身后，顽皮一笑，突然伸手从后面将他眼睛遮了起来，道："皇上，猜猜妾身是谁？"

燕乐晟压抑着眉间的愁绪，伸手将她的双手扯下，冷淡道："柳琦，朕如今没心情陪你玩。"

柳琦娇媚地一跺脚，故作气恼地嘟着嘴，道："皇上就知道对妾身说这句话！你可知道，妾身寻遍了整个后宫都找不到皇上，可急坏了！一听人说皇上在寝殿附近呢，妾身就急巴巴地赶来！却没想到……"

她幽怨地看了一眼"陌雪坊"三个字，嗔道："没想到皇上竟然是到陌雪坊缅怀旧情人！"

燕乐晟这才缓缓转身面向她，墨黑的深邃瞳仁毫无感情地凝望着身前这张脸。

柳琦被他望得脸颊微红，羞赧地将头低了下去，娇滴滴地开口道："皇上为何这般望着臣妾，若是皇上想……妾身这就回去沐浴更衣。"

她倒是想得美滋滋的。

不料燕乐晟沉沉的声音自耳边响起时，却是另一番话语："你到底是谁？"

燕乐晟问完这句话后，面前的柳琦突然面色瞬变，原本还红润的脸颊似乎染了一层诡异的白霜。

然而很快，她就敛去了所有的异样，甜甜一笑："皇上说什么呢？"

伴随着她清甜的嗓音，精致的小脸上，一双狭长的眸子突然渐渐泛起猩红的光，就这么直直地凝视着燕乐晟。

林陌染躺在床上，一夜辗转反侧，就怕听到九王府传来什么不好的消息。可是一直等到半夜，也没人赶来报信。

这种时候，没有消息就是好消息。她松了一口气，心态一放松，倦意就瞬间袭来，她很快沉沉睡去。

不料第二天天还未亮透，林府就传来一阵嘈杂的脚步声。

林陌染迷迷糊糊自梦中被吵醒，刚睁开眼，就听见屋外有人在说话。

"老爷，九王府发生了这么大的事，我们应该马上告诉九王妃，不应该瞒着她……"

林博却打断道："都给我闭嘴！"他压低了声音，"魏公公临走前交代，一定要将九王妃护在林府，不准她出府！若是这件事被她知道了，以她的性子，定然是要闹着出府的！届时若出了问题，谁担当得起！"末了又道，"到底不过是一个丫鬟和一个商人，死了也罢！如何值得陌染搭上性命去救……"

听到这里，林陌染瞬间清醒过来！

林奕和黎笙，果然出事了！

她来不及梳洗，穿着月白单衣，光着脚，就急急推开门，直奔院外！

院外，林博等人还未走远，诧异地看了她一眼，知晓她把方才的对话都听到了！

林博一声长叹，还想张口劝："你勿要去……"

"我会小心，不被他发现！再者，即便舍了我一条命，还能换回两条命，也是值了！"林陌染目光决然，"现在，麻烦爹爹告诉我，林奕和黎笙，如今怎么样了？！"

林博闭目锁眉，一脸痛惜之色："今早，九王府传出消息，府里丫鬟和府外男子通奸，现场被抓，九王爷要将女的浸猪笼，男的杖刑三十。"说罢，又劝道，"陌染，且不说如今你也自身难保，万一给林府又带来灾祸……”

原来林博还一心想着要先保全林府！

这不怪他，作为一家之主，有这样的想法也是应该的。但她却不能，不能说为了谁的利益，就不给另一个人生存获救的机会！

林陌染上前一步，猛地双膝跪下：“林府虽因女儿遭受了不少祸事，但女儿也终归为林府争得了不少生存之机！还望爹看在女儿曾一心向着林府的分儿上，助女儿这一次！”

林博无奈长叹，半晌，扶起她，吩咐下人道：“给大小姐备车！林二，你去点三十个健壮的家丁，陪大小姐一块去！咱们林府虽然没九王爷有权势，但在气势上却决不能输！”

众人都被这番话深深鼓舞，当即大声响应，不少人自愿跟在林陌染的马车后，粗略算来，最后的队伍竟然有五十余人。一路浩浩荡荡地穿过朱雀街，直杀九王府！

而这一边，林博从偏门乘了一顶小轿，直往翰林府而去。

一行人声势浩荡地前往九王府，一路吸引了不少围观的群众。江陵城百姓都已听说九王府抓到了一对男女，听闻两人都是九王妃手下的人！如今九王妃如此气势十足，摆明了是要去抢人的！

百姓们大感好奇，越聚越多。有人窃窃私语，说这九王妃去年嫁入王府时，也是这般气势十足地站在九王府门前，挥手间，几百万的嫁妆毫不犹豫就丢进了一旁的河道里，逼得九王爷不得不出来，亲自将她以正妃名义迎娶进府！

还有人说，这九王妃和一般的贵族都不一样，懂得经商，用手里的钱开办了一座茶楼，越办越好！后来，还经常在茶楼里弄些小展览，免费送茶叶，定期给城里的乞丐、孤寡送去食物，端的是一位活菩萨！

林陌染静静坐在马车里。一年前，她也是从这条路，被一顶花轿抬了过去。那时候，众人都道她是个扫把星，是祸害，风言风语中没有半句体恤她的话。如今不过一年时间，世道却变了，百姓纷纷夸她好。

她来到九王府门前时，围观的众人更多。

府门打开着，几个小厮家丁排排站着，两手叉腰堵在门前。在他们身后，婆子们压着被缚了手脚、跪在地上的一男一女，一脸凶神恶煞。

那一男一女，赫然正是黎笙和昨晚潜入王府救她的林奕！

而燕肃祁亲自拿了一条小儿手臂粗细的马鞭，站在两人身后，正狠狠地挥舞着鞭子！

“啪”的一声响，一鞭子率先抽上了林奕的后背，瞬间皮开肉绽！

而林奕只是略略抬了抬眉，连脸色都未变。一旁的黎笙已经忍不住哭了出来。

林陌染看在眼里，撩起车帘的手就这么狠狠地抖了一下，感觉心也抽痛得厉害。

下一刻，她忍着心痛和愤怒，将多余的情绪一一从脸上敛去，冷冷地一掀车帘，整个人带着沉稳的气场，稳稳地迈了下来。

乌亮的长发在风中张扬狂舞，眸子里沉着无尽的冷意。

她站定在围观的众人面前，冷冷地注视着不远处燕肃祁嚣张的面容，开口冷笑道：“听说九王爷抓到了一对通奸的男女，还是妾身的婢女和仆人！难得妾身今日兴致好，特来围观。还请九王爷不吝赐教，这两人是如何犯下通奸罪名的？”

燕肃祁将鞭子一丢，讥笑道：“林陌染，你终于出现了。本王还以为你赖在宫里头那人的温柔乡里，不肯再回九王府了呢！”

“怎么会呢？”林陌染依旧是七分冷笑，“九王爷须知，不管那宫里头有没有温柔乡，这王府，林陌染是再也不肯踏进一步了！不仅因为府里太肮脏，还因为王府里的人竟然不辨黑白、有眼无珠，将明明是夫妻的两人生生污蔑成通奸男女！真是欲加之罪、何患无辞！”

她声色俱厉，眼看着燕肃祁面色寸寸变黑，嘴上寸步不饶：“陌染离开王府许久，竟不知在王府里，丈夫会见妻子竟然也算是通奸？！要真是这样的话，啧！九王爷，陌染可就更不敢来见你了！免得一个不小心，也被你说成是通奸，那岂非平白侮辱了名声？！”

林陌染言辞凿凿，半分不让，身后围观百姓众多，她毫无怯意，神色凛然。

然而今日的燕肃祁，早已做好了要与她打一场硬仗的准备，听了她的挑衅，神色间没有任何动容。

他缓缓跨出府门，神色悠然淡定：“林陌染，今日在王府门前聚集了这么多人，本王恰好当着众人的面问你一句，你敢不敢跟他们说实话，你昨晚在皇宫待了一夜，是和谁宿在一起？！”

府内外一片静默，数百道视线瞬间凝聚在林陌染身上，等着听她的回答。

皇宫那是什么地方，里面的男人，除了内廷侍卫，便只剩皇上！林陌染就是再放荡，也不会傻到留宿皇宫勾引内廷侍卫吧？

那必然只有一种可能。

识相的百姓已经开始掩着耳朵，撇开视线，纷纷退场。

笑话！这可是皇上的私生活，谁敢听？

再说了，放眼全天下，皇上一人独大！他爱睡哪个女人，就睡哪个女人！他们这些平头百姓可管不着！相反，若是他们今天一不小心将这个八卦听了去，皇上哪天要是追究起来，要将知道这件事的人统统赶尽杀绝，那怎么办？还是赶紧走为上策！

顷刻间，还留在现场的只剩下不怕死的和一些根本不知道是什么情况的傻子。

燕肃祁对这些人的离去，显得无动于衷。

人多人少，对他来说都没有丝毫影响，反正他的目的已经达到，就是让世人纷纷猜测，林陌染和皇上婚外有染，是个不洁之妇！

林陌染动了动，面色如常：“我身为命妇，受太后召见进宫，因误了宫禁，留宿一夜。九王爷是觉得有何不妥吗？”

太后是否召见了她，当下谁也查不清楚。

燕肃祁果然一时吃不准她话语的真假，正噤了声思索着，突然府里又走出一个身姿曼妙的盛装妇人来，却是赵婉莹。她不动声色地从黎笙身边经过，在众人都不曾察觉时，突然一脚踹上黎笙的肋骨。

黎笙疼得歪倒在地，衣襟里掉出一样东西。

这时，赵婉莹仿佛看见什么恐怖的景象，受惊地尖叫了一声，远远跳开，一只手还不忘指着掉出来的东西，求助的目光投向了燕肃祁。

拜她夸张的动作所赐，围观群众的目光都集中了过来。

燕肃祁将东西拾起，提到眼前细看。

人们这才看清，那东西是个新扎的布偶小人！细长的眉、精致的小脸，和赵婉莹如出一辙！只可惜，这布偶虽做工精致，身上却横七竖八地扎满了细长的银针！

这是什么东西，全场没有人会不知道！想来这丫鬟不仅通奸，还暗地里诅咒王府的女主人！

“你这个恶毒的女人！”燕肃祁当即大骂，拾起鞭子再次抽过去！

黎笙也是一脸惊惶，她压根儿不知道自己身上什么时候多了这么个东西！眼看着鞭子就要抽到自己身上，她双手被缚，根本躲不了！

下一刻，身子被人一推，林奕艰难地整个人扑了过来，硬生生地替她挡下这一鞭！又是一鞭！方才已经被抽得血淋淋的后背，如今更添了一道伤口！

黎笙满眼掩饰不了的心疼。

看在林陌染眼中，更加难受！

却在这时，九王府内又传出一道低柔的女声。所有人听得分明，就连方才还不可一世的燕肃祁也是当即白了一张脸。

大姨娘一身素净的布衣，提着裙子，神色平静地出现在人们的视野里。

她抬头迅速地看了一眼，又飞快地低下头，显然对这么多人的场合有些不适应。可是略微沉默后，还是坚定地开了口，将方才的话，又说了一遍。

“王爷，黎笙是无辜的。林相公昨晚闯入九王府，其实是为了见我。”她顿了一下，似下了很大决心，才终于道，“所以，和林奕通奸的女人不是黎笙，而是我！在黎笙衣襟里藏的那个布偶也是我做的。王爷若不信，可以即刻派人到我的院子去搜，扎布偶用的五彩绣线就压在我的枕头下面……”

燕肃祁愣神了。

外面数百双眼睛齐刷刷地看着，等他将此事查个水落石出，若他此刻不按大姨娘说的去搜她的院子，却一意要将罪行加在黎筌身上……那显然不合情理！

燕肃祁头疼了半天，还是硬着头皮朝下人们喝道："还愣着做什么？！还不赶快去搜西偏院！"

"是！"被点名的几人迅速离去。

与此同时，方才还硬撑着挺直背脊的大姨娘，堪堪松了一口气，双肩瞬间塌了下去。

府外，林陌染听得她一席话，又见她这般模样，分明是想将罪过强行揽在自己身上，好救黎筌一命！可是回想从前她们在九王府为数不多的几次交往中，她和大姨娘的情分，似乎还没好到这种以命换命的程度吧……

又过了片刻，几个领命而去的小厮果然捧来了几卷五彩绣线！

燕肃祁一把接过，手狠狠地抖了一下，然后猛地将所有线一把甩在地上——好好的计谋就这么被人给搅黄了！他能不气吗？！

真看不出来这个大姨娘，平时安分低调，却原来是个深藏不露的角色！想来他和赵婉莹商量着用线扎布偶时，这个大姨娘就已看穿他们的阴谋了，却一直不说，隐忍到现在，却恰恰给了他们最致命的一击！

大姨娘又恢复了那种强自镇定的神色，努力让自己挺直腰板，目光坦然地望着燕肃祁。

"王爷，你知道奴婢为什么要这样做吗？"

她话里有话。外人听起来，还道她这样做是指和林奕通奸；然而燕肃祁却明白，她说的"这样做"是指背叛他，却帮助林陌染。

燕肃祁冷着一张脸，目光冷冽地瞪着她。

大姨娘轻叹摇头，语气中隐约可闻一丝落寞："王爷，奴婢嫁入九王府也有十五年了。这十五年来，你何曾多看我一眼，何曾将初娘子当作自己的女儿？就连奴婢的厢房，你也是从未踏入一步。这么些年，自认为安分守己，不给你添乱，也不给九王府添乱，本以为你会从此在意我几分，至少能为初娘子多考虑几分！可是没有！我的隐忍，我的付出，对你来说一文不值！"

大姨娘越说越激动，面色一片异样的潮红。

因为克制怒意，她浑身都在颤抖："王爷，十五年来，我自问没有求过你一件事，只有初娘子的婚事，我求你给她找一个好人家！而你，你却为了你的仕途，要将她嫁给那个快七十岁的江陵太守！"

如果说方才林陌染还不知道大姨娘为什么要帮自己，如今听完她声泪俱下的一番控诉后，终于明白了。

初娘子一心只爱着苏靖一人，而如今，林奕率先赶回来救黎笙，苏靖还一人远在岭南未归，这一边，燕肃祁却逼着她嫁给一个快七十岁的老头！依初娘子的性格，肯定是整日寻死觅活。

大姨娘实在没办法了，情愿扛下这种种罪名，让林陌染欠下自己一份人情，用自己的死去换取初娘子最后的希望。

想明白的林陌染只能一阵轻叹摇头。她抬眼，就看见大姨娘投来一道毅然的目光，那神色是在告诉她，不要试图去阻止任何事！

大姨娘很快转向了燕肃祁，逼问道："这是奴婢最后一次问王爷，是不是真的要狠心将初娘子许配给那老太守？"

燕肃祁眼中丝毫不见怜悯，却泛起了深深的厌恶，张口就道："你这个肮脏的女人，自己做下了那么多龌龊的事情，还有资格在我面前跟我谈条件？还有资格来指责我给初娘子安排的婚事？本王告诉你，那江陵太守将来可是会成为北燕举国上下举重若轻的头号人物！我将初娘子许配给他，实际上是替她谋了一个顶好的出路！从此以后吃穿不愁，连带着助力我们王府也走上权势的巅峰……"

他话未说完，谁都料不到的事情发生了！

"啪！"

一声脆响！一向懦弱胆小的大姨娘竟然一个箭步冲上去，猛地一巴掌扇上了燕肃祁的脸颊。

她的速度不快，却没有一人反应过来，要将她拦下。只因为全场那么多人中，根本没有一人会料到，大姨娘竟然敢动手打九王爷！

就连府外站着的林陌染，那清清冷冷的脸上也闪过一丝惊诧。

而被打蒙的燕肃祁，好半晌才反应过来，暴跳如雷，反手就是巴掌抽了回去。这一下直接将大姨娘打翻在地！

他狠狠呸了一口："来人！给我乱棍打死她，竟然敢打我！"

粗重的棍子带着凄厉的风声，狠狠地砸在大姨娘柔弱的身躯上。

她疼得一声惨叫，像条濒死的蚕，猛地将身子蜷缩了起来。然而小厮们上前，一左一右将她四肢扯开，摊平了在地上，棍子再一次砸了下去！直将她浑身筋骨寸寸砸碎……

林陌染实在看不下去了。

"都让开！"一声冷喝，她领着一群人冲上去，就将那些操着棍子的王府家丁推搡到了一边。

这时的大姨娘，已然浑身是血，一动不动地躺在地上，喘着粗气。

林陌染连忙查看她的伤势，就要招呼人给她请大夫。

不料大姨娘突然一手紧紧抓住她，那苍白的面上绽放出一丝红润的光泽——林陌染暗叫不好！这是回光返照啊！

这时就听大姨娘断断续续地郑重开口："初娘子……嫁……翰林府……"言罢，头一垂，重重地躺在了地上，已然气绝。直到死，她的眼睛都不曾闭上。

大姨娘去得凄惨，王府内外，一时间一片静默。

如此形势下，燕肃祁自然不得不放了黎笙，却仍是扣押着林奕不放。

"此人和我府上姨娘通奸，忤逆了我九王府！自然要交由本王处置！"

林陌染闭上眼，缓缓吐了一口气，将大姨娘的死所带来的悲戚情绪，小心翼翼地收好，这才转身，坚定地面对燕肃祁。

这一次，她志在必得："九王爷，恐怕我不能把林奕交给你。且不论他是否和你府上姨娘通奸，就算真的有，也轮不到九王府来处置！一来他不是九王府的人，二来你手上也没有他的身契！要想治他的罪，还需交由官府来定夺！"

燕肃祁一噎，还想强辩："他是在我王府犯的罪，勾搭的又是我王府的人！本王如何不能处置他了？！"

赵婉莹神色一凛，也想上前帮忙。

不料这时，又有一行人从不远处缓缓走了过来，还未行至，就见到一面明黄色的大旗在半空中招摇飘动。

那是皇帝的象征！

围观百姓好一阵窃窃私语，原只想看王府怎么处置通奸的男女，没想到还额外欣赏了一出宅斗大戏，探听到如此多的王府私密，不仅如此，如今连皇上都惊动了，真不知道今晚这事会演变出什么样的结果！

然而好奇归好奇，百姓们还是急忙退开，让出一条大路来。

领头一个面容清癯的太监，手里举着一面镶金铜牌，明晃晃的，刺得人眼睛生疼。

魏喜迈着沉稳的步子，径直走入王府，却停在了门内，再不走入半步。

他举起手里的铜牌，沉声道："在下魏喜，今日奉皇上之命，来向九王爷告知一件事。还请九王爷跪迎圣驾！"

燕肃祁的面色极为不爽，目光阴沉森冷地盯着魏喜手里的铜牌。

可是纵然再不爽，燕乐晟离退位还有两天，如今还是当今天子，魏喜举着皇帝御赐的铜牌，就相当于皇上亲临，他必须跪下迎接！

燕肃祁脸上闪过诸般凶狠的神色，最终仍然不情不愿地双膝一曲，跪在了地上。

这时，魏喜才缓缓开口道："皇上让咱来告知九王爷，林奕是他暗中派来调查林陌染的人，大姨娘则是林奕安插在王府的线人。"

一言至此，魏喜的目光有意无意地扫过林奕的腰间，那一枚由燕乐晟赐给林陌染商队的玉佩，续道："九王爷若是不信，自可取下林奕腰间所系玉佩查看，那是皇上交代任务时，亲自赐给林奕的身份象征！有此玉佩者，便是皇上认定的暗卫！既然是暗卫来和线人对接，便不存在通奸的说法。"

燕肃祁哪里肯信，或者说他根本不甘心！他起身一把将林奕腰间的玉佩给拽了下来，拿在手里，斜着眼端详。

玉佩通体碧莹，上面刻着"燕宫""纪燕和元年"等字。

只需一眼，就能辨认出这确实是燕乐晟御赐之物。他脸色一狠，转眼就想将玉佩砸在地上！

冷不防，林陌染声音不高不低地说了一句：“打了皇上的人，还能说是不知者无罪；如今要是再砸个玉佩……魏公公，这可是大不敬之罪吧？”

魏喜亦淡淡应着：“是。”

燕肃祁手一收，狠狠地盯了林陌染一眼，将玉佩掷到林奕身上，转身就走！

林陌染看了看仍躺在地上可怜兮兮的大姨娘，眼神中闪过一丝怜悯，想起她临死前托付的话，瞬间心里涌起一阵愤慨。

她抬头，张口就喊住了要匆匆离去的燕肃祁：“王爷且慢！你打了皇上的人，难道不该说声道歉？你错杀了无辜的大姨娘，难道不该给个说法？”

燕肃祁脚步一顿，极不情愿地转过身，道：“给这两人松绑！把大姨娘抬下去，寻个墓地葬了，这样总行了吧！”

林陌染一挑眉：“就这样？”

闻言，燕肃祁亦挑衅地反瞪她：“就这样！你还想怎么样？”

林陌染面无表情：“道歉。”

“道歉？！”燕肃祁失声大笑，“你要本王向谁道歉？不过是一个奴婢！且在场的人刚都听说了，是她自己跑出来亲口承认的罪行，本王这才下令重罚！何错之有？”

“何错之有？九王爷尚不知错？”林陌染笑着叹了一口气，“罢了，便让妾身来告知你，何错之有！”

她朗声开口：“你错在仅听大姨娘一面之词，不加调查，不辨是非真相，就下令重罚，以致错手杀人！你错在将通奸罪名加在两个早已是夫妻关系的无辜之人身上，且不听其人辩解，强行治罪！你还错在草菅人命，罔顾王法，既已知错，却毫无悔改之意！”

燕肃祁一口气堵在胸口，气都不顺了：“你！一个小小的侧室！还轮不到你来指摘本王言行！”

哪料到一旁的魏公公不声不响地补了一刀：“九王爷，真不好意思，咱家刚才忘了说，皇上还下令，今日之事全凭九王妃做主。”

燕肃祁面色顿时变得铁青。

然而回过神，他突然笑了，再一开口，清冷的嗓音没有丝毫的停顿，就开始道歉：“本王错怪了大姨娘，导致她无辜惨死。为此，本王深感愧疚，此时在这里，请大家做一个见证，为了弥补大姨娘，本王愿意答应她临死前的最后一个请求，不将初娘子许配给江陵太守。”

他说罢，望着林陌染，目光一闪，道：“如何？”

确实挑不出毛病。他甚至将她要说的话全部说了，只除了……

“还有一点。”林陌染抬高下巴，道，“我要你答应将初娘子许配给翰林大学士的庶出公子苏靖。”

燕肃祁这次并没有犹豫，极快点头：“可以，明日本王就派人去翰林府求亲。此事，魏公公可以作为见证。”

言罢，他勾唇一笑：“还有什么？爱妃不如一并道来。”

他情绪转变得实在太快，林陌染一时又摸不准他心里在谋划什么歪点子，张了张口，没有说话。

“若是没有别的事……”燕肃祁站定道，“本王倒是有个疑问。”

他目光有意无意地带了点儿讽刺意味，看向了林陌染：“既然九王府全府被封，九王府的人都被软禁，那么，身为本王的侧妃，林陌染为何还逍遥在府外？难不成，侧妃就不是我九王府的人了？难不成，她拥有我皇兄御赐的免死金牌，可以凌驾于王法之上？”

“来人！”他断喝道，“请侧妃入府！恭送魏公公回宫！”

王府小厮们一部分不由分说地将林陌染扯进来，另一部分将魏喜等一行人请出去。大门在他们两拨人之间“砰”的一声迅速合上。

林府的下人们几欲冲进来，却被这一道门严严实实地隔绝在外。

林陌染站在前堂，还能听到府外那高高低低的急切呼唤：“娘娘！大小姐！”

而面前的燕肃祁只是冷哼了一声，脸上一抹阴森的笑意，道：“将侧妃娘娘和她的狗腿送回沉雪坞！”

又上前在林奕身上补了一脚，道：“把这个碍眼的丢出去！”

黎笙被人拽了起来，眼睁睁地看着林奕被赶出府，视线所及都是他背上狰狞的鞭痕！

两人隔着府门默默相望，一脸隐忍，可是谁都没有说话，直到大门严严实实地合上。

此情此景，真叫林陌染心疼。她收回目光，不忍再看。

可是不管怎么说，至少他们的命保住了。留得青山在，不愁没柴烧，她一向乐观，知道事情再难也总会有转机！

离府不到半个月，沉雪坞也成了一个荒废的院子，虽不至于杂草丛生，但是院中的清冷和破败，还是让林陌染心生一种物是人非之感。

幸而许嬷嬷和黎笙还在默默地守着这片曾布满她们回忆的地方。

而今，她扶着虚弱的黎笙一步步走回来时，第一个跑出来迎接她们的就是许嬷嬷。

“娘娘！”许嬷嬷满脸担忧，伸手将黎笙接过，同时扭头仔仔细细打量林陌染有无受伤，“娘娘你可还好？自那日你闯出九王府，老奴就一直没有收到你的消息！”

林陌染疲惫地摆摆手：“我没事，你们不要担心。”

对许嬷嬷来说，她逃出王府不到半个月。然而对林陌染来说，这半个月，却是要命的半个月！她见证了林萱灵堂被烧，亲手杀死了赵楚珩，进了宫，又逃出宫，为了救黎笙、林奕，再次被押回九王府这个牢笼……这期间的波折，三言两语是道不清楚的，实在太累了！在如此疲惫紧凑的节奏下生活，每天都跟打仗似的，一不留神就感觉自己已经过了好几百年。

许嬷嬷很知趣地没有再问什么，而是扶了黎笙去偏房，给她上药。

林陌染独自走回堂屋，斜坐在窗前的罗汉榻上。

这里的丫鬟婆子都被打发到别的地方去了，如今的沉雪坞只剩她们主仆三人，很静，静得可以听见自己的心跳，忽快忽慢，忐忑不安地跳动着。

突然，在这一片静谧中，出现了一些别的声音。

轻微的一声叹气。

林陌染猛地站起身，还未回转，就被一双手从后面牢牢抱住，瞬间被拥进温暖熟悉的怀抱！

"乐晟……"她眼眶一湿，声音也哑了。

燕乐晟好生心疼，俯低了身子，在她鬓边轻蹭了蹭，仍是勉强挤出一丝笑容，问："娘子可有想我？"

林陌染闭上眼，满心辛酸，好半晌才郑重道："想。"

沉重的一个吻，伴随着一声更加沉重的叹息，覆上了她的唇。

厮磨间，她耳边尽是那一声充满了愁绪的叹息。她真的好想问他，为何今日如此疲惫，为何今日不亲自来九王府帮他救人，而只是派了魏喜一人前来……

"嗞！"唇上突然袭来一阵锐痛。

燕乐晟双眼明亮地望着她，笑道："小东西！朕在吻你，你却在走神？"语气中满是宠溺和无奈，又是一声叹息，"以后朕就不能想何时吻你就何时吻你了……"

"因为你要出征？"林陌染抬头，不解道，"辰靳为什么会出尔反尔？还有你，为什么要答应他亲征南燕？你们之间到底发生了什么？"

燕乐晟疲惫地捏着眉心，苦笑道："今晚不说这个，好吗？我的时间不多了……"

闻言，林陌染瞬间难过起来，他明日就要出征了啊。

然而转念一想，她又觉得有些气恼："你不当皇帝，你跑去出征，你倒是逍遥快活了！可是我呢？我还被你丢在这水深火热之中呢！"

她连声抱怨，丝毫没有察觉自己的声音里已然染上了哭腔："你要走可以，你走之前，好歹把我也带上啊！"

话音刚落，燕乐晟有力的双臂已经再一次将她紧紧拥入怀中！

绷紧的高大身躯，随着她的心跳而颤抖不已。

"陌染……"他一遍遍低声呢喃这个名字，忽而用沉重的语气缓缓道，"如果我没有回来，你、你就嫁给辰靳吧。除了他，朕不放心将你交给任何人！"

"你说什么浑话！"林陌染挣扎着就要推开他，却被他更加用力地抱住。

滚烫的胸膛紧密地贴着她的身体，她感觉自己快要不能呼吸了。

在这令人窒息的气氛下，她终于忍不住，一行清泪滑下了脸颊。

她嘶哑难言，抽泣了两下，倔强地用手背将眼泪随意一抹，然后抬头坚定地看着燕乐晟：“我们成亲吧！”

燕和二年。立秋。这日有两件喜事。

新皇燕辰靳继位，大赦天下，延续旧有年号，宫中其余制度不变。繁荣的北燕王朝，经过短短数日的混乱后，再一次步上了正轨。

另一件，则是翰林府大学士之子苏靖迎娶九王爷的庶长女。听闻迎亲队伍绵延整整五里，比当初总督府嫁女的排场还大！而新郎官骑着一匹枣红色的高头大马，武将出身的他身姿昂扬挺拔，面目威严不失清俊，端的是一个俏郎君。

这一日，还有一件壮举。

北燕前任君王燕乐晟被封为战王，出征南燕。今日是他拔营离开江陵城的日子。

全城百姓早有风闻，倾巢而出，密密麻麻地站满了街道两旁，静候大军的到来。可是没想到，他们左等右等，盼了又盼，好不容易盼来一队黑压压全副武装的士兵！

再定睛一看，本该站在大军前锋之后的统帅，位置却是空的！就连那面威风凛凛的帅旗都是被一个面生的少年将军在举着！

百姓尽皆骇然——身为统帅的燕乐晟，大军出征之际，他去了哪里？！

原来今日还有第三件喜事，悄悄地发生在四合院里，没有人知道。

一大早，林陌染就借口去参加初娘子的喜宴，要求出府。

燕肃祁自然死活不答应。

却不料，过了不久，宫中竟然传出一道谕令，说是翰林府大学士请求皇上宽赦林陌染一日，邀请林陌染参加婚宴，以此对林陌染这位媒人聊表谢意。

燕肃祁没辙，当着魏公公的面，命人将王府大门打开，眼睁睁地看着林陌染上了那辆据称也是御赐的马车。

马车一路晃悠，绕过了翰林府，却径直将她送去了城西的小四合院。

燕乐晟已经穿着一身大红新郎服，喜滋滋地在院子等着她。

林陌染想不到的是，他竟然把陌鸳和小瑾也带来了。

“怕小翠儿一个人忙不过来，让陌鸳过来帮帮忙。”他解释道，又一笑，“你那小脑袋瓜，竟然能想出陌鸳这么个好名字！”

林陌染把嘴一撇：“小瞧我不是！”

这时候小翠儿过来赶人了：“新娘子要赶紧梳妆了啊，再不打扮怕要误了吉时！其他闲杂人等统统回避一下，抱歉抱歉！”

说罢，将燕乐晟客客气气地请了出去，门一扣，就将他挡在了外面。

林陌染眼看着他脸上神色变幻，从一脸难以置信到愤愤然，到最后无奈接受，再到门合上前，他扬起的一抹深邃笑意，心中又甜又暖。

屋外，小瑾很是不情愿地扯着燕乐晟的衣袖，埋怨道：“为什么连小瑾也不能进去？小瑾也想帮忙！”

燕乐晟弯腰将她抱了起来，笑道：“你个小不点儿帮什么忙！别添乱就成！一会儿哥哥和姐姐拜堂时，你记得在后面撒红豆，知道了吗？”

小瑾郑重地点头：“嗯嗯！知道！”

吉时转眼便到。

凤冠霞帔的林陌染被小翠儿和陌鸳一左一右扶着，缓缓步出了堂屋。

玉肌皓腕柔若无骨，柳腰轻摆，步履如莲，远看是芙蓉含春，近看是洛神谪仙。然而因为紧张，那葱白的十指却是下意识地紧紧捏住了喜帕的一角，将新娘子的心情暴露无遗。

燕乐晟静静地凝望着他的新娘，一分一秒都不舍得移开视线，望着她一步一步走到自己面前，将手递过来，放在他的掌心。

肌肤相触，温暖如玉。

那一刻，他心里泛起的一阵悸动，叫“安心”。

嘴角情不自禁地缓缓勾起一抹笑，久久没有散去。

这时，作为证婚官的林奕高喊了一声：“一拜天地！”

燕乐晟便牵了林陌染，两人面对天地，稳稳地拜了下去。起身时，微风卷起新娘的红盖头，他看见林陌染嘴边同样勾起的弧度，仿佛梅花绽放，暗香清幽传来。

三拜结束后，燕乐晟轻轻扶着林陌染，小心翼翼地跨过门槛，将她引进堂屋。

为了举办这场喜事，堂屋里已然装扮一新。

红木门扉上悬着大红灯笼成双对，八宝格窗上，红双喜并红色锦鲤相映成趣。拉开红帘，里间的床榻上，大红丝绸锦鲤被铺上撒着红枣花生，床榻旁则缀着鸳鸯绣帘。就连屋内的衣笼和矮桌都被细心地蒙上了一层红布。

虽然简陋，却处处体现了对这场婚礼的重视。

燕乐晟扶着林陌染在榻边坐下后，这才迫不及待地挑起她的喜帕。俯身细看，更加喜不自禁！面前就是独属于自己的新娘子，芙蓉面、远黛眉，巧目含笑，端的是美艳无比！

“陌染……”他情不自禁地吻上去，细细品味这重要的一刻。

厮磨间，耳边却传来林陌染的一声轻笑。

她笑着拍他的手，催促道：“还不赶紧洞房！一会儿就要出征了！”

他微微诧异，在她张扬的笑意间，迷失了心神！

此一夜，莫吹羌笛惊邻里，不用琵琶喧洞房。

第 7 章 继位，出征，死无葬身之地

月落星沉时，夜凉如水。

静寂的江陵城西，一座四合院缓缓推开了门扉，借着门廊上悬着的大红灯笼里透出的微弱烛光，隐约可见一匹轻骑悄无声息地跨出了门槛，踏碎一地的薄霜。

高头大马上，男子一身饕餮纹明光铠，手握缰绳，稳坐如山，那似浓墨勾勒的深邃眉目间，细看还带着一丝淡淡的笑，直入眼底。

他深深地看了一眼四合院，旋即飞身隐入夜色之中。

然后，隐在城西小巷的这片四合院，终于熄掉燃了大半夜的灯烛。

北燕江陵城，终于彻底安静下来。

第二天天刚亮，林陌染打着哈欠伸着懒腰，一脚随意地踢开了堂屋的门。

屋外阳光明媚，小翠儿早早候在门外，见她出来，立刻上前要给她梳洗更衣。

林陌染用手拢拢那头乌黑长发，想了想，摆摆手：“就这么披着吧，反正今日哪里也不去。”

她今天不打算回九王府。燕肃祁一心要困住她，哪能让他得逞呢？

昨日既然都已想办法逃了出来，就断没有再回去的道理！

“去，放出风声，就说我在宫里。”她微微一笑，辰靳今日想顺顺利利地继位，怕是不可能了。他不让燕乐晟安安稳稳地过日子，她也不让他过好日子！

小翠儿诧异之下，一时不明白她的用意。

林陌染凑过去，在她耳边嘀咕了几句，她这才露出恍然大悟的神色，点点头，走出了院子。

四合院里，便只剩下她和之前许嬷嬷召集回来的曾效忠她母亲的部分丹色坛旧成员。

此时，她除了是丹色坛的现任坛主，还是琉璃阁的候选阁主，众人看她的眼神都带着一丝敬畏，远远地候在一旁，神色恭敬。

林陌染还记得其中有个叫柳十八的女剑客，轻功十分了得，当即唤了她来身边，吩咐道：“你便领着一群人，到九王府门前……”

柳十八不动声色地记下来，告辞后自去乔装。

拨完了心中的小算盘，林陌染喜滋滋地躺倒在软榻上，闭目安享这灿烂的暖阳天。

因为安心，这一睡，就睡到了日上三竿。

直睡到新皇披上龙袍，在太庙祭祖的时刻。

此时，十里外，和四合院隔着一片白墙黛瓦的朱雀大街。

辰靳穿着一身明黄色的龙袍，正乘着一辆龙凤顶八抬大轿，领着百余人招摇过市。清冷的眉目，时不时低垂着打量路旁的行人，视线落处，似有意无意地在寻着什么人。

然而轿子晃过了半条街，始终没有见他眸子亮一下，渐渐地，连那原本就清俊冷漠的面容也变得更加森然。

这时，一直在人群夹道的正中央稳稳行走的轿子，突然毫无预兆地晃了一下，紧接着，这顶装饰华丽繁重的御轿，竟然猛地停了下来。

八个轿夫神色惶恐，眼睛齐齐盯着前方那来势汹汹的一大拨人！

“皇上……”伺候在旁的魏喜皱了皱眉，眼神看向依旧稳坐在轿中的辰靳，见他只是眸子抬了一下，并未表现出半分情绪，心里一沉，道，

"是否需要老奴出手清理掉……"

辰靳一只手悠闲地把玩着拇指上的玉扳指，薄凉的唇忽而扯开一抹淡漠的笑意："无妨。让他过来，朕刚好也有事问他。"

魏喜淡淡地应了声，退在一旁，警惕的眼神却始终没有离开那个被人群裹挟着、被迫一步步走来的男人。

等人群离得近了，嘈杂声更大。窃窃私语中，不难捕捉到几个关键的词语，九王妃、新皇、宫里、带回九王府……

稍微细想，就能自动组合成一句话：九王妃被新皇带进了宫里，昨天信誓旦旦地称九王府被查封、九王妃也应该被一并软禁在府里的九王爷，今日便要来向圣上讨人了！

燕肃祁硬着头皮站在人群之首，额上的汗密密布了一层。

他没想到林陌染竟然夜不归宿，更想不到，今日一大早，府外就围满了一圈百姓，神情激昂地问他："九王妃被新皇带走了，如今正在宫里，你还不赶紧去找皇上要人？！"

燕肃祁听完之后蒙了。

直到又一个热血的群众大喊了一声："九王爷，昨日可是你说的！九王府被封，九王妃也不能置身事外，理应一同被软禁！她不能因为被新皇看中，就因此凌驾于王法之上吧！"

燕肃祁下意识地抬头朝那里看了一眼，觉得这人有点儿面熟，像是林陌染身边的人。

然而不容他多想，竟然有几个胆大之徒就走上前来将他簇拥，然后是越来越多的人将他一圈圈包围了起来，个个皆是神色激动，一副誓要替九王府讨回公道的模样。

最后人实在太多，就连看守王府的宫廷侍卫都不敢靠近，被裹在人群之中的燕肃祁就更加寸步难行只能被动地被人潮带领着，一步步硬着头皮往前走。

经过玉楼春时，还听到众多百姓在小声议论。

"这九王妃真真是个红颜祸水，迷惑了燕昭帝不说，如今就连刚继位的新皇也对她垂涎三尺！听说不顾九王府全府被封，昨晚硬是将她从王府中强抢入了宫呢！”

燕肃祁更加咋舌！

从前只听赵琅坤说，新皇对林陌染情根深种。难不成，真的被他带进宫里去了？

如此迷迷糊糊、一知半解，就被人群带到了新皇御驾游街的地方。

等回过神一抬头，身着明黄色龙袍的男人正近在咫尺地打量着他，那眼神冷得如一口老井。

辰靳眼里寻不到半分神色，清清冷冷，就这么不动声色地望着眼前的燕肃祁，戴着玉扳指的手骨节分明，正悠闲地垂在膝上，拨弄着龙袍上的一处刺绣。

这人的气场和燕乐晟比起来，全然不同。

说他冷，他不及盛怒时的燕乐晟一半的冷厉。

说他神秘，他又带着一脸玩世不恭的笑意看着你。别人不知道，至少燕肃祁明白，这种神色，从来不会在燕乐晟脸上看到。这样的神色让他感到有些害怕。

两人久久不开口，人群中终于有人按捺不住了：“九王爷，快说啊！昨日你不是言辞凿凿，定要将九王妃接回府内的吗？怎的今日这般沉静？难不成，九王爷昨日种种只是做戏？”

有人开口，立刻就有人帮腔。现场当即炸开了锅。

燕肃祁被吵得头皮发麻，可是这些话，他哪里敢说！

辰靳稳稳坐在轿中，从掀起的轿帘处望进去，那冷峻的面容隐没在阴影里，缓缓地浮起一抹暧昧不明的冷笑。

他有点儿明白这事是谁的手笔了。

不错，还能玩点儿小花样，证明她如今还活得好好的。

心念至此，绷紧的神色终于放松。

他看向面前这个一脸茫然中带着几分戾气的男人，心想是该好好玩一把，不然岂不是辜负了她的一番心意？

轿外，人们的议论声正到了最激烈的时刻。

这时，一直静默的轿子内，却突然传来一道幽幽的、带着点儿凉薄讽刺的淡笑声："九王爷，你的老婆跟人跑了，你不去追，跑到朕的御驾前做什么？"

燕肃祁骑虎难下，此刻只能顺着百姓的舆论，恨恨道："本王听闻，她昨夜被你带进宫里，至今未归！今日此来，便是想向皇上问明，我的侧妃到底在不在你的宫里？"

闻言，轿子里的那人突然清朗地笑了。辰靳耸耸肩，无辜地道了句："朕不知道。"

燕肃祁当场气结："皇上可知，现在江陵城中都在疯传，我的侧妃已被你带进宫中！而今，你却矢口否认！"

"嗯，确实有这么一回事。"辰靳点了点头，神色间却丝毫不为所动。沉默了片刻，他突然眼神一闪，饶有兴味地提议道，"不若这样，朕和你比一场，看是谁先找到她！若先找到她的人是你，你便可领回府去；若找到她的人是朕……那么朕就将她占为己有！"

燕肃祁的脸色当即沉了下来："皇上！你宫里妃嫔不下百人，为何还要跟我区区一个亲王抢！就不觉得有失皇家体面吗？就不顾虑臣子的感受吗？"

"九王爷此言差矣。"辰靳轻飘飘一声叹息，打断了他的控诉，"你将皇家赐婚的正妃拒之门外时，有没有想过皇家的体面？你怂恿府里的侧妃姨娘陷害林陌染时，有没有想过她的感受？你把她的奴婢婆子毒打丢出府去，有没有觉得失了她的体面？"

一连三问，问得燕肃祁哑口无言。

辰靳悠闲地扫了他一眼，半张脸渐渐阴沉了下来："今日登基，本来朕心情甚好，被你这么一打断，顿时兴味索然。"

他顿了一下，唤一旁的魏喜道："燕乐晟已经出城了吧？正好朕有事要宣布，就借他弟弟来当个见证！"

他眼神一凛，射向了燕肃祁，道："把他带上！"

太庙依旧是那一百二十阶白玉石长梯，融在日辉之下，可是今日站在那石阶之上，身着龙袍的人已不是原先那位。

辰靳依照祭祖的程序，先祭天地，再给太庙里供奉的先皇牌位一一点香叩拜。末了，到了该念祭辞的时候，辰靳突然一抬手，制止了身边的魏喜："朕，还有一个人要拜。"

在百官的诧异中，他自袖中缓缓取出一幅袖珍的画像，小心翼翼地摊开。

褐底的画像上画了一位身着铠甲、面目威严的大将军，眉目间隐隐含着一股子杀气，两眼圆瞪，目露凶光！

光是这样看了他一眼，都仿佛能感受到那逼人的气势从纸上跃然而出！

一旁的魏喜低头细看一眼，突然面色一变，猛地抬起头，眼神锐利了几分，灼灼地锁着辰靳，口中一声低喝："皇上，不可！"

辰靳充耳不闻，不慌不忙地将画像轻轻一抖，整幅画像的原貌就展现在了众人面前。

上面只一人，旁边寥寥几笔算是题词，再无多余的字迹。

可就是这样简单的一幅画，却让在场的官员大臣们齐齐错愕！

这一刻，他们真的情愿自己眼瞎了！

魏喜的眼神已经由锐利转为警惕，再三斟酌，瘦长的臂膀突然就往辰靳手里的那幅画猛刺了过去——

辰靳早有防备，轻松一跃，躲开了他的攻击，勾起一丝笑容："魏公公，袭君可是砍头的大罪，你可悠着点儿啊！"

魏喜面色一沉，收起手臂，却是沉声劝道："陛下，还请将画像交给老奴，此等物品不允许出现在北燕国内！今日必须烧了它！"

"烧了它？"辰靳一脸好笑，"那可不行！"

一旁的大臣终于忍不住了，猛地上前一步跪下，神情严肃道："皇上！这可是叛逃南燕的逆贼凤疏狂啊！皇上你身为北燕新帝，怎能留着这等孽障的画像在身边？还请务必尽快烧掉！"

辰靳冷眉一沉，并不解释，却朗声道："将九王爷燕肃祁押上来！这件事，朕要当着他的面说！"

一直在人群之后的燕肃祁被踉踉跄跄地推了上来，满脸愤恨。

辰靳不慌不忙地瞥了他一眼："接下来朕说的话，你可给朕听仔细了！这幅画像中所画的，确实是多年前叛逃南燕的凤疏狂！而当年，朕在宫里刚出生之际，并不是被赵琅坤抱走的，而是他！凤大将军在南燕蛰伏多年，不动声色地收集了北燕的许多军事机密！这一切，都是你帮他完成的！你便是南燕安插在本国的细作！朕可有说错？"

众人听到最后，全都惊愕得闭上了嘴。

"燕肃祁。"他冷冷地说完这一席话，又将矛头转向了燕肃祁，"方才朕的话，你都听明白了？"

燕肃祁闭紧了嘴巴，不肯开口。

辰靳也不恼，慢慢踱到他身边，神色带着一抹深入骨髓的冷意。他道："你知道赵楚珩为什么会死吗？"

事隔十余日，此事再次被他提起，众人都倒吸了一口凉气赵楚珩死得蹊跷又凄惨，好端端去祭拜亡妻，结果一夜之间火烧灵堂，再抬出来人时，已经被烧成了面目全非的黑炭。

当时对外说法模棱两可，燕乐晟极力掩盖，而如今，辰靳显然要开口揭晓当时的真相了。

"是朕杀了他。"他一声冷笑，"朕在灵堂的棺材里备满了火石柴木。他进入灵堂时，朕就在屋梁上看着。知道朕为什么要杀他吗？"

辰靳阴狠的笑声，让燕肃祁不自觉地打了个寒战。

他续道："因为他不仅和朕抢女人，还想篡位自己当皇帝！朕一来不喜欢跟自己抢东西的人，二来也不喜欢不听话的人……你……"他冰凉的手指突然猛地刺出来，一下子卡在燕肃祁的咽喉处，"燕乐晟和你是同胞兄弟，一直舍不得杀你。可对朕来说，你什么都不是！朕可一点儿都不会不舍得！"

这一次，燕肃祁终于开口了，闷闷点着头："臣，明白。"

"很好！"辰靳满意地收回了手，命人牵来一匹骏马，将缰绳递到他手里，对上他错愕的脸，道，"你现在骑着这匹马出城，赶上你那出征的哥哥，把朕方才说的话原封不动地说给他听。"

燕肃祁脚步动了动，又顿在原地。

直到辰靳厉声一吼："还不快滚！"

他抖了一下，翻身骑马，一路沿着太庙外的官道，摇摇晃晃地飞奔了出去。

太庙里，只留下神色各异的大臣和紧绷着一张脸的辰靳。

他慢悠悠地往回走，丢下一句："朕累了，今天就到这吧。"然后转身就上了轿子。

饶是大臣们经历过再多的朝廷往事，想必也从未遇到过如此吊儿郎当、随心所欲的皇帝。

想当初一个燕乐晟已经够让他们头疼了，如今这个新来的头儿更甚……可叫他们这些一本正经惯了的老家伙怎么适应得了啊！

他们不知道的是，这里他们还在吐槽新帝行为散漫，那一边，辰靳又干了一件违背常理的事情。

他的轿子出了太庙，没有踏上回宫的路，却是一拐，拐去了江陵城西的四合小院。

彼时，林陌染刚挣扎着从睡梦中清醒过来，正伸着懒腰，神色悠闲地走出堂屋。院子里洒了一地的阳光，又被梅树枝丫分成点点星光。

她就这么站在梅树下，仰着头，看那树叶间漏下的阳光，洒了她一身，整个人融在光芒中，仿佛要化仙飞去。

辰靳一掌击开院门大步迈进来时，看到的就是这么一幅画面。

看到那张心心念念的芙蓉面，在阳光中泛着晶莹剔透的美，美得惊心动魄！

他缓缓勾起笑容，轻步走过去，却还是被她所察觉。

林陌染猛地眯起双眼，警惕地打量他："你来这里做什么？"

辰靳失笑："我自然是来找你。"他站定在她面前，俯身看着那张故意板起的清冷小脸，道，"还要问你一个问题。"

林陌染的小脸绷得紧紧的，吐出一个字："问。"

他也不恼，淡淡道："你说你今天整的这么一出戏，是为了啥？为了砸我场子，还是为了让燕肃祁出丑？"

林陌染目光一闪，轻飘飘道："都有。"

辰靳当即无奈叹气："大小姐，我可没有得罪你吧？好不容易当个皇帝过把瘾，你还要来闹我的场子！"

林陌染不搭话了，抬起头，却问："燕肃祁呢？"

听闻这个名字，辰靳笑意更浓："我放他出城了。你不是想趁机找到他藏匿在城外用来谋反的军队吗？"

林陌染顿时沉了眸子："你连这个都猜到了。"

辰靳失笑："别忘了，你身边还有一个我的人。黎笙告诉我，当时你和她去九王府倦芳阁闲逛时，发现了一个侧门，门锁是新的。"

林陌染噙着半抹笑意，未至眼底，道："然后？"

"然后，黎笙还发现，侧门附近有许多马蹄印，是新踏上去后，又被沙土匆匆掩埋的。当时你也看见了，却没有跟她说，反而问起门锁的事情，借此转移她的注意力。"

林陌染点点头："当时我还不能完全相信她，所以没有说。"

"不错不错！当真不错！"辰靳眼里泛起了欣赏之意，"能防人，能揪出内贼，能知微见著，还懂得拿皇上当枪使。"

林陌染当即回敬："前面的话我认了，最后这句可不敢当。我向来只有拿你当枪使，可没有拿皇上当枪使。"

辰靳不满意了，一扯身上的龙袍："喂喂！看清楚，我现在就是皇帝！"

林陌染哼笑一声："这个皇帝，你准备当多久？"

辰靳扬起一抹暧昧的笑容："如果我说一直到我死，你信吗？"

"不信。"林陌染冷冷一句话打发了他，"你当不了那么久，燕乐晟迟早会回来。"

"好吧！"辰靳一摊手，"那我就等他回来。可是在他回来之前，这个位置还是我的。"

林陌染摇摇头，无奈道："你和他究竟在搞什么阴谋？"这件事，燕乐晟始终没有告诉她，甚至在她面前也没有表现出丝毫异样。

没想到，辰靳面色一沉："我和他？"他笑道，"我和他如今只剩下一个关系，那就是你。"

他这话说得决然，哪知林陌染轻描淡写一句话就顶了回去："我和你没有关系。"

辰靳那死皮赖脸的痞劲就上来了，一手将她捞进怀里："现在没关系，日后可以慢慢培养关系。迟早有一天，我和你的关系就会变得像从前你和燕乐晟的关系一样。"

林陌染不等他说完，已经像兔子一样挣脱了开去。她一边嫌弃地理了理被弄皱的衣袖，一边埋怨地看着他。

却在这时，一个侍卫猛地将院门推开，探进来一张惊慌失措的脸："皇上！不好了！燕肃祁领着他的孽党要去行刺战王！"

辰靳还未动，身旁那瘦小的女人已经飞快地蹿了出去，到马廊旁一解马绳，翻身上马，动作丝毫不拖泥带水。

下一刻，她已经两腿一夹马肚，风一样冲了出去——

"你慢点儿！"辰靳在后面焦急地追上去，脚步轻点，一个飞跃轻巧地跳上了她的马背，将她整个揽牢在怀中。

低头只看见风中那一张绷紧到极点的小脸，双眉拧得紧紧的，狂风将她的秀发吹得凌乱飞起，她却丝毫不顾。

"燕乐晟只有一个人！"她突然带着哭腔道，"他为了跟我成亲，昨晚留下来，没有跟军队一起走！今天早上他才赶过去！他只有一个人！"

辰靳心里猛地一酸，无奈长叹一声，解下了自己的披风将她裹紧，伸手从她手里接过缰绳，将马赶得飞快。

江陵城外，一片繁荣胜景。

突然一匹马载着一男一女，从这热闹的街巷里斜刺里冲了出来，直奔城外更远处。

人们慌不择路，被吓得抱头鼠窜，一时间鸡飞狗跳，咒骂声连成一片，更加热闹。

那马匹却丝毫没有要减速的意思。

忽闻马背上，一声女子的娇喝当头传来，再然后是凛然的一鞭，狠狠抽在马上。

“啪！”

一声脆响！马儿飞快地扬起四蹄，风一样呼啸而过，终于消失在远处。

越往城外走，环境越荒凉，最后只剩一片沿河疯长的草。

跨过江陵城的界山之后，眼前便是连绵的丘陵。

耳边听闻风声呼啸，送来阵阵刀枪撞击声。辰靳勒紧了马头，带着一脸焦急的林陌染谨慎前行。

山的另一边，两方人马厮杀正酣。血肉横飞间，是一个个倒下的身体。看得林陌染一阵心惊胆战，手越握越紧，浑身僵硬。

“他不在这儿……”辰靳疑惑地嘀咕了一句。

林陌染心一凉：“燕肃祁也不在！”

辰靳狠狠一拽马头：“走！”当下赶着马闯过交战的人群，往山的另一边去，“沿着车轮的印子，这边还有另一队人马！”他快速给她解释。

奔出数里，冷不防马蹄子突然一抖——

“不好！绊马索！”辰靳一声惊呼，已然将林陌染整个裹了起来，单手撑着马背，借力一跃而起。

瞬间他们飘落在一旁。再一看，马已经口吐白沫，倒地不起。

“该死！”辰靳懊恼一叹，“方才太急，未曾觉察！”他惊惶地察看被护在怀中的林陌染，“你可有受伤？”

林陌染却在思考另一个问题：“没有了马，怎么赶上他们？”然而她摇头之际，目光却越过他，投向了靠近悬崖的地方。

那里停着一辆马车，马车外还站着一个人，直勾勾地阴笑着，看着他们俩。

燕肃祁带着一丝狠笑，身后乌金银缎狐裘大麾在风中猎猎作响：“来了？”一开口就是无比讽刺的声音。

林陌染厉色直视他：“燕乐晟呢？”

“他？喏！”燕肃祁淡淡地瞥了一眼悬崖，“他在下面呢！你要不要下去找他？”

“我先找你！”

谁也料不到，就连辰靳都还未动时，毫无武功的林陌染竟然快步冲了过去，反手从发髻中抽出一把短刃，猛地抵在了燕肃祁的咽喉！

这是燕乐晟临走前给她防身用的。此刻，她只想用它来杀人，杀了眼前这个屡次挡在他们面前碍眼的男人！

就是他！在幕后和赵家狼狈为奸！几次陷她和燕乐晟于不利！他早该死了！

“你表面贪财，实际上，却是在秘密筹资暗中培养孽党！这么多年来，你在众人面前一直装出懦弱无能的样子，真是演得一手好戏！”

林陌染毫不留情地一一揭穿他：“眼见着燕乐晟的注意力被转移到赵家，你就趁机高调崛起，先是扮演深情王爷，企图在百姓心目中塑造一个仁义的形象，想借此笼络民心。然后又迅速集结逆党，准备攻打江陵城，夺得帝位！”

她顿了一下，讥笑道：“如果我没猜错，你甚至连谕旨都准备好了，就藏在那晚来灵堂祭拜的赵楚珩身上，想让他暗中来个偷梁换柱，将赵琅坤藏在林萱腹中的真谕旨给掉包……不幸的是，却被我一把火，把赵楚珩和伪造的谕旨都给烧成了灰烬。”

“不错。赵琅坤这个老东西，差一点儿坏了我的大事。”

“想当然，赵琅坤身为北燕老臣，自然是希望能以和平的手段取得帝位，而你，却怂恿他儿子赵楚珩企图用武力谋反！生生使得他们父子反目。”

林陌染冷笑摇头：“赵琅坤为了阻止你疯狂的计划，委婉地提醒了燕乐晟，要攻打南燕。这才使我们的注意力从西域乾罗国转移到南燕和你身上！你得知这些事情后，暗中派人将他赶尽杀绝，逼得他不得不弃了自己的亲生儿子，只身逃亡南燕！”

“分析得一点儿不错！”燕肃祁直言不讳，“你们也不赖！我原以为，燕乐晟被封为战王出征，真的是去攻打南燕。没想到，竟是你们设好的套！他在城外设下埋伏，只等我领兵潜逃……”

他一阵冷笑：“我折了三千多人马，取他一条命，也算值了！”

他的话未尽，脖颈上的刀锋瞬间逼近，在他早就被风吹得干裂的肌肤上划出一道血口。

林陌染双眼通红，发狠道："你敢杀了他！我就杀了你！"

燕肃祁在她的逼视下，从容不迫地用眼神示意他们的头顶："杀了我，你们也活不成。"

两人闻声望去，头顶不过五六米高的地方正悬着几块巨石，被几个虎背熊腰的外地装束的男子用粗绳捆着，粗绳之下，竟然吊着几个遍体鳞伤的人！

仔细看去，却是之前听从她的命令去江陵城散播谣言的丹色阁成员，还有……

"黎笙！"林陌染失声唤道。

身侧，辰靳亦是绷紧了神经。

被吊着的几人，包括黎笙在内，却都是咬紧牙关，不发一言，满脸坚忍之色。

燕肃祁神色瞬间变得无比得意："你以为，你能布局害我，我就不懂反将一军的道理？左右燕乐晟已经坠亡在崖底，不若你从了我，跟我回南燕，还能救这几人的命！回南燕后，我定叫父皇好好疼你！你知道，凤大将军平生最爱两种东西，一是酒，二是女人！尤其是年轻漂亮的女人！"

"呸！"辰靳对着他的脸啐了一口，"凤大将军？！他就是个窃取皇位的阴险小人！只要我辰靳还活一天，南燕的帝位绝对轮不到他来坐！而你，竟然认贼作父！"

燕肃祁顿时觉得可笑："你说我认贼作父？这么多年来，我被北燕帝困在这里当人质，唤那死老头一声父皇，才叫真的认贼作父！"

一旁的林陌染皱眉诧异道："他是你弟弟？"

"不是。"辰靳飞快解释，"凤疏狂当年将我抱出宫，逃亡南燕时，并没有带上他的家眷。先皇便将他妻儿杀了，只留下一个六月大的男婴，当皇子养在了身边。"

他转向燕肃祁，很是愤慨："父皇从不曾亏待你，相反，因为当年对凤将军一家痛下杀手，他一直心怀愧疚，所以这么多年来，始终将国内最好最珍贵的赐予你，甚至叮嘱燕乐晟，要好好对你……你却有了反心！”

燕肃祁冷冷回敬：“有反心也是被你们逼的！当年凤家一门忠烈，为大燕打下多少江山，却因为一句功高震主，被斩于九渊台！我父亲迫不得已叛逃岭南，自立南燕！而狗皇帝，竟然残忍地杀了我全家！这笔债他怎么还？！燕乐晟怎么还？！”

语罢，他似再也不能等，眼中倏忽腾起杀气。忽地反手一挥，他大声朝上头喝道：“放巨石！”自己却迅速反身，一手扯住身边的林陌染，将她甩进了身后的马车里。

辰靳飞身要救——不料林陌染猛地回身，一掌将他推开：“救黎笙！”

下一刻，马车卷起滔天的尘埃，飞驰而去！

辰靳微微一怔，死死拧紧了眉，然后来不及犹豫，转身闪进了砸下的巨石间——他身形如箭，长臂瞬间救起几人，脚步刚着地，又是几步纵起追向那辆早已不见踪影的马车。

马车里，林陌染因为被突然甩入，一头狠狠磕在了车窗栏上，头晕眼花。好半晌回过神，她才发现车里除了燕肃祁外还有一个女人，正阴冷地看着她发笑，那张艳丽的面容散发出一股狠然的戾气。

“林妹妹，真没想到还会见到你呢！我们家王爷惦记着你，就连逃亡都要带上你，你该觉得荣幸才是。只不过啊……”她突然掩面娇笑一声，窝进了燕肃祁的怀中，娇滴滴地冲着燕肃祁道，“爷，能不能别让林妹妹当侧妃了，就让她去南燕宫的浣衣局当个小宫女吧。省得总在妾身面前晃，闹心得很！”

燕肃祁双手裹紧她的肩膀，笑道：“爱妻想怎样，就怎样。”

林陌染只觉得恶心，干脆闭上眼，来个眼不见为净。

马车驶过这片丘陵后，走进了一片更加嶙峋的山脉。

林陌染大概听林奕他们说过，要从江陵去南燕，除了过长江之外，就是走五峰山。山路虽然崎岖，但胜在隐蔽，很多逃犯匪盗为了躲避追踪，都会选择走这条路。

果不其然，马车才走了片刻，就有一队人马从山道两旁冲了下来。

来者和车夫嘀咕了几句，言辞间一开始还挺客气，后来渐渐有些分歧，吵了起来。

燕肃祁皱眉，一撩车帘走了出去：“什么事？”

“太子殿下，你不是说要带你的人来支援我们吗？前方那个将军，武力好生了得！兄弟们都快支撑不住了！后面来的那人，虽只有一个，也是个能打的！兄弟们为了拖住他，死了不下十个啊！再这样下去，我这帮兄弟非都死光不成！”

燕肃祁漠然道：“我还没说你们不顶事呢！你们倒好，来找我要人？！”

“太子爷！当初你可不是这样的，说了只要我们跟你联手灭掉这支精锐的队伍，将来你们打下北燕的江山，也会封我们一官半职！你今天要是出尔反尔，可别怪兄弟们立刻撤人啊……”

“慢着！”燕肃祁这次放软了语气，“我不是这个意思。大家都是自己人，谁也没有必要做得那么绝。你看方才在出江陵城不远的山坳，我已经折了三千人马，如今是真的腾不出人手。你们先顶着，放我过去，等我回了南燕，向父皇请示后，立刻派兵过来救援你们。”

来者犹犹豫豫，开始推三阻四地谈条件。

燕肃祁这时又开口说了句什么。

林陌染一时没听清，正想将身子探过去听个仔细，不料就在这时，左手却被什么东西狠狠一绕！

紧接着，整个人就不受控制地往后摔去！

想象中的巨响没有传来，反而是身子突然产生失重感！

林陌染瞬间睁大眼睛，抬头看去——自己一手被细绳绑着，整个人飞出了马车后窗，已经有半个身子悬空在崖边！

一抬头，是赵婉莹那张阴森森的笑脸：“林妹妹，你真以为我会任由燕肃祁将你活着带回南燕，继续在我面前晃吗？”

她一手拿着一把剪子，堪堪卡在细绳上，只差一寸，锋利的刀刃就能将细绳剪断！

赵婉莹满脸挑衅，颇为享受掌控别人生死的感觉，轻笑道："如今，只要我现一剪子剪下去，你就会无声无息坠落山谷，连尸首都找不到！"

林陌染这才发现，那原是绑着窗帘的绳子被赵婉莹解了下来。

绳子的一头还系在窗户上，另一头系着一块大石头，在她脚边绕了一股。方才赵婉莹就是把大石头推下悬崖，借石头下坠的力道将她带出了马车。

如今，只要赵婉莹手里的这根绳子一断，她就真的要被巨石连带着飞速坠下山崖。

林陌染转念一想，试着先跟她拖延时间，只要燕肃祁发现，应该不会让自己就这样死去。

"赵婉莹。"她故作镇定，淡笑道，"你不觉得就这样让我死，太便宜我了吗？"

赵婉莹微微皱眉后，旋即了然："林妹妹，别妄想拖延时间，你越是想拖延，我越是怕夜长梦多，说不定就剪得越是顺手！更何况，只要你今日一死，横竖都是我赚了。只要这样就够了！"

林陌染却耐心跟她周旋："你就不想想，你今日把我弄死，明日去到南燕宫，连给未来的公公、南燕国国主准备的礼物都没了，岂非有失礼节？"

赵婉莹愣了一下，林陌染手里的动作也丝毫没有停。

她保持上身不动，以免被赵婉莹察觉，暗中却躬起身子踩在山崖一块凸起的石头上，将缠在左手腕的细绳取下，反系在马车的车轮上，只一手提着，以防赵婉莹怀疑。

准备就绪后，她决定将死还是生的结局，让给赵婉莹自己去选择，于是她仰起头，又催促了一句："赵婉莹，按我说的，将我拉上去。不然你和燕肃祁都会吃不了兜着走！"

赵婉莹似已经有些动容，将绳子往上提了提，突然脸上又闪过一抹狠戾，阴森森地笑了起来："林陌染，你当我是傻子吗？！将你送给南燕国主，万一你讨得了对方的欢心，将来指不定就是南燕国的皇后！还是要爬到我头上去！你以为，我赵婉莹会这么傻，给你这样一个绝好的机会，继续爬到我头上羞辱我？！”

她阴森森笑罢，再不犹豫了，手起刀落，一剪子狠狠剪了下去！

细绳顷刻间便断为两截。

然而本在冷笑的赵婉莹，却突然发出一声短促的惊呼！

巨石拽着马车，往悬崖的方向挪动着！

而本应该迅速掉下去的林陌染却爬上了山崖。

“不可能！”赵婉莹恍然醒悟发生了什么事！她竟然将细绳和马车绑在了一起！赵婉莹怕死地想迅速钻出马车——

“救命！”挣扎着爬起来的赵婉莹，还未来得及把手伸出车门，马车就快速地往悬崖边退了过去，连带着两匹马都被猝不及防地拽倒在地！

“燕肃祁！救我！快救救我！”她带着惨然的哭腔，惊慌失措地大声呼喊。

然而惊诧回神的燕肃祁，瞬间的愣怔后，却只是迅速挥舞佩剑，一刀斩断了马匹和马车相连的缰绳！

“不！”赵婉莹一脸难以置信地看着他毫不犹豫的动作，瞬间面如死灰！

方才还跟她在车内深情言爱的男人，转眼间，竟然能这么冷静地旁观她的死亡，而不愿冒死伸出援手救她！

“燕肃祁你不得好死！”一声绝望悲怆的哭喊声，随着马车重重坠入山谷，也渐渐变得消沉，无数回音在山谷间飘荡！

直到马车坠地时传来一声巨响，所有的声音才戛然而止！

周围，只剩下一片死寂。

燕肃祁神色复杂地注视着赵婉莹坠亡的地方，久久没有回过神来。从这么高的地方摔下去，她必然连命都没有，瞬间一阵戚然浮上心头。

然后，他缓缓地将目光对准了林陌染，眼中迅速腾起一股狠戾：“你！”

他挥舞着手里的剑，大步朝她走过来：“你在马车上动了手脚！你害死了她！”

林陌染毫不畏惧，嘲讽道：“九王爷又何曾不是杀她的凶手？如果方才你不是一意要保住马匹以便赶路，一剑斩断了缰绳，马车就不会这么快坠下去，赵婉莹说不定还有救。”

燕肃祁恼羞成怒，猛地扬起手就要给她一巴掌！

林陌染不避不惧，迎面直视他：“仔细别毁了我这张脸！若是讨不得你父皇的喜欢，你可是再也没有别的女人可以送了！”

一句话揭穿他，他带上赵婉莹也不过是为了送给父皇，讨得对方欢心，作为换取政治利益的工具罢了！他根本没有表面看起来那么深爱她！

被揭穿的燕肃祁怒目狠狠地剐了她一眼，最终还是愤愤地放下了手。

“把马套好！”他转身指挥着方才匆匆跳下马车的车夫，指着两匹马其中一匹道，“把这个女人绑在上面！”

然后一脸阴郁地走到方才从山坡冲下来的那队人马前，怒道：“还不滚开！眼瞎了，没看见吗？！本太子的太子妃方才被这女人害死了！本王现在没心情也没闲工夫跟你们在这儿闲聊！马上让开！惹火我了，小心我一纸诉状告到父皇那里！别说封官了！保不保得住这条小命都难说！”

然而为首那男人，却是眼睛直勾勾地扫向了被车夫狠狠拽上马的林陌染，沉眉深目中闪过一丝复杂的思绪，转瞬即逝。

他随即淡淡地看了燕肃祁一眼，也不知是听了他说的话，还是看到了林陌染这个人，竟然很爽快地一言不发带着他的兄弟们，又沿着来路返回，顷刻间，黑压压十余人走得干干净净。

山道上，只剩下两匹马，三个人。

燕肃祁不敢再耽搁，迅速上马，一只手紧紧摁住身前的林陌染，一只手扯着马绳，狠狠一夹马肚，往前方走去。

殊不知，等他们三人走出一段距离后，方才山坡上的那群人又悄无声息地出现在山道。

然而这一次，为首那个男人的身边，却多了一个丰神俊朗的少年侠客。

只见他一只手扯掉了遮住半边脸的面巾，露出一张清秀白皙的面容，额头饱满，五官立体，一眼看去，竟和林陌染有七八分相似。

在他身后，一名随从追随着他的目光望去，似有所悟，道："肃弟，方才那女子……是否要派弟兄们去救？"

男子思虑片刻，道："我自己一人去便可。"

旋即又转向为首的男人，双手抱拳，恭敬道："恳请师兄派人前去支援战王！"

为首男子摇头叹气："此事，我也希望能帮你……只是阁主那边……"

男子正色应道："阁主那边，我自会劝解！师兄且放心！"

"如此也好！我也懒得替这群狼心狗肺的收拾烂摊子！要不是镖车被姓凤的扣押了，我们堂堂绛色阁马帮如何会沦落到助纣为虐的地步！"

他一夹马肚："弟兄们！跟我上，助战王打一场硬仗！"

众人跟着齐声喊，十余匹健壮的骏马顿时卷尘而去。

这一边，清秀男子冷静地对身边几名随从吩咐道："你们去看看后头那位追上来没有？必要时助他。"

林陌染双手被缚在身前，腰上又是燕肃祁的大手，牢牢掌箍着她的腰身。

这一路行来，无论她怎么挣扎，都没法逃开去。

"省点儿力气。"头顶传来冷冷的声音，燕肃祁冷笑道，"你若实在想动，不妨等到了我父皇的宫里，躺在他身下时，再好好地动！"

"呸！"林陌染啐道，"小心我一手掐断你那老色狼父皇的命根子！"

"那更好！让他绝子绝孙，我就能稳坐北燕太子之位，不出三年，我就能继承皇位。"

他低手掐住她的下巴，迫使她抬头迎视自己："我保证，如果那时候你还能引起我的兴趣，我定会将你迎娶进后宫，继续当我的妃子！"

林陌染只觉得一阵恶心！

她表达反感的方式，就是把脑门狠狠往燕肃祁的下巴顶过去——脑门可比下巴硬多了，这一下，她又用了十足的力气。

顶过去的瞬间，只感觉头皮一抽，自己率先痛得倒吸了一口凉气！她的脑门都这样疼，更遑论燕肃祁的下巴！

头顶顿时传来一声闷哼！

“咝！”燕肃祁疼得双眉一蹙，眼睛都眯了起来！他下意识就松开了掌箍在她腰间的手，伸手去摸自己的下巴！

感觉到腰间力度消失，林陌染灵机一动，突然一个翻身，直直就往下摔了过去——

燕肃祁大喊：“你敢跑！你能比我的马跑得快？！”

林陌染身子一翻，一声轻笑：“比不了快，那便比慢呗！”同时抬手从发髻上一抽，抽出根锐利的发簪来，身子坠地的瞬间，反手狠狠一下刺进了马腿上！

马吃痛一声长嘶，瞬间发狠地往前奔去！

林陌染瞬间摔在地上。

燕肃祁这才明白她竟然打着这么个主意！若是任由疯马载着他往前跑，指不定会被甩下悬崖！他不敢继续留在马背上，狠狠一咬牙，还是果断一个飞跃，弃了马，自己空中一个回翻，双脚重重踩在了地上。

马儿因为后腿负伤，掌握不好方向，这时猛地撞上道路旁的石块，直直横飞了出去，重重倒地之后，四蹄抽搐了一阵，再也没有爬起来。

燕肃祁早已火冒三丈！她毁了他的马车，如今又毁了他其中一匹马！只剩下一匹！

他一只手重新将林陌染拽紧，把马车夫从马上扯下来，狠狠道：“你下来！把马让给我！”

马车夫一听，哪里肯啊！这荒山野岭的，何况后面还有一群马贼盯着，这时候要是没了马，他不是被活活饿死在山道上，就是被马贼给乱刀砍死！

左思右想，马车夫突然一脚踹向燕肃祁的手，自个儿抓牢了缰绳，飞也似的逃往树林深处。

燕肃祁顿时气急败坏开骂道：“王八羔子！你给我滚回来！”

林陌染在一旁冷冷地笑了：“一个小小的马车夫都不听你的，你还想当皇帝，指挥天下人？”

燕肃祁将狠戾的目光投向她，顿时眼中满是嗜杀之意：“是你！每次都是你！坏了爷的好事！这一次还差点儿把爷害死！林陌染，我先杀了你！管他什么狗屁送给父皇的礼物！我今天一定要杀了你！”

他发狠地叫嚣着，猛地反手一个用力，将林陌染半个身子推出了山道，压在了悬崖的边上！

林陌染抽掉发簪的长发，瞬间如野草般垂坠在山谷边，随风在空中乱舞！而她耳边，全是碎石杂物被燕肃祁的动作带飞，扑簌簌往下掉的声音！

她眼角的余光往旁一瞥，目之所及之处都是光滑的岩壁！

若是从这里摔下去，只怕她会死得比赵婉莹更惨！

“去死吧！”

燕肃祁却没有给她思考的时间，这一次，他发狠一声喊，手中力道猛地将她往前一推！

林陌染整个身子就如同落叶般瞬间飘荡到了空中！

下一刻，伴随着呼啸的风声，她完全不受控制地直直往悬崖深处坠了下去！

第8章 国丧

彻底悬空之际，她下坠的身子突然被一股疯狂的力量给拽住了！

一抬头，辰靳那张惊惶到极点的脸，就这么映入了眼帘！

“抓紧！我带你上去！”

他半个身子悬空在山谷间，全靠脚尖倒勾着路边一株长歪的老树干，手臂用尽了全力，死死抓住她的手。

“别放手！”他咬着牙，像在对林陌染说，也是在对自己说。

林陌染原本已经坠下的身子，就这么被他一点儿一点儿地扯回来。由生到死，就是他一只手臂的距离。

因为用了太多力气，腿和腰同时绷紧，辰靳那俊逸的面容开始充血涨红。

“我不会让你死……不会！”他突然猛地发力！

然而耳边，却同时传来一声骨骼断裂的声音。

辰靳原本就受伤折断过的右臂，因为救她，用力过度，再一次骨折了！

“你……”林陌染惊呼，“快放手！不然你的手会废的！”

辰靳死死咬紧牙关：“不放！”

风将他鬓间的碎发吹得凌乱，却丝毫不能掩盖那张绝世俊朗的容颜。

他可以一如从前那般玩世不恭，就如同对待其他任何事物一样，用敷衍的态度对待她的生死。他可以潇洒地一走了之，他甚至不欠她什么，自始至终只有她欠他的。

可是他没有，他宁愿豁出自己的一切，只为了救她。

这样一个男人，要什么没有，何必为了她如此……

长歪的老树干根本难以支撑两人的重量，林陌染的心沉了沉，她下意识地想要放开手。

辰靳疯了似的将她拽得更紧，哑声嘶吼："不准放手！抓紧我！"

她眼眶一热，堪堪忍住正要溢出的泪水，一时间耳边只剩下他嘶哑的这一声叫喊，久久震慑着她的心。

可是突然之间，本是拽紧她的辰靳，身子猛地就是一抖。

"抓紧！"他只来得及交代这一句，手臂一松，人就被什么力道给扯得向后翻去。

燕肃祁阴冷的笑声旋即传来："不放手，那就一起死！"

再然后，剑的破空声传来。

燕肃祁的剑势太猛。

身子倒挂在悬崖边的辰靳，根本使不上力气去回挡他的招式，只能依靠身形的躲闪来招架对方的攻势。

林陌染好几次被他飘忽飞跃的身形带得左右摇摆，又听得耳边他因为手臂折断而强忍痛苦的吸气声，更坚定了要放开手的想法。

她先试着自己攀扶在树干上，然后一点儿一点儿地松开他的手。

感觉到手上力度消失，辰靳分神诧异回头，见她正悬在树下，放下了心，这才开始全力应对燕肃祁的进攻。

因为受伤的右臂没办法用力，辰靳舞扇的速度失了一分凌厉，竟然和燕肃祁不相伯仲。

半空中，林陌染也不知道自己吊了多久，感觉手臂渐渐酸麻，头顶依旧传来猛烈的打斗声，夹杂着辰靳时不时分神发出的叫喊。

突然头顶探出一张脸，却不是辰靳！

燕肃祁挥舞着剑，嘴边勾起森寒的笑意，他一挥手——树干应声而断！

这一次，因为相隔太远，辰靳终于无法再救她！

呼啸的风声裹挟着林陌染瘦弱的小身板，疾速降落！

然而她没想到的是，辰靳竟然不要命地整个人跃出了悬崖，飞身跳下的同时，拼命地要去抓住她的手。

“够了！”林陌染惨然一笑，哑声冲他喊，“你为我牺牲的，已经太多了……”

她的声音，渐渐被风声所淹没。

她和辰靳之间的距离，也越来越大，他拼命要伸过来的手，终于，也够不着了。

辰靳发狠地招招直取燕肃祁命门，扇舞的动作大开大合，根本不顾及自己的防守。

甚至好几次，燕肃祁明明一剑刺中了他的要害，鲜血直流。他却仿佛没事人一样，只顾着使出最凌厉的杀招！

终于，燕肃祁被逼退到悬崖边，只差一步就会坠下去，落得和林陌染一样的下场。

“燕辰靳！”最后时刻，他企图搬出风疏狂的名义，做着最后的抵死顽抗，“我爹养大了你，你却要亲手杀死他唯一的儿子！”

“所有伤害过她的人，我都不能容忍！”辰靳一张脸死灰般阴沉，冷冷看着他，“赵楚珩是死，你也是！”

他几步迅速逼近，根本没有丝毫停顿，快得完全看不出身形，一招将燕肃祁直直挑下悬崖。

燕肃祁失控地往下飞降，一张脸因为极度恐惧而怪异地扭曲！

辰靳一身是血，冷眼看着他越坠越深，然后缓缓地僵硬地低头，想去寻林陌染的身影。

可是山崖云深雾绕之中，早已什么都看不到。

他护了她这么久，她竟然在他眼前这般消失……

辰靳缓缓丢开染血的锦扇，猛地双膝一曲，跪在了地上，朝着上天，那该死的不长眼的老天，爆发出一阵撕心裂肺的嘶吼！

“啊——”

另一条山道，斜刺里冲出一队人马，狂奔的马蹄带起一阵沙尘飞扬。

为首那人一身饕餮纹明光铠，浑身浴血，身形却稳重如山，头盔下露出的双眼透露出一股浓浓的刚毅、沉冷之色。

他策马疾奔，一眼扫到了跪在悬崖边的辰靳，心中瞬间泛起不好的预感。

迅速一个起落，用比马匹更快的速度飞跃至崖边，脚步稳稳落下。

然而只一眼，脸色瞬变苍白！

辰靳一身月白长袍染满了鲜血，身上数处要害皆被刺穿，全靠他用深厚的内力闭住血脉，才不致失血而亡。

然而更让来者惊讶的是，看着眼前之景，心中迅速充满疑惑。

“陌染呢？”

他不问还好，一问，原本颓然跪倒在地的辰靳竟然猛地站起来，同时一手取扇，直刺他的咽喉！

“你还有脸问我林陌染？！她怕你独自一人遇险，为了寻你，单枪匹马闯入交战的人群！”

不等他说完，来者一把扯掉头盔，露出一张俊逸丰神的面容，剑眉星眸，只是狠狠一个拧眉的动作，就透露出一股与生俱来的王者的凌厉气势。

燕乐晟此刻根本无法顾及辰靳的重伤，他甚至无法控制自己的力度和情绪，一把就扯上了辰靳的衣襟，将他拉到自己面前，双眸惊诧逼视——

“陌染在哪里？！”

辰靳瞬间悲凉地闭上了双眼，任由他紧紧拽着自己，却是心情沉重得一言不发。

燕乐晟彻底怒了，又怒又慌，那种心空空落落丝毫没有依凭的失落感，狠狠折磨着他每一根神经。

他不敢想那个答案，不敢去想辰靳不回答他的原因。

所以他只能一遍遍重重地开口问：“她在哪里？！回答我！”

可是回答他的，只有山崖间呼啸的风声和辰靳无尽的沉默。

燕乐晟狂怒地甩开他，失声嘶吼："我把她交给你！我把她的安危交给你！我让她跟着你，让你护着她！"

他双目瞬间染上猩红，直直注视着面前这个早已颓然得一句话都说不出来的男人，情绪彻底失控："你把她藏到哪里了？！你把她藏哪里了！我把她交给你时，她还是好好的……好好的！为什么……"

他无力地跪在地上，眼睛无神地望着崖边，那淹没了一切的云海。

双眸中的猩红，就跟他铠甲上沾满的鲜血一样，无比苍凉。

突然，他似猛地意识到什么，眼中闪过一抹亮光！

就好像无尽的黑夜里，突然燃起了希望的烛火！

燕乐晟猛地站起来，一个飞跃，翻身上马，狠狠一鞭抽在马上，头也不回地策马而去！

"给我找！统统下去给我找！她不会死……"到最后，只剩下他自己能听到的声音，在一遍遍默念，仿佛在强迫自己去相信，"她不会死……她是九命猫……"

身后，卷起尘埃如风暴。

他一人一马，率先冲下了山道，身后灵鹫蓝缎大氅在风中肆意狂舞。

在他身后，醒悟过来的辰靳，亦如一道血红的闪电，迅速跟了上去！

夜深时，山谷间的雾气亦升腾而起，放眼望去，尽是一片茫茫的白色。

燕乐晟领着将士和暗卫，已经在这里不眠不休地找了四个时辰。

什么都没有发现。

只有摔成肉饼的燕肃祁，脑浆四溢地躺在两块巨石间，一双眸子爆裂而出，毫无生气地盯着天空。

而本该在他附近的林陌染却消失了。

生不见人，死不见尸。

因为太过焦虑，燕乐晟好几次口吐鲜血，眼前发黑。他刚经历了一场恶战，本已体力透支得厉害，如今四个时辰待在雾瘴浓重的山谷，精神紧绷地寻人，身心上的透支更加严重。

几个部下不忍地劝他去休息，都被他烦躁地一剑挡开。

“滚！要休你们自己休！我一定要找到她！”

后来，他们逐渐扩大范围，却仍是一无所获。

辰靳失血过多，终是坚持不住，昏死过去。

燕乐晟只得命人将他连夜送回江陵，自己仍咬牙死死坚持着。

直到最后，他终于明白，这一次，再也找不回她了……就如上一次一样。

可是他坚信，她一定会回来！

“林陌染……”他反手用剑狠狠支撑着摇摇欲坠的身子，惨然苦笑，眼神越过了面前这无数重山脉深林，“我会一直等，等你回来，不论多久……”

三日后，辰靳在北燕寝宫醒来，开口说的第一句话：“国丧。三日……悼，林陌染。”语罢，面目冷静得看不见一丝涟漪。

是夜，硕大的月亮独自悬挂在夜空之上，泛着惨白惨白的光。

武陵城外三十余里，一处篝火明亮的军营。

将士们三三两两地围坐在火旁，神色间都透露出紧张和不安。

“大战将至，战王却将自己关在军帐里，不吃不喝三日……”其中一人苦恼皱眉，“要不要找人去问一下？”

另一人努嘴指了指坐在不远处一个面容清秀白皙的男子，小声道：“要不，还是去劳烦一下那位刚来的？听说战王对他十分客气礼让。兴许他去唤门，战王就会出来了……”

“不见得。”一个资历颇深的老兵抱着手里的铁剑，神色肯定地摇头，“你瞧那新来的，面容长相，可是像极了一个人？”

几个小新兵还未见过大世面，自然都是茫然地摇摇头：“像谁啊？”

那老兵意味深长地一笑，却是闭上了嘴，什么都不说了。

不料就在这时，紧闭了整整三日的军帐门帘被猛地一把掀开。

“唰”的一声，和走出来的这人的气势，如出一辙！

燕乐晟面色阴郁沉冷地走了出来，每一步都沉稳无比，那刚毅不失英武的面容并没有因为整整三日不吃不喝、不眠不休而减色几分，反而越发显出一股凌厉张狂的气势。

他的身上还是那身染了血的明光铠。

他还记得，这是他出征那日，她亲手为他穿上的。所以他舍不得脱。

他缓缓抬头，望了一眼天上那轮惨白的满月，眸中迅速闪过一抹难以捕捉的痛楚和思念。

原来，时间过去这么久了。

那日她坠下悬崖，他疯了似的在崖底寻找，却什么都没寻到！

第二日，出乎意料的是，他却突然宣布，停止一切搜寻，整装出发，指挥着大军，一刻不停地直取武陵。

前两日，他遇城则攻，攻无不胜。明光铠上新血旧污，叠了一层又一层。

他却仿佛不知道疲惫似的，用一种让南燕国人集体恐慌的惊人杀伤力，一路杀到了武陵城外。这是南燕的国都。

此刻，南燕国刚收到他们的太子燕肃祁身亡的消息。举国发丧。

燕乐晟正欲不管不顾地攻城杀戮时，一个自称林肃的清秀男子，只身一人，冒险闯入军营求见。

在看到那张熟悉的面容时，他几乎瞬间停止了心跳。

开口的第一句话竟是："她一直在找你，你知道吗？"

就是因为要找你，她不肯跟我回宫！遭受了这么多苦难波折！就是因为眼前这个男人，间接地让她丧了命。

燕乐晟狠狠压抑着心头的狂躁和哀恸。

不等林肃回答，负手将他请进了大帐。

可是林肃却冷静地对着他的背影，道出了一句话："师父说，她这一世历劫，已经结束了。"

猛地，面前那个背影瞬间变得无比僵硬。

这是不是意味着，她永远不会再回来了？

燕乐晟迈出去的步子，堪堪顿住。整个人仿佛已经被凝固在浓重的夜色中，再也不会动分毫。

不会呼吸，不会等待。

讽刺的是，江陵传来消息，皇上苏醒，醒来后下了一道谕旨：国丧三日，悼念林陌染。

彼时他正要擦拭铠甲，听闻传令的飞骑一字不漏地将谕旨传达给他时，手一抖，感觉心脏瞬间被狠狠掐了一下，疼得一口气缓不过来，差点儿两眼一闭昏死过去。

再然后，他将自己关在军帐里，不吃不喝，不眠不休，在黑暗中静坐了整整三日。

从一开始每时每刻都能感觉到她在自己身边，轻笑、大笑、逗笑、淡淡的紧张，却要倔强地极力掩饰着……仿佛黑暗中一伸手，就能触到她额间的黑色梅花。

到后来，她消失了。他的脑海中只剩下一潭死水。

回过神来后，燕乐晟迈步走向一直守在军帐不远处的那个清秀男子，恭恭敬敬地拱手，几句话，将他请进了大帐。

方才议论纷纷的几个士兵，将这一幕看在眼底，心思各异。

那老兵忽而琢磨出什么来，“啧”了一声，诧异道：“你们说，这战王该不会因为那人长得和那人有几分相像，就……看上人家了吧？”

几个新兵面面相觑，一来搞不清他话语中的“那人”和“那人”的区别，二来嘛……

“这可是两个大男人！战王难不成还有龙阳之好？”

新兵一时感觉有些幻灭，自己的偶像，一个武神般的磊落汉子，竟然喜欢男人？

大帐中，燕乐晟将战阵军事图摊开，冷静地分析着明日的作战计划。

“东门，是武陵城最为薄弱的地方。我们可以用大部队聚集在南门叫嚣，转移他们的注意力，然后派一支精锐的士兵偷袭东门……”

林肃负着手，望向那一双沉水般的黑眸，神色安静地听着，不时地点点头。

燕乐晟一口气分析完，问他道：“林军师意下如何？”

林肃赞许一笑，补充道：“在下只提一点，还望战王继续紧闭军帐。

同时换掉一身明光铠，穿上普通将士的着装。明日一战，在下即能保证必胜！”

“只是……”他苦笑轻叹，望向燕乐晟一身的污浊，道，“还请战王将自己拾掇一下。我妹妹若是在，想必也不愿看到你这副模样。”

“嗬！”燕乐晟低笑一声，目光一沉，又迅速抬起头，朗声道，“你说得对，她若是在，定会很高兴看到我打了胜仗凯旋！”

他掩饰着自己的失落和心酸，用大笑驱散眼中挥之不去的哀恸之意，故作洒脱地一掌拍在林肃肩上，道：“今晚陪我喝一坛！要醉得尽兴才好！”

林肃却不动声色地摇头一声叹息，回绝了：“战王若想尽兴，那在下还是不去为妙。以免酒后胡言，让战王……想起一些不开心的往事。”

燕乐晟只得自己捧了一坛酒，坐在月色下的大帐边，一个人闷闷地喝着，一杯接一杯，满嘴尽是苦涩的酒味。

饮至深夜，林奕来了。

“战王。”他将手中的油布包递上去，“这是阁主事前嘱托我交给你的。”

燕乐晟的目光凝着这不过两寸长的小布包，抖着手拆开，细看，忽而眸子里就亮起了一点儿光。

也不知是醉得厉害，还是为何，他始终颤着双手。

那么小心，缓缓地接过这支牡丹簪，捧在手里，就如同捧着她的乌黑秀发，眼里心中，尽是苍茫无边的痛。

林奕犹豫片刻，叹气道：“战王，阁主在簪中还留了一封书信与你。”

“她的……书信？”

燕乐晟暗沉的目光瞬间如烛火，绽出了些许挣扎的焰光，整张颓废的容颜，终于又有了那么些许生气。

他笑道：“她的书法，还是我教的。当年为了让她耐下性子学练字，我还颇费了一番心思。”

忆起当初，嘴里仿佛又尝到了那甜腻的味道，想起她难得地撒娇埋怨：“最喜欢的荔枝糕都让给你了，怎么还抓我练字啊！有你在呢，这些可轮不到我来写！”

“如今可不是轮到了？”他惨然一笑，“当初我若知道，教你练字却是为了让你与我诀别……我，定是不会教你的……”

他喃喃自语，双手更加颤了几分，竟是两指拨弄了许久，都没法将簪子上的牡丹花拆开。

“战王。”林奕又是一声长叹，侧了侧身，一手伸过去，“让在下……”

燕乐晟迅速拨开他的手：“别碰！让我慢慢来！我要好好地、慢慢地看，看她留给我的这最后一些话……不能急，一定不能急！因为这些话一旦说完了，就再也没有了……”

林奕不忍地扭过头去。

那根簪子里，果然有一小卷白绢，静静地躺在簪杆中。

燕乐晟深吸一口气，将白绢抖开，上面寥寥数字，他却仿佛用尽了一生的时间，才将它念完。

“江山为杯，星月做酒，纵教此身化尘，何妨一世共醉？”

燕乐晟努力睁开的双眸中，渐渐氤氲出迷蒙的雾气，这周围的空气好似把肺部也黏住了，他大口大口地吸着气，手越发哆嗦起来。

这是她许诺给他的一世？

还真像她会说的话，似乎把天地之间万物都纳入了怀中，那么洒脱，置生死于度外。

可是她真不该，不该用生死去许诺他一世！

“啪”的一声，他颤抖的双手再也拿不住那一支沉重的牡丹簪，十世琉璃玉猛地摔在地上，跌成了一地明晃晃的碎片——

唯有那方刺眼的白绢，还被他死死地握在手心。

这是她许他的一世，他如何敢松手？

可是她的一世呢？早已结束。化为天地尘埃，无迹可寻……

林奕终是看不下去了，轻声劝他：“战王，逝者已矣，生者当如斯。阁主如此胸襟阔达，自是不希望看到陛下为她难过至此的。”

燕乐晟无力一笑，道：“我不难过，我只是觉得亏。答应她的事，我全都做到了，可是她呢？我平生只求她一人一事，为何她却做不到！

给我好好地活着，就这么难吗？！”

林奕直摇头，皱眉长叹：“战王，您喝多了……”

“喝多了？”燕乐晟把手里酒杯一扬，“多吗？嗬！不过区区一坛酒，怎么会多呢？”

他一顿，方才眸中的些许微光倏忽全部散去，死气沉沉一如他嘶哑的声音：“只是她不在罢了，朕一个人……喝不完……”

月色下，一人，一坛酒。

每一杯，都饮尽了碧落黄泉。

同一时刻，江陵。北燕宫。

辰靳一身玄袍，狠狠地推开了翠柳斋的门，冷厉的目光直锁着那个正慌慌张张从里屋走出来的女子。

柳琦看着他手里泛着冷光的利剑，顿时失神惊呼：“皇上，你这是要做什么？！”

辰靳狠狠地笑着扯起嘴角，一字一句缓缓道：“朕听说，杀了你，就能换得她活……”

话音刚落，一剑，裹挟着势不可挡的力量，刺向了她的心窝。

却没有血。

柳琦就这么迎着剑刃，扬起了轻笑，一步步走向他，任凭剑越刺越深，刺穿她的身体。而她的面色始终如常。

辰靳微微惊诧失神。

“皇上。”她突然低笑起来，附在他耳边，如同魔音蚀骨一般，声音无比娇媚，“你杀不了我，因为我根本不是人！”

那一双猩红的眸子，在夜色中泛着妖冶的光泽。

她恶毒道：“你不是喜欢林陌染吗？我偏就要你亲手毁灭她！”

十六月圆夜，兵临武陵城。

南燕国都，武陵城。高高城墙之下，北燕三军严阵待发，齐整的乌黑色盔甲绵延数里，将城外十里青草染成了一片雄壮悲烈的凄凉之色。

而在大军当中，一面巨大的玄色战旗上，一个狂草书就的“燕”字，在烈风中狂舞飞扬，气势磅礴。

战旗前，军阵的最前方，巍然挺立着一个身姿英武的将军。

这人面色冷峻如霜，一双沉稳的眸子紧紧地锁着那一扇城门，深邃无比。身上，饕餮纹明光铠映月而辉，泛着冷冽萧杀的光。在他身后，灵鹫蓝缎披风肆意飞扬，猎猎作响。

只一人，站成了千军万马的气势，丝毫不输于身后那磅礴的乌黑色大军。

同一时刻，武陵城内一片死寂。

城墙上守城的士兵们，一双双眼睛布满惶恐之色，望着那来势汹汹的大军和大军前那英武不可一世的将军，都是一脸颓丧。

“怎么办？前几次攻城，都不曾见到战王出战，还有人疯传，说因那人死了，战王至此一蹶不振，带兵打仗都是瞎指挥的……今儿怎么来势如此凶猛！”

相较于城内众人急成了热锅上的蚂蚁，城外数万人则镇定得多。

每个人遥望着站在大军之前那一人和那肆意飞舞的披风，内心都会迅速生出一股满满的自信。

战王从来不会打败仗！万千河山，万千种排阵战术，都在他心中，如明镜一般。

更何况他还有林军师的帮助！这两人并肩作战，就意味着胜利！

所以千军万马迢迢跋涉而来，一路征战至今，却无一人面露疲惫之色。相反，那一双双眸子宛如火一般，燃着熊熊的战意！

夜色中，跳跃的篝火映照下，只见燕乐晟冷冷抬起了手——所有人的视线，城墙上的、城下的、城内看不到的，数十万双眼睛目光各异都凝聚在了他这一抬手的动作上。

猛然，他迅速挥下！斩裂了半空中凛然的风！

“攻城！”

他的话音刚落，三军爆发出一声声整齐高吼：“战王！战王！战王！”

三声之后，急促的鼓声破空而响！

大军潮水一般，涌向了这座孤立无援的南燕都城。

燕乐晟领着大军攻打南门，气势雄壮不可挡。

而同一时刻，东门处，一股只有三千人的小分队，也在林肃的带领下，悄无声息地开始了行动。

“报——南门请求支援！”一份份战报被传到南燕皇宫内，凤疏烈的书案上。

此人一双粗重浓眉斜飞入鬓，两撇粗硬的胡须朝天飞起，一张脸，给人的感觉端的是无比粗鲁蛮横。

如今他死死凝着一双眉，眼中闪过愤怒、不甘、恐惧和懊悔种种情绪。

“不过是一群莽夫！就知道硬攻！武陵城南门又高又厚，只要我们死死守住，就不信他们能攻进来！”身形干瘪的武陵太守郑宝才一边擦着汗，一边故作镇定。

然而他话音刚落，又一个传报的士兵飞身进来。

“报——东门被攻破！还请凤亲王立即从水门乘舟撤离！”

“什么？！”凤疏烈猛地站起，一掌拍向身前的书案，凶狠的目光从传令的士兵瞬间转向了郑宝才，“你不是说，那人死了，他就废了吗？！”

郑宝才吓得一哆嗦：“这两日攻城，确实不曾见到他，指挥也毫无章法，还道是、是……”

他话未说完，屋内突然又响起一阵冷笑。

凤疏烈看向一旁，方才始终沉着一张脸不说话，如今却冷笑连连的赵琅坤想到了什么，愤怒的神色顷刻间一滞。

赵琅坤一脸嘲讽神色，幽幽道：“老夫早就说过了，此人的实力不容小觑，望摄政王能早日向岭南申请援兵……呵呵，你们不听，还道是老夫故意吓唬你们。”

凤疏烈顿时无言以对。

他一生戎马沙场，何曾将谁放在眼里！当时听了赵琅坤的话，只道是危言耸听，北燕一个尚文轻武的国家，哪里有悍将？！

更遑论，这次带兵作战的，是深居宫内、毫无作战经验的帝王！

论实战经验，他自诩是绝对不会输的！不料就是这一役，因为轻敌，他败了！

“撤！”凤疏烈冷冷地吐出这个字，当即收拾起重要物资，大步迈出宫门。

郑宝才赶紧屁颠屁颠地跟上去，也想一起逃生。

不料刚出了宫门，就被凤疏烈一掌推下了马车：“你给本王守在这儿，城亡……你亡！”

郑宝才干瘪的一张脸白了个彻底！两腿一软，当即就跌坐在了人来人往的大街上。

人们都顾着从水门逃生，根本没有人看这个昔日仗势为非作歹的奸臣一眼。不少过路的人还故意走过去，踢一脚，或者用石头砸他一下。

“呸！就是你，连军饷都贪污！士兵们吃不饱肚子，谁给你卖力冲锋打仗？！”

郑宝才猛地站起来，脸上仍旧是凶悍的神色，也“呸”了回去：“我就贪污怎么了！我告诉你，即便今日武陵城破了，改朝换代，归顺北燕，这个武陵太守还是我来当！你们日后还是要在我的管束下生活！识相的就赶紧给我让开！不然以后有你好瞧的！”

众人听他此言，不置可否。但一想到昔日他的暴行，还是有些人害怕地让开了道路。

郑宝才抖着腿，顶着一头乱发，还以为自己像只雄鸡一样，装模作样地仰头挺胸大步往前走。

就在这时，南门突然爆发一阵激烈的金属撞击声！

紧接着，是潮水一般突然涌来的百姓，口中惊惶地叫喊着：“南门破了！南门破了！大军攻进来了！”

当下再没人顾着和郑宝才抬杠，都是呼啦一下拔腿就跑！

然而旋即，又一拨人奔了过来，面上带着狂喜叫喊着：“北燕大将军给咱发了好些粮食！大将军还说了，只要不反抗，我们都能继续在这里生活，还能去他那儿登记领取过冬粮食！”

人们面面相觑，一时都不敢相信会有这么好的事情发生！这可是战争，敌军破了城后第一件事，不都是四处杀戮吗？这个北燕战王，却是发粮食？

然而第三拨人很快就证实了他们的想法，个个手里捧着一袋米，兴高采烈，全然没有了方才交战时的死寂之色，还劝着别人道："快去啊！战王准备了好些粮食，这个冬天不用愁啦！"

那些方才还迟疑的人终于不再犹豫，都一哄而起，奔了过去。

转眼间，方才要逃难的人们又都纷纷折了回来。

郑宝才孤零零一人站在原地，被四面八方赶回来的人们撞得东倒西歪，渐渐地，也不由自主地往大军所在的南门走去。

南门早已挤满了一大群人，黑压压的人头，个个都是一脸喜色，接过大米的人则是千恩万谢，就差没当即下跪磕头，接受战王的统治了。

郑宝才仗着自己是武陵太守，蛮横地挤上去，一路将好多人推倒在地，他却丝毫不在意。

挤到了大军前面，那高坐在骏马之上的战王面前，顿时堆起满脸媚笑，讨好地拱手，道："久仰战王威名，今日一见，果然不同寻常！"

战马上，面色沉冷的男人只是淡淡扫了他一眼，冷哼一声表示回应。

郑宝才当了好多年的太守，从来都是作威作福惯了的，何时受到这样的冷遇，脾气登时就上来了，指着自己道："战王，你知道我是谁吗？我可是武陵的太守！这里的百姓都听我的！你要想接管这座城池，恐怕还得先问问我的意见！"

"哦？是吗？"男人终于有了回应，却是冷冷拧着眉，嘲讽地一笑，"我要问你的意见？"

郑宝才被对方阴冷的气势给吼得抖了抖，换来面前这男人更加轻蔑的一笑。

燕乐晟提起手中的剑，似笑而非地看着他，轻描淡写地道了一句："那郑太守，是不是得先问问我手中这柄剑的意见？"

说罢，突然猛地挥出一剑！

一道白芒！

瞬间破空而来！

郑宝才猛地睁大了眼睛，一双瞳孔惊恐地瞪着。

血光飞溅。

他捂着脖子上深深的血口，轰然倒下。

正争抢免费粮食的百姓们都诧异地望向了这边。

燕乐晟在众人的目光下，缓缓将剑一收，平静道："此等奸佞小人，本王不屑与之交谈！"

那冷酷的声音，那凛冽的气势，那刚正不阿的品性！

瞬间赢得了所有在场百姓的敬畏！

众人先是一愣，旋即，竟然齐齐猛地跪倒在地，朝着燕乐晟深深伏地磕头，口中齐声大喊："战王英明！恭迎战王入主武陵城！"

然而燕乐晟却在抬头之际，猛地一震！

远在人群之外，一人身着白衣，亭亭玉立于风中。

微风带起她的长发，衣袂翩翩宛如谪仙，只是那雪白的额间却有一抹耀眼的红，似珠玉般镶嵌在眉间，深深地刺痛了他的双眼！

"陌染！"

两个字脱口而出！

他顾不得百姓还跪在前方，猛地喊了一声。一甩马绳，人已经不管不顾地施展轻功疾奔过去！

可是等他到达时，那人却早已消失，仿佛从未出现过。

"战王！"随他赶来的部下焦急询问，"可是发现了什么？"

燕乐晟苦恼地捏着眉心，摆手淡淡道："无事，许是我太累，眼花了。"

部下不再多问，下马拱手道："城中百姓都已安置妥当，大军暂时仍扎营在城外。另，以郑宝才为首的一批奸臣邪佞，除他外都已悉数关押在一处，等候发落。只是独独不见了凤疏烈和赵琅坤，南燕的玺印也不在宫中，想必他们早已从水门潜逃。"他将手中的一册名单展开，询问道，"这是武陵城中名声较好的官员，按战王您之前的吩咐，稍作安抚之后，全部继续留任……战王，您看是否需要过目？"

燕乐晟难掩满目的疲惫，挥手道："不必了，让林肃自去安排吧。"

部下退走后，他敛去眸中的神色，缓缓在原地踱了几步，淡淡地吸了一口气，仿佛还能闻到那熟悉的清甜气息，又不禁泛起一丝苦笑。

他摇摇头，牵着马，独自走出了武陵城门。

城外，天地苍凉，秋色浓郁。抬头望去，东边已经缓缓露出了鱼肚白色。

黎明，再一次降临这苦难的人世间。

第9章 这是本阁主给他下的聘礼

“他破了武陵城。”山林中一座简陋的四合院里，女子一身如雪白衣，端坐堂屋主位。

只见她一张清秀芙蓉面，面容姣好如画，雪白的额间一滴朱砂泪状胎记，如同珠玉般镶嵌在柳眉之间。

面对旁人的追问，她神色肯定地又重复了一句：“是的，只用了五日时间。”

众人面面相觑，都无比震惊。

“武陵城墙素以坚固著称！又是凤疏烈亲自镇守的都城。凤疏烈此人半生戎马，作战经验十分老辣！怎么会短短五日时间就被战王给攻破了呢？”

女子一扬眉：“我早说过，战王此人十分了得！一个区区的武陵凤氏，根本奈何不了他！”

她话音刚落，客座上一人突然站起来，大着胆子道：“阁主何以对北燕战王如此熟悉？难不成，你们曾有交情？！”

问到最后，语气也不自觉地犀利了几分。

然而女子并不恼，只是轻笑望着他，嘴角扯着一抹复杂莫名的深意，道："绛色坛坛主，你这是在怀疑本阁主暗中和北燕重臣往来密切？"

那人冷哼一声："我可没说！只是我们绛色坛逍遥自在惯了，不喜欢跟这些迂腐做派的官员打交道！"

"逍遥自在惯了？"那女子一阵冷笑，气势陡然森冷了几分，一字一句道，"那是因为从前没人管教你们！今日你们四坛即已重新回归琉璃阁本阁主治下，那么从今以后，本阁主喜欢什么，你们就必须喜欢什么！"

女子的突然发难，顿时让站起的那人闭上了嘴，却满脸的不甘心。

气氛一时有些凝滞。

主位旁，一位躬身站着的老嬷嬷赶紧堆起笑脸出来打圆场，道："阁主伤势刚刚康复，不易动怒！"

又递过去一杯茶，示意她喝下去消消气，才又笑着续道："方才阁主说道，你在大军之中看到了一个和肃哥儿长相相似的人。那人可是他？"

女子摇摇头："城中太乱，我寻不到机会上前与他攀谈，所以尚不确定。"

绛色坛那人一听林肃的名字，顿时气消了一半，粗犷的眉目染上一层担忧，道："那日他与我们马队分别，说是要去寻战王。但过去这么久了，我们都不曾收到他的消息。兴许阁主在城中看到的就是他也说不定！要不要属下派人进城……"

女子看着他双眸中升起的一股子兴奋难抑的亮光，心中顿时泛起一股古怪恶心的感觉，毫不犹豫地拒绝了："不成，我有别的任务给你。"

男子顿时颓靡了一半，犹自不甘心地还想开口。

女子冷哼一声制止了他："虞一龙！如今放眼琉璃阁，就只有你们绛色坛中保留着几个驯马高手！如今要事当前，马队担当着重任，如何能任由你不顾大局，肆意妄为！"

名唤虞一龙的男子只好压抑住失望的神色，颓然坐回了凳子上。

这时，女子才开始有条不紊地发号施令。

"林奕，你和柳十八等人，继续暗中监视战王动向，随时向我禀报！"

"许嬷嬷，你和丹色坛的人，继续寻找那日在山崖救下我的世外高人，我要去见他！”

“虞一龙，你领着马队，跟玄色坛的人联手，将上一批自岭南运来的商品全部置换成粮草。”

众人领命散去后，女子这才松松筋骨站起来，大大咧咧地往床榻上一靠，方才那严肃冷厉的气势，瞬间荡然无存。

许嬷嬷走过来笑道：“小姐，你若是想见他，直接派人跟他说一声你在这里,他肯定是连夜就赶来了！何必搞得那么神秘,还阁主夫君呢！”她扑哧一笑，“我瞧着他那会儿找你找了整整一天一夜，是一点儿都不曾休息过！那痴情劲儿，真不是其他男人可以比得上的！”

女子摇摇头，立刻反驳道：“谁说没有男人比得上？我瞧着虞一龙对我肃哥儿那份痴情劲儿，也不是一般男人可以比得上的！”

许嬷嬷当即大笑起来：“肃哥儿从小就长得秀气，若不是出了那样的事，这会儿上林府求亲的人定然络绎不绝！只是老奴没想到啊，肃哥儿魅力竟然这么大，连男人都……”

主仆俩在屋内正说笑，屋外，一个腹部隆起的秀气女孩，捧着一碟子蔬果点心走了进来。

许嬷嬷赶紧去扶：“哎哟喂！我的小祖宗黎笙姑奶奶，你可别摔着了，这些活儿让小翠儿她们帮着打点就成！你这都五个月身孕了，得好好休息！要不林奕回来又怪我们阁主总安排活儿给你干！”

黎笙轻巧一笑，一手忍不住抚上肚皮，道：“宝宝乖得很！可不像他爹那般闹腾，值不当你们担心！”

又转向累瘫在主位上的女子道：“小姐，你也吃点儿东西吧！自在武陵城遇到了战王，你回来后就一直魂不守舍的！奴婢都说了，你若是想他，就去见他啊！”

女子略微思索之后，却不答反问：“他为了安抚民心，将大军储备用来过冬的粮草全都派发出去了，你说他傻不傻？他这么不要命地打仗，究竟是为了啥？”

黎笙微微叹气：“奴婢又没带兵打过仗，哪里知道战王图的啥！但有一点奴婢可是知道的！林奕每次暗中监视战王，回来后都说，没人的时候，战王总是喜欢掏出随身携带的一块白绢，上面歪歪扭扭写了许多字，一个人凝望着白绢上的字出神……”

女子身形微微一僵，不自觉地就收起了搭在床榻上的腿。

坐直后，神色间又隐隐现出几分忧郁来：“万一三日内，粮草来不及运到……我真怕他败了啊！”

她顿了一下，又是一阵苦笑：“他败了尚且没什么，他能力强悍，卷土重来也是可以的。我就怕依他那性子，是定要死战到最后一刻，都不肯言败的人……万一他死了……”

她的话就此顿住。整个人也这么呆住了，失神地凝望着屋外那一弯新月，觉得心里真是又痛又自豪。

这就是她爱上的男人啊！

女子施施然起身，神色已恢复如常，嘴角勾起一抹淡笑：“三日内，让虞一龙亲自将粮草押送到战王面前。告诉他，这是本阁主给他下的聘礼！”

三日后。武陵城外，北燕大军营地。

燕乐晟正在帐中审阅武陵城各项工作的开展进度，时不时皱眉，在呈报上写几句批语，神色间有些疲惫。

未几，他放下纸笔，微微松了一口气，转向身边默默坐着的清秀男子，道：“城中各官员都已恢复入职了？”

书案前，林肃一身飘逸青衣，饮着杯里的茶，缓缓点头：“昨日已恢复正常，城中商户农耕也已如常。”他略微皱眉，“只是武陵太守一职……”

燕乐晟捏着眉心：“出征岭南前，由你暂代。”

林肃却摇头：“非长久之计。战王若不嫌弃，林某可举荐一人。”

“哦？”燕乐晟轻笑，“谁？难不成你们林家在南燕还有亲戚？”

林肃低笑：“非也。此人是在下的朋友，可谓生死之交。”

“不错。”燕乐晟点头道，“本王相信你的眼光。那人是谁？现在何处？”

林肃放下手中茶，正要开口。

门外突然走进一人来报："战王，大营外有一队马帮求见！"

燕乐晟微微诧异。

却见林肃一双眸子陡然亮了三分，起身微笑道："恭喜战王。林某举荐的那人，就在大营外！"

燕乐晟顿时失笑，也站起身："那便去见一见！看你相中的人有何特别之处！"

大营外，虞一龙被数名士兵包围着盘查，正感到不耐烦想骂人时，就看到远处一身戎装、气魄非凡的男人，大步朝这里走来。

再一看，眸子"腾"地一下就亮了！

"林肃！"他一把拨开面前碍事的士兵，疾步走过去就拉起了林肃的手，左右仔细端详，松了一口气，大笑道，"小样儿！你混得不错嘛！如今都是战王大帐中的座上宾了！"

闻言，林肃只是谦卑一笑，神色极为温润内敛。

而燕乐晟则爽朗笑道："林肃才华横溢，排兵布阵，有勇有谋，是个不可多得的人才！"

虞一龙听了林肃被夸，似乎比自己被夸还兴奋，脸色红润，不住点头："那是那是！肃弟是虞某这辈子最佩服的人！"

虞一龙此言一出，燕乐晟的笑容顿时一滞："你姓虞？虞将军是你什么人？"

燕乐晟的问题刚出口，虞一龙的面色就沉了下去，笑容渐渐褪去，换上一副戒备的模样："什么虞将军？"

燕乐晟皱了皱眉，对方如此戒备，显然让他一时不好开口。

还是林肃大方笑道："虞一龙便是虞将军的弟弟。虞将军随先皇征讨南燕，不幸战死沙场。虞一龙便弃官从商，跑到武陵一带经营马帮。"

燕乐晟面色十分复杂，犹豫良久之后，才道："你可曾听你哥哥提起过一个叫百草谷的地方？"

虞一龙微微思考后，断然道："从不曾听过。"

然而一旁的林肃却突然凝眉，旋即又迅速恢复了如常神色，不动声色地将此话题带过，道：“虞一龙之前在北燕西北的凉州担任过两年的驻城太守，在任期间，曾六次击退西域诸国的进攻。武陵为全国军事要塞，北临北燕，南接南燕，东可渡海，地理位置十分特殊。在下认为，要守好此城，非虞一龙莫属！”

闻言，虞一龙憨厚地挠了挠头，道：“那都是很久之前的事了。”

燕乐晟微一沉吟：“你还经营着马队？马术十分了得？”

“算不上十分了得！”虞一龙大笑，“起码不会掉下来！”

他憨厚的态度惹得燕乐晟一阵爽朗大笑，旋即点头：“好！不错！林肃，你推荐的此人，着实不错！大智若愚，个性爽朗，确实适合管理民风彪悍的武陵城民！”

林肃微微敛眸：“战王谬赞。”

燕乐晟止住笑，又道：“方才士兵来报，说你要求见本王？”

虞一龙这才醒悟过来，连忙示意左右，将身后三辆装满了粮草的马车拉到燕乐晟面前。

一袋袋鼓鼓囊囊的新出大米，一捆捆刚晾晒好的马草，还有数不清的腌制好的腊肉、新鲜蔬菜和瓜果……全都是如今军中急需的物资！

这三日来，为了安抚武陵城民，原本军中储备用来过冬的粮草已经所剩无几，大军正愁着不知该从哪里收集粮草，不料今日，竟然有人雪中送炭！

此人为何会对北燕将士如此慷慨解囊，倾囊相助？

燕乐晟诧异地眯起眼：“这是？”

虞一龙一拍胸脯，无比自豪道：“这是在下的阁主给战王你送来的聘礼！因人手不足，虞某今日只带了三车过来！一会儿还请战王派两百名部下，随虞某到北去三里的山道上，取回余下七百多车。另外，阁主还有一句话想托在下询问战王！”

燕乐晟在听到“聘礼”二字时，神色一动；待听到七百余车时，更是微微睁大了眸子。

定了定神，他才追问道：“贵阁阁主，想询问本王什么？”

虞一龙满目亮光，兴致勃勃道：“阁主让我来问你，你可愿上凤圣山琉璃阁，给咱们阁主当夫君？”

燕乐晟顿时一脸惊诧，瞬间绷紧了身体，上前一步，急道：“你说的，可是十色琉璃阁？！你们阁主，可是眉间有两瓣黑色梅花？！”

虞一龙淡笑道：“确是十色琉璃阁，可是咱阁主眉间并没有黑色梅花瓣啊，只有一颗泪状的朱砂痣……”

闻言，燕乐晟绷紧的神色一松，眸中的光芒消减了一半，皱眉喃喃自语：“难道……不是她？”

虞一龙不耐烦地催促道：“是不是她，你上山看一眼不就知道了？”

燕乐晟顿时抬头，断然道：“上山可以，但嫁娶兹事体大，还请虞壮士替本王转告贵阁主，恕本王不能答应。”

虞一龙微恼：“我们阁主说你将粮草送了出去，怕大军挨不过冬天，将阁里本季准备出售的商品物资全都拿来换了粮草送你！她对你这么好，你居然不领情！”他伸手就去扯燕乐晟，“不成！你不肯上山，我就交不了差！你必须得跟我走一趟！”

燕乐晟一挥宽袖，不见如何动作，就凭空带起一股凛然的风，将虞一龙重重拽着他的手一下拂了开去。

虞一龙被这深厚的内力给震得一愣，一时竟没有反应过来，待反应过来时，脸上顿时闪过一抹惊诧！没想到一个出身皇室的王爷，功力竟然如此深不可测！莫说自己今日只带了几个部下过来，就算他将半个马帮都带来，也不是他的对手，更遑论将他强硬带走！

虞一龙思索片刻，知道自己不敌，今日没法完成任务，只好将求助的目光转向林肃，道：“肃弟，你需得帮我劝他一劝！我们阁主自从在武陵城一役中见到战王后，十分仰慕他的为人，定要我将战王带回去给她当夫君！你看她就给了我三日期限，眼看今日是最后一天，若是我完不成任务，指不定阁主又想出什么方式惩罚我！你是不知道咱阁主的手段，上次开会我迟到，她竟然罚我跳了五天的什么果来着？哦对！小苹果！可把我累得不清不楚，左右手用起来都感觉不协调了！”

林肃闻言一阵低笑，片刻却道：“我们琉璃阁的阁主回来了？是个女的？”

虞一龙顿时醒悟道："啊，我忘了！阁主回来时，你刚好离开！是个女的，长得……"他一摸下巴，盯着林肃看了好久，像突然才反应过来一样，大叫道，"对！就长得你这副模样！"他一说完，像终于发现什么新鲜事似的，立刻道，"我的妈呀！林肃，你该不会和咱阁主是兄妹吧？！"

他话音刚落，林肃还未见任何反应，燕乐晟已经率先一步又逼近过来，音量比方才瞬间抬高了不少，一脸急迫："你确定？你们阁主和林肃长得像兄妹？！"

虞一龙被吓得好半天才点了点头："是啊，确定！"他赶紧退后一步，"怎么？该不会是我们阁主跟你有深仇大恨？你想追杀她？"他连忙目光凶狠地摆手，断然道，"那可不成！咱阁主虽然脾气怪了点儿，老爱拿我开涮，却是虞某这辈子见过的最漂亮、最有气魄的女人！谁要是敢伤害她，虞某第一个跟他拼命！"

岂料燕乐晟根本不等他说完，一把扯着他衣领将他提起来，轻轻松松快速一个飞跃，就稳坐在了马上——同时将虞一龙往另一匹马背上一丢，喝道："带我去见她！马上！"

话一说完，他鞭子一甩，就奔了出去。

虞一龙还摸不清头脑，就见方才还在地上的燕乐晟已经坐在了马背上，再定神一看，他竟然一抽马鞭，瞬间飞奔出老远！

直到手里被塞进一根马鞭，他低头一看林肃那张神秘莫测的温润笑脸，才猛地回神。

"去吧！"林肃弯眉笑得如同三月春柳，"替我问候……我的亲妹妹。"

山道上，燕乐晟急切地挥甩马鞭，一双沉稳的眸子渐渐浮起急躁的神色。马蹄踏地有声，一路飞驰，卷起尘埃如浪，他却仍嫌弃太慢，恼怒地皱起了眉。

身后虞一龙就更惨了，拼了命地追，却根本追不上，一路上只能不停地大喊："喂！你等等我！你不认识路啊！"

山道千曲百绕，仿佛有着心灵感应般，燕乐晟一路疾驰，竟然都没有绕错。

身后，虞一龙好不容易赶上来，顶着风，满头发丝凌乱，诧异叫道："你来过？"

燕乐晟死死拧着眉，回以他的是一阵沉默和抽得更快的马鞭。转眼就冲上了半山腰，快马转个弯，一座简单却不失韵味的四合院就此映入眼帘！

燕乐晟狠狠一勒缰绳，尚未停稳，人已经利箭一般飞跃而起，直奔入其中最大的一间木屋。

屋内很安静，只见东南角一张软塌上，一个身着薄纱白衣的女子正侧身安然熟睡。

那张柔美清秀的芙蓉面上，一点妖冶的朱砂痣宛如珠玉般镶嵌在两道秀眉之间。

燕乐晟一路上急躁狂乱的心，瞬间就沉静下来了。

屋外，虞一龙堪堪奔至，见状正要唤醒阁主——然而前脚还未迈进来，就被燕乐晟迅速一掌推出了门外！

还未及反应，眼前的门板贴着他的脸"砰"的一声合上！

虞一龙好生郁闷，摸着自己差点儿被砸到的鼻梁，嘀咕道："功夫高深，也不是这样欺负人的！"

而屋内，燕乐晟只是看着那白衣女子，渐渐地，眼中泛起一丝温柔的波澜。

"陌染……"他小声地唤着，怕惊醒她，又怕她突然消失，小心翼翼地踱步过去，挨着她，轻轻靠着软塌边沿，跪坐在地上。

一只手伸至半空，温柔地缓缓抚上她的脸颊。

肌肤相触，是熟悉到令他心颤的玉滑质感。

一瞬间，原本沉静下来的心猛地起了一阵悸动！

痛和狂喜并存袭来！

让他禁不住浑身紧绷！全靠强大的自制力死死克制着自己，才没有激动地马上将她拥入怀中！

她一定是累极了，连睡梦中都蹙紧了眉头，不知道在想什么。

燕乐晟微微苦笑，轻轻抚平她的眉头。

便在这时，指腹下的眼睛轻颤了一下。

软榻上的小女人懒洋洋地翻了个身，将脸对上他，缓缓地睁开了眼。

她似一觉睡醒，见到丈夫归来般，只是悠悠然勾唇，扬起清雅的淡笑："你来了……我的聘礼，你收下了吗？"

燕乐晟眼眶一热，哑声应着："收下了！你……我也收下了！"说罢，他低头，薄唇袭上，深深贴覆在她冰凉的唇上。

林陌染懒懒地把玩他鬓边的发，浅笑道："战王身为一军主帅，大战将至，不仅把军中粮草都送出殆尽，还跑到这深山来私会女人，若是传出去，不知百姓们会怎么想……"

燕乐晟一把按住她不安分的手，转而一手袭上她的下巴，勾起，抬高，挑眉的神色无比嚣张："蝼蚁尚有果腹的本性，更何况本王堂堂一个八尺男儿？他们爱怎么想就怎么想！本王行事，不需要听他们指摘。"

"哦？战王这么快就饱了？"林陌染纤纤玉指点着他紧实的小腹，笑道，"可是我饿了，方才连午膳都没来得及吃……"

燕乐晟大笑着将她横抱起来，大手一挥，取来一件宽大的衣袍，迅速将她严严实实地裹起来。

然后便这么抱着她，大大咧咧地坐在八仙桌旁，指着方才就摆好的一桌糕点："要吃什么？我喂你！"

怀中的女人毫不客气地往桌上一指："这个！要把皮去了，把头尾掐掉，蘸一点儿蒜香酱，再蘸一点儿辣椒，然后用两片薄面饼包好……"

她一边喋喋不休地指挥，燕乐晟一边仔仔细细地照做。

等最后终于包好送到她面前，他着实累得有些出汗，却是笑容好好地送到她嘴边，哄着："来尝尝，看我手艺如何？"

林陌染很给面子地咬了一大口，嚼了几下，皱眉道："辣椒蘸多了……"

燕乐晟赶紧递来一杯水："喝点儿水，去去辣味！"

林陌染不以为意地摆摆手："不辣，就是味道太重了。"说罢眼睛狡黠一眨，“你也尝一口试试？”

燕乐晟不疑有他，既听了她说不辣，那便随意地咬了一大口——瞬间！

“嗯！”他的脸色变得十分诡异，差点儿就要一口吐出来！赶紧大口大口地猛灌了几口水，才能开口，“这么辣！你是怎么吃的？！”

林陌染一勾唇，很是无辜地耸了耸肩：“当然跟你一样，是用嘴吃的。”

“你一个江陵人，口味怎么跟川蜀那边一样重！”

燕乐晟缓了缓，一边灌着水，一边眼看着她拿起自己咬过的肉卷，一口一口吃得津津有味，面色顿时有些复杂。

好半晌，他才用几声轻咳掩饰自己的尴尬，开口道：“我遇到你哥哥林肃了，如今他是我麾下的辅将左司马。”

林陌染一边嚼得香甜有味，一边抽空点头道：“看来我那天并没有认错人。”

“你见过他？”燕乐晟瞬间坐直，眉间染上薄怒，“你去过武陵，到过我军中？你为何不来见我？！”

林陌染一笑正要回答，忽而神色猛地一变！

就这么片刻间，她原本红润的面色突然转而变为一片惨白，宛如一个纸扎的假人！

燕乐晟察觉到她的不对劲，忙放下手里的杯子，两手扶上她的肩，目光急切：“陌染！你怎么……”

然而他的手刚碰到她的肌肤，她就仿佛被沸水给烫了一下，瞬间疼得缩了一下，避开他的触碰！

燕乐晟诧异地看着自己的双手，又看看她那片被他触碰的肌肤迅速红肿，大惊不已：“我……一碰你就疼？”

林陌染也不知所以，此刻她正被额间那抽筋剔骨似的痛袭击得几乎昏死过去！

林陌染再也忍不住，一阵翻天覆地的疼痛之中，眼神渐渐涣散，最终两眼一闭，向后跌倒彻底昏迷，不省人事。

“陌染！”燕乐晟脸色大变，急忙一把扶住她下坠的身子，将她揽入自己怀中，旋即对着门口大喊，“虞一龙！找大夫！快！”

屋外，虞一龙吓得一个激灵，就见到原本关闭的门被猛地冲开！

燕乐晟怀中稳稳抱着昏迷不醒的林陌染，满目焦急：“你们阁主……”

他当即懂了！瞬间转身拔腿就往马厩跑！

山中不比城镇，琉璃阁原本也没有大夫，生老病死都是去镇上的医馆请大夫。如今虞一龙虽然快马加鞭赶到镇上，又二话不说闯入最好的医馆，将里面最好的大夫直接硬抢上了山……前前后后还是耽搁了半个时辰。

燕乐晟急得面色煞白，又不敢离开林陌染的床前，就这么双膝跪在床边，紧紧握着她的手，一动也不敢动，生怕她突然醒来需要什么东西时，身边没个人。

半个时辰过去了，她始终是这样紧闭双眼，一动不动地睡着，呼吸越来越急促，身子却越来越凉。

“陌染……”他不安地闭上眼，将额头贴在她冰凉的手背上，哑声一遍遍念着，“我在这儿！我就在这儿陪着你……你一定不会出事的！”

虞一龙在村口就停了马，又嫌弃那文弱的大夫走得慢，干脆直接将他扛在肩上，一路大步流星地飞奔过来，跳进屋里，“砰”的一下将大夫甩在林陌染病床前，大吼道：“给咱阁主看病！治不好，爷就一刀把你脑袋砍了！”

大夫赶紧打开药箱，掏出布垫，将林陌染一只手搭在上面，先把了一会儿脉。

“如何？”燕乐晟急切地问。

然而大夫放下林陌染的手后，却摸着胡子，脸色变得疑惑起来。

他转过身，皱眉望向燕乐晟，犹豫了片刻，才终于肯定地道：“这位将军……请恕在下无礼，你们大晚上的将老夫绑到此地，真的是为了给这位姑娘看病的？”

燕乐晟当即沉了脸。

他还未发作，身后的虞一龙不干了，暴跳如雷道：“你这狗东西说的什么屁话！老子不绑你到这儿给人看病，难不成还绑你来给老子当压寨夫人？”

他一连几声骂得难听。幸好大夫是个修养颇好的人，摇了摇头，也不理他，只是对燕乐晟神色肯定地重复了一遍：“将军，在下行医二十余年，从未误诊！今日亦可确切地向你们保证，这位姑娘只是太过疲劳，熟睡了而已，再顶多感染了一点儿风寒，并无大碍！”

“只是……熟睡？”燕乐晟难以置信，一伸手想要唤醒林陌染，然而手还未触碰到她时，突然想起方才她被他碰过的地方，仿佛被沸水烫过一样红肿，当即又迅速收回了手！

他不敢大意，把小翠儿叫来：“把你们家小姐唤醒。”

没想到小翠儿只是摇了摇林陌染的手臂，林陌染竟然就缓缓地睁开了眼。

等她迷迷糊糊看清屋里坐着站着的人时，神色才渐渐凝重起来，一下子坐直，视线扫过不远处垂首站立的大夫和坐在床边满脸焦急的燕乐晟，脸色浮起瞬间的疑惑，诧异道：“你们这是……”

原本见她醒来，燕乐晟眉头已然舒展，如今听她这样问，仿佛全然忘记了方才发生的事情，眉头当即又皱得老深，沉声问她：“你不记得了？方才你喊疼……你的手臂？”

他目光扫过她手臂上，方才被他碰过的地方，如今却光滑如玉，哪还有半点儿红肿？

燕乐晟惊疑不定。一心以为是自己看错！可是方才她的疼痛来得如此急切又迅猛！她手臂上那片被烫伤的痕迹，那么恐怖！怎么可能是假的呢？

“陌染……”他疑惑片刻后，还是决定再试一次，“我现在碰一下你的手背，你若是……若是有任何不舒服的感觉，就马上告诉我，知道吗？”

林陌染完全不明白他在搞什么，当即点点头。

燕乐晟便小心翼翼地将手伸过去，但一想到方才他只是扶了一下她的手臂，她就痛成那个样子，当下又有些不忍！

刚想算了，要不这几天都不碰她……没想到林陌染自己将手贴了过来！

小小的手掌，一下子钻进他的大手里，十指相扣！

燕乐晟顿时吓得绷紧了神色，连忙想要把自己的手松开——却被林陌染瞬间抓得更紧。

没有异样。

林陌染淡定的神色告诉他，她没有什么特别的感觉。

燕乐晟绷紧的神色这才猛地一松——

可是不料！就在他们都松懈的时候，林陌染蓦地像被烫伤一样，迅速收回了手！

“嗯！”

这一次疼痛袭来得更加猛烈，让林陌染瞬间疼得蜷缩了起来！

“陌染！”燕乐晟在一旁眼睁睁地看着她疼得蜷缩在床榻上，却不敢伸手碰她，又急躁又苦恼！

他猛地转向大夫：“你说她没事！那她现在是怎么了？为什么我一碰她，她就会疼成这个样子？”

大夫显然也没见过这样的场景，当即也是呆若木鸡，半晌不知道该怎么回答：“这、这个？”

虞一龙更急，大手一下拽起他的衣襟，就吼了起来：“你到底是不是大夫？连风寒是什么症状你都分不清吗？！谁得风寒会是这个样子啊？！”

“在下真的不懂啊！”大夫顿时欲哭无泪，急急辩驳道，“从脉象看来，姑娘体征各方面确实正常得紧，根本没有生病的迹象！就连风寒也只是一点点，连药都不需吃……这、怎么会！”

燕乐晟急问一旁的小翠儿：“你家小姐那日从山崖坠落后，究竟遇到了什么事？”

小翠儿忙道：“小姐说她是被一位相熟的世外高人所救！那位高人还说了什么，蛊毒？”

“蛊毒？”燕乐晟愣住了。

“不是普通的蛊毒！”便在这时，房门外又走进一人，一身飘逸青衣，面容清秀如画。

林肃缓缓点头向屋内几人示意后，目光落在床榻上的女子身上，秀气的眉宇间渐渐浮起一抹愁绪。他轻叹一声，继续道，“染妹妹这模样，只怕是中了西域蛊王之剧毒……”

林肃这么一说，那个大夫才突然醒悟过来，连忙也点了点头，附和道：“这症状，确实像极了西域的蛊毒！西域蛊王下的这种东西，在下行医期间也略有耳闻。说这原是西域一种古老的蛊术，将蛊直接下在人身上，能使人产生中毒的效果。而姑娘的反应确实和身中蛊毒之人的反应类似。”

燕乐晟拧着眉，他觉得这简直荒唐！谁给他们下了这种毒？

燕乐晟一只手扶着额，眸子燃起深深的思虑：“本王这些日子都在带兵打仗，除了林肃和虞一龙，并未接触过任何陌生人，更遑论西域的蛊师。”

虞一龙一听自己被点名，连忙摆手，急道：“我可不懂那劳什子蛊！”

林肃沉着声：“在下和虞兄自然是没有问题。怕就怕在，那人许是在很久之前，就对战王你下了毒，而你始终不察罢了。”

“西域……”燕乐晟陷入了沉思，忽而诧异道，“难道是她……”旋即又摇头，“不可能！她和陌染从未谋面，不应该。”

在场清醒的人，都不知道燕乐晟口中的“她”指的是谁，都是一阵默然不语。

半晌，林肃忽而道：“陌染和我从前曾遇到一位云游四方的高人，还随他一起在百草谷小住了数月。其人涉猎甚广，兴许能破解其中渊源。巧的是，这位高人每逢立冬前后，都会回百草谷闭关三日。如今赶去，时间刚好。”

燕乐晟当即站起身，坚定道：“我立刻启程前去求见！”

林肃却摇摇头：“战王如今有要事在身，轻易离开不得，还是让林奕和许嬷嬷护送染妹妹去吧。”

战场之上，尤其大战当前，主帅是军队核心，是获胜的关键。

燕乐晟纵然不愿，也只能听从林肃的建议。他坐下来，隔着被子握住林陌染的手，那深邃的眸子中，心疼担忧之色不加掩饰。

林陌染一直昏睡到第二天天明才醒。

燕乐晟一夜未眠。夜里返回军营处理第二天的各项事务后，天未亮，他又快马加鞭地赶了回来。

林陌染睁开眼首先看到的，就是他那张憔悴的脸。

她迷迷糊糊开口，诧异道："这么早，你怎么就起来坐着了？昨晚没睡吗？"

燕乐晟忍着胸口的闷痛，低声安慰她："我不困。昨夜军营有些事，我赶回去处理了。见你睡得香，便没有吵醒你。"

林陌染窸窸窣窣地拉开半张被子，笑道："要不要进来睡个回笼觉？我把被子都暖热了，很舒服。"

燕乐晟看着她移开半边软榻的位置给他，还将被子拉开一角邀请他进去，他却怎么都不敢也不能碰她！

一念至此，眼眶就是狠狠一热。

他死死压抑着胸口那股越来越深刻的疼痛，苦笑着替她将被子掖好，随意撒了个谎，道："一会儿我还得赶回军中，今天就不能陪你了。"

才和她相见，又要跟她分别，在此期间还不能触碰她！

即便他是堂堂八尺男儿，沙场上血肉横飞中都不曾眨一下眼睛的人，如此坚毅，都没办法在此刻做到丝毫不动容。

林陌染察觉到他的异样，顿时失笑道："你怎么了？说起话来怎么硬邦邦的？生气了？"说话间，伸手过来就要抚他的脸。

燕乐晟毫不犹豫地躲开。然而一躲之下，才幡然醒悟，自己动作太大，林陌染怕是要误会——他连忙低头，神色焦急地对上她的目光！

那一双剪水眸子，果然已经泛起了一丝涟漪。

她果然误会了！

他原是怕触碰到她的肌肤，让她疼痛。可是看在林陌染眼中，却是他在躲她，不想被她触摸。

林陌染一下子坐起来，神色变得严肃："燕乐晟，昨晚究竟发生了什么？”

燕乐晟错愕之后，旋即断然道：“不曾发生什么。”那语气冷漠得让他都觉得无比心疼，“如果没什么事的话，你便在此好好休息，凡事多听许嬷嬷和林奕的。军中尚有很多事务，我先下山了。”

说罢，他当即转身离去。

屋内，林陌染久久默然地坐在床榻上，脸上渐渐泛起一丝疑惑。

得知自己身中蛊毒，是在林肃用了早膳，特意上山来探望她之时。

林肃依旧是一身飘逸的青色锦袍，腰间一枚样式简单的玉佩，人未至，清雅恬淡的笑声已经自屋外飘了进来："听说我的宝贝染妹妹醒了？”

“肃哥儿！”

林陌染眉间一喜，当即跳下榻，只穿着白色的罗袜，三步两步就奔出了堂屋，一把勾住来人的脖子，给了林肃一个大大的拥抱！

“府里人都以为，你已经不在了……”若不是性子还算好强，只怕她此刻就要哭出来，“那会儿你们二十余人离开江陵，前往旧都赶考，究竟遇到了什么事，一日之间全部人都失踪了？”

这段往事似乎让林肃颇有些余悸，当即皱了皱眉，道：“我也记得不太清楚。只知道醒来后，全身都是擦伤。那一天若不是虞兄刚好路过，我只怕就要死在当场。后来，虞兄独自一人背着我，跋涉了整整一日一夜，死活将我背出了那片深山，替我找来良医诊治了半个月，方才好转。”

林陌染恍然大悟，投过去别有用意的一眼，道：“难怪虞一龙和你感情这么好！原来是初见一面，情根深种！”

林肃啐了一口，道：“小孩子心性，胡乱说些什么！”

陪林陌染用早膳时，林肃便将昨夜发生的事细细说了。

林陌染眼神一凛：“肃哥儿，你方才说施展蛊术还能伪装成旁人的模样？”

“不错。”林肃仔细打量她的表情，“难不成，你想到是什么人下的手了？”

林陌染扬起一抹狠笑：“是啊，这个小贼！是时候要找她算账了！”

五日后，武陵城外，北燕大军拔营出征。

燕乐晟高坐在骏马上，一身明光铠迎着日光，泛着冷冽刺目的光辉。

在他身后，十万大军整整齐齐列队，挺胸昂首，气势磅礴。再往后一些，武陵新任太守虞一龙率领着武陵将士两万余人，押着七百余辆粮车，紧紧跟随。

沿途百姓夹道送行，不时有人上前祝酒，高声吟诵行军辞。

待走出城外五里，他突然在马背上缓缓转身，目光穿过了武陵和那城外的深山峻岭，穿过黑压压的树林，深深地凝望着一个方向。

马背上，沉重的头盔下，燕乐晟锁着一双剑眉，眼睫就这么几不可察地颤了一下。

沉浸在出征的兴奋和别离情绪的众人，都没有感觉到主帅沉重的心情。

只是那隔着一座武陵城，和这条大路遥遥相望的凤圣山上，简陋清雅的四合小院里，一个正埋头整理箱笼的女人猛地打了个喷嚏。

“阿嚏！”

林陌染吸了吸鼻子，暗骂了一声，继续低头查看着箱子里的东西。

一旁的许嬷嬷手里挽着个小包袱，皱眉道：“依我看，小姐最应该带的是一个药箱！这五日来，你算算每天都打了多少个喷嚏！肯定是染了风寒！”

林陌染毫不在意，双手只顾在箱子里掏啊掏，嘴上敷衍道：“我一到秋天就这样！不是风寒，是过敏！过几天就好了！”

许嬷嬷在一旁叹气：“既然如此，我们还是早日出发吧！”

一低头，又见林陌染似乎根本没在听她说话，又懊恼地提高了音量，道：“小姐在这箱子前都捣鼓两天了，到底是要弄啥？！”

林陌染扭头嘿嘿一笑，道：“去见哥哥的师父，怎能不准备点儿厚礼呢？”

又过了片刻，她一拍手上的尘土，伸着懒腰站起来，喜道：“好了！我们出发吧！”

许嬷嬷便好奇去看，只见箱子里铺了厚厚的一层木屑，除此之外，只有一堆穿过的旧衣服。

捣鼓了半天，就弄出这么个东西？

许嬷嬷真心觉得啼笑皆非，忍不住埋怨了一句：“小姐，你就为了整这么个破箱子，耽搁了整整两天时间？”

哪知林陌染很严肃地摇了摇头：“非也非也！关键时刻，这个东西能保命！”

许嬷嬷不以为然：“什么东西能比钱更保命？”

“这你就不知道了！”林陌染故作神秘道，“肃哥儿不是说了吗，他师父是个世外高人，已经修成了仙身。我们这般贸然闯过去请他帮忙，他不一定会给我们面子！对吧？”

许嬷嬷边听，边觉得有理地点了点头。

林陌染便续道：“可是我敢保证！他师父只要一见到这个箱子里的东西，肯定二话不说就会答应我们的事情！而且说不定，以后还会有求必应！”

许嬷嬷面露疑惑：“什么东西这么神奇？这不就是林奕从西域带回来的破箱子吗？难不成还能孵出一只金鸡来？”

说话间，她伸出手又想掀开那箱子，再仔细看一眼。

哪知林陌染动作更快，“啪”地一下就将箱子盖得严严实实，笑道：“等时机到了，你就晓得了！”

两人唤来林奕，将箱子稳稳地抬上马车，一人挽了一个小包袱，也钻进了车里。

林奕便在车外赶着马儿。一行三人，趁着正午暖洋洋的日光，低调地从山里出发了。

这一路为了掩人耳目，走的都是偏僻的山道，一走就是整整两天，路上除了偶尔看到砍柴的农夫和猎户，几乎没有遇到任何人家。

第三天时，马车走入了一片幽深的树林。

这时，天色刚亮，林陌染还在车里抱着箱子睡得正香，许嬷嬷替换了林奕，在车外守着，也是睡眼蒙眬。林奕则是趁着天明，动物们苏醒出窝觅食的时机，赶紧去猎食。

林陌染静静睡了片刻，忽而感觉箱子震了一下！

她幽幽地转醒，还以为自己是在做梦，正准备开箱查看时，箱子的盖子被猛地顶了一下！里面有什么东西要钻出来！

许嬷嬷也被这动静吵醒了，赶紧掀起车帘，一张脸探了进来：“小姐，你没事吧？”

林陌染一只手压在唇边，做了个噤声的动作，另一只手缓缓将箱子掀开一角。箱子打开了一条小缝，黑乎乎的，可以隐约看到里面有东西在动。

许嬷嬷大惊之下，连忙将脸凑近。

这时，就看到一个长着灰扑扑绒毛的小脑袋，一点儿一点儿地挤出了箱子，圆溜溜的黑色大眼睛，好奇地打量着眼前的两个人，红色细长的喙缓缓咧开，发出一声轻轻的咿呀声。

林陌染的心，瞬间就被这软萌的叫声给融化了！

她连忙打开箱子，将这只刚孵化出来，半个身子还怕冷地缩在破衣服堆里的小鸟儿抱进怀中。

鸟儿似乎也颇通灵，知道面前这两人不会害它，放心地将身子往林陌染怀中缩，找好了位置，咂吧咂吧嘴，又眯缝着眼睛想要睡去。

许嬷嬷脸色一阵大变：“这！这是……凤凰？！”

她不愧是混过丹色阁的老江湖，竟然一眼就看出来这是凤凰的幼雏！可让她惊讶的是，这种远古就已绝迹的灵物怎么会被林奕在西域发现？

林陌染颇为自豪地一笑：“我那夜梦里梦到一座古城，守城的正是这只永生不死的凤凰。如今的它，看着是雏鸟，其实不过是又一次死而复生罢了。”

许嬷嬷皱眉疑惑道：“小姐怎么会梦见那座古城？”

林陌染失笑，却并不搭话。就算她说出来，许嬷嬷怕是也会不相信……那座古城就是她出生的地方！当然，还有这只被那人一手抚养长大的凤凰。如今，她带着这只凤凰去到那人面前，也不过是物归原主罢了。

不料——正当两人在车内围着凤凰，心思各异时，车外突然传来一声轻微的踩在落叶上的脚步声！

是一种带着试探意味的脚步声，非常轻微。

许嬷嬷一手反握腰间的佩剑，一声大吼：“来者何人？！”

第 10 章

燕辰靳，别让我恨你！

马车外，那人无声无息地落在数米远的地方，一身清冷紫袍，身姿颀长，此刻正负手背对着二人，神色悠然地不知在看着远处的什么景色。

谁也料不到，当此人缓缓转过身，勾起一抹惊艳绝伦的笑容时——她们才看清了！此人竟是辰靳！

只见他面容一如往常那般绝世俊美，可是脸颊上却隐隐浮现一股异样的深红，稍微细看，额间印堂积郁着淡淡的青色。

许嬷嬷试探着往前走了一步，道：“老奴给皇上请安，敢问皇上怎会一人来此？”

辰靳优雅一笑：“朕想见她，便来了。”

话音刚落，方才还一副轻松悠然的模样，忽而不见如何动作，他身子已经猛地跃起，袍裾飞舞，带起一阵凛然的风，卷着地面上如尘如浪的落叶。

他倏忽越过了许嬷嬷，直直落在了车辕上。

脚尖轻踩，动作端的是潇洒无比，水到渠成。

继而根本不需要停顿，微微俯身，修长的手指一伸，钳住了车内那人的下巴，眸子瞬间沉淀了几分浓厚的兴致，淡淡一笑。

“陌染，朕……想要你，就现在！”一掀袍摆，他将那人裹在自己怀中，猛地带出了车厢，翻身就压在了一旁的树干上！

林陌染只觉得不过一抬头间，下巴一疼，已经被他钳制住。

再一低头间，衣袂纷飞，已经被他用这种姿势压在了身下，雪肩上的衣带已滑落一半！

当即又急又怒，她连名带姓地吼了回去：“燕辰靳！你到底在干什么？！”

辰靳的脸色泛起一股不自然的绯红。

“许嬷嬷！”林陌染大声唤道，“赶紧把他弄开！他这样子不对劲！”

许嬷嬷不等她唤，已然拔剑出鞘，冷冷的刀光逼近，直直杀了过来！

然而辰靳神志虽迷糊，力道却仍然十分强横，压根儿就不用转身，只凭直觉，狠狠一个拂袖，就将许嬷嬷给扫出去数米远！

许嬷嬷十余年潜伏在林府，未曾用过武功，早已荒废了不少，如今哪里是辰靳的对手！

只被他这一挡，一口浓黑的血就喷了出来！已然伤了内脏！

林陌染急得阻止她：“别！快去找林奕！你打不过他！”

然而许嬷嬷哪里肯走！她怎么能眼睁睁地看着自己家的千金大小姐被男子轻薄玷污！

许嬷嬷一声低吼，振作精神再次冲了过来！

而这一次，林陌染清清楚楚地看见，面前的辰靳眼中竟然动了杀意！

“不！”她猛地反手将辰靳推开，奔至许嬷嬷面前，将她护在自己身后！

辰靳果然一愣，然而片刻之后，忽而一声低笑，手臂猛地一挥，轻轻松松将林陌染揽入了怀中，紧紧禁锢着。

同时反手一抽许嬷嬷手中的短剑，毫不犹豫地刺了出去——刀剑入肉的声音，也不过是那低沉短促的一声闷响！

然而听在林陌染耳中，却是如此惊心动魄！

辰靳神色冷峻，毫不犹豫地将剑狠狠往外一抽——刹那间血肉横飞！

许嬷嬷痛得表情一阵扭曲，捂紧了小腹处汩汩冒血的伤口，缓缓跌倒在地。

“许嬷嬷！”林陌染发狠地一把将辰靳推开，扑过去扶起她，两手死死地帮她按压伤口，却也无济于事。

而另一边，辰靳仍旧不肯罢手，一只手将林陌染大力扯入怀中，另一只手舞起剑，又要刺下去！

这一次，林陌染没有给他下手的机会！直接徒手将剑刃一抓，猛地用力将剑尖带到自己胸前，指着自己的胸口狠声道：“你要刺？那便从我开始！从我的心脏开始！”

她一双眸子血红，厉色望向那个还拿着血剑站在自己面前的男人：“燕辰靳！别逼我恨你！”

辰靳在她的怒喝下，猛地一颤，眼神恢复了些许的清明。

突然，他痛苦地抱紧了自己的脑袋，急躁地蹲了下去，眉头死死地皱在一起！

趁此时机，林陌染迅速奔至车中，将那只凤凰抱了出来。

凤凰幼鸟仿佛知道她的心思，刚被抱到许嬷嬷面前，还未等林陌染恳求，就闭上了圆溜溜的大眼。片刻，一滴透明的泪滴从它眼角滑落，堪堪落在许嬷嬷的伤口处！

瞬间，那血淋淋的伤口就仿佛被无形的手缝合了般，迅速长出了新的肌肤，伤口渐渐愈合。

然而这只凤凰毕竟只是雏鸟，眼泪治愈伤口的能力还很有限，所以许嬷嬷的小腹处仍然留着一道疤痕。而她因为失血过多，一时也处于昏迷状态。

林陌染将凤凰轻轻放在许嬷嬷身边，转过身，冷冷地和辰靳对峙。

“我不知道你为什么会突然变成这个样子，可是麻烦你立刻给我清醒过来！”她沉着声，一人站在这片静默的树林间，站成了一道坚毅的风景，“我决不允许谁伤害我身边的人！哪怕那人是你！”

辰靳一脸痛苦，死死抱着头，口中不住地念叨着什么。

然而片刻后，他似乎放弃了挣扎，再一次站起来，脸上依旧是那副垂涎的模样，直勾勾地看着林陌染。

那模样，活脱脱像是被人下了媚药，还是高级媚药，指定交欢对象的那种！

林陌染一阵不爽，顺手折了一旁的树枝，打算用来抵抗，虽然她知道，在辰靳强大的武功面前，这并没有什么用！

如今她只盼望着林奕能早一点儿回来！

相比她的戒备，辰靳却丢掉了短剑，急切地大步迈了过来，目光一片火热："陌染！"

距离三步之遥时，她猛地用树枝刺了过去！

原想着还能赶退他几步，没想到还是低估了他的武功！辰靳根本躲都不躲，满不在乎地直接一手将树枝抽掉，高大的身躯就欺了过来！

林陌染一狠心，低声道："对不起了！"她一脚踢向辰靳的下面！

辰靳这才不得已放开她，低咒了一声，又几步跃过来，要将奔出几步远的她重新捞入怀中！

这时，一股清冷森寒的风自他脑后猛地斜刺而来！

林奕抽出了腰间的佩剑，直取辰靳颈后的弱点！

辰靳迅速转身，徒手接下——数秒之内，两人用让人眼花的速度过了数十招！落叶被席卷成风墙，在两人周围翻飞，久久不曾落下！

林陌染也被两人过招时带起的风给震得连退了好几步！

再一看时，这两人不相伯仲，打得难解难分！

林奕还抽空吼了一声："带上许嬷嬷，走！"

她急忙将许嬷嬷连拽带拉地拖上马车，自己坐稳之后，正想一鞭子抽在马身上——忽而又是一道黑影从天而降，一头扎进了混战的两人之中！

这人又是谁啊？

林陌染诧异了片刻，手握着缰绳，这马鞭抽也不是，不抽也不是，就这么僵在那里。

她拼命睁大眼睛想要看清楚，奈何三人都是江湖顶尖高手，什么都看不清！

就这么滞留了片刻，突然风墙褪去，飞沙走石也尘埃落定，三人的身影渐渐有了清晰的轮廓。

只见林奕和一个陌生的少年侠客正神色凛然地站立着，目光锁着中间被围着的那个男子。

那个男子两手已经被绑，捆了个结结实实，赫然正是辰靳！

只见辰靳已然闭着眼睛，也不知道是昏迷了，还是被来者点了穴道，这会儿竟一动不动。

林奕朝那少年一拱手，才几步走过来，向林陌染复命："属下来迟！望阁主惩罚！"

"无妨。"林陌染摇头，又看向扬着灿烂笑容、一脸天真无邪的少年侠客，道，"那人是谁？"

林奕便朝那人招了招手，示意他过来。

少年侠客也不拘束，大大咧咧地走了过来，朗声朝几人打招呼："今日真是有缘！深山老林，还能遇到这么精彩的一场打斗！打得我真是全身筋骨都舒展了！"

林陌染扑哧一笑。

只见面前这人一双星眸炯炯有神，剑眉入鬓，英武非凡，虽然看上去只有十五六岁，却自有一股江湖豪杰的侠气，十分引人注目！

她一笑之后便道："在下乃是武陵一商户之女，正欲前往百草谷探望亲戚，不想在此地和那位男子发生冲突，差点儿丢了性命！多亏少侠出手相助，还未敢请教少侠姓名？"

那少年神色磊落，一开口便自报家门："在下凤凌殊，岭南太守府上都尉！凤疏烈正是我爹！"

此话一出，林陌染和林奕立刻暗中交换了一下眼色。

林陌染不动声色地一笑，道："竟然是都尉大人！民女何其有幸，得大人路见不平、拔刀相助！"

凤凌殊挠着头，憨憨一笑，露出两颗虎牙，竟然有几分羞赧的萌态，连忙急着摆手："什么大人！我不是大人！不过区区举手之劳，美女姐姐不用放在心上！"

林陌染便笑得更是亲切，指着辰靳："实不相瞒，这人实和民女相熟，颇有几分交情。民女此去百草谷，正好将此人带回亲戚家，所以还请都尉大人不要处罚他。另外，车内有一位老人家受了颇重的伤，不知大人可有带药品？"

"啊！你等等！"凤凌殊连忙几步跑到自己的坐骑旁，从行囊中翻出几瓶药，又小跑回来递给林陌染，"美女姐姐，你看这个可以吗？"

他言谈举止间，都还带着入世未深的孩子的天真姿态。

林陌染看在眼中，很是喜欢。但又想起他是凤疏烈的儿子，和自己是站在彼此敌对的阵营之中，不由得心一沉，面上却未显露，歉声道："抱歉，失陪片刻，我去给老人家擦药。若是大人有急事，不必等候，免得耽误了大人的行程！"然后她便笑着接过药瓶，上了马车给许嬷嬷处理伤口。

她处理了颇久，出来时，才发现凤凌殊还守在马车边，竟然和林奕聊得正欢！

须知林奕可是个冰山脸，今日竟然跟这个少年相谈甚欢？哪知等她走过去时才发现，什么相谈甚欢，分明是凤凌殊自己一个人在侃侃而谈，自娱自乐！

凤凌殊见她出来，显得很高兴，一对剑眉高高扬起，大步走了过来，一开口就道："美女姐姐，听这位冷面大哥说，你们也是初次去百草谷？"

噗！冷面大哥？林陌染顿时一愣，有点儿好笑地看向林奕。

然而细细一想——不对啊！林奕口风一向很紧，今日怎么不过半炷香时间，竟然就被面前这不过十几岁的半大孩子给套了话去，让对方知道他们是初次去百草谷？

接收到林陌染淡淡的目光，林奕摸着鼻尖将头低下，掩饰着面上的尴尬。

凤凌殊丝毫不察二人之间的暗涌波动，笑道："正好我也要去那里，不若我们几人结伴而行吧！美女姐姐长得这么漂亮，若是路上再遇到坏人要轻薄你，有我在，定不会让坏人近身！我凤凌殊旁的本领没有，就是力气大！"

他扬起一张脸，神采奕奕地看着林陌染。

这让林陌染一时狠不下心拒绝，只好点了点头，却立刻补充道："民女此次前往百草谷探亲，并不想让太多人知道。还请大人万事能低调就低调！"

凤凌殊一拍胸脯，郑重道："放心！我一定不会给你们添麻烦的！"

岂料林陌染还是高估了这个四肢发达、头脑简单，又自带萌萌性格的少年将军的惹事能力！

这一趟前往百草谷的行程，注定不能平静。

当晚，他们寻了一间靠近医馆的客栈，先要了两间相邻的房休息，然后又差小二将医馆的大夫请来，对外只说自家小姐染了风寒，想请大夫开几帖药。倒也没有引起太多的关注。

没想到第二天，凤凌殊就出事了。

这事的起因，还是为了给许嬷嬷抓药。

因林奕要守着辰靳，所以第一次是派了凤凌殊去抓药。结果三人在客栈等了两个时辰，都不见凤凌殊回来。

林奕只好将辰靳绑好后，迅速出去寻。

两人回来时，只见凤凌殊一身风尘仆仆，头发凌乱，好不狼狈。

"美女姐姐……"凤凌殊一开口就可怜兮兮地喊了一句。

林陌染赶紧扶额："打住，你还是唤我染姐姐吧！"

凤凌殊两眼含着泪，一副神情激愤的样子："方才抓药回来的路上，听到有两人在嘀嘀咕咕，说要给战王使绊子！我气愤不过，就出手揍了那两人！男儿大丈夫，打仗就要打得光明磊落，背后使坏算什么英雄好汉！"

林奕在一旁双臂环抱，幽幽道："结果人家喊了一堆人来，反把他给胖揍了一顿。"

"噗！"林陌染顿时失笑，转念又一想，"他们要给战王使什么绊子？"

一听到"战王"两个字，凤凌殊立刻变得义愤填膺，道："战王昨日攻克云都镇，打了个大胜仗！我爹气得不行，又不知从哪里得知，说如今战王带了一小队兵马绕去了百草谷，正驻扎在百草谷外两百里处的一座山谷，就命人摸黑连夜赶过去，要给他的马草里放砒霜！”

这话信息量有点儿大，林陌染一边听一边琢磨。

燕乐晟也要去百草谷？还是偷偷带了一小队人马去的？

然后又一想，凤凌殊是个南燕人，怎么不支持自己爹爹的阴谋，反而要帮助燕乐晟呢？

她狐疑的目光投向了凤凌殊。

凤凌殊还在那里喋喋不休："方才我就应该把那些人都揍趴下！都是林大哥，死活要将我拽回来！"他眼神一暗，"若是那些人奸计得逞，毒死了战王的马匹，那他还怎么带兵打仗啊？"

林陌染终于忍不住了："凤凌殊，你是南燕人，北燕的战王被人使计陷害了，你应该高兴才对……"

她话未说完，凤凌殊立马跳起来反驳："战王可是我最崇拜的人！你知道吗？就在昨天，他使了一招漂亮的空城计，一个时辰内就把云都给破了！你猜他是怎么破的？"

林陌染含笑摇摇头，他的能力，她自然是比谁都更清楚，一个时辰破城对他来说并不是难事。她只是想听听，从一个南燕都尉口中描述出来的燕乐晟是个什么样子。

凤凌殊激动道："战王把云都守城的主力骗到了他的营地，结果呢？营地是空的，战王的主力早已绕路进军云都城门了！云都守城将军知道自己上当后，连忙指挥大军后撤，没想到半路上，战王的部下早就设下了埋伏——几刀斩断云江上游的水闸门！大水一下就把云都守城的主力全部冲散了！"

听闻此话，一旁神色清冷的林奕也不禁有几分动容，插话道："如此，战王可谓不费一兵一卒，轻松取得云都重镇！"

"不仅如此！"凤凌殊继续道，"从大水里死里逃生的云都大军，佩服战王智勇双全，是个盖世奇才，纷纷投靠到了他的麾下。云都城里的百姓甚至自发列队欢迎他入城，还早早准备好了装粮草的簸箕，就等着他派送粮草呢！"

林陌染深深地叹了一口气："他又要派粮草啊……"心里一阵不爽，这让老娘再去哪里给他囤积过冬的粮草啊？

反倒是林奕皱起眉，一语道破了其中奥妙："战王先用粮草收买人心，待到冬日他攻取岭南时，对他感恩戴德的百姓们自然会主动为他筹集粮草。此举可谓是一箭双雕。"

凤凌殊更是眼睛发亮："这几日，听闻战王战无不胜，奇招不断，南燕都道他是天将临世，带领的都是天兵！还说他在战场上，挥剑无情，杀伐果决，英姿盖世，神勇无比；下了战场，却是一袭干净锦袍，温文儒雅，待人客气有礼！端的是能文能武，气质非凡！若是今生我能有幸跟战王交手，就算是死在他剑下也甘愿啊！"

他神采奕奕地转过身："美女姐姐！"

"停！"林陌染现在一听到"美女姐姐"四个字就觉得头疼！"唤我染姐姐，不要让我再重复第三次！"

凤凌殊压根儿没在听，一开口仍是："美女姐姐，我想现在就潜入战王军营，提醒他防备马草被人下毒一事！"

林陌染大惊失色："你是南燕都尉，就不怕被他发现了抓起来？"

凤凌殊道："我是去帮他的，他不会把我怎么样！"

林陌染摇摇头："不行。"

首先，她压根儿不相信这些雕虫小技能难倒燕乐晟，他一定在出发前就会料到，暗中肯定有人盯着他的小分队，要对他们不利，所以她根本不担心。其次，若是任由凤凌殊贸然闯入他的军营，万一让暗中盯梢的那些人发现她林陌染此刻就在南燕，抓了她去威胁燕乐晟怎么办？

她想了片刻，断然道："这事，林奕去办。你留下，我们继续赶往百草谷。"

林奕当即领命而去。

凤凌殊百般不甘愿，苦苦恳求："美女姐姐，让我和林奕大哥一块去吧！我保证不惹事！"

林陌染轻叹摇头。

不惹事？

“不惹事”这三个字他都说几回了？

然而摇头之后，她还是笑了笑，安慰他道：“也亏得你去惹事，才听到这阴谋！赶明儿遇到战王，我让他给你记一功！”

凤凌殊大喜过望，上前一步就揽住她的手：“美女姐姐，你实在是太好了！”

然而片刻后，他突然神色一变，醒悟了什么，讶然道：“不对啊……美女姐姐，你认识战王？”

林陌染这才发现自己一时疏忽说漏了嘴，忙掩饰道：“我姑妈的儿子的妻子的弟弟的三叔伯在他麾下当差……”

凤凌殊当即被绕晕了，迷糊了好半晌，还没弄清这是个什么交情，只好闷闷地“哦”了一声。

一旁的林陌染则大松了一口气！

幸好他没让自己再重复一遍！因为她压根儿就不记得方才自己随口说了一串什么三姑六婆的关系出来！

如此平安无事地过了一天。

林奕晚上回来汇报时说，战王果然早就料到有人要设计陷害，已经设下圈套，只等下毒的人前来，然后将其一举抓获！

第二天，三人带着辰靳再次起程。一路上，果然听到路人又对燕乐晟赞不绝口。

“旁的我不知道！只说昨晚，那络腮胡子大汉领着五百多人夜袭，当晚战王带在身边的只有六十多精兵，结果你猜怎么着？”

“是不是他凭着六十多精兵，轻松打败了那五百多人？”

“非也非也！那五百多人压根儿就没能近他的身！半路上，五百多人全部突发疟疾，至今都搞不清楚是怎么染上病的！”

“可我怎么听说，那五百人本来是去给战王的马草里下砒霜的？”

“可不是嘛！可人家战王的马匹一个赛一个地健壮！今儿拔营时，那马蹄带起的疾风如尘如浪，哪里像中了毒的样子？！”

“这可就奇了怪了！我看这战王啊，根本就是个神！”

马车里，林陌染边听，边不自觉地扬起一抹淡淡的笑。

这是她的男人。在外面，他接受着万人的崇拜；在战场上，他运筹帷幄，招招克敌制胜；在面对阴谋阳谋时，他从容不迫。在别人眼里，他是神一般的存在，高高在上，每一样、每一面都是好的。可是只有她知道，他还有另一面，普通人的一面。他有爱恨情仇，他也有弱点。而庆幸的是，他唯一一个致命的弱点，不是旁的，却是她。

翌日，四人来到云都。如今，燕乐晟早已撤离，马不停蹄地赶往下一个重镇。

而云都城内，果如传闻所见，百姓们安居乐业，并未受到战事的影响。城中军民也无不对战王的逸事津津乐道。

几人稍作停留，午歇的间隙，还得给许嬷嬷换药。

因为这里已是北燕大军在镇守，碍于身份，凤凌殊不好出门走动，只能让林奕去买药。而看守辰靳的重任就交给了凤凌殊。

于是，又出事了……

林陌染感觉才睡了半炷香的时间，门就被人猛地推开！

凤凌殊咋咋呼呼地闯进来，手里还拿着一个玉牌，神经兮兮地将门一掩，走到她面前挥舞着玉牌：“不得了啊不得了！美女姐姐，那个男人竟然是北燕的皇帝！”

林陌染戒备地盯着他：“怎么可能，凤凌殊，北燕的皇帝怎么会跑到两国交界的地方来四处晃悠呢！”

说话间，她一手将他手上的玉牌夺过去，神色肯定道：“这是假的。你入世未深，定是被他给骗了……”

凤凌殊顿时又迷糊了，口中嘀咕：“可那人还说，只要我将他松绑，送到你面前，他就把藏在身上的北燕玉扳指给我……”

林陌染一听，这还了得，辰靳到底发什么神经，为了见她，连玉扳指都要拱手让出？！

当即喝道：“你别听他的！长得好看的男人，通常都是骗子！”

凤凌殊纳闷地歪头看了一眼不远处的镜子，语气颇真诚道：“战王比他长得还好看，我也长得不错……可我和战王都不是骗子啊！美女姐姐……”

林陌染当即从榻上一跃而起，奓毛了！

“你怎么还喊我美女姐姐，我一听你喊这四个字就头疼！你要是还当我是姐姐，就照我说的做！”

凤凌殊被她吼得一愣一愣的，见她神色严肃，不是开玩笑的，赶紧二话不说先道个歉，然后就闷闷地滚回了自己的房间。

林陌染不放心，觉得还是有必要去隔壁房间看一眼，但又担心许嬷嬷一个人留在这里不安全。

思来想去，过了片刻，没想到凤凌殊又来了……这次还不是一个人来！而是两个人！

辰靳穿着一身皱巴巴的长袍跟在他后面，扬着一脸张扬的笑意，非常欠扁！

而凤凌殊，这个无辜被利用的熊孩子，还只顾着把玩手里的玉扳指，不忘抬头跟林陌染报备一句：“这个玉扳指果然不是真的。不好意思啊，美女姐姐，我就是好奇，想看看他的玉扳指到底长什么样子……那个，他应该不是坏人，之前冒犯你也是因为被下了药的缘故。如今他神志已经清醒了，所以我才松了他的绑。”

他话未说完，身后那人皮笑肉不笑地一个手刀砍在了他的脖子上！

凤凌殊一瞪眼：“你……”还未及回头，两眼一闭，一下就软倒在地。

辰靳低头笑了一声：“抱歉啊小兄弟，听你口口声声喊我最爱的女人美女姐姐，我这心里不舒服，下手也重了点儿，你千万别记仇。因为你要是记仇想报复我……估计是打不过我的，平白给自己添堵就不好了！”

林陌染啼笑皆非地看着眼前这个还有心思在这儿开玩笑的男人，心里有气：“你早就清醒了？你知不知道你之前想对我做什么，还误伤了许嬷嬷！若不是林奕赶到，只怕我和许嬷嬷都死在你手里了！”

辰靳无奈一叹：“这小子都跟我说了。那时候我神志不清，做了什么蠢事，都已经不记得了。”说罢，他仰头一笑，凑过来眨巴眨巴眼睛，道，“都说不知者无罪，美女姐姐，你就饶了我吧？”

林陌染一巴掌甩过去：“滚你的美女姐姐！这事我绝对不能原谅你！你看看你把许嬷嬷害的，如今还躺在床上！”

辰靳睁着无辜的眼睛，耸了耸肩，一副“我武功高怪我咯”的样子，而后又神秘兮兮地凑过来：“听说你是用凤凰的眼泪治好许嬷嬷的？”

林陌染一下子就警惕起来：“你要做什么？”

辰靳很受伤：“我千里迢迢追着你来到这里，你何必防我跟防狼似的。不就是一只凤凰！当年我送给你的珍稀宝贝，还少吗？”

说罢，那狭长的桃花眼一眯，光猛地一闪——

林陌染总算彻底了悟，一只手扯过他的衣襟，再一用力，猛地将他面上的整张人皮面具给撕了下来！

一声惊呼：“果然是你！”

面前的男人已然换了另一副容貌。狭长桃花眼媚中带俏，眼波流转，乌亮长发飘洒如瀑，面容白皙，俊逸如仙。

他低眸一笑，宛如微风吹过满池荷花，那声音都染着清雅的香气。

“陌染，一别数年……你如今，依旧还是我记忆中的模样。”

说话间，修长的手指轻轻抚上她的眉宇，缓缓触碰那枚胎记，脸上迅速浮起一丝难以捉摸的神色。

他的声音也渐渐低了下来，扬起的笑容里带着淡淡的失望：“当初说好要留在百草谷当我的妻子……如今，你是反悔了吗？”

林陌染不动声色地退后一步，平静地笑道：“紫袂真人说笑了，上次分别，你送我这只凤凰时，说的分明是要我好自珍重……怎的数年不见，真人竟学会说谎了？”

紫袂的神色一暗，缓缓收回了手，颇有些赌气道：“人活得太久，做的选择太多，难免就有后悔的时刻……你还不许我后悔吗！”

“太迟了。”林陌染不去看他眸中的落寞，依旧平静道，“你来得正好，我本也要去百草谷寻你。隔壁房里有一人，怀疑是被下了蛊毒。你给看看能不能解了它？”

紫袂哭笑不得：“才见面，还未叙叙旧，你就要使唤旧情人帮你做事？”

林陌染摆摆手："现在没空跟你叙旧，先解了毒再说！而且，旧情人什么的，说多了伤感情。你看我们现在这样不是挺好的吗？"

好说歹说终于还是将他领到了隔壁的房间。辰靳依旧被绑着坐在地上，见林陌染来了，面上迅速泛起一股异样的绯红，眼睛死死地盯着她。

紫袂厌恶地"啧"了一声："这模样，狰狞了些。我不想替他解……"

哟嗬，这人！真是活得越老，脸皮越厚！

林陌染一叉腰，堵在门口："今儿你不解也得解！你一日不解，我就一日不出这个门！一会儿人来了，我就喊你们俩断袖在屋里活色生香！"

紫袂更加厌恶了："谁要跟这种人断袖。"

平心而论，辰靳的容貌在男子中算是顶级俊美的，但是和紫袂这个不男不女的绝色高人相比，还是逊了几分仙气和飘逸。

也难怪紫袂会这么嫌弃。

林陌染迅速推了他一把："你不治好他，我带一群人去你那凤凰窝，把凤凰全杀了吃掉！"

紫袂一抖，瞬间想起了从前某段不好的回忆：被折腾得乱七八糟的凤凰窝，散乱一地的凤凰羽毛，还有某个横躺在其中不知廉耻地睡着大觉的小人儿！

那时候她还未及笄，在街上见到云游的紫袂，觉得他相貌好看，死活拽回家里要拜师。紫袂一时心软依了她，还带她来百草谷小住，哪知道竟是养虎为患！

解蛊毒时，林陌染就在他身边，紫袂用银针轻扎辰靳身上几处穴道，渐渐就化去了辰靳面上异样的红光。

蛊毒一解，辰靳头一歪，昏睡过去。

"两个时辰后，他就会自己醒来。莫担心。"紫袂将手收回，平缓了一下气息，又望向林陌染，皱眉道，"下毒之人，可是与你有几分神似？"

"什么神似！听说跟我长得一模一样！"林陌染叹气，"这人用西域蛊术伪装成我的样子也就罢了！最不应该的，就是抢我男人！"

紫袂讶然："你的……男人？"语气非常惊讶，"除了我，这世上竟然还有你能看上的男人？”

林陌染白了他一眼，这个自恋狂！

紫袂一指辰靳，满脸的难以置信：“他？”

“哪能啊！”林陌染想都不想，“他跟你一个德行，又自恋又轻狂！不踏实，嫁不得！”

“你……竟然还嫁了？”

林陌染叹了口气，何止嫁了，什么都给他了。但一看紫袂这脸色，分明有种“自家种的小白菜，自己还未吃一口，就被人抢走”的失落感，她张了张嘴，什么都没说。

紫袂恍然醒悟：“是战王？”

林陌染回以他扬眉一笑。

紫袂笑道：“这世上除了我以外，就只剩他还勉强能入眼了。”

林陌染就纳闷了：“你云游天下，怎么会连这些事都不知道？”

紫袂低声道：“我都一大把年纪了，还云游什么？自你那天赌气回了林府后，我就成日成日待在这里等你回来，等得凤凰窝前那一片梅花林都开败了好几百次……”

林陌染心一软：“是我不好……”

紫袂闷哼一声：“那现在你要怎么办？随我回百草谷？”

林陌染点头：“还有一事要你帮忙，那便先去百草谷吧。”

两人等到凤凌殊苏醒后，将事情简单跟他说了。也亏得凤凌殊没心没肺，性格大大咧咧，竟然一开口就原谅了紫袂，还摸着自己脖子被砍疼的地方，嘀咕道：“这手劲真厉害，真人，你能不能传授我几招？”

等到林奕抓药回来后，几人收拾行囊，依旧将昏迷的辰靳抬上车，又扶着许嬷嬷上了车，紫袂和凤凌殊一人一骑分立两侧，林奕自在前面赶车。

待到了百草谷，已经是第二天天明。

几人经过燕乐晟曾驻扎的地方时，还能依稀看出那天的混乱。

距离他营地不远的地方，确实有五百余人骑马经过的痕迹，但这些痕迹都十分凌乱，显然不是来进攻的，而是逃跑的。

紫袂缓缓纵马而行，解释道：“那夜我恰好在这附近赏月，见那五百余人来势汹汹，战王只身一人，穿着明光铠，骑着高头大马，威风凛凛地站在营地前等着他们。”

凤凌殊听得双眼发亮：“然后呢？他一招将这五百余人轰了出去？”

讲述被打断，紫袂显得十分不悦：“本高人一招尚不能将五百人连带马匹轰出去，就凭他怎么可能？”

凤凌殊讪讪道：“是，是，真人的武功确实更厉害。”

紫袂这才神色满意地点了点头，又悠悠继续道：“那五百余人见对方只身一人迎战，如此小觑他们，当即都有些气恼！也未细看脚下，一声吼，一拥而上……结果才奔出两三里，马蹄踏在了什么上面，都纷纷摔了下去！”

凤凌殊一声大喝：“好！战王定是着人挖了个大坑……”

“你才是个大坑！”紫袂恨铁不成钢地摇头，骂道，“挖个大坑还能不叫人发现？战王能神不知鬼不觉地布下圈套等候他们到来，还能让对方丝毫未能察觉，必定是有更高明的招数！”

他顿了一下，吊足了凤凌殊的胃口后，才道：“他利用了百草谷一条季节性河流。此河每到秋冬季就进入枯水期，河面被水草层层覆盖，不熟悉此地的人，根本分不清哪里是路，哪里是河道。更恐怖的是，一般人并不知道，这条河在秋冬季是血蛭的繁衍地……”

凤凌殊听到此处，惊得差点儿呕出来——

血蛭！一旦吸附上，不把你身上的血吸光，也得至少传染数十种病毒给你！更遑论繁衍期的血蛭，更加嗜血，半盏茶的时间内就能让人昏厥！

难怪外界传说这五百人是突然染了疟疾！

紫袂将目光投向了林陌染，笑道：“陌染，在你来找我之前，你家战王昨晚已经来寻过我了，他让我一定要解开你身上的蛊毒。可他不知道的是，这毒并非下在你身上，而是……在他身上！”

第11章 你若是不救他，我就立刻死在你面前

百草谷里一切如昨。

紫袂神色自豪："怎样？百草谷是不是比从前更美了？记得从前你常说，我清清冷冷只管修仙，没有丝毫人情味。如今，我不仅独自一人将这里打理得井井有条，还悟出了当一个凡夫俗子的趣味！"

林陌染目光扫过这片山谷，枫林环绕，梅树成片，凤凰窝上金黄的太阳花迎着阳光，确实比从前美多了。就连她从前还是猫身时住惯了的老榕树洞，也被他收拾得干干净净。

她失笑道："好好的世外高人不当，非要整这些幺蛾子……"

紫袂神色一顿，轻声叹了一句："这要怪某个人，把我带坏了。"他摇头一笑，"只不过，她教会我如何当一个凡夫俗子后，自己却跑了……"

林陌染心中又是一涩。

倒是醒来许久、此刻正无力地倚靠在马车里的辰靳，朝紫袂投去了一道疑惑的目光。

"你感觉如何？"林陌染扯开话题，转为问辰靳。

辰靳避开她的目光，沉声应着："无妨，只是心里……不太好受。"

他一向自诩为世间最爱护林陌染的人，他守着他，不让任何伤害她，没想到到头来伤害她的人反而是自己。这心理落差，让他一时接受不了。

自醒来后，凤凌殊多嘴将之前发生的事告诉他后，他就一直沉默地靠在马车里，不敢和林陌染对视。

林陌染轻叹道："你别往心里去了，这并非你的错。"

辰靳紧紧握着拳："是我的错。我竟然连蛊毒瘴都克服不了！我居然对你……做出那样的事！"

"好了，好了！"林陌染连忙将这个话题止住，顺便向某个多嘴的家伙投去一记狠戾的眼刀！

凤凌殊骑在马上，被她的眼刀刮得瑟缩了一下，求助般地看向了林奕："林侠士，我、我真不是故意的！辰靳大哥长相好，武功又高，我对他实有些敬畏，不忍心让他被蒙在鼓里……啊！"

林奕冷冷的一剑，直接将他挑下马背！

百草谷虽大，然而长年雾气弥漫，能住人的地方实在不多。

紫袂那些年云游四方，就漫山遍野地寻了这一小块地方，建了一排简单雅致的小木屋，用枫树林围成一个世外桃源般的所在。枫林外又设了八卦阵，平常人难以发现。

当年林陌染还是一个稚气未脱的小女孩时，就曾在此小住，心安理得地吃他的、用他的过了数月。那时候她尚且年幼，见过的男人也不多，初见紫袂便惊为天人，苦苦痴恋，身陷其中不能自拔。

如今想来，倒是有些荒唐。

他们年纪相差太大；一个出身市井，混迹江湖，云游四方；一个却是正儿八经的官家小姐。他们根本不可能结合。

那时候被打击得伤心绝望的她怎么会想到，一晃数年过去，她真正爱上的人并不是他。

紫袂显然也有些意兴阑珊，领着众人进屋后，分配好各自的房间，也不开口留客用茶。众人便自去休息。

林奕和凤凌殊一间房，辰靳独住，许嬷嬷抱着那只小凤凰，也去了旁屋。

这里很快便只剩下紫袂和林陌染。

“你也去歇息吧。”紫袂微微眯起眼，“还是原来那间房，屋内摆设也没变。你不喜脏，这些年我每日都有打扫，干净得很……”

林陌染却没有动。

她牢牢地站在原地，目光灼灼地盯着他：“你刚才说，蛊毒并非下在我身上，而是下在燕乐晟身上。你什么时候有空帮他解一下？”

紫袂回眸苦笑，眼神有几分无奈：“你这么多年一直不肯来找我，如今终于来找我，却是为了这件事？为了让我这个老情人去救你的新欢？”

“你的弟子、我的哥哥林肃，让我来找你，说世间只有你能解此毒。而我看过你给辰靳解毒的手法，非常娴熟。”林陌染避而不言其他，“燕乐晟对我来说十分重要，我不希望他出任何事！而能帮我的人，这世界上除了你，我找不到第二个。”

紫袂嘴边的苦笑更加落寞：“恨不得让他马上死掉的我，还要为你去救他！陌染，别的我不多求，只求你考虑一下我的感受。”

林陌染断然道:“若不是考虑到你的感受，方才在前往百草谷的路上，我就已经说了！为了能让你自己调节一下情绪，我一直等回到了百草谷才说。”

紫袂对她后面的话充耳不闻，苦笑着闭上双眼，一声长叹：“陌染，你这样对我，是不是太残忍了些？”

“我还可以更残忍！”林陌染不动声色，目光却浮起几分决然，“你若是不救他，我就立刻死在你面前！”

“别说了！”紫袂一声痛苦的低吼，拂袖转身，只留下两个字，“我救……”

这一夜，百草谷内，有两人彻夜无眠。

辰靳在木屋里来回踱步至半夜，始终锁紧了眉头，面上愁云密布。

片刻后，终是一声轻叹，他迅速将衣物穿戴整齐，悄无声息地施展轻功，跃出屋子，几个起落，消失在夜色中。

而另一座小院落里，紫袂瘫坐在院中石凳上，正抱着一坛老酒，喝得微醺，神色间满是无奈。

“酿尽一江水，清酌狂几人。坛中三分月，饮罢又春秋。”苦笑罢，他对月举杯，一声轻叹，饮尽而倒。

第二天天明，林陌染是被一阵吵嚷声惊醒的。

打开房门，只见又是凤凌殊这个半大的熊孩子，在她院子里咋咋呼呼地叫个不停：“战王攻下了南越！正一路南下前往岭南！太快了！这速度，简直让人闻风丧胆！”

林陌染掩饰着心中的喜悦，面上漠然道：“就这么点儿小事，值当你大清早的大呼小叫吗？”

“当然！美女姐姐！我太激动了！”凤凌殊继续嚷嚷，“若他沿着这条路继续南下，再过三日，就将经过我所守的岭南附城扶胥！届时，我就有机会跟他交手了！”

林陌染神色一凛，语气却淡淡道：“哦，那你准备如何跟他交手？”

凤凌殊一滞，半晌后挠着头道：“这个嘛，我还未想好……但是一定要好好打一场！能和战王对战啊，这机会太来之不易了！”

林陌染直接越过他，留他一人沉浸在那兴奋的情绪中，转身去了辰斬的屋子。

若是平常这个时刻，他和林奕该是用完膳，正在院子里练武呢，今儿怎么只见林奕一人在院子里舞剑？

“辰斬？”她敲了敲门，猛然发现房门仅是虚掩着，扭头惊讶地望向林奕，“他人呢？”

林奕依旧是那副清清冷冷的面容，语气十分淡定：“走了。留了一封书信给你，放在桌上，我没动。”

林陌染微怒皱眉：“这么大件事，你发现了也不及时告诉我！”

林奕耸耸肩：“告诉你又能如何。凭他的轻功，你还想着能追上他不成？”

林陌染一时竟无言反驳！她尴尬地咳了一声，索性进屋看辰斬留下的信。

信上内容果然如想象那样，无非是道歉，提醒她注意安全。末了还加一句："凤凌殊，乃是凤疏烈的幺子，行兵布阵时有奇招，还需多加提防！我另有要务在身，日后有缘，自当相见。"

这最后一句，让林陌染皱起了眉："怎么把话说得跟诀别似的……"

她还一心以为，辰靳离开了百草谷，就自回江陵去了。她哪里知道，辰靳竟然真的是在跟她诀别。

"小姐？"

她正一手拿着信出神，屋外，遍寻她不到的许嬷嬷突然找了进来。

"小凤凰今日要试飞，你想去看看吗？"

自许嬷嬷康复后，照顾小凤凰的任务便落到了她头上。百草谷灵气足，又是凤凰孕育出生的地方，小凤凰这几日便长得快些，不过两三日，就到了初飞的日子。

林陌染只好将辰靳离开一事暂且按下，随许嬷嬷前往凤凰窝。

她抬眼一看，凤凌殊早就到了，此刻正缠着紫袂要学剑术。

"美女姐姐！"凤凌殊一见林陌染便道，"辰靳哥哥留信与你说了什么？你可要去找他？"

林陌染哪里能跟他说实话，难道要告诉他辰靳在信中要她提防他吗？她只好一笑道："他说家里有急事，先回去了。"

凤凌殊一撇嘴："美女姐姐好心救了他，他也不报答你，就这么不声不响地走了，真不是个好东西！"

林陌染朝飘浮在半空的紫袂望了一眼，失笑道："可不是我救的他，而是紫袂救了他。他要谢也该谢紫袂。"

这话是故意说给紫袂听的，然而紫袂此刻仍旧只是冷冷地看着他们，对两人的谈话充耳不闻，甚至都不看她一眼。

林陌染叹了口气。

这时，就见前方不远处的山崖上，小凤凰哆哆嗦嗦地张开了翅膀——

顿时一阵刺眼的金光闪耀，恍如日月同辉，火烧苍穹！

这画面，又唤起了久远记忆中，那无数次和紫袂并肩站在这山崖边，观看凤凰群起试飞的场面。

那时候的百草谷里养着十三只凤凰，一只比一只漂亮！她记得，紫袂还去西域寻了一个会饲养凤凰的女子……林陌染突然猛地一惊！她想起来了！

柳琦！那人便是柳琦！

她还记得，那天她刚向紫袂第十二次表白被拒，紫袂躲她跟躲瘟疫似的，她一赌气，就把气撒在了柳琦的身上，还将柳琦赶出了百草谷。

可想而知，当年紫袂是如何愤怒，责备她的语气也重了些。她一气之下回了林府，再也没有踏入百草谷一步。

如今回想起来，只觉得十分诡异！

这件事紫袂还记得吗？林陌染将目光缓缓投向了面色冷凝的紫袂。

感应到她的目光，紫袂也缓缓地回头。

“给它取个名字吧。”他居高临下，两袖清风，袍裾飞舞，神色却是那般凝重，意有所指地续了一句，“记得……要好好待它。”

名字吗？她早就想好了，并不犹豫：“炽盛。”

林陌染深深地望着紫袂的眸子，坚定地开口：“它唤炽盛。”

炽盛。光明炽盛，是为晟。

这便是她的选择！

一瞬间，紫袂望向林陌染的眸中，那凝重的沉痛，顿时碎成了森冷的冰水，缓缓蔓延。

他闭上眼，反手挥剑，化作一道冷厉的白光，挟风而去。

说话间，炽盛已展翅飞跃天际，竟一次就试飞成功！

林陌染面露喜色：“不愧是我养大的凤凰！”

凤凌殊也好奇地凑过来，比画道：“才巴掌那么点儿，就能飞那么高！它还会长大吗？”

“当然！”林陌染自豪道，“炽盛只需要一个月的时间，就能长大为成年凤凰，届时不仅可以飞得更高，还能载人带物！”

凤凌殊顿时面露艳羡：“还能载人啊……我也想试一试飞上天空的感觉。”

一日无事后，天色也渐晚。一行人用完晚膳，各自回屋歇息。

百草谷不比外面，地处低洼山谷，夜里雾气浓郁，连带着气候也冷了许多。

林陌染怕炽盛冻着，出门前去探望，不料才走了几步，就听见凤凌殊的屋里传出刻意压低的说话声。

“凌殊，你今晚必须跟我回去！摄政王交代了，扶胥战事渐近，你身为都尉，哪有不在城中指挥作战的道理！”

林陌染皱眉，南燕的人竟然摸到百草谷里来了？外头的八卦阵，他竟然能神不知鬼不觉地破了，端的是高手！

屋里，凤凌殊不知在想什么，始终沉默。

那人又催促了几句。

突然凤凌殊猛地动作，带倒了屋内的烛台还是什么，金属碰撞声哐当作响，接着就是他愤怒的一声低吼：“你要是眼中还有我这个都尉，就听我的，不准使阴招蒙骗战王！男子汉大丈夫，打仗光明磊落，我不屑于用那种手段去获取胜利！”

那人显然被凤凌殊方才一下子重击打得不清不楚，此刻说话也十分暴躁：“我和摄政王都是为你好！光明磊落，呸！也不想想就凭你，不使阴招，能打赢战王吗？！”

凤凌殊气急败坏：“反正我就是不允！打不赢，我就战死在战王的剑下！哼！旁的不说，单说扶胥的兵符在我手上，只要我不答应，就没人能动扶胥的一兵一卒！”

“你！”那人极为恼怒地哼了一声，猛然夺门而出！

幸亏林陌染反应快，几步轻轻跃到一旁的厢房里。

那人沉浸在愤怒的情绪中，大步离去，倒也没注意到她。

过了片刻，林陌染才轻手轻脚地摸出来，就看见凤凌殊神色激愤地站在院子里，即便在黑暗的夜色中，那眸子里的光芒依旧闪耀夺目。

看见林陌染走出来，他绷紧的神色才缓缓一松，小声问了一句：“你在那儿……多久了？”

林陌染拍拍身上的灰：“不早不晚，刚好听完你们说要使阴招对付战王。”她淡淡一笑，“说说，你那摄政王老爹想怎么对付他？”

凤凌殊转身推开房门，脸上难得露出一副和平时大相径庭的严肃来：“先进屋再说吧。”

进了屋，他将打翻的烛台等摆正，点燃蜡烛，疲惫地坐下。

林陌染看着屋里的一片狼藉，顿觉惊心动魄，原来方才那一阵哐当声，竟不是一招，而是两人已经不知道过了多少次招，才能将这屋里打成这样混乱的一片！看来不仅来者的武功高深，凤凌殊的武功也着实不不可小觑！

“染姐姐。”凤凌殊第一次正儿八经地喊她染姐姐，却是用这样沉重的语气，“方才那人，是我父亲，也就是南燕摄政王的近身副将。他来告诉我，父亲想到了方法替我打败战王……嗬！他这么一开口，我就知道父亲想到了什么方法！他那个人，从来都喜欢从背后偷袭人家。比如策反北燕的赵丞相，比如将凤大将军的儿子送到北燕做人质，暗中替他收集情报。”

“所以呢？”林陌染也在他身边坐下，“你爹的阴谋是什么？”

凤凌殊叹息一声：“他让我先假装抵抗一轮，然后投降，他再安排一些死囚和妇女老幼，假装去领取粮食，怀里却藏着火药，等接近粮车后，伺机将其烧毁……”

林陌染倒吸一口凉气。

这计谋本是小儿科，不过是借了燕乐晟每次进城必会派送粮草这一点来做文章，若放在平常，燕乐晟肯定会觉察到！但是这次，凤疏烈的计谋之阴险就在于，他竟然找妇女老幼去偷袭！

任燕乐晟如何提高警惕，也绝不会怀疑到手无寸铁，根本无缚鸡之力的妇女老幼身上！

凤凌殊见她神色严峻，当即郑重道：“你放心！兵符在我身上，没有兵符，即便我父亲亲自去，我的副将也不会听令的！而我就更不会让他们用这么卑劣的手段去陷害战王！我说了，我仰慕他，一定要和他光明磊落地干一架！”

可是林陌染却苦笑摇头：“区区一个兵符而已。”

凤凌殊侧过头，疑惑地提高了音调：“染姐姐，什么？”

林陌染正色道：“你忘了吗？今日白天，紫袂才跟我们说过，这百草谷外枫树林里布了八卦阵，一般人进不来。可是摄政王的副将如此轻而易举地就闯入了谷内，他武功之精深，绝不是你我表面所见这般平庸。这样的高人，想拿你藏匿在身上的一个兵符，谈何容易！”

凤凌殊神色一凛：“这……那我们该怎么办？”

林陌染想了片刻，忽而站起来，一口气吹熄了灯烛，道：“你若是信得过我，就带上兵符随我来。”

她将凤凌殊偷偷引到了炽盛的凤凰窝：“我告诉你怎么召唤炽盛。万一真的有人来偷兵符，你将炽盛召唤来，把兵符给它，它自会将兵符带回给我。”

凤凌殊满脸不相信：“它还那么小，万一被伤着怎么办？”

林陌染眨眨眼，狡黠一笑：“相信我，它比你聪明多了！”

原以为那些人只冲着兵符来，没想到，他们还将林陌染一行人的身份也摸得一清二楚。

第二天晚上，一群人黑衣人就悄无声息地摸进了百草谷，为首的正是昨晚那个声音粗犷的汉子。

“摄政王说了，将凤少爷带回去，同时活捉林陌染！其他人，格杀勿论！”

彼时，几人还在睡梦中。林奕守了上半夜，正准备回屋休息，换凤凌殊出来守下半夜。

这时，一支冷箭就“嗖”地一下从远处的黑暗中射了过来！

冷箭箭头上夹着一管迷烟！

林奕猛地屏住了呼吸，一伸手将迷烟掐掉，扭头就往林陌染的房间奔去：“有人夜袭！小心迷烟！”

中间那个屋子里，林陌染睡得迷迷糊糊，突然听到林奕的喊声，一下子坐起来，这时候才发现，屋内早已经不声不响地站了一个人。

一身黑衣，黑乎乎的面容，不知是谁，只余黑暗中一双深邃的眸子，冷冷地注视着她。

林陌染猛地一个激灵，站起来就要往屋外跑，被那人一把抓住了后衣领，整个人提了起来。

冰冷的声音自头顶幽幽响起，带着一丝兴味：“战王的女人？哼！也不过如此！”

说话间，他就这么提着她大步走出房间。

而另一间房内，凤凌殊全无防备，瞬间已被迷烟迷倒。

一场夜袭悄无声息，速战速决。如此看来，来人个个身手不凡！

林陌染体质特殊，倒不惧迷烟，悄悄四下里张望了一番，不见林奕和许嬷嬷，知道他们是寻了暗处躲着，伺机而动，微微松了一口气。林奕和许嬷嬷必然会想办法救她！

几个黑衣人完成了任务，就要离开。

不料这时，夜空中突然呼啸一声，飞过一群巨大的鸟群！

把黑暗中那些人都吓得愣了一下。

“那是什么？”有人低呼一声。

抓着林陌染的这人冷哼道：“不过是一群凤凰！”他一挥手，沉声下令，“放箭！”

黑暗中，无数支利箭宛如流星般迅速射向了半空中的凤凰。

然而凤凰何其聪明，展翅间就飞到射程之外，陆地上的黑衣人根本拿它们没办法！

这时不知又有谁喊了一声：“大将军，兵符不在二将军身上！”

那人闻言果然一恼，恨恨道：“还不赶紧去找！”

林陌染飞快抬头，看见小小的炽盛也在凤凰群里努力飞着，会心一笑。看来凤凌殊也并非全无防备，他还来得及将兵符偷偷交给炽盛。

想当然，几人搜寻无果。

那被唤为大将军的人，若有所思地看了远飞的凤凰一眼，闷哼一声：“撤！先把人带回去！”

那人胳膊下夹着林陌染，跑出百草谷后，只见枫树林外停了十余匹马，几人迅速上马离去。

这一路奔波，快马加鞭，把林陌染颠得全身都疼。偏生身后那人一只粗壮的胳膊牢牢夹着她的腰身，让她根本动弹不得。

快天明时，快马奔出丘陵地带，远远可以看见一座城。城中人人戒备，想来战事将近，应该就是凤凌殊所镇守的扶胥。

一行人又前行了不过数里后，还未到城门前，前方的树林里，突然缓缓走出一人一骑。

马背上，那人面容清绝俊逸，一身白色锦袍端庄优雅，云淡风轻地摇着手中的锦扇，一开口，温润的声音中却夹着几分冷厉："摄政王有令，那个女的，如今归我处置。"

一听这熟悉的声音，林陌染猛地一抬头，对上了那张清逸绝尘的容颜，一声轻唤差点儿自嘴边溢出！

出了百草谷，往南行不多久，就可见一片绵延的军营，驻扎在某座丘陵的隐蔽处。此刻正是夜晚，军营中灯火通明，三五成片，隐隐然有八卦之象。

紫袂眼中浮现一片欣然之色。不需说，这军营中精通八卦布阵之人，不是旁人，而是他的徒弟林肃。

师尊驾临，林肃早早候在军营外三里处，牵着马绳，给紫袂拱手行礼，面上带笑："原只让妹妹抱着一线希望前去求助于你，没想到师尊竟然会亲自来一趟！"

紫袂微一颔首，淡然道："那人现在何处？"

林肃恭敬礼让："就在那军帐中，师尊请随我来。"

一路上，经过无数小形军帐，看似杂乱，其实暗藏布阵玄机，而来来往往的士兵看似神色放松，其实个个全身戒备。

这些士兵见到一位仙气飘逸的外人到来，并未露出太多惊讶神色，反而十分镇定，显然是统领者训练有素，让这些下属也养成了不动声色，凡事镇定的做派。

这里的一切都有条不紊，即便此刻突然有大军杀至偷袭营地，想必也没有几分胜算。

由此可见，这里的这位统领者战王，并不是泛泛之辈。此刻尚未谋面，单凭这细微的观察，紫袂也不禁心中暗生出几分赞许来。

待入了军帐大营，便看见简单摆设的桌案上早已温好了一壶酒。

桌案后端坐着一个身着明光铠的英武男子。他面色沉稳，五官硬朗，气质非凡，即便此刻神色谦虚含笑，也掩盖不住他身上那股浑然天成的王者霸气。

燕乐晟率先走过来迎接，气质爽朗不失谦和："真人远路而来，鄙人理应洗尘接风，无奈战事将近，只能略备些薄酒，聊表敬意，还请真人万勿嫌弃！"

一番话说下来，礼貌客气，既谦虚又热情。紫袂心中满意，面上却是冷冷的，好歹微微点了点头，表示无妨。

燕乐晟见他并不入座，反而眼角的余光看向左右，立时会意，对林肃道："林司马，你师尊远道而来，一路辛苦，还请你去伙夫那儿讨些吃食来，千万不要怠慢了贵客。"

林肃当即点头，带着大帐中其他人迅速离去。

如此，军帐中就只剩下燕乐晟和紫袂二人。

紫袂神色清冷，望着燕乐晟的一双眸子深邃而饱含凉意。

片刻后，他语气凉薄地开口道："你该谢她。若不是她亲自来求我，我根本就不会管你的死活。"

燕乐晟神色一愣，转瞬笑道："她……可还好？"想起不久前，因为不能碰她，他心中沮丧，竟然赌气般不告而别，这会儿心里只剩下后悔，他当时真应该再好好看看她。

紫袂神色间隐约浮起一丝嘲讽，冷冷道："很好。"

看样子，他并不想与燕乐晟多费口舌。燕乐晟也知趣地不再继续这个话题，转而道："解毒可要准备些什么？真人尽管吩咐，我让属下们尽快准备。"

紫袂眼中凝着寒光，冷冷地看了他一眼，漠然道："我只需你回答一个问题。若我说，要我救活你须得有个条件。你必须答应我，你和她永世不得再见。你可还愿意让我解这毒？"

燕乐晟原本已经端坐在紫袂身边，准备脱下明光铠让他救治，一听此言，猛地起身，神色紧绷地看向他。

方才那客气有礼的态度，荡然无存。取而代之的，是浓浓的戒备。

他拧紧眉："你到底是什么人？"

紫袂缓缓起身，面无波澜，越发淡漠地注视着他："你只需回答我这个问题。其余的，恕我无可奉告。"

两人各据一方，僵持相望，目光都是一阵森寒的冷意。

燕乐晟在这个问题上绝不会让步，他的面色比之方才僵硬了许多。

"抱歉！"片刻，他冷然注视着紫袂，咬牙冷声道，"绝无可能！"

"如此，请恕在下这便告辞。"紫袂目光一片沉静，面无表情地敛了身，稳稳迈向大帐门口。

身后那人并未追出来，依旧是那副毫不退让的强硬神色。

面上依旧冷漠的紫袂，心中却渐渐有了些动容。

这人爱她，爱到愿意放弃被救治的机会，都不肯委曲求全地答应不再见她。

即将迈出大帐的紫袂突然脚步一顿，并未扭头，用漠然的语气追问了一句："你可知道，身中蛊毒，百日后毒发是如何惨状？"

身后传来那人一声冷笑："那么敢问真人，你又可知，凡夫俗子陷入情爱时，那痛苦相思的滋味，实在是丝毫都不亚于蛊毒毒发……"

紫袂猛地浑身一震，脸色瞬间煞白！

心中有什么被狠狠扯痛！

不懂凡夫俗子的情爱？所以他才错失了和她携手的机会？

她那执拗的表白，他甚至听了无数次！他有那么长的时间可以去悟透，可是他却都一一错过了……

如今，她再也不是那个屁颠屁颠地跟在他身后，口口声声喊他"紫袂哥哥"的小女孩。她有了心爱的人……

而他，竟然要在今天，残忍地将她心爱之人推入死亡的境地吗？

紫袂愣神之际，他身后的燕乐晟已经缓缓走了过来，替他撩起帐帘，神色依旧非常坚定："我身中蛊毒，即便命不久矣，即便日后会死状惨烈，但只要我还有一口气，我一定会去见她！我的余生，不论有多长，哪怕只有一日，只要能和她厮守，那便足够。"

这样的话，和她说出口的那些话，何其相像！

与其永生不懂情爱滋味，不如肆意快活爱一场，只求一世无愧！

“真人慢走。”燕乐晟冷冷相送，“战事将近，请恕在下无法远送。”

紫袂望着帐外那些激情洋溢、一脸刚毅无畏的士兵。

他们因为自己跟对了明主，所以信心十足，他们崇拜战王，相信他能给他们带来胜利，所以不惧死亡。哪怕他们只有这短短的一世，只有这一条命，一旦失去，就再也无法感受这人世的温暖。可是因为有了信仰，对战王有了崇敬之情，他们得以无畏于天地。

这样真实鲜活，比之他们这些自诩无情无欲的世外高人，岂非活得更加肆意洒脱？

紫袂缓缓收回了目光，微侧了侧头，沉声道：“记住，我今日救你，是因为我欠了她的。今日之后，我于她、于你再无任何关联。”

燕乐晟一愣，目光凛然，郑重地点了点头：“好！”

片刻工夫，蛊毒已解。

紫袂一挥衣袖：“我带你去见她。”

两人踏上百草谷的地面时，眼前的一切却让人不寒而栗！

枫树林处的八卦阵已被尽数破坏，谷内木屋处处都是打斗痕迹和迷烟残余的气息，地面脚印无比凌乱！

谷内仅剩的三人皆是面带惊惶之色。

紫袂率先大步跃过去，奔至其中还算清醒的林奕面前，喝道：“发生了什么事？陌染人呢？！”

她没有如往常那样懒洋洋地跑出来迎接他，让他心里瞬间无比失落。

明白过来的燕乐晟更是惊恐不已，几步飞跃，迅速落到林奕的面前，声音带着挥之不去的怒意和担忧：“陌染呢？！”他一把揪住林奕的衣襟，手因为焦躁而不停地颤抖。

林奕绷紧了神色，自责地闭上眼：“属下无能！小姐被南燕摄政王派来的人带走了！”

燕乐晟猛地往林外望去：“哪个方向？！”

不料林奕更是懊恼无比地抱住了头：“迷烟太浓……属下不曾看

清！”

燕乐晟拧紧了眉，四处踱步查看，不住恨声道：“凤疏烈！你最好不要伤害她，否则，我定领兵踏平你的岭南城！”

这时，半空中忽而响起一阵破空之音，伴随着几声悠扬的鸣叫。

紫袂脸色微变，抬头之际，身形微动，化作一道白芒迅速刺向天空，落地时，手中举着一只金黄色羽翼灿烂的凤凰。

“炽盛，带我们去找她！”

紫袂一声呼唤，凤凰瞬间展开羽翼，飞至半空，扑扇着翅膀开始为他们引路。二人催马紧随其后。

奔出半晌，燕乐晟忽而悟出这“炽盛”二字的含义，神色更加坚定。

一行人朝着那群人疾奔离去的方向，疯狂追踪。

然而出了丘陵，进入一片郁郁葱葱的树林后，炽盛却显得犹豫了。

“怎么了？”燕乐晟勒紧马头，询问同样一脸疑惑的紫袂。

紫袂皱眉摇头：“她在这里停留了许久。此外，还多了一个人的气息。”

又多了一个人！如此境地，可谓来者不善！

燕乐晟揪紧的心更加担忧，一甩马鞭，喝道：“先进扶胥城，他们不可能在野外奔波如此久！”

扶胥城内最大的客栈。今晚的天字号房被全部包了下来，老板娘显得非常高兴，嘴角的媚笑久久不曾褪去。

“这位小哥爱住多久就住多久！晚上，老娘还能为你找几个姑娘，上门提供特殊服务……”

一身飘逸锦袍的男子只是面色清冷地淡淡一笑，递上银两后，默然转身上了楼。

天字号在第三层。他的房间在最后一间。

他先站在门口，整了整衣袖，似微微吐了一口气，这才小心翼翼地推开门，身子一晃，速度极快地闪了进去。

再然后，房门无声无息地合上。

天字号房外的走廊又恢复了方才的平静，仿佛根本没有人出入过般。

屋内，粉幔垂挂的紫檀木榻上，一个面容清秀、额间一点珠玉朱砂的女子正悠然沉睡。

屋内气息的突然变化，让她不满地皱了皱眉，在梦中低咒了一声，而后才不情不愿地缓缓睁开眼。

对上面前那清冷绝色的男子的视线。

她先是微微一诧，然后猛地坐起来，柳眉一横，惊呼道："辰靳！你将我掳到这里，到底要做什么？！"

辰靳微有动容地撇过头去，不敢与她对视，只沉声道："我不会害你。"

林陌染窸窸窣窣从被窝翻身下榻："不害我？那就马上放我回去！"

她脚刚站稳，就被辰靳一把拦下。

"不行！"他神色焦灼，"如今外面都是凤疏烈的亲信，你就这么贸然走出去，根本没办法脱身！"

"那么，你要我就在这里等着？"林陌染嘴角噙着一丝薄怒，"辰靳，我从前只道你一心向着北燕，声称自己是被凤疏狂养大什么的，那些都是过去的事，和你再没有关系。可如今看来，你不仅和南燕的摄政王狼狈为奸，还很得他们的信任……"

她句句带着讽刺，辰靳却并没有像从前那样用调侃的语气反驳她，反而苦涩一笑，低声肯定了她的话语："是，他们很信任我。"

"所以……"林陌染一声冷笑，"现在你要拿我去邀功？"

"不！"辰靳急忙摇头，"我怎么会，伤害你……"说到最后，突然想起自己不久前还欲对她行那等龌龊的事，声音便低了下去。

他静默片刻，敛去起伏的情绪，才沉声继续道："我会找机会救你出去。陌染，对不起……有些事，我不能告诉你。"

他低低哀求的语气，让林陌染的心软了几分，原本郁积在胸口的怒气也渐渐消散。

她坐下来，试着心平气和道："那现在怎么办？林奕他们一定会查出我被你们带到了这里。可这里是扶胥城，他们要想救我，就得首先过了城门守卫那一关，我怕他们会被查出来……"

她斜眼看了看并没有搭话，反而一脸疑惑神色不知道在想什么的辰靳，皱眉道："要不你找个时机，将我送出扶胥城，给我一匹马，我自己就能回去。”

她只要唤来炽盛，炽盛一定认得路。有时候，凤凰比人还要聪明。

哪知辰靳还未开口表态，屋外又传来几道沉重的脚步声。

辰靳面色一沉，急着低声道：“快躺榻上！”

林陌染心知情急，连忙手脚麻利地钻进被窝里，将自己的全身都盖好。

不多时，门就被“嘎吱”一声推开。

凤疏烈的副将领着几个下属，姿态恭敬地走了进来，开口道：“少主。”

被窝里，林陌染不禁微微一讶。这些人口口声声唤辰靳“少主”，态度还如此恭敬，难不成真将他看作南燕的太子？辰靳到底是正是邪？到底站在哪一边？

而屋内，辰靳冷然坐着，缓缓啜了一口茶，神色中哪还有半点儿方才的思疑和忧郁，只剩一片清冷严峻。

他淡淡地应了声，问：“何事？”

副将的目光投向那被垂帘遮住的木榻，犹豫道：“少将军的意思是，让我们尽快将这个女人送回岭南……”

辰靳不耐烦地打断道：“我方才不是跟我哥说了，摄政王让我来处置这个女人！我爱带她去哪里，就带她去哪里，我哥恐怕管得太宽了吧！难不成连摄政王的命令，他也要违抗？”

“这……”副将一时难以开口反驳，犹豫了片刻，又道，“只是少将军方才给属下们下了死命令，若三日内不将此女子带回岭南，就要属下们的命。”

他原以为，这位异姓少主行事再怎么乖张，都会看在他身为摄政王副将的薄面上，礼让几分，就此让他们将女子带走。

不料面前的男人只是冷冷地浮起了一抹笑意，平静地调侃道：“是他要你们的命，关我什么事？”

副将的脸色瞬间变得十分难看。

他跨前一步，想用更加强硬的态度将林陌染强行带走。

然而辰靳身形一转，速度比他更快，一只手不见如何用力，已然狠狠挥出！

只一掌，将他震出几步远！

副将讶然地睁大眼睛："少主你！"

辰靳漠然注视着面前的人，拧紧了眉，不让半分："我说了！她现在归我，有任何不满，你们自去找摄政王理论！我辰靳没那么多闲工夫招呼你们！这句话，不要让我再重复第二次！现在，马上给我滚！"

他抬手猛地一挥，指向门外，数人立马被一道凛冽的袖风卷出门外。

副将深深地凝望了他一眼，再不言他，迅速转身走出门外。

床榻上，林陌染将半个头探出来，被辰靳此刻阴冷的表情给震惊了，半晌才嘀咕了一句："那个，你还好吧？"

辰靳绷紧了身体，并未回头看她，一掀衣袍坐回桌边，又端起了那杯茶，放置唇边轻啜，闷闷地回了一声："无妨。"

未几，又是一阵急乱沉重的脚步声，迅速朝房门而来。

这一次的来者显然没什么耐心！

"砰"的一声将门大力推开，猛然就是一声低喝："燕辰靳！你使了什么计谋！让我爹竟然如此放心地将这个女子交给你！"

来人正是昨日夜里将林陌染从百草谷带走的粗犷男子，此刻他强健的身板堵在门口，和温润悠然的辰靳形成了鲜明的对比。

副将在他身后低声问了一句："摄政王果真让少主自行处置这个女人？"

粗犷男子冷哼一声："真不知道他给我爹灌了什么迷药！亏得我快马加鞭赶回岭南，还未告状，反而被我爹一顿臭骂！"他呸了一声，大步踏进来，神色高傲地扫过房间中的辰靳和木榻上隐约露出的半张清秀容颜。

目光瞬间就是一沉，几步上前，居高临下地看着辰靳，眼中怒意横生："你且说说，要如何处置这个女人？"

辰靳神色平淡地依旧饮着手里的茶，并不看那男子凶横的目光，淡然道："自然是如你想象中那般，先玩够了，再将她折磨至死……"

男子显然没料到他如此平淡的态度竟然掩藏了如此凶残的欲望，当即就是一愣。

男子旋即仰头，一阵大笑："好！我原只道你要包庇她！没想到，二弟啊，你本性其实跟我是一样的！不过是一个女人，你还怕我跟你抢不成！你若是喜欢，跟大哥我说一声，我自会让给你！何须告到父亲那里去！你先玩腻了，再把她交给我也成！"

他口中肆无忌惮，言语越发下流，龌龊的目光隔着被褥在林陌染身上逡巡了片刻，这才收起贪婪的神色，转而面向辰靳，正色道："只不过，这可是战王的女人。你玩归玩，别忘了我们拿她还有用处。"

辰靳淡然点头，笑道："那是自然。大哥放心，我自会留她一口气在，让她亲眼看着，你是怎么将她心爱的战王狠狠地杀死在战场之上！"

他冷厉的语气，让躲在被窝里的林陌染听了，都不禁感到一丝心寒。

粗犷男子更加不疑有他，大笑着拍了拍他的肩："且等我提着战王的人头回来！战事将近，春宵苦短，你也别耽误，趁着迷烟的效果还在，赶紧霸王硬上弓，把她给上了！"

说罢，他领着众人退了出去。

第 12 章 为夫接你回家

林陌染斜眼小心翼翼地看了一下门，感觉不到外面有生人的气息，这才道：“凤凌殊去了哪里？”

她知道那天凤凌殊是和她一起被抓来的，可是醒来后却一直没看到他。

辰靳低声道：“他是凤疏烈的幺子，昨晚抓走他的那人是他的兄长凤凌赫。此刻他被软禁在扶胥凤宅里，自然是安全的。倒是你，一路上跟这种人在一起，就不知道多些戒心吗？”

“凤凌殊是好人！”林陌染撇撇嘴，心道，人家一个光明磊落的汉子，可不像你，亦正亦邪，让人捉摸不透。

辰靳见她撇嘴不说话，猜到她在腹诽自己的某些做法，亦不生气，只是嘴边凝着淡笑，突然疑惑道：“你把兵符藏哪儿了？”

林陌染顿时戒备起来：“怎么？你也想抢？”

辰靳苦笑摇头，纠正她道：“我想借。就借一会儿，成吗？”

“在炽盛那里。”林陌染一本正经，“我也要用呢。既然是我先抢到的，那还是让我先用吧。”

她站起来，整理好衣服，双臂环抱，好整以暇地看着他：“他们既然如此信任你，又唤你少主，想必你权力挺大？”

辰靳一时笑道：“所以？”

“所以，现在既然凤疏烈放出话来，说我归你处置，那么，此刻无论你怎么处置我，他们应该都不会阻拦了？

辰靳皱了皱眉：“确实如此，但我不会拿你的生命去冒险。”

林陌染几步凑过去：“不需要冒险。你帮我个忙，去凤凌赫的随从里挑几个壮汉，我要现场表演活春宫！”

辰靳脸色立刻就变了，想都没想，断然道：“不行！那种事情，你怎么能……”

“别急啊别急！”林陌染压低声音，“你先听我说……”

两个时辰后，辰靳带了数十个人高马大的士兵再次返回客栈客房，当众将瑟瑟发抖的林陌染拖了出去，一直拖到人潮拥挤的菜市口。

此刻，菜市口已经搭起了一个简易的架子，就架在一排篝火中间。

夜幕降临时，篝火被悉数点燃，照亮夜空。跳跃的明媚篝火将扶胥城里的百姓都吸引过来。

辰靳一身白袍，亲自将林陌染抱上高台，手脚缚在一根粗木杆上。

他冷魅的容颜在火光的映照下，雌雄莫辨。

系着最后一捆绳子时，他忽而低声在林陌染耳边飞快道了一句：“他们果然在大量制作火药，此刻就堆积在后面这条巷子口的四合院里。一会儿你挣扎时，把木杆用力往左拉。”

他又不放心地看了她一眼，叮嘱道：“千万不要伤了自己，我就在高台后看着。”

扶胥小城延续了南燕人彪悍开放的民风，对男女之事向来是肆意而为。加上扶胥城战事将近，这些士兵都忙着操练，已经好久没有触碰过女人柔软的身体。所以当此时看见竟然有人要当街上演活春宫，而被绑在高台上的女人又是一副好相貌，纷纷驻足围观，指手画脚，交头接耳，显得异常兴奋。

台上手脚被缚的林陌染装出害怕的样子，浑身发抖，嘴里不时发出可怜的呜咽求饶声。

她越显得可怜兮兮，越是刺激得台下的群众兴奋无比！她又奋力扯动了木杆几下，感觉果然如辰靳所说，木杆看似牢固，其实早就摇摇晃晃，很容易就被她扯松了。

此刻她只要一用力，就能将木杆扯倒！

木杆上放置的火油，和周围的篝火一接触，就会迅速爆发出巨大的火苗，将堆放了火药的那座四合院吞噬成灰烬！

林陌染心中掐算着时机，等台下所有人都兴奋得晕头晕脑时，一个猛力扯动——身后的木杆发出刺耳的尖锐声，突然晃了几下，紧接着就迅速倾斜！

周围的人这才反应过来发生了什么事！

木杆的底部竟然没有固定，此刻被林陌染挣扎中一扯动就歪了，朝着左边那一排四合院沉沉地砸了下来！

林陌染眼明手快地将根本没有绑紧的绳子一下子统统甩开，猫腰一阵小跑，迅速跑下高台。

辰靳早就在那里候着，接过她，将她打横一下护在怀里，几个纵跃，就飞离了篝火的附近。

人们纷纷尖叫着四散逃逸。

可是下一刻，就在木杆即将砸中四合院，引爆院里的大量火药时，一道凤凰的鸣叫刺破了这里的杂乱之音！

是炽盛！

林陌染猛地抬起头，在夜空中寻找炽盛的身影！

就在炽盛火红色的翅膀正下方，她看到了一个熟悉的身影，正神色焦急而愤怒地看向这边。

“快走！”她撕心裂肺地一声高喊。

燕乐晟讶然回头——然而就在这时，木杆终于“轰隆”一声倒下。

四合院瓦片碎裂四散！

紧接着，伴随着一声巨响，数道火龙腾空而起，猛地将漆黑夜空映照得透亮。

火药爆炸的冲击力，带起滔天的尘海，迅速将四周的人和物尽数吞没。

她捂紧了被震得生疼的脑袋，在辰靳的庇护下，再次抬头去看那个身影时，却已经再也看不到。

天地间，只剩下滚滚尘浪，宛如苍茫的生死界河。

将她和他隔成了两个世界！

“不！”她推开辰靳的手，踉跄地奔过去！在天地尘埃间，四处搜寻燕乐晟的身影。

可是周围只有越来越炙热的火焰和数不清的各种碎片、被炸飞的肢体、狂舞的尘风……

她一下子慌了，全身冰凉成一片！

“燕乐晟……”她低低哀哭着，一遍遍呼唤这个名字，“不要吓我，你马上给我出来！燕乐晟！”

然而回应她的，只有无尽的火焰灼烧的声音。就连身后那些百姓奔走哭号的声音，都渐渐远去。

她听见自己的心跳，一下下撞击在胸壁上，撞得她好疼。

她想要开口，却发现烟雾已经将她的喉咙给灼得生疼，根本发不出丝毫的声音。

就这样，狼狈地，一点儿一点儿地落下泪来。

她反手去擦，视线却越来越模糊。

然而就在此时，有谁发出低低的轻笑声，饱含宠溺的一声轻叹自她耳边响起。

林陌染猛地抬头，对上一双深情如海、温润如玉的眸子。

燕乐晟抿着唇淡笑，雪亮的铠甲已被烟雾染黑，明明一身狼狈，在她看来，却好比天神降临。

他缓缓张开双臂，将她迎入怀中，声音有着独特的宽慰力量:“陌染，为夫来接你回家。”

两人皆是一身狼狈，在肆意的火焰下紧紧相拥，却有一种惊心动魄的美。

燕乐晟扶着她的肩，细细打量她的眉眼：“你如何？可有受伤？”

林陌染抿唇，喉咙也不知是被烟呛的，还是太过激动，一时说不出话来，只是摇头。

燕乐晟将她上下看了看，知道她并无外伤，只是受到惊吓，拍拍她的额头："先离开这儿！"

她就像个六神无主的可怜小猫，紧张兮兮地牵紧了他的手，让他带着她，穿过火海，回到安全的地方。

辰靳见两人携手回来，眸子一眯，虽有些不悦，绷紧的神色还是松懈下来。

他迎上去："都没事吧？"

燕乐晟将自己的大氅解下，裹着林陌染，摇头："不碍事，先离开这里。"

他打量着四周，压低声音："凤疏烈的人也快到了。你如今搞出这么大事故，小心被他责罚。"

辰靳不以为意："大不了废了我这个准太子，或者流放。我不在意。"

他还想说什么，可是望一眼燕乐晟，想起不久前曾郑重答应人家，要护着林陌染，自己却做出那等事情，一时语塞。

辰靳叹了口气，终究什么也没说，紧随在两人身后离开。

远离火海后，三人不敢再回客栈。辰靳的人将早就备好的马匹牵来，燕乐晟带着林陌染同骑一匹，趁乱飞奔出城。

城门口，辰靳和两人告别。

"我不能走，以免让凤疏烈生疑。"他将炽盛携带来的扶胥兵符还给她，郑重交代，"没了火药，攻取扶胥如囊中取物。万事小心便可，祝你们成功！"

燕乐晟亦郑重点头，旋即什么也没说，带着林陌染没入城外的黑暗中。

奔出数里，已经有北燕的大军暗中赶来接应主帅，为首那人一身精光闪烁的银甲，神色显得颇为担心，一照面就道："主帅离开军营后没多久，就听闻探子来报，说百草谷方向突然杀出十余黑衣人马，直奔扶胥城。属下想着主帅可能会追踪而去，就赶紧领了人来查看，没想到奔至半路，就看到扶胥城里突然升起火光……”

他左右打量着两人，眼光飞快扫过燕乐晟怀中抱紧的林陌染，松了一口气：“没事就好，属下恭迎主帅回营！”

在黑暗的城郊行走，有了大批士兵随从的保护，两人不再独自奔波，这才恢复了些许安全感。

绷紧的神经瞬间松懈下来，就感到说不出的疲惫。加上马匹一路晃悠，林陌染感觉困意阵阵袭来，倏忽间就睡了过去。

等醒来时她已经躺在了燕乐晟的帅帐里，外面天色大亮。

她一骨碌爬起来，就见燕乐晟已经脱去铠甲，一身墨蓝锦袍，正坐在案前批阅文件，眉头微微皱着，神情冷峻肃然。

都说男人专注工作时最有魅力，此话当真一点儿不假。

瞧他两道剑眉深深拧着，目光深邃专注，毫无波澜，仿佛一座禁欲的石像。

她轻手轻脚地踱过去，突然一只手拍向他的背，正准备吓他一下！

不料就被他反手一扯，整个人被揽进了怀中——温润醇香的气息瞬间将她笼罩。

燕乐晟低眉轻笑，俯身吻了吻她的唇，抬头，眸子里星光点点：“醒了？饿不饿，想吃什么？”

林陌染失笑推开他：“行军打仗，能有什么好吃的！给我来一份斋面就好！”

说是要斋面，燕乐晟还特意吩咐伙夫加了鸡蛋和肉饼。

许是这几天都过得胆战心惊，没有好好吃东西果腹，林陌染此刻闻着蛋香四溢的面汤，竟然觉得无比开胃，两三下就吃了大半碗。

她正吃得津津有味，燕乐晟突然眸色一沉，声音哑了几分，缓缓道：“昨夜紫袂为救我，受了重伤。”

一听此言，她一口面呛在喉咙，差点儿咳出来。

紫袂啊！那可是她见过的最无所不能的人了！他一向是逍遥世外，没有什么能伤到他的！昨晚竟然……

“他昨晚跟你一块来的？现在在何处？”

这剩下的面她是一口也吃不进去了，顿时坐直了身体，满脸焦急。

她的担忧神色，落在燕乐晟眼中，激起一片涟漪。

燕乐晟沉了沉眸，闭眼叹气道：“你……比我想象中在意他。”那语气，夹着不虞，冒着酸气！

是！她能体谅，一个男人，听到自己心爱的女人无比关心另一个男人时，肯定是会介怀的！她庆幸燕乐晟能当着自己的面说出来，这说明他还是信任她。

林陌染飞快解释道：“我从小就认识他，他之前在山崖还救了我一命。你若是介意，我……”

燕乐晟打断她：“我不是这个意思。你和他的关系，他已经告诉我了。如今林肃陪他回了百草谷养伤。等你休息好，我让虞一龙送你去。”

想到虞一龙那个糙汉子，林陌染就连忙摆手：“还是免了，我跟他八字不合！而且这人有龙阳之好，喜欢我哥哥！千万不能让他去百草谷，万一又缠上我哥，可就烦人了！”

话题扯到虞一龙身上，气氛顿时轻松了一些，林陌染又笑道：“可是无论怎么说，虞一龙都是我的人，我用得好好的，凭什么你说借走就借走！封个太守就了不起吗？我琉璃阁也是江湖中的大派呢！”

燕乐晟轻飘飘一句笑着打发了她：“琉璃阁发俸禄吗？太守不用做事，不用刀尖舔血，只需天天驻守在扶胥城里，每年就能领取五千两银子，换作是你，你选哪个？”

林陌染一时无言以对。

这个……她应该也会选当太守吧？天啊！这些剥削阶级，太懂得抓住人性的弱点了！

林陌染愤愤地住了嘴，怨怼地看了燕乐晟一眼，却换来他饱含笑意的一个吻，轻轻落在眉间：“快把面吃了。我今天刚好没事，就亲自送你去百草谷，如何？”

她简直要欢呼雀跃！和男神漫步草原什么的最浪漫了！

在山林的树丛间隐约望去，只见两人衣袂飘飘飞扬，真如神仙眷侣，要化云归去。

快马半日便行至百草谷外围，枫林树依稀还可见当日的凌乱痕迹。由于紫袂伤重，八卦阵无人修复，此刻也形同虚设。两人长驱直入，一路没有任何阻拦。

百草谷内十分清幽，空中凤凰两三结对，悠然飞行。

若不去看那被破坏的房屋，此地一切和从前没什么两样。

林肃也不知如何感应到了二人接近，此时早已候在百草谷口，面含焦虑地等着二人走近。

“哥！”林陌染疾步迎上去，“紫袂怎样了？伤势如何？”

林肃闭目摇了摇头，神色凝着几分沉重：“师尊现在谷后凤凰窝养伤。”

凤凰窝里，炽盛正眼巴巴地守在洞口，见到林陌染时，哀哀地鸣叫一声，乌溜溜的黑眼睛只是望着洞内那端坐着一动不动的白色身影。

紫袂凝神坐在洞里，那俊美的眉目平静如画。全身融在一片颤动的微澜气息中，白色衣袖随着空气的波动，缓缓飘动。

她和燕乐晟轻轻走过去，刚站定就听见紫袂沉声一笑，开了口：“陌染，你来见我，却还带上他，是想让我的伤变得更重吗？”

燕乐晟闻言便要离去。林陌染却握紧了他的手，坚定道：“紫袂，你昨日救了他。我们一起来感谢你的救命之恩。”

“一起？你们？”紫袂闻言哼笑一声，缓缓睁开眼，神色依然显得十分虚弱，雾气缭绕中，他的双眸甚至显出一丝哀寂之色。

“若我说，我救他，是为了让你觉得愧疚，从而留在我身边呢？若我再说，为了救他，我伤了根基，永生永世都再不能离开这百草谷呢？”

他缓缓叙着，身形一起，踱步而来，衣衫在他背后随风扬起。直到站在林陌染面前，那双漠然的眸子才泛起一点儿暖色。

“林陌染，我救了你心爱的男人一命，除了说一声谢谢以外，你难道不打算用更好的方式来报答我？”

随着他话语尾音落下，周遭本是微澜起伏的气息猛然凝结成冰，刺骨寒意袭来。

常年习武的燕乐晟几乎是瞬间反应过来，立刻拔出腰间的佩剑，猛然指向面前的紫袂，不让他再近一步。

然而紫袂望着他的剑尖，轻蔑一笑："你的剑伤不了我。"

他反手，两指轻轻夹住燕乐晟的剑刃，毫不费力地将其移开，扑闪的目光只盯着林陌染，再次追问："你要怎么报答？"

林陌染将眼睛一眯，心里迅速转起念头，不能永生永世陪着他！这一世短短数十年，她一刻都不想浪费，只想跟燕乐晟长相厮守。

种种思索不过一瞬间，突然，她想到了什么。回望紫袂时，目光明亮。她郑重道："我帮你把柳琦找回来！"

紫袂顿时就是一僵，冷眉狠狠一皱。

什么柳琦？！该死！他要柳琦做什么！他只想要她！

"就这么决定了！"林陌染不等他回应，擅自拍手下结论，"从前是我不好，把柳琦赶出了百草谷。不过你放心，她并没有死，她现在是宫里的贵妃。我将她找回来，以后她就能一直陪着你了！"

紫袂冷声怒道："我不要她陪！"

林陌染一滞："啊？为什么？你从前不是很喜欢她吗？从前她打我，你都是站在她那边，还要我让着她呢……"

说到从前，紫袂神色一暗，语气落寞了下来："从前我待你不好？"

"其实挺好的！"林陌染大度地摆摆手，"我不是要兴师问罪跟你翻旧账！都过去那么久，我早就不介怀了！如今想来，无非就是因为看到柳琦更得你宠爱，我吃醋而已。那时候我年纪小，心胸狭窄，都是小孩子心性，眼里见不得别人比我过得好。所以严格算来，应该是我的错。"

"是这样吗？"她越说，紫袂神色越是暗淡，他喃喃重复着她的话，"都是小孩子心性？"

那么对燕乐晟所谓的疯狂痴恋呢？也是小孩子心性吗？

这句话，他却没敢问出来。原来他紫袂也有不敢、不愿面对的事情。

他长叹一声，颓然道："柳琦离开百草谷后便回了西域。不知如何习得蛊术，还化成了你的模样。你赌气回林府后，她回来找过我，我那时因你离开而心郁难平，并未理会她。不日，她便失踪了。如今看来，她是被西域进献给了皇上。"

燕乐晟点头道："陌染失踪那日，我将柳琦接回宫。没过几日，做了一个奇怪的梦，梦见柳琦跟我说，她就是陌染，陌染就是她。"

紫袂冷笑："那便是她在蛊惑你。"他取来两颗玉石，递给燕乐晟，叮嘱道，"将其磨成粉末，放入柳琦平常使用的物品中，时日一长，自能削弱她的蛊术，那时你们便能轻而易举地将之铲除。"

他疲惫地闭目一声轻叹，拂了拂袖，带起一阵凉透心肺的寒风，同时挥手招出更加浓郁的雾气，将自己层层包裹。

"你们走吧。"他最后道，"我不需要人陪。"

轻飘飘一句话，饱含太多的情绪。

林陌染一愣之下，刚想喊住他，他已经走入那片雾气萦绕的冰雪之中，他的身影渐渐被吞噬。

两人在原地久久默立，直到再也分不清那一片白色到底是他，还是冰雪。

片刻后，燕乐晟搂着她的肩，劝道："我们走吧，此地越来越冷了。"

她无奈地点了点头，由他牵着，小心翼翼地走过渐渐开始凝结成冰的地面。

凤凰不惧寒，所以炽盛还留在洞口，巴巴地候着。

林陌染看着它那期望的眼神，顿时心里又一阵难过："他这一闭关，不知道何时才能相见……"

或许这一别后，就真的再也见不到紫袂了。

"炽盛。"她抚着小凤凰的翅膀，叹道，"你留在这儿，替我照顾他！紫袂总爱口是心非，说不需要人陪，其实特怕寂寞，不然当初也不会养一窝凤凰陪着他。"

扶胥城一役迫在眉睫，身为主帅的燕乐晟不得耽搁。二人在百草谷内找到林肃，当即骑马赶回军营。

军营的人看见主帅带了个女人回来，都纷纷讶然驻足，夹道围观。再一看，只见此女和司马林肃像足了六七分，更是无比诧异。

路边众人嘀嘀咕咕，林陌染全不在意。她只乖乖地窝在燕乐晟温暖的怀里，暗中幻想着两人就此浪迹天涯的画面，就不禁一阵暗爽。

没有宅斗，没有谋略，只有快意恩仇。

冷不防燕乐晟一勒马头，在军帐前停了下来，他率先下了马，然后轻声问她："贸然将你带了回来，部下们多有猜疑。怎么说我都要给他们一个交代。"他犹豫了一下，"你是想先进大帐休息？还是……"

"我跟你一起！"

林陌染从马背上一跃而下，轻盈地站在他身边："以后我就要在军营长期生活了，总藏着掖着，像什么样！还不如大大方方和你的部下们打成一片，将来见面也不尴尬！"

燕乐晟温润一笑，无奈地摇摇头，在她耳边低语了一句："可我只想将你藏着掖着！"

闻言，林陌染顿时耳根泛红！这算不算当众调情？

燕乐晟敛去笑容，神色变得郑重，走到她面前，对周围渐渐围拢上来的军士们朗声道："诸位，本王今日有件喜事想同大家宣布！"

大家一听主帅有喜事，俱是面露惊喜之色，纷纷扬起兴奋的神色，凝神静听。

燕乐晟牵起林陌染的手，将她引到自己身边，两人并排站着，这才笑道："实不相瞒，出征前夕，我曾和一位女子私定终身，结为夫妻。那位女子，就是她。"他笑着凝望林陌染，轻声继续道，"军中缺粮时，是她雪中送炭，解了大家的燃眉之急。我身中剧毒时，是她求得高人寻来解药，替我解毒。"

他缓了缓："可惜，战乱不止，我始终出征在外，迟迟不能给她一个该有的名分。在此，我想请大家为我做个见证！我战王燕乐晟宣布，今日迎娶她为我的战王妃！"

此言一出，全场愣了一秒，片刻后，顿时爆发出一片热烈的欢呼声！

众人都是又惊又喜！

须知战王当年还是皇帝时并没有立后，后宫虽有三位妃嫔，但严格来说，他并没有结发妻子！

而辰靳继位，废除他的帝位后，他更是一位妃嫔都没有带走！

所以，此刻被他亲口封为战王妃的林陌染，可谓是他的唯一一位妻子。

如果将来他能再次登上帝位，林陌染无疑就是那独掌后宫至高无上的皇后了！

此等荣耀，是北燕多少女人梦寐以求的啊！

“恭喜战王！”

不知谁带头喊了一句，方才杂乱吵嚷的高呼声，顿时变成了此起彼伏的恭贺。

“战王！此等喜事，应该开一坛好酒，好好庆祝一下啊！”

燕乐晟也喜上眉梢，大笑着应了声：“好！”

晚上，军营生起一堆巨大的篝火，众人围坐在篝火四周，热切地续杯痛饮！

不时就有人上前给燕乐晟敬酒，林陌染一脸微笑地坐在他身边，听这些充满了崇敬语气的祝贺。

而每当有人要求王妃喝酒时，燕乐晟都不动声色地挡了回去。

“她不能喝。”

“就一杯！战王，你就遂了小的心意吧！一小杯，权当助兴啊！”

“不行！”

“一杯都不行！战王，你太不给属下面子啦！明日上阵，若是属下的箭瞄得不准，你可别怪咱！”

燕乐晟皱眉：“你的箭法，与王妃喝不喝酒有什么关系？”

“当然有关系！王妃喝了这杯，属下一高兴，明日一箭双雕都不成问题！若是王妃不喝，属下兴致不高……”

燕乐晟突然一把夺过他递到林陌染面前的酒杯，一饮而尽，干脆利落！

末了他将杯塞回那人手里，平静道：“王妃怀孕了，不能沾酒，这杯我替她喝！”

林陌染不禁睁大了眼，但还是决定不揭穿他，当即也对那属下露出一个意味不明的笑容。

那人蒙了，旋即高兴地大叫起来："王妃有了身孕？！咱主帅要当爹了！"

众人还在酣畅痛饮中，一听此言，都是纷纷一震，旋即全场又爆发出热烈的高呼："战王大喜啊！沾了这喜气，明日上阵，战王必然是神勇无敌！咱们小的沾了这光，一定会杀敌百倍，大获全胜！"

燕乐晟富有深意地一笑，那笑容沉在眸中，化成星光斑斓，光辉夺人。

忽而，他侧过头，严肃道："娘子，为夫不应该骗人。"

林陌染点点头："确实不应该。"

燕乐晟又道："可是现已说了谎话，没法收回，怎么办？"

林陌染皱眉思索了片刻，实诚道："妾身也不知道。"

燕乐晟突然猛地一阵大笑，抱住她，情不自禁地深深一吻："那咱们今晚就把谎话变成现实，如何？"他扫了一眼她平坦的小腹，认真道，"还来得及，不怕！"

"去你的！"林陌染一掌推开他，"大战将至，你还有心思想这个！"

燕乐晟更加认真道："娘子，行乐要及时啊！我怕明日开战后，万一为夫回不来，就享受不到此种人间极乐了！"

林陌染脸色通红，嗔了一声："没皮没脸！"

他突然握起她的手，抚上自己的脸，促狭地笑道："谁说我没皮没脸！你摸摸，这不是皮和脸吗？"

"扑哧！"林陌染顿时失笑。

旋即就被他打横抱起。

燕乐晟迈着大步走入军帐之中，那步子虽看似沉稳，然而细细打量，就会发现，其实端的是无比急切！

扶胥城，凤宅。

这本是凤疏烈替自己的儿子凤凌殊修建的宅院，然而此刻，坐在主位上的却是凤凌赫。

"他们不在谋算明日的行军布阵，却在饮酒作乐，此话当真？！"

凤凌赫疑惑地皱起眉："这战王，脑子有问题？就不怕喝醉了，误了明日的战事？”

他冷哼一声：“老子可不屑于跟一个喝醉的酒鬼对战！”

在他身旁，一身黑布衣的老者低声劝道：“将军不可小觑此人。须知当年武陵城一战，你父亲就是因为……”

凤凌赫不耐烦道：“我知道我知道！你休要啰唆！”

那老者便闭上了嘴，然而垂首之际，眸中却闪过一丝精光。瞧那张阴沉的脸，赫然就是当时出逃南燕，又在武陵跟随凤疏烈潜逃到岭南的赵琅坤。

“天色已晚，老臣这便告退！”他拱手施礼。

凤凌赫目光还凝在书案的军事图上，敷衍地摆了摆手：“去吧！”

待赵琅坤走出房间，他才敛去那一脸不耐烦的神色，眸中露出阴狠精明的锐光，对左右低声道：“这个北燕的叛贼，不知道能信几分，明日他若是有什么动作，你等密切监视，速报与我！今晚还有一事……”他忽而一声冷笑，“燕辰靳竟然敢耍我！不仅骗我，将那女子趁乱放走，还毁了我的火药计划！你们，今晚就去把燕辰靳绑来见我！”

“是！”

赵琅坤走出凤宅，回到不远处自己暂时租下来的小四合院里，唤来了左右四人：“明日一战，凤凌赫必然不敌！你们兵分两路，先拿着我的腰牌去岭南请来援兵，再潜伏在凤凌赫身边，伺机杀了他！”

与此同时，战王军营。

酒宴刚歇，众人尽皆睡去，主帅大帐亦是早早熄了灯。

未几，却有一人撩起大帐的帐帘，满面春风地走了出去。

他先是深深呼吸，发出满足的喟叹，又仔细地将帐帘拉上。这才踏着月光，走入旁边司马的帐中。

林肃正就着一点儿昏黄的灯光，仔细查看布阵图。

“研究得如何？”燕乐晟迈步进去的同时，神色已转为肃然。

林肃抬头看了他一眼，点点头算是行了礼，便开始分析：“扶胥背靠岭南，是距离岭南最近的附城。若扶胥失守，岭南的防守就会十分被动。

所以，岭南必定会派出援兵支援扶胥。若不出我所料，援兵明夜便到。”

“嗯。”燕乐晟拧着眉，“也就是说，我们要攻下扶胥，必须速战速决。”

林肃一笑：“此为其一，还有其二。”

燕乐晟瞧着他眼中亮光一闪，笑道：“愿闻其详。”

“这意味着，派出援兵后的岭南，兵力将大打折扣！”

燕乐晟恍然大悟：“你的意思是，我们暗中派出大军，绕过扶胥，直接攻取岭南？”

林肃轻声一笑：“还请战王宽宥，实际上，属下昨日从百草谷回来前，已经拿了妹妹手中那枚原属于扶胥城的兵符，从武陵抽调了一批精壮人马，伪装成战败后逃亡岭南避难的南燕逃军，由虞一龙率领着，明日一早就可混入岭南城。”

“然后我再带领一部分精兵前往！”燕乐晟拊掌大笑，“好！好一个声东击西，里应外合的计谋！我一会儿便亲自清点兵马前往！”

他敛了眸子：“只是，我此役前往岭南，诸多凶险，断不能让陌染知晓！还请林司马替我代为照看她！”

林肃淡然一笑：“这是自然。”

第二日天未明，几队人马悄悄摸出军营，趁着夜色，穿过百草谷茂密的树林，兵分四路绕过了扶胥城。

而另一边，林肃亲自挂帅上阵，领着军营中的大部队拔营行军，半个时辰后，便来到扶胥城外，列阵叫嚣，气势震天。

凤凌赫全副武装，阴冷着一张脸，站在城墙之上。他低头扫了一眼，不见燕乐晟的身影，旋即鄙夷大笑，喝问道：“你们的战王呢？难不成是怕死，躲了起来？竟然要一个文弱的书生披挂上阵？哼！我凤凌赫最最看不起这种人！”

林肃面色沉稳平静，朗声开了口：“扶胥小城，无须劳烦主帅亲战。我一人足矣！”

城墙上，凤凌赫愣了一下，微皱起眉，正要开口，身边突然冒出一个部下，在他耳边低声道了句什么。

凤凌赫听完，神色一凛，旋即怒气冲冲地转身离去。

城门之外，林肃将这一幕尽收眼底，静待片刻，并没有宣布攻城，只是让军士们列阵，蓄势待发，嘴边却渐渐扬起一抹冷笑。

他在等，等援军的到来。

此时，扶胥城内。

凤凌赫急匆匆走下城楼，一声怒喝："赵琅坤人在哪里？！谁让他找我爹讨要援兵的！区区一个北燕王爷，我凤凌赫领军迎战绰绰有余！根本不需要援兵！"

他愤怒地一拉马绳，正准备冲去赵琅坤的四合院责问。

冷不防，面前突然走出一队人马，簇拥着为首的那人，正是赵琅坤，此刻正冷冷笑着，故意挑拨道："少将军少安勿躁，岭南的援军很快便到。届时，扶胥城战事将由我来指挥！"

凤凌赫满眼通红："你找我爹要援军，分明是看不起我！我爹一向不将我这个儿子放在眼中，从来就只看到燕辰靳的好！我今日本是要证明给他看，我才是最有能力胜任南燕太子的人！"

他愤怒地一扯马头，突然又冷静地笑道："援军还有半日才到，此刻，我依然还是城中主帅！你们去将辰靳带上来！给他五百残兵，让他率军出城迎战！就说这是主帅的军令！"

辰靳昨日本要逃出扶胥城，凭他多年混迹江湖的经验，已经预知这里不安全，尤其又有一个多疑善妒的凤凌赫在。

却没料到，凤凌赫比他想象中迅速，当晚就派了一队人马，以"大战将近，少主需要密切保护"为由将他囚禁在凤宅。

此刻，他被几人押着，来到城门附近的大军面前，披挂上马，凤凌赫让他挑选五百精兵出城迎战。

可是细细看去，眼前这些老弱病残，哪里配称精兵？

这根本是让他送死。

辰靳无奈苦笑，只点了五百名家中无老幼的士兵，缓缓走出扶胥城门。

五百人面色沉郁，簇拥着一将一马，脚步沉重。在北燕大军面前，他们显得如此势单力薄。

待看清那率领着敢死队的将领竟然是辰靳时，林肃眼中闪过一抹不易觉察的凛然。

辰靳倒是十分坦然，排兵布阵，冷静地摆足了架势，这才朗声对众人道："今日有幸能和各位一起，完成人生中这最后一场战役，燕某幸甚！纵然此役必死无疑，但作为南燕的军人，我们还是要拿出南燕军人该有的气势！就算战死，也要坚持到最后一刻！"

一番话，激起了众人赴死的决心！

就连远在城墙上观战的其他南燕士兵，都不禁感到一阵佩服！

不是不畏死，他们和所有人一样怕死！但是死亡来临时，他们没有一人退缩，而是努力让自己死得其所！

最后的高呼声，响彻扶胥城外方圆百里。

辰靳一挥马鞭，左手舞起长枪，率先冲向北燕的军营！

五百人马，面对着北燕的大军，就像一群企图撼动大树的蚍蜉，那么弱势，却又那么壮烈！

凤凌赫抬眼看着这悲壮一幕，心中赫然就一沉，眉宇间浮起一抹心虚。

明知是死，还能勇敢赴死，丝毫没有露出胆怯和犹豫。

凤凌赫自问在这一点上，没法和辰靳比。也难怪父亲器重他，无论生或死，无论何种场合，他始终显得如此镇定沉着、游刃有余。

城外。

转眼间，五百人马冲入了敌方的阵营，厮杀声轰然而起。

林肃沉着声，犹豫着不知该不该下令迎战，却见不远处，辰靳果断举起了手里的长枪，狠狠一下劈断了他们的"燕"字战旗！

瞬间，林肃便明白过来，必须迎战，不然辰靳的身份就会暴露！

可是迎战，他们就是死路一条！

林肃万般思绪从脑海一闪而过，终于举起手中的剑，冷声下令："迎战！全杀！"

不过半炷香的时间，城外厮杀声就停了。

五百人马，有去无还，瞬间已成了一地的尸体。

此时一个小兵急急越过众人，奔至林肃的身边:“岭南援军大队人马，此时距扶胥还有一个时辰路程！”

林肃当即低笑：“如此，他们若想赶回岭南，最快也要三个时辰！”

他抬眼望向扶胥城上的凤凌赫，冷然喝道：“诸军听令！攻城！”

凤凌赫还沉浸在五百人被迅速绞杀的愕然中，此时一听林肃突然要攻城，猛地回神，立刻对左右道：“让城外埋伏的军队迅速从后方包抄北燕大军！”

他原想北燕对扶胥志在必得，必定会派出最精锐的部队攻城，还想着等林肃全力攻城时，派出后方事先埋伏的军队，来个前后夹击。

却没想到，就在北燕大军的后方，大队人马正神色凛然地等着他们。

为首那人是个英姿飒爽的女子，手里并没有任何武器，神色间却给人一种迫人的气势。

随着前方厮杀声起，女子也朗声喝道：“琉璃阁所有人听令！埋伏在此，企图偷袭前方大军的所有南燕士兵，统统给我截杀！一个都不准放过去！”

此一役没有丝毫悬念。

凤凌赫派出了大部分兵力，无论前方守城，还是后方埋伏的，全都败退。

此时的扶胥，就是一座空城。

凤凌赫一脸戾气地坐在主城中，面前是同样焦急的赵琅坤。

他冷冷一笑，对赵琅坤道：“你的援兵呢？”

赵琅坤神色焦灼：“照他们的行军速度，按理说此刻应该到了。”

这时城外突然飞奔进一名探子，急急禀报道：“将军！战王领着八千人马，正在围攻岭南城！”

“八千人马？”凤凌赫嗤笑一声，“他是找死吗？”

不料探子又道：“岭南城内不知何时冒出了近万北燕士兵，此刻城内已经陷入混战！城门即将失守！”

“什么？！”凤凌赫这才慌了神，一拍桌子重重地站了起来，立刻道，“备马！所有人跟我杀回岭南！”

赵琅坤道：“那扶胥城？”

凤凌赫一阵冷笑：“把我弟放出来！给他两百士兵，至于他能守多久，就看他命有多硬了！”

此时北燕大营。

打了胜仗的士兵们正沉浸在欢呼雀跃的氛围中。

主营帐内，却有两人愁眉苦脸。

林陌染满脸难以置信的神色：“辰靳带着五百人来迎战？！而你，居然下令全杀？！”

林肃面色平静得近乎冷酷：“必须战，不然会暴露他的身份。”

林陌染大怒：“暴露身份和死，孰轻孰重！我宁愿他暴露身份被南燕怀疑，都不会眼睁睁地看着他送死！”

林肃沉声道：“五百人的尸首，我已派人去一一清点。此刻还未见到辰靳的尸首，他是生是死，言之过早。更何况，我身为燕乐晟钦点的司马，必须为这场战役负责！如果辰靳身份暴露，岭南那边，凤疏烈就会生疑！燕乐晟他们，就会面临极大的危险！”

一听燕乐晟可能会有危险，林陌染一愣！旋即也顾不得辰靳了，她愕然喝问：“燕乐晟怎么了？他不是和虞一龙会合，截杀援军去了吗？”

林肃摇头一叹：“他领着八千人，进攻岭南。”

“什么？！”林陌染一把揪住林肃的衣领，“八千人！他是去送死！你这个司马到底是怎么当的？！”

林肃漠然看着她。

林陌染心中瞬间闪过不好的预感：“你不打算去支援他，是吗？”

林肃依旧神色清冷沉默。

“很好！哥哥，是我认错了你！我还道你是全心全意跟随他的！”

林陌染狠狠地看了他一眼，猛然转身就要走出大帐：“你不去！那便我去！”

却不料，她才走出去一步，却被林肃伸手一下扭住：“抱歉。我答应了他，不能让你去。”

说话间，抬手就是狠狠一挥，砍在了她的后颈处。

林陌染挣扎了一下，惊恐地睁大双眼，终是软软地倒了下去。

林肃望着她无力的眼神，神色十分复杂：“陌染，对不起，你的战王，恐怕再也不会回来了。”

第 13 章 林肃的叛变

此时岭南城内外，亦是硝烟四起。

不久前，虞一龙领着数十人，乔装打扮混入城中，利用这些年马帮行商积累下的人脉，暗中打通了几个暗道，将近万人分批悄悄引入。等燕乐晟的八千精兵来到岭南城外，便开始了进攻，却时刻谨遵燕乐晟的吩咐，不伤平民，亦不杀放弃抵抗之人。

而岭南主城内，一人身着白色锦袍，手举锦扇，穿过一群神色焦急的官员。

官员见来人是他，俱恭敬垂首，唤道：“少主！”

那人轻飘飘地应了几声，面无波澜，走入了正殿。

凤疏烈正在大殿之上焦急踱步，猛然大门外走入一人。

他还道是来禀告战况的将士，烦躁道：“城外如何？！”

来人却是冷冷一笑，清雅的嗓音中，毫不掩饰讽刺之意：“摄政王是在问我？”

凤疏烈猛地一回头，讶然瞪大眼睛：“是你！你没死？”

“是我，我没死。”

辰靳摇着手中的锦扇，那模样，依旧清冷飘逸，哪里有半点儿风尘仆仆赶路的样子。

凤疏烈被他这般冷静近乎冷酷的神色震惊了，压抑着恐惧，故作冷静道："你来得正好！如今岭南城战事吃紧，你快帮我想个办法！"

辰靳淡然一笑："办法是有的，就怕你做不到。"

凤疏烈急道："你且说来听听！"

辰靳锦扇一合，冷笑着走近他身边，低声道："你死了，这场仗不就结束了？"

凤疏烈又是一震："你！你开什么玩笑？！"

"为什么你会觉得，我是在开玩笑？"

辰靳一阵轻笑，突然脚步微晃，再落下时，已经近在凤疏烈的眼前，猛地将扇柄顶在他喉间，神色无比凛然。

凤疏烈退后一步："你要做什么？！"

"我要做什么？"辰靳笑容嘲讽，"这话应该我问你！你敢说派赵琅坤打着督战的名义去扶胥，不是为了暗中激怒凤凌赫杀我？！"

凤疏烈面色一沉："我派赵琅坤去扶胥，是为了助你！"

"哦？助我？"辰靳大笑，"若是助我，就不会任由凤凌赫将我囚禁在凤宅！若是助我，就不会在凤凌赫让我率领五百残兵对阵北燕大军时，丝毫不加阻拦！更有甚者，赵琅坤搬来援军，也不过是为了激怒凤凌赫，让他以为你们是小觑他的能力，转而迁怒于我！"

凤疏烈顿时瞪眼。

辰靳却放下折扇，沉下声来："我知道你在想什么。你觉得我身上流着北燕皇族的血脉，是外人。你觉得你哥哥立我为太子，是瞎了眼！你觉得南燕的皇权应该落在凤家人手里，若是能杀了我，就能让你那宝贝儿子顺理成章地坐上太子之位！"

心中所想被悉数揭穿，凤疏烈半天说不出一句话。

辰靳轻蔑一笑："可惜了，我从没想过登上帝位，更从没想过要你儿子的命。这些在我眼中，根本不值得一提。不过话说回来，还得谢谢你那宝贝儿子，若不是他放我出城，我还没机会来这里……"

凤疏烈眼中渐渐升起杀气："所以你现在，是要来杀我？！"

“杀你？”辰靳轻笑，“大战将至，我却要杀主将？这不是找死吗！”

他展开锦扇，在凤疏烈的面前摇了摇，道：“放轻松，我今日来，不是要来杀你，相反，我是来救你！”

如今已是深秋，那扇子带起的一阵风可谓寒凉刺骨，凤疏烈不禁就往后躲了一步，拧眉道：“救？如何救？！”

辰靳边扇边走到屋内主座上坐下，架势十足，语气却十分轻佻：“你可知，素来擒贼都是先擒王，此一役，恐怕不杀了你，那姓燕的就绝不会善罢甘休！”

凤疏烈狠狠道：“那我便与他同归于尽！”

“那你也得有机会近他身才行！”

凤疏烈一想，确实，便道：“我可以假降！”

“不成。”辰靳当即摇头，“你一人打不过他。”

他略微思索，道：“这样吧，你把玉玺给我，我就在这屋里等着他，假装投降，届时他必然不会带太多人进屋。你在屋内设下埋伏，将他一举抓获，拿来做人质，继而威胁北燕退军！”

凤疏烈一听要交出玉玺，果然犹豫了：“这不妥！臣如何能让少主以身涉险，还是让臣做诱饵吧！”

辰靳轻蔑一笑：“就凭你那功夫，还没出招，就被他给一剑抹了脖子！”

凤疏烈面色有些不虞，然而辰靳说的确是事实。

这世间，能和燕乐晟过招的，恐怕就只有辰靳一人了。

辰靳见他犹豫不决，又继续道：“不必担心我的安危，我身为南燕的准太子，自然是要做些牺牲。但你莫要忘了，我和他武功不相伯仲，假降时，我又是突然发难，他不一定能全力应对！你们再从旁协助，定能将他制伏！”

他语气十分诚恳，凤疏烈一时听不出他真正的意图，心想，难不成他真要为了南燕做出牺牲？

凤疏烈只能拖延时间，让自己能迅速理一理思绪，便闷声道：“且让臣再仔细考虑一二。”

他借口让众人带辰靳去偏殿休息，招来几个心腹，低声问话。

“少主既已察觉你想杀他的意图，如何非但不杀你，还要救你？”

凤疏烈也是满脸疑惑：“他语气十分真诚。而且，他素来一心跟随我哥哥，一心向着南燕，应该……不会叛变。”

“这么说来，他问摄政王你要玉玺，真的是为了假降？”

凤疏烈点点头，突然狠戾道：“我且把玉玺给他！他只有一个人，即便拿了玉玺想要杀我，他势单力薄，也不能得逞！届时燕乐晟和他打成一片时，我们晚点儿才施救！最好等燕乐晟与他斗得两败俱伤时，再一举将两人全部杀死！”

几个属下纷纷点头应和。

未几，凤疏烈便在众多亲随的簇拥下，亲自前往偏殿，将玉玺交到辰靳手中。

辰靳果真如他所言，独自一人去到主殿，然后下令打开城门投降。

凤疏烈等人埋伏在主殿暗处，眼看着燕乐晟果真只带着数人进殿，辰靳假装将玉玺递过去的同时，猛地抽出了锦扇柄内的短剑，一剑狠狠刺了过去！

却不料，那剑刃快要刺入燕乐晟心窝的时候，却突然一个转向！

看似还在远处的辰靳，突然不知怎么的，就到了眼前！

手起剑落，剑尖已经抵在了凤疏烈的咽喉，突然发力！

凤疏烈痛苦闷哼，挣扎道：“你……你是燕乐晟的人！”

这是他留在世间最后一句话。

一腔热血，刹那间飞溅满墙。

辰靳将锦扇横挥，干净利落地割断了凤疏烈的脖子，反手一揪他的头发，将汩汩冒血的头颅倒提在手中，就这样宛如地狱修罗般，一步步走出了主城。

看见此景的南燕士兵们纷纷愕然。这场战争，已经没有必要打下去了。

摄政王被杀，还是被南燕的太子所杀！

这意味着，他们的太子已经临阵倒戈，倒向了北燕。这也意味着，再多的流血牺牲，也不能改变一个事实：北燕胜了，战王胜了！

众目睽睽之下，辰靳一步步走到燕乐晟的面前，将手里还在滴血的头颅献了上去，旋即单膝跪下，单手从怀中掏出两枚玉玺，递到燕乐晟的眼前，恭敬叩首。

再抬头时，他神色凛然，朗声喝道："恭喜吾皇拿下岭南城，剔除叛国贼子凤疏烈，收复南燕，一统大燕！"

这一声恭贺，此时在静谧的岭南城中响起，突兀却又气势十足，震慑全城！

燕乐晟郑重地从他手中接过玉玺，肃然道："这些日子来，你潜伏南燕，委实辛苦。如今大燕一统，你功不可没！今日你只要开口，无论要什么，朕都允你！"

辰靳苦笑，低声道："若我想要一个女人呢？"

燕乐晟咳了声，也低声回绝他："换一个别的……"

辰靳便大笑道："我什么都不要！只求皇上将我贬为庶人，从此远离朝纲，逍遥市井！"

本是两国太子，却拱手交出皇权！这世间所有人梦寐以求的一切，他说不要就不要了……众人当即是又震惊，又无比佩服！

燕乐晟摇头叹道："你此话，可是当真？你可知，即便今日你开口问我要皇位，我都会二话不说地送给你！"

辰靳摆摆手："免了！当皇帝太累！不若庶人自在！"说罢，他突然起身一跃，夺了一旁士兵的马匹，翻身上马，一拱手，道，"后会无期！"

留下这么四个字后，旋即策马踏尘而去！

这自在来去、肆意而行的举动，看在众人眼中，当真是艳羡又敬慕。

辰靳走后，燕乐晟很快整顿了岭南城中军民。

不久，赵琅坤和凤凌赫率领的三万大军也杀回了岭南。

看见岭南已被攻克，又听闻凤疏烈已死，凤凌赫怒气冲天，在城外疯狂叫嚣："燕乐晟，有种你就出来，和我单独对战一场！"

没想到燕乐晟果真单枪匹马，出城迎战。

凤凌赫自知不是他的对手，几个回合后，枪法卖了个破绽，就要找人放冷箭！

不料燕乐晟早有准备，躲过冷箭后，迅速反手一剑刺入他的胸膛！

他的嘴角泛起冷然的笑意：“听说你企图染指我的女人？！”

说话间，抽出带血的剑刃，又是狠狠一下刺入，贯穿对方的身体！

“这是你觊觎她的代价！”

最后一剑，毫不留情地刺入他的咽喉！

凤凌赫瞪圆了双眼，直挺挺地摔下马去。

主帅阵亡，其余人纷纷投降，赵琅坤被五花大绑地押进岭南城，当即斩首示众。

两国之战终于落下帷幕。

岭南城外，某座青山孤坟旁，一身染血锦袍的辰靳肃穆而立。

坟头上没有立碑，不知其人是谁。

但见辰靳一脸哀寂神色，望之令人十分不忍。

他默立片刻，将怀中酒坛的酒尽数洒在坟前，忽而低声笑了：“凤疏狂，你看见了吗？大燕终于统一了！那日我杀你，你曾问我后不后悔，今日我来告诉你，我不悔……若时光倒流，历史重演，我还是会毫不犹豫地一剑刺入你的胸膛。因为你若不死，北燕就永远没法攻下南燕的城池！凤疏狂，你可曾恨我？你若是恨，大可不必！因为自今日起，我便会一直陪着你，以尽我未完的孝道！”

话音落，酒坛碎。

青山猛然飞起一群惊鸟。

随后，又归于永恒的死寂。

岭南主城墙上，燕乐晟负手远远看着那群飞鸟，飞过远方丘陵，不知去向，一阵默然。

他正欲敛去目光，此时却意外发现，城外正远远行来一匹单骑。

马背上的少年神色毅然，五官俊朗，稳稳端着手中一杆长银枪，步步逼近城门，毫无胆怯之色。

“这是？”燕乐晟皱了眉。

虞一龙在一旁解释道：“是凤凌赫的弟弟。凤疏烈的小儿子，凤凌殊。”

凤凌殊来到城门之下，稳住马头，当即就是一声高喊："请战王前来应战！"

燕乐晟站在城头，居高临下地看着那张稚气未脱的脸，笑了。

他点点头，满眼赞许："后生可畏！来人，备马！我要亲自出城迎战！"

凤凌殊大概不曾想到，他会因为这一战而一举成名。

然而他成名的原因，不是因为战胜了燕乐晟，相反，他几乎两招内就败下阵来。

此役之所以被人津津乐道，是因为凤凌殊身为南燕人，却豁出自己的性命，不顾一切地为燕乐晟挡下身后射杀的冷箭，救了燕乐晟一命！

冷箭是虞一龙放的。

放箭的同时，他跨马提枪也冲入了两人的战阵中！大刀一挥——却不是砍向凤凌殊，而是直直劈向燕乐晟！

"小心！"

凤凌殊后背还插着一管短箭，手中长枪却丝毫不减力度，为燕乐晟挡下了这一击！

虞一龙根本不是两人联手后的对手，几招之后，就被重重击下马背。

摔下的同时，他反手给了自己一刀，抹断了自己的脖子。

燕乐晟根本没想到虞一龙会突然谋反！

这么些天来，他凡事亲力亲为，发兵出战，也是冲在最前面……为什么会突然行刺自己？

对战被打断，凤凌殊一脸不满！当即蹲下去查看这个突然冒出来的人究竟想干什么！不料这一看，就从虞一龙怀里翻出个东西来。

是一支毛笔，上面用清秀的字体雕刻了一个"林"字，笔尖的毛已经有些脱落，显然是有些年份了。可是看那笔管，却保管得十分好。可见虞一龙十分珍爱此物。

凤凌殊将笔塞到燕乐晟的手中，愤愤道："战王，你先查清此事，我以后再来找你对战！"

燕乐晟接过那支毛笔，神色一凛。

这个“林”，自然不是别人，而是林肃！

他皱着眉，突然发现笔管和笔尖处并未黏合，试探着一扭，笔管中掉落出一封书信来。

清秀的字体，写着短短的一句话：虞兄且放心，你若失败，我便替你杀了他。

燕乐晟瞬间拧紧了眉，手掌将笔管狠狠捏成了粉末。

燕乐晟将凤凌殊带回岭南，直接封为岭南太守。

凤凌殊起先不肯，被他一句话安抚了下来：“等你能守好一座城的那一天，才有资格和我对战！”

而此时，虞一龙行刺燕乐晟的消息，也已一传十、十传百地传到了林陌染和林肃的耳中。

彼时，林陌染才从昏迷中苏醒，后颈一阵剧痛。

刚一醒来，就听闻燕乐晟被行刺，吓得半条命都没了，她抓着前来禀报的小兵，怒道：“是谁行刺他？！”

小兵脸色青白一片，哆嗦道：“是、是虞一龙……”

林陌染脑袋当即就是一蒙，直接被这句话给震得傻眼了！

等反应过来，第一时间找到林肃。

“你早就知道虞一龙要谋害他！所以你才跟我说，燕乐晟不会回来了！”

林肃正低头描绘着一幅画，画上山河壮丽，却不是这里的风景。

他并未抬头，淡淡应着：“是。”

“而你没有阻止？”林陌染一把夺过他的笔，“别画了！我问你，你和虞一龙到底是什么关系？”

林肃看着被她夺去的笔，轻叹一声，这才抬起头，眼神一片寂寂之色。

“我也不知道我和他是什么关系……”

他轻笑，似有些自嘲。半晌，他敛了眸子：“我只知道，他若死了，我也不活。”

林陌染顿时一阵愕然！

这是什么关系？！这关系不是一目了然吗！自己的哥哥竟然是个断

袖！

“燕乐晟肯定会迁怒于你！”她焦急分析，“虞一龙是由你引荐给他的，要说你跟这件事情没有关系，谁信啊？”

哪知林肃坦然一笑，道：“严格来说，其实是我让他去行刺的。”

“你！”林陌染只觉得头好疼，“哥，你还是趁燕乐晟没发现你也有份参与时，赶紧逃吧！”

她真不知道，万一燕乐晟要杀林肃，她会站在哪一边？

林肃却摇摇头：“燕乐晟已经知道了。我在送给虞一龙的笔管中，留了一封书信，供认了自己的罪行。”

林陌染顿时抓狂：“你还留书信？！干吗不让虞一龙阅读后立刻烧掉，还留在笔管中……”

“他不知道。”林肃一笑，“我偷偷藏在笔管里，是为了让燕乐晟看到，然后让他来找我。书信被发现，就意味着虞一龙已经死了。我说过，他死了，我也不活……我就在这里，等着燕乐晟来取我的命。”

言罢，他淡淡放下画卷，跟没事人一样，负手悠闲地走入了军营中。

留下满脸错愕的林陌染。

“你必须马上离开这里！”

吃午膳的时候，她又截住了林肃：“你先回家！燕乐晟这边，我来顶着！”

林肃默默地夹着菜。

“想想父亲，他一直在等着你！他还说了，要等你回去继承他的官职！他才能告老还乡……”

林肃夹菜的手抖了抖。

“哥，你不能这么不负责任！虞一龙死了，可他肯定不希望你也跟着他一起死，他也想看到你好好活着……”

林肃放下了夹菜的筷子，紧紧拧着眉：“别说了！”

他噙着怒气起身，甩袖离去。

一整天，他都将自己锁在大帐中，不肯见任何人。林陌染自然也进不去。

林肃不肯走，林陌染只能想着从燕乐晟身上下手。

第二日傍晚，燕乐晟飞骑奔回扶胥城外的营地时，一身风尘仆仆，神色更是不怎么好看。

他下了马，提着剑，越过前来迎接的众人，二话没说，脚步沉重地直奔林肃的军帐。却讶然看见林陌染张开双臂拦在帐前，眉头就是狠狠一扬！

“让开！”燕乐晟很少对她用这种冷酷的语气说话。

林陌染听闻也不禁抖了抖，却仍固执地堵在帐前：“你答应我不杀他，不治他罪，我才走！”

燕乐晟眼中盛怒腾起，一见自己最爱的女人不仅不站在他这边，还帮着对方来阻挠自己，心中就是猛地抽疼。

“你可知他想对我做什么？！”

燕乐晟压抑着怒气，双眸锁着林陌染那张焦灼的脸，沉声道：“他不仅要杀我，他还企图帮虞一龙……”

他语气猛地一滞，脸色更加难看：“我早该知道！虞一龙，虞家军，父皇之死就是拜他们所赐！”

这是林陌染所不知道的内幕。

她皱起眉：“他们对先皇做了什么？”

燕乐晟恨恨开口：“当年南征，大军即将跨过长江，杀向武陵。虞家军却临阵倒戈，勾结南燕反臣，企图行刺父皇！父皇身中数箭，勉强保住一命，却从此卧病不起，挣扎了两年后，终于撒手人寰……”

他神色哀寂又愤怒：“而如今，虞一龙又想用同样的手段杀死我！你可知，父亲去世那天，我就发过誓，这辈子绝对不会放过虞家军任何一人！也不会放过任何一个企图和虞家军勾结的人！即便那人是你哥哥！”

林陌染见他越发恼怒，赶紧劝道：“许是有误会！这都是上一辈人的纠纷了！更何况，那是虞一龙和你们皇家的恩仇，跟我哥没有关系啊……”

燕乐晟脸色一沉，声音染着哀恸：“你是打算护着他？你是觉得，即便他真的行刺了我，也不应该怪罪他？”

“不……不是……你冷静点儿。”

林陌染看着他越发失控的神色，不由得退后一步。

然而燕乐晟下一句话，却让她身心瞬凉。

“陌染。”他沉声苦笑，“是不是今日他即便把我杀了，你还是会护着他？我那么爱你，可是在你心里，还是没法和你的肃哥儿比，是吗？我对你来说，并不是那唯一一个至高无上的所在……”

“燕乐晟！”林陌染再也忍不住了，大声打断他，“这怎么能相提并论？！”

“可在我眼中，就是一样的！”燕乐晟狠狠拧眉，“我决不允许任何人伤害你！如果谁企图谋害你性命，即便那人是我兄弟，我一样不会姑息！”

他言罢，一只手将林陌染扯到一边，另一只手冷冷地掀开了帐帘！

清幽静谧的大帐内，旋即传出一道更加清冷的嗓音。

“燕乐晟，你来了……”

两人激烈的讨论，被这一道清冷的话语打断。

林陌染顿了一下，焦急的神色显露出一分担忧，她试图再去阻止燕乐晟。

大帐内，林肃却开了口：“陌染，你回去。这是我和他之间的旧账，今日应该做个彻底的了断。此事与你无关。”

“怎么可能无关！”

林陌染哪里肯走，面向燕乐晟，神色肃穆：“我好不容易才找到我哥！燕乐晟，我今天决不允许你伤害他！”

听闻此言，又眼见他们兄妹俩一唱一和！燕乐晟眼中怒气更盛，握紧了拳头，深深看她一眼。

旋即，他却绷紧身体一言不发，直接冷冷地越过了她。

这人，竟然不给她面子？！

“燕乐晟！”她追了进去。

却被他身后的林奕拦下："阁主小心！皇上现在杀气很重……"

杀气重！怎么可能杀气不重！

他现在满脑子都是替父报仇！即便如今站在他面前的林肃根本不是虞家后人，而只是和虞家有所勾结，他都不肯放过，定要置他于死地……

"燕乐晟！"她又急又难过，带着哭腔又喊了一声。

燕乐晟脚步顿了一下，身体一僵，并未回头，很快，又杀气腾腾地走上前去。

相较于这几人的情绪波动，林肃显得非常平静，他手中还握着染了彩墨的笔，在画纸上细细描画着什么。

直到燕乐晟停在他面前，一手举起了剑，指向他的心窝。冷厉阴寒的声音，旋即从嘴边清晰而沉重地溢出。

"为什么帮他？你们是从何时起就谋划着要潜伏到我身边，暗杀我？"

林肃勾勒完手中这一笔，才缓缓抬头，眼神无波无澜，宛如一片冰冷湖面，却又似乎泛着点点星光。

他轻笑了一声："我帮他，不仅因为他救过我一命，还因为……我可怜他。可怜当年那些被先帝流放的虞家军后人！"

放下笔，他直面燕乐晟，目光沉敛："你大概不知道那些虞家军被先帝流放后，过着怎样的生活。可是我知道。当年我赴京赶考，遇到南逃的叛贼流寇。一行十三人，有死有伤，万幸我遇到了虞一龙，被他所救。而当时，他正在被流放的途中……"

他顿了一下，面上闪过一抹哀寂之色，似又想起了那段时光，语气沉重了许多："和他在一起的，是另外二十余位同样被流放的虞家军。他们带着父母妻儿，老幼妇孺，凄凄惨惨地跋涉在丘陵荒地上，其间还不时被押送的官兵们抽鞭子。可惜你不曾亲眼看到，那些曾经的热血英雄，曾经为大燕抛头颅、洒热血的男儿，就因为先帝一句话，一个个都成了什么样子。"

林肃抬起头："我再问你，你可知道虞家军为什么会反？"

不等燕乐晟回答，他突然抬高音量续道："因为……先帝忌惮虞家军功高盖主，胡乱寻了个罪名，就要问斩虞家军的将领！”

高亢的声音回响在大帐之中，震痛人的耳膜。

林陌染被这厉声的喝问给震得五脏六腑都颤了颤。

就连燕乐晟的脸色也凛然了几分。

忌惮臣子功高盖主，试问世上哪个帝王不曾犯下这样的通病？

先帝此举实乃情有可原。可是大战将至，却要问斩主将，这一点实在说不过去，也难怪虞家军会反……

林陌染觉得有些头疼。朝纲之事，最是让人费解。都说“伴君如伴虎”，常年伴在帝王侧，需要的不仅是忠心，更多的，还是一种圆滑处世的智慧。

林肃话语出口后，大帐陷入了瞬时的沉寂之中。

凝滞的气氛，让人倍感压抑。

直到燕乐晟神色漠然地开了口：“父皇最后一次出征武陵，是抱着必胜的决心去的。出征前，他甚至放言，若这一次不能收复南燕，他就战死沙场。你可知，那一年，他其实已经六十五岁，是个行动迟缓的老人了。他知道，若这一次亲征再不能凯旋，他这一生就再没有机会。”

他无奈摇头：“可是虞家军把这一切都毁了。他们暗中召集了三十多个人，对着父皇放冷箭……那可是一位白发苍苍的老人啊！他们竟然能如此狠心，用三十多把制作精良的弓，瞬间射出一百多支冷箭！父皇的五位副将当场就被射成了筛子！父皇也身中数箭，勉强撑着回到了京城。他本可以亲眼见证大燕一统江山，然而两年后却含恨而终……”

燕乐晟叹了口气：“父皇不是恨虞家军叛变弑君，他是恨最后一次原本必胜的亲征，就这么毁在了虞家军手中。”

言罢，他抬眸冷笑看着林肃：“虞家军因为一人的恩怨，给国家造成了多大的损失。北燕由此错失了收复南燕的最好机会，大燕的统一更是平白推迟了数年！林肃，你如今还可怜他们虞家军吗？”

此问一出，就连林陌染都摇了摇头。

虞家军是可怜，但也可恨……话说他们就不能另外找个时机刺杀先皇吗？

她耸耸肩，突然又想起自己嫁给了燕乐晟，先皇不就是自己的公公？

这样算不算是诅咒自己的公公呢？先皇在天之灵，千万不要动怒啊！

此刻，在场的所有人都觉得，此事已经不需要对比。纵然先皇问斩虞家军统领是做错了，纵然虞家一族的仇恨再强烈，也不应该在先皇亲征，即将一统大燕的时候弑君！

然而林肃却没有如他们预想中那样妥协，反而幽幽地笑了。

笑罢，他轻飘飘道："所以，我助你一统了大燕，完成了先皇的遗愿后，才让虞一龙行刺你。这是两笔不一样的账，我们应该一笔一笔分开算，你说对吗？"

"林肃！"

这次是林陌染忍不住了，一开口直接唤了他的全名："你就不能少说几句？！这本是虞家和皇族的恩怨，你非要蹚这趟浑水！你以为虞一龙希望看到你现在这样？他身负恩怨，身不由己，为此而死，本是解脱！你呢？你打不过燕乐晟，今日根本就是死路一条。虞一龙年纪轻轻就死了，不能再继续好好感受这个世界了。你不替他去感受，不替他去完成没能完成的心愿，就急着找死！你死后，有脸面对他吗？！"

她瞪了他一眼。

也不知是目光太狠戾，还是话语说得太重，林肃倏忽就是一震，皱眉移开视线。

林陌染这才转向燕乐晟："还有你！你杀林肃能解什么气？先皇已经去了，你就算今日手刃几百几万个虞家军余党，他也不可能看到！林肃才华横溢，你应该想着怎么劝服他，而非杀他！"

"不杀他？"燕乐晟冷笑起来，反问，"嗬！你竟然还让我不杀他？"

"你什么意思？"林陌染心中顿时生出一抹寒意，不解地皱眉望着他。

燕乐晟却跨前一步，一手掀翻了林肃的书案，再一抖，狠狠抽住那张笔墨未干的画，怒道："你可知他今日画的是什么？！"

林陌染讶然看过去。

图中山河壮丽，画尽了北燕的江山全貌！而在这山河之上，赫然标注着北燕的军事战力分析图！

林陌染顿时惊讶地瞪大了眼睛。

林肃竟然画这样的图，而且还画得如此详细！

若不是为了行军打仗，那就只能是因为谋反！

而如今，他和燕乐晟之间还横贯着巨大的恩怨，这张分析图自然不可能是为了帮燕乐晟排兵布阵……那么只能是，谋反！

“哥！”林陌染无法相信地摇摇头，“你画这张图，是为了入朝领兵，是吗？一定是的……你当年还未进京赶考时，就常爱跟一群志同道合的人谈论北燕军事！”

可是林肃却极轻地叹了一口气：“不。陌染，这张图，我是替虞家军画的。”

一句话，彻底将林陌染打入冰窟！

后背寒凉，刺痛入骨！

燕乐晟已经怒不可遏，大手猛然将图纸撕成了碎片！手中的长剑瞬间刺向林肃心脏——

“不！”一声叫喊，林陌染已经甩开林奕的阻拦，整个人飞扑了过去，堪堪挡在林肃身前！

燕乐晟手中的长剑，只差一寸便要刺入她的咽喉！

他手势一僵，顿时将剑势止住，因为后怕，额上一层冷汗。然而更多的，是怒气！

狂嚣如浪的怒气，在他眸子中燃起熊熊火焰！

“让开！”燕乐晟咬着牙，恨声吐出两个字，眼睛死死地锁着林陌染。

“不让！”她仰起头，一脸固执的无谓，“你若眼里还有我这个妻子，若不想让我恨你一辈子！就收回你的剑，放我哥走！若你还顽固不化地要杀他，那么就先从我开始杀！”

“林陌染！”燕乐晟狂怒不止，猛然抬高了音量，咬牙切齿，“他联合虞一龙置我于死地！他还想谋反！”

“我不管！”林陌染强硬地吼了回去，“我只知道他是我哥！”

“哐当！”

一声撞击！却是燕乐晟猛然摔下了手里的剑。

眼神无比阴沉。

他盯着林陌染，恨恨地，一字一句地吐出：“你真让我心寒！”

他丢下这句话，转身出军帐，留下身后错愕的林陌染。

她自问没有说错什么……林肃是她唯一的亲哥哥，也算是他燕乐晟的兄长了。他再怎么动怒，也不能说杀就杀啊！他不看她面子也就算了，竟然还责怪她，说她让他心寒！

果然“伴君如伴虎”！久居帝王之位的男人，性格就是难以捉摸！

可是谁让她自作孽爱上了他呢？她只能认命地望着他的背影，长长地叹了一口气。

直到身后也同样响起一声轻叹。

林肃望着她的面色十分平静，眸子微微敛着，看不出丝毫情绪：“你又是何必……”

“何必？！”

林陌染本来是默然的，一听他这句不咸不淡的话，顿时气恼：“你还问我何必？！你是我林家的人！是父亲唯一的儿子！我不管从前你因为母亲的缘故有多讨厌他，可他毕竟是你父亲，林府毕竟是你的家！我们都等着你回去！你知道吗，你不在的时候，家里发生了太多事，我差点儿死掉，后来又被迫嫁给九王爷，萱儿也……”

她声音低沉了几分，无法继续往下说，缓了缓语气，难过道：“你若不回去，林府的气数，也许……就真的尽了。”

此话已经说尽了林府目前的辛酸处境，可是林肃却丝毫不曾动容。

他闭上眼，语气仍旧十分强硬：“林府的气数尽否，与我何干！若那人从前能多尊重母亲几分，就不至于落得如此境地！还有你！”

他扭过头：“你忘了从前顾清媚那女人是怎么欺负你的？！我身为嫡长子，尚且要小心翼翼地周旋，才能护着你和母亲不被赶出林府！试问当今世上，有哪户大家族里的正房活得如此窝囊！”

“好，好！打住！”林陌染不想跟他吵，如今他刚失了挚友，心情本就不佳，她不必再次来给他添堵。

“那你现在打算怎么办？”她低头看一眼被燕乐晟狠狠掷在地上的

剑，柳眉轻挑，“燕乐晟应该是不打算杀你了，你还一心要赴死吗？”

林肃摇头：“不。”他的眼神中，初次显露出一丝带着怀念的伤感，“我想替他守墓，三年……找个僻静的地方，把这幅图完成。”

他从地上捡起被撕成碎片的画，心疼地将褶皱抚平。

“你还要画？！”

林陌染错愕。她冲过去，一手就要扯他手里的碎片：“林肃，你不能这样！燕乐晟已经放过你了，你就不能放过他，非要谋反，夺他江山吗？！”

“我要画！怎么能不画！”

林肃紧紧护着，眸子微眯，神色却十分坚定：“我答应过他，这是我能为他做的最后一件事……”

林陌染抢不过他，紧紧盯着他的眼睛，难以置信道：“那么画完之后呢？你还要给虞家军，让他们用此图去谋反？！”

一言至此，林肃猛地沉寂下来，是那种哀莫大于心死的瞬间沉寂。

他呆住了，有些无措地拢着手里一堆碎片。

半晌，无奈地叹了一声，嘴角溢出的笑声苦涩而心酸。

“虞家军？嗬！”他抬起头，冷笑一声，“这世上哪里还有虞家军？他们都死绝了！虞一龙，他是最后一个……”

震惊！

彻底的沉寂！

林陌染一时间甚至没有办法说出一句完整的话。

听林肃这么轻飘飘地说出来，这短短的二十余字，却道尽了一族人夹缝中求生，最终却抵不过命运的惨烈，不幸灭门的辛酸。

“那你为什么不告诉燕乐晟，还要在他面前假装背负着虞家军谋反的使命……”她愕然问出这句话，才发现，不知不觉中，自己也有些替虞家的人难过。

林肃轻笑：“我为什么要告诉他？我反而要以此来惩罚他！就让他以为虞家军还有人，还盯着他那宝贝的王位！让他时刻胆战心惊，时刻为了保住大燕的江山而励精图治！这样……不是也挺好？”

林陌染摇摇头："只是对他来说，这惩罚未免太残酷了些。"

然而她心中却暗想，一会儿见到燕乐晟，一定要告诉他这个事实！

虞家军已经没有人了，林肃即便画下那幅图，也已经没有任何意义，所以他就更没有理由杀林肃了……

林肃收拾好碎片，又将燕乐晟的剑捡起来塞到她手里，神色恢复了一贯的清冷："去找他吧。他是个好皇帝，也会是个好夫君。方才因为我的事，让你们闹了不愉快，为兄在此给你赔罪了。"

她闷闷地接过剑，抬眼看他："那你呢？三年后，你就会回林府吗？"

林肃疲惫道："再说吧。世事无常，哪能算尽？"

就这样将她半送半赶出了军帐。

第二天。大军拔营，一路凯旋返回江陵。

所有人都将物品收拾好了，唯独不见林肃。

有人说，半夜似乎看到他独自一人，点着盏孤零零的小油灯，走过了丘陵间的山道，一路往岭南的方向去了。

燕乐晟跨上马，冷冷地朝那个方向看了一眼，又回头，面无表情地望了一眼林陌染，一夹马肚，领着大军率先离开。

林陌染远远地和他对视，心中一沉，只因他的目光中没有半分曾有的温情。

他竟然这么生气？

昨晚她将剑捧过去时，他甚至没有正眼看她，只沉沉道："放那儿！"就再也不理她。

她一个人呆呆地守在大帐里，站了许久。

一直等到他和陆续进来的三个将领说完事，他都不曾看她一眼。

最后还是林奕将她送了出来，也是心疼她，犹豫着劝道："皇上正在气头上，阁主还是回去早些歇下吧！"

她叹了一口气，和许嬷嬷找来一辆马车，将不多的物品都搬进去，又唤来柳十八等人，让他们打理好虞一龙的马帮，留下一部分人跟着林肃，其他人也随在大军后面一同返回江陵。

吩咐完后，马车才急急追上前面的大军。

彼时，燕乐晟骑着高头大马，已经走出去好远了。

他竟然不等她……难道他就不担心她的安危？就不打算看一眼她有没有跟上来？

许嬷嬷看出了她脸上神色有异，在一旁笑着劝道：“新婚夫妻，床头吵架床尾和！偶尔闹闹脾气，没什么大不了的！小姐且消消气，过不了两天，皇上就会主动来找你了！”

林陌染抄着手，撇嘴道：“谁稀罕他找我！”

此刻，在他们身后的山道上，一人白衣翩翩，负手而立，清冷的神色浮现出一抹释然。

在他身旁，一身白色麻衣的林肃默默提起脚边的小油灯，爱惜地擦了擦，幽幽道：“柳十八他们一会儿便出发，你若是要去江陵，可以随他们一路。”

“不了。”辰靳挽着手腕处的袖子，望了望远处绝尘而去的马车，自嘲地笑道，“我一个人自在惯了！难得不用再护着她，陪她到处瞎折腾，我终于能找个地方过几年清闲的日子……”

他一笑回首，摇着手里的锦扇，道：“你呢？要去给他守墓？”

林肃默默点头。

“他就在虞家村东边的墓地里，我把他葬在了虞保成的旁边。”

林肃敛了袖子：“多谢。”提着油灯，又不急不缓地走入山道。

大军日夜兼程，半个月后终于回到江陵。

正是白日午时，初冬阳光灿烂温暖，江陵城门大开，百姓夹道庆贺。

无数人奔涌而至，见到亲人的顿时热泪盈眶，而那些不幸失去亲人的则默默掩面垂泪，看了让人哀伤。

林陌染默默放下车帘，回头望一眼许嬷嬷，叹道：“可惜肃哥儿没能和我们一起回，不然父亲定会很高兴。”

许嬷嬷摇摇头：“老爷得知少爷还活着，就已经很满足了。再说，三年很快就会过去。这么多年都等过来了，还在乎这短短三年吗？所以啊，一会儿小姐回府，面上要显得高兴些才好！府里的人，心情也能愉快些……”

是啊，自从母亲去世那一日开始，林府就已经好久没有如此欢乐的气氛了。

可是林陌染原本想着，她已经嫁给燕乐晟为妻，应该是要跟他一起回宫的。

不料两人却被直接送回了林府。

车夫说，是燕乐晟的命令。

他不亲自送她回家就算了！半个月没说过一句话，如今连分别时，都不肯见上一面吗？！

林陌染气鼓鼓地下车，神色恼怒地叉腰站在了林府的大门前，把前来迎接的林府家丁们给唬了一跳。

许嬷嬷在后面下了车，大嗓门一吼：“傻愣着干啥！赶紧去拾掇东西啊！车里的东西可多了！咱这一趟出门，去得远了些，物什也多了些……”

家丁们战战兢兢地应着，一边搬，一边不时扭头看一眼还杀气腾腾站在那里的小姐，想问又不敢问。

许嬷嬷逮了其中一个，手腕一甩，就朝着人家脑门敲了上去：“看什么看！咱小姐在想着皇上呢！”

“啊？！”家丁揉着脑门，诧异皱眉，“许嬷嬷，你确定小姐这表情是想皇上？”

“赶紧搬东西，再多嘴，仔细我扒了你的皮！”

半年未见，许嬷嬷气势上又威武雄壮了不少，家丁被她这一声喝，吓得狠狠抖了抖，待反应过来，捂紧脑门连忙开溜。

而林陌染在一旁，不动声色地将家丁的嘀嘀咕咕尽数听在耳中，顿时一声轻笑。

燕乐晟突然对她如此冷待，早就被军营中的人传开了。恐怕这时都已传入宫中……也就是说，柳琦也已经知道，兴许此刻正在嘚瑟呢！

她晃了晃僵硬的身体，暗暗握紧拳头，将这一切抛在身后，大步潇洒地迈入府中。

她林陌染，今天从江湖回来了！

然而明日起，又将有一个全新的江湖在等着她！

两日后，北燕宫内。

燕乐晟闷闷不乐地坐在书房里，一手握着笔，久久没有写下一个字。

魏喜将他的神色看在眼中，忍不住叹道：“皇上，若是想接林府长女入宫，就……”

“砰！”

却听见一声脆响，燕乐晟将笔扔在檀木书案上，墨汁溅了一纸。

“谁想她！谁要接她入宫！她眼里不是只有那个一心想谋反的哥哥吗？！她眼里根本没有朕，朕为何还要想她？！”

魏喜抹着额上的汗，心道你脸上都写满了“朕很想她”四个字，嘴上怎么还如此强硬地狡辩呢？可见帝王还有一个通病，就是口是心非。

他想了想，委婉道：“太后昨日又劝着你立后了。皇上，再过数月你就年满三十，不仅连个子嗣都没有，这后位还一直空着……”

“要你管！”燕乐晟猛地站起来，一句话顶了回去。

魏喜被吼得愣了一下，有些诧异地发现，皇上这语气怎么变得和林陌染如此相像了？

魏喜想着，皇上这股气憋了好几天，还没消，看来一时半会儿是消不了啦！还是闭嘴保命要紧，他索性就再也不开口。

哪知道他这边沉默下来，燕乐晟又嫌他太安静了，负手在屋内踱了几步，怒道：“你怎么不说话？！是不是也觉得朕对她太苛刻？还是觉得朕小气？！觉得朕不应该为了这件事不理她？”

魏喜恨不得赶紧点头，皇上你太有自知之明了，可是嘴上哪里敢这么直白，咳了声，忍着笑道：“这些事，皇上自己心里最明白，奴才这辈子都没这福分和哪位姑娘家谈情说爱，对情这一事，实在是无法捉摸。”

听了这席话，也不知是可怜他，还是觉得自己能遇到林陌染这么个姑娘，和她谈情说爱一场挺幸运的，反正燕乐晟拧紧的眉头总算是舒展开了。

他又踱了几步，闷了半晌，点头道："朕也觉得此举有些过分。"

他站稳脚步，皱眉道："这样吧，你找苏御史来朕的书房，朕要亲自拟一份谕旨，召陌染入宫为妃！"

"哎！"魏喜喜滋滋地点头，可是转念一想，又忍不住插嘴道，"皇上方才是说，召林府长女入宫……为妃？"

"怎么？"燕乐晟恼怒挑眉，"难不成一进宫就让她当皇后？在宫外她都敢顶撞朕了，要是刚进宫就让她当皇后，她岂非要闹翻天，天天顶撞朕？！"

魏喜愕然："可是……"

可她毕竟是你的结发夫妻，你俩拜过堂的啊！古来能有资格和皇帝拜天地的人，不是只有皇后吗？更何况，再退一步来讲，你以为不让她当皇后，她就不敢顶撞你了吗？咱家主子怕是这辈子都没法从她的"压迫"中翻身了……

这些话，魏喜没敢说出来。

等轿子晃到苏御史府上时，刚好在门口遇到林府的轿子。

而这轿子里坐的不是别人，竟然正好就是林府长女林陌染！

魏喜一撩帘子走下来，看见林陌染正在府里神采奕奕地和阿九聊天，先是愣了一下。咱家主子在宫里生闷气，这位主子却跟个没事人似的到处串门走亲戚？唉，这事一定不能让宫里头那位知道！

他打定主意，就装作没看见林陌染，直直走了过去。

林陌染眼尖，声音也大，一开口就唤住了他："魏公公，这个时候还来苏府串门啊？"

魏喜干笑一声："是啊！"他哪有心思串门啊？

林陌染却笑着就走了过来，一只手还抱着阿九那位刚出生的小郡主，挥着宝宝胖乎乎、白嫩嫩的小手，去挠魏喜的脸："小宝琳你看看，这位就是宫里头最厉害的叔叔，可惜是个太监……你知道什么是太监吗？"

魏喜本来听着前半句还觉得挺受用的，后面这句是什么鬼？当即脸色就不好了。他拱拱手："咱家有要事在身，恕不奉陪了。"说罢，抬脚就走。

身后，林陌染诧异地“咦”了一声，就听到阿九小声解释了一句：“魏公公这个时候来找老爷，肯定是要请老爷入宫拟定谕旨！陌染，说不定一会儿皇上就要宣你入宫，指不定啊，还是当皇后呢！”

听那语气，诸多羡慕！

魏喜也是没来由地觉得一阵自豪，咱家主子一出手，就知道有没有！瞧瞧大燕多少女人希望嫁给他当皇后，甭管已婚未婚，可都将他当成最佳相公人选呢！

不料却偏偏有人不是这么想的。

林陌染一撇嘴，道了句：“不成！都没求婚呢！戒指也没一个！玫瑰花呢？婚车呢？婚房总该给一套吧？别家还得送足八副金镯子、金项链呢！他就一道谕旨，太没诚意了！”

没过多久，魏喜将苏御史请入宫后，偷偷将燕乐晟请到书房后头，嘀嘀咕咕了一番。

燕乐晟大惊失色：“她当真这样说？这是哪里来的习俗？婚车又是什么？牛车还是马车？婚房倒是可以有，但这八副金镯子、金项链……库房还来得及打造吗？”

魏喜抬头，难以置信地看了他一眼。

明明上午他还信誓旦旦地说不想她，不想接她进宫……这才过去多久啊，怎么态度就来了个彻底的大转变，竟然一听她开了入宫条件后，就着急了，就开始担心满足不了她的条件，她不肯入宫怎么办了？

唉，别说当不当皇后了，就算这林府长女只当个小小的九品才人，照样将皇上治得妥妥的！

燕乐晟还急着，抬眼一看魏喜面上表情很丰富，顿时站直了，怒道：“你还站在这儿干什么！陌染的话你不是都听清楚了？她要的东西，一个都不准少！朕命令你，谕旨拟好前，就要准备好一切！将来和谕旨一起送到林府去！”

他就知道这吃力不讨好的活儿肯定要摊到他头上！

魏喜苦着一张脸，虚弱地应了声：“奴才遵命。”

林陌染在苏府舒舒服服地喝完了下午茶，正和阿九一人一边躺在软榻上，就着窗外漏进的一缕阳光，有一句没一句地闲聊着。

从打仗说到百草谷趣闻，又说到她不在时，江陵各户人家的变化。

这时，初娘子就挺着微微隆起的小腹，携着夫君苏靖过来羞怯地见礼了，还带着自己亲手做的糕点，看得林陌染一阵嘴馋。

“都是自己做的，比不得外间酒楼厨娘的手艺！”初娘子谦虚地道。

阿九便笑道：“昨日小瑾来我这儿，才贪吃了好些，直夸比宫里头御膳房做得还要好！”

林陌染赶紧拿一块尝了一口，味道果然不错！

“玉楼春就缺你这样的厨娘！”她大赞，“赶明儿我让小翠儿过来学几招，你可不能藏私，定要把她教会！我玉楼春要把这几样糕点打造成招牌！”

初娘子毕竟怀了身孕，不好久坐，没多会儿，林陌染就让她回去歇了。

人都离开后，阿九才凑到她耳边，接着方才的话题，低低继续道：“你走后，听说宫里那位柳贵妃很是威风了一阵。连太后都避让到昆山去了，直到现在都没回宫。”

林陌染嗤之以鼻，一个小小的魅，等自己进了宫不好好收拾她！

阿九担忧道：“你可别不把她放在眼里，如今虽说她是异族女子，在朝中没有后台，可大燕如今正一心要和西域乾罗国交好，想来燕乐晟一时半刻还是不会动她。”

“乾罗国怎么又冒出来了？”林陌染皱眉，“他们不是早就被灭了吗？”

阿九叹气：“你不在朝中，自然不知道其中利害。乾罗国虽然早已国不成国，但乾罗的遗民民风还是十分彪悍！而且听说他们有一种蛊术，十分厉害，可以迷惑人心！所以大燕这边的人，轻易不敢冒犯他们……”

“这么说来，燕乐晟只要把柳琦归还给他们，继续当他们乾罗国的国主，不就好了？”林陌染琢磨着这是最省事的一种办法。

阿九却笑了：“你以为女人是物品，说要就要，说还就还？再说了，要不是忌惮着国主还在大燕皇帝的手上，乾罗国人早就该闹翻了！”

“闹翻？”林陌染失笑，“难不成他们也想谋反？”

晚上，她就带着满腹心事回了府。

黎笙和林奕在林府正式谋了个差事，搬去正院新建的厢房里住，平时没事，她也不让黎笙过来伺候，而是让她好好养胎。

没想到今晚回来时，两人十分焦急地在屋里候着。

“咋了啊？今儿人这么齐？”林陌染一声招呼，先扶着黎笙坐下，“有什么事吗？”

黎笙犹豫地看了林奕一眼，疑惑地开口道：“方才林奕被皇上召进宫，问了好些问题。问题都比较奇怪……”

林陌染抬眼一看，可不是嘛！从江陵回来后，林奕就被封为了辅国右将军，和苏御史平起平坐，无须奉召就能自由出入宫门，如今刚从宫里回来，身上还穿着朝服呢！

“什么奇怪的问题啊？”林陌染随意问道，给自己倒了一杯茶，坐下来静等黎笙的回话。

不料黎笙接下来的话，却差点儿让她一口茶喷出来！

“皇上问，这个戒指你想要什么款式？玫瑰花又是什么花？换成牡丹或者芍药行不行？还有婚车是要牛车还是马车？皇上对魏公公说，比较想用马车，看你意下如何？”

她一口气说了这么多，仿佛不一口气说完，怕自己会忘掉似的，缓了口气又继续道：“皇上还让魏公公问林奕，江陵城西郊的四合院当成婚房行不行？他手头最近比较紧，刚打完仗，国库都空了……还有八副金镯子、金项链都让库房赶制了！你看能不能先嫁进宫，以后再补上呢？”

黎笙长舒一口气，埋怨道：“小姐，你这是又整出什么歪主意难为皇上呢？害得我家林奕大晚上的被急急召进宫，就为了回答这些奇奇怪怪的问题！”

林陌染愣完后，却再也忍不住，一阵放声大笑：“燕乐晟，他真是太可爱了！”

她让林奕进宫回复了燕乐晟。果然第二天，谕旨就来了。

林府全体，老老少少出来跪迎，林博自告病在家中静养后，这还是三个月内第一次穿上朝服，而顾清媚至今还未从林萱之死的打击中恢复过来，一直不曾出偏院，今日也不曾见到她。

于是正院里，便只有林博和林陌染领着众人跪在魏喜面前。

魏喜除了一只胳膊行动比较僵硬外，似乎还是老样子。

他抖开谕旨，扯着嗓子念："皇帝敕旨，今林氏嫡女贤淑聪慧，特赐封为一品德妃……"

林陌染愣了一下，跪在她身边的许嬷嬷等人也暗中交换了一个疑惑的眼神。

他重归帝位，皇后不是她？要不要那么狗血！

"娘娘！"魏喜念完后催促道，"请德妃娘娘上前领旨吧。"

她提着长裙，缓缓站起来，盯着魏喜手里金黄色的谕旨，皱了皱眉。这时就见魏喜朝她隐晦地眨了眨眼。

林陌染略微思索，明白过来。

也对啊，身为一介臣女，又无功绩在身，没理由一进宫就是皇后，如此反而会树敌。先从四妃之首开始，也算是个不错的待遇了。

而且燕乐晟还非常聪明地没有指明是赐封林氏嫡长女，仅仅是嫡女。

百姓大概都以为曾经的九王妃已经摔死在悬崖下了，所以，今日她自然要换另外一个身份入宫！

她嫣然一笑，从魏喜手里恭敬地接过谕旨："谢圣上隆恩！"

魏喜就领着人，将皇上御赐的聘礼等物从车上搬下来。

这一搬，众人又傻眼了，只见诸多金银等物，却不是惯常人家送予女方的物品。

而是数十盘由金银玉石打造的戒指，飞鸟戒、绿松石戒等等，各色各样，简直是把大燕所有戒指款式每样都打了三四个。

然后是一盆盆盛开的牡丹、芍药……镶金嵌玉的马车……

林博眼看着小太监们一箱箱往府里抬，眼都直了。

他一生敛了不少珍宝，何时见过富贵人家娶女送这些的？

纵然见闻再丰富的人，一时也说不准皇帝为何送来这样的聘礼。

说是敷衍嘛，这玉石雕工一看就是出自大师之手！

说廉价嘛，就连这一盆盆看似不起眼的牡丹，都是外面价值十几二十两黄金的名贵品种！

只有林陌染，一直忍俊不禁。她不过是随口说说，没想到燕乐晟真的一样不落全部照做。

在场的人，大概除了魏喜之外，没人能看出燕乐晟对和她的这场婚事花费了多少心思！

魏喜笑眯眯地迎上去："娘娘收拾收拾，现在便跟咱家回宫吧！皇上已经等着了。"快要等不及了！

林陌染故意吊着他胃口："魏公公请待我去宽衣换妆。府里中馈诸事，也得一一和下人们交代清楚，以免日后我不在府里，没有人主持，全都乱套了。"

魏喜点点头："如此，娘娘便快去吧。"

而另一边，北燕皇城。

燕乐晟急得在书房里来回踱步。

苏御史和礼部大臣等人，眼睁睁地看着他从自己面前走过去，又走回来。

数十回后，苏御史终于忍不住开口了："皇上勿要着急，娘娘一会儿就到。"

"我哪里着急了！"燕乐晟一口反驳，掩饰道，"又不是第一次纳妃！又不是立后！"

"是，是。"苏御史忍着笑，心道，纳她为妃都急着这样，那以后立她为后，皇上岂不是更焦急？不成，到时候自己得寻个理由告假，被他这来来回回晃得自己老眼都花了！

这一等就等到了夜色降临。

本来纳妃是要在宫中设宴，象征性地宴请百官。

燕乐晟许是等得有点儿不耐烦了，毫不犹豫地将宫宴取消："直接把人抬到陌雪坊去！"

苏御史愣着应了声，心想皇上这次可真急！这是要直接洞房的意思啊！赶紧转身和礼部大臣张罗去了。

等林陌染被大轿抬进陌雪坊时，晚膳时间已过。燕乐晟早就换了便装，眼巴巴地坐在屋里等着她。

魏喜将人领进来，笑得一脸深意，不动声色地退出去关上了门。屋里干脆连个服侍的人都不留。

燕乐晟大步上前，挑起她的喜帕，眉宇间是又急又喜。

林陌染双眼刚恢复清明，就见眼前男人一张满焦是灼神色的脸，沉沉压了下来。

她一句话还来不及说，滚烫的吻封住了她的唇，细细辗转。

他是真的急了，两手捧住她的脸，将她身子一捞，越贴越近，呼吸也越发急促起来。

“陌染……”他哑声唤了一句，就将她带倒在了榻上，“朕错了，朕好想你……”

她低哼一声。想说的话，却都被他的吻堵了回去。

结果这一晚，林陌染什么都没来得及做，话都没能说完整一句，就被他给彻底扑倒，吃干抹净。

帝王新婚，普天同庆，第二日更是放百官的假，连早朝都免了。

近午膳时，燕乐晟才起身穿好衣服，准备回御书房处理政务。

林陌染在榻上懒洋洋地躺着，看他脱下单衣，露出精壮的上身，面色顿时一红，赶紧撇过头去。

她想了想，问道：“你准备怎么处置柳琦？”

燕乐晟皱眉回过身，这一次，是半裸的胸腹正对上林陌染的视线，那块垒分明的肌肉，更加富有挑逗性！

他一个帝王，没事练成那么好的身材干什么啊！

“你！”林陌染一手将被子拉高，恼怒道，“你就不能先把衣服穿上？！”

燕乐晟笑着将她的被子拉开，忍笑不俊地望着她的双眼，调侃道：“你一张小脸上都写满了‘想看’两个字，又何必遮遮掩掩？更何况，以后你可是要经常见的。”

林陌染嗤之以鼻：“我在跟你说正事呢！别有事没事就拿美色诱惑我！我问你，你准备怎么对付柳琦？”

燕乐晟的目光深了几分：“恐怕要委屈你一下。不过，这事交给朕就好。你只需心里明白，朕心中只有你一人！”

走之前，他还不忘一只手挑着她的下巴，自己喝了半杯合卺酒，又将剩下半杯喂她喝下，边戏谑道：“这合卺酒，一年前我们就喝过了，没想到这辈子竟然有幸和你喝两次。”

林陌染仰头，挑衅地提醒他道：“皇上是贵人多忘事，那第一杯合卺酒，我可是半口都没喝呢！”

燕乐晟压眉噙着薄怒，两指钳起她的下巴又抬高一寸，俯身贴着她的唇，半是威胁半是爱怜：“那便罚你，这后半辈子每天晚上都跟朕洞房一次！”

真不要脸！

林陌染啐一口：“流氓！”

第14章
有种后宫叫德妃

陌雪坊一切还和她第一次入住时一样。

院里的三个丫鬟，果然依着她起的名字，两个一等大丫鬟唤作陌鱼、陌鸳，二等丫鬟唤作陌雀，只是那陌鹿今年年纪大了，放出宫嫁了人，中宫又抽了另一名唤作陌荷的来当二等丫鬟。

陌鸳因是之前就跟了她，今儿入屋替她梳洗时，话也多得很。

“余嬷嬷回到太后宫里，重新领回管事嬷嬷的差事。那安逸则被分去了十二公主身边当管事嬷嬷，说是再过两年，十二公主也该及笄了，院里没个老人教导着，说不过去……”

陌鸳絮絮叨叨地扯了一堆，来来去去都是宫里的八卦。

林陌染含笑听着，并不插嘴，倒是一一用心记了下来。知道如今自己虽然位于四妃之首，却还是比柳贵妃柳琦低了一个等级。

如今太后离宫清修，这后宫没了管事之人，大臣们肯定会从她和柳琦之间推举一个，扶上后位。

入宫第一天，按理说她是要去给柳琦请安的。陌鸳给她挑了件偏素的衣服，想着她是新晋的妃子，等级又不足，不好太张扬。

不想林陌染一抬眼，道：“不成！给我整一套艳丽的！这是新婚又不是新丧，第一天就穿这么素，传出去倒被人说我的不是了！”

陌鸳赶紧解释：“可是娘娘，若你穿得太艳，宫里那一位……”

“就怕她不刁难我！”林陌染笑道，“她若是借此发作，寻机处罚我，那就说明她心胸狭窄，新妃入宫头一天就不能容忍，皇上正好以此为由，拒绝立她为后。可她若是从容应对，非但不作难，还笑容可掬，那才证明此人难对付呢！”

陌鸳聪明，一点就懂。她点点头，掩口笑了：“这样看来，若那位主子今日刁难娘娘，被皇上责骂了，岂非就再也不能跟娘娘争宠了？”

“傻丫头，当然没这么容易。”林陌染拍拍脸上厚重的粉，笑道，“若是立后一事能这么简单，这宫里的娘娘也不必整天争来争去。我只是抱着试一试的态度，想着多多少少也能产生点儿影响吧！不过，以后出了我这陌雪坊，你说话也要注意点儿。记住，若今日柳贵妃非但没有刁难我，反而对我亲如姐妹，以后你们就得当心，决不能被她拿捏到任何把柄。不然……会死得很惨。”

出了陌雪坊，陌鸳和陌雀一人一边，随在轿子旁慢悠悠地走着。

按林陌染的意思，这请安也不能去得太早，路上要尽量慢，姿态要高傲。今天之内，务必要将耍大牌的精神发扬光大！接下来，就看和柳琦的现场对垒了。

出乎意料的是，今日的翠柳斋却十分平静。

小太监通报后，几人进到院子，柳琦刚用完午膳，正靠在屋里软榻旁，点了熏香，闭眼歇着。

林陌染被陌鸳牵着，神色高傲地走进来。

“妹妹来啦。”柳琦不急不缓地睁开眼看着她，柔柔地笑了，连声音都十分温柔可亲，“素来听闻妹妹姿色不凡，让皇上念念不完，姐姐我一直想见却不得，今日才得以一睹真容，果真是天仙般的人物！”

说罢她就亲昵地挽起了林陌染的手，拉到身边，也不分尊卑等级，两人隔着中间的小茶几，一人一边坐了。

再唤来丫鬟：“给德妃上茶，要最好的白毫银针！”

一切水到渠成。

林陌染看她滴水不漏的一番作态，心里暗叹，完了，计划落空，此人比想象中难对付！还是走的极品白莲花路线！

再低头一看杯子里的茶，哪里是什么好茶！一片片茶叶跟银针一样，喝着喝着，就起了心理作用，以为自己在吞银针呢！这不是故意的吗！果然能装！

柳琦恍若不觉，只是淡淡继续道："听闻昨日，皇上在你的陌雪坊一直歇到今日近午时才走。"她莞尔一笑，体谅道，"妹妹真是辛苦了！"

瞧瞧这态度，明明是醋劲十足，却表现得如此大方得体，叫人看不出丝毫破绽，还反过来安慰她，说她辛苦……这可怎么对付呢？

林陌染眼珠子一转，有了主意。要装白莲花，看谁比谁更白莲！

她立马转换了态度，一改高傲神色，忙委屈又惶恐地捏着帕子，战战兢兢地站起来，开口就是求饶："求贵妃娘娘恕罪！只因昨日皇上劳累，睡得晚了些，早上便也起晚了。妾身无意霸占皇上，更不敢和娘娘争宠！娘娘若是觉得妹妹哪里做得不好，还请责罚！妹妹绝无怨言！"

柳琦也被她突然的转变给唬得愣住了，片刻才回神，敢情这小妞是故意拿捏姿态，装出被自己的气势打压得战战兢兢的模样，好叫下人们觉得，自己是仗着贵妃的身份在欺负新入宫的妃子！

柳琦心中冷哼，却伸手客客气气地将林陌染又拉到身边："妹妹这说的是什么话呢。妹妹如今进了宫，第一天就能替我分忧，好生照顾皇上，得了皇上的喜爱，我当姐姐的，感激欢喜还来不及呢！怎么会想要责罚妹妹？"

这一次，柳琦却直接要拉着她去主位坐。主位是个大概能坐下两人的宽椅。看样子，柳琦是要显示出自己的大度容人，要跟她一起坐主位。

林陌染被她柔弱无骨的手牵着，正要坐上主位时，却眼尖地发现，主位的软垫下赫然藏着一条毛绒绒的不明生物！看着像巨形的毛毛虫，还在不停地蠕动！

这柳琦，难不成想用虫子吓唬她？

如果她怕虫，无论如何不肯坐上去，就会落下把柄，传到外人的耳中，就是柳贵妃亲自赐座，这位新上任的德妃却百般嫌弃不肯坐下，成何体统！

林陌染大大方方地施了个礼，却不往前走了，握着柳琦的手，装出感激涕零的样子，道："娘娘待妾身如此亲厚，妾身今日理应在左右伺候，断不敢再和娘娘一同坐上主位平起平坐。还请娘娘上座，让妾身站着伺候娘娘！"

说罢林陌染就要推着她往那个主位坐。

柳琦脸色一变，她本来要坐宽椅的另外一边，却被林陌染一推，直直往放了虫的这边一屁股坐了下去！

坐下的同时，她眼睛几不可察地睁了睁！

看着她那细微的面部表情变化，林陌染仿佛都能看见那条虫子被她屁股坐扁汁液四溅的画面，简直不要太恶心。

偏偏柳琦还不能动，不能起身，更不能让她察觉出动静，依旧维持着温柔的笑容："妹妹喜欢什么口味的糕点？我让御膳房送几盒上来，也好让我们姐妹俩边吃边叙话。"

难为她屁股下面坐着条死虫子，口中还要夸夸其谈吃什么。

林陌染都不禁替她抹了把冷汗，想了想，道："听闻宫里有位老师傅手艺了得，能将面团做成蚕蛹的模样，烤得金黄酥脆，如今天寒，正好吃些新烤的热食，驱驱寒气！"

柳琦一听，脸色瞬间又变了！

她坐着一条死虫子已经很要命了，如今还要她吃虫子形状的点心？这林陌染真的不是故意整她吗！

心里的火苗差点儿就要猛蹿起来！柳琦好歹死死压抑了回去，面上维持着笑容，唤了个丫鬟："那便赶紧去准备吧！"

两人一站一立，又说了些话。

这时，外面有人通报，说是东篱院的两个六品尚仪来请安。

这两位尚仪，是上次全国大选时，皇太后硬塞给燕乐晟的。一个姓陆，一个姓安，都是朝中大臣的女儿。进宫半年多，自认为出身不凡，有几分姿色，性子很是力蛮强势。

不过别说侍寝，到如今，连燕乐晟的面都没见过！

今日赶在这个时间来请安，不用说，肯定是柳琦安排的。

林陌染抱着“既来之则安之”的心态，规规矩矩地站在一边，等着接下来要发生的事。

果不其然，两位尚仪还未进屋，娇笑的说话声就传了进来，其中一位还故意说得十分大声：“我爹爹当巡抚那会儿，掌管着江陵以北共五省道的粮草。每到秋季丰收后要运粮上京时，哪个省道的总督不是巴巴地赶来巴结我爹……”

这是暗里说林陌染呢，一个出身小小总督府的人，一进宫就爬到她们头上，成了正一品的德妃，凭什么啊！

另一位似扯了扯对方的袖子：“小声点儿，屋里头那位就是总督府出来的。”

嗯，这位更加阴险，直接把林陌染的身份给点了出来。

林陌染脸上挂着淡笑，不动声色地将进屋的两人打量了一番。都是模样清秀的女子，怎么说出来的话却这么恶毒。

柳琦看她没有发作，眸子一沉，闪过几分狠意，开口却笑着道：“两位妹妹今儿是结伴来看我呢！快坐吧！”

看来柳琦无论对着谁，都是这样一副白莲花的模样。

安尚仪听了很受用，毫不客气地一迈腿，一屁股坐在紧靠在主位的下首。另一个犹豫着看了一眼还站着的林陌染，不是很敢坐，眼神却十分精明，一副等着看笑话的模样。

德妃还未坐，哪有六品的尚仪先坐下的道理！

按理说，林陌染肯定是要发火的。但这是柳琦亲口安排的，她若是真的发火刁难安尚仪，那不是间接指责柳琦安排不周？更有甚者，届时柳琦这朵白莲花反过来护着安尚仪，指责她林陌染不能容忍怎么办？

林陌染将柳琦这一条阴谋诡计看得通透，眼神十分平静，突然却捂着脑袋，脚下一歪，眼看就要摔下去！

白莲花赶紧抬手扶她：“妹妹怎么了？”

林陌染委屈道：“许是昨晚没休息好，这会儿头有些晕。”

昨晚没休息好？

这话一说出来，屋里几个女人当即都是心思各异！

这摆明是说，昨晚和皇上折腾了一夜，所以才没休息好，而她们几个连皇上的面都见不到！谁更受宠，一目了然！

安尚仪当即忍不住了，眼看就要发作。却被一旁的陆尚仪按住了。

林陌染这一边，歪着歪着就走到了主位旁，对着柳琦抱恙道："方才娘娘许妹妹一同坐主位，妹妹嘴硬没坐，这会儿却头疼得着实厉害，也不好逞能了！还请娘娘原谅，让妹妹稍歇一会儿。"

她说得楚楚可怜，什么嘴硬逞能，什么头疼得厉害，柳琦就算心里再恨，又哪里能当面拒绝？

眼睁睁地看着她一屁股坐在了自己的旁边，两个人一同挤在了主位上。

而本想借此羞辱林陌染的安尚仪，不仅没有得逞，还只能坐在偏坐上，依旧比林陌染低了一级，更是刹那间脸色变得无比难看。

而柳琦更是烦躁，本用来吓唬林陌染的虫子，被她自己坐扁了。本安排来激将林陌染的安尚仪，自己却受了一肚子闷气。

两个女人，谁也没能从林陌染这里讨得好处。

回陌雪坊的路上，听陌鸳讲起这两个尚仪，家里都是赵家党派，如今赵琅坤已经落败了，皇上重新扶持苏御史等亲皇派，后宫就更没有这两人的出头之日。而太后身为赵家出身的，为了避嫌，也采取了对后宫不管不问的态度。

林陌染幽幽地叹了口气："按理说，这后宫四个女人中，只有我是最有地位和前途的，偏生如今还得受那柳琦的气。"暗暗想，不知道燕乐晟到底要怎么对付她。

晚膳的时候，魏公公派了个小太监来传话，说是皇上公务繁忙，今夜就不过来陪她用膳了。

她点点头，很大度地回了句："请替臣妾转告皇上，忙归忙，也要注意休息。"心里并没有起丝毫怀疑。

然而到了更晚的时候，皇上还没有派小太监过来传她侍寝，林陌染穿戴整齐端坐在八仙桌旁，眉头就皱起来了。

“他难道还不想休息？”

许嬷嬷道：“许是有事耽搁了。”

林陌染不满地嘀咕道：“今天明明说好的，让我晚上等他！你说我这是先睡呢，还是不睡呢？”

许嬷嬷琢磨着：“娘娘还是先别睡吧。若是皇上晚上过来时，看到你还苦苦等着他，定会很感动。”

林陌染心里虽然想着：我是这么矫情的人吗？面上却点了点头：“你说得对，我且等着。”

好吧，她就承认自己其实很矫情吧……

没想到这一等，就等到了下半夜。林陌染正趴在桌上哈欠连连，屋外一个小丫鬟轻手轻脚地跑了进来。

却是她派去打听消息的陌雀。

“娘娘。”

她睁开眼，眼前就出现了陌雀那张精致的小脸，凑在她的耳边，小声道：“听宫里的姐妹说，皇上方才去了翠柳斋那边。”

林陌染惊得一下子坐了起来：“当真？！”

陌雀被吓了一跳，睁大了眼睛，神色肯定：“当真！我的好姐妹亲眼见到的。”

又见林陌染脸色不对，忙安慰道：“娘娘莫难过，昨夜皇上都在咱陌雪坊待了那么久，今儿个去别的娘娘院子里，也不为过……”

林陌染却一个字都没听进去。

想了片刻，她直接站起来，披上避寒的披风：“你跟我一起去瞧瞧。”

她想到了两种可能：其一，也许是燕乐晟找到了对付柳琦的办法；其二，柳琦兴许又想到了什么花样出来蒙骗燕乐晟，就像当初给他下蛊毒一样！不管是前者还是后者，她都不放心，定要去看一眼。

快到翠柳斋时，林陌染让轿子慢下来，又将耳边的坠子扯下来，唤陌雀找个离翠柳斋近的地方扔了。

然后她们才慢悠悠地晃着来到翠柳斋，让守门的婆子通报。

陌雀按她的吩咐，有模有样道："我家主子今儿下午来给贵妃娘娘请安时，不小心把一个碧玉坠子丢在翠柳斋了。主子最是喜欢那坠子，刚发现不见时，就带了奴婢要亲自过来找，如今正在院外等着呢！老妈子可否通告一声，让我家主子进去小坐一下？"

婆子望了望林陌染的轿子，又望望屋内，不置可否，片刻，才下决心道："皇上在娘娘屋里歇着呢，娘娘不方便见客。还请德妃娘娘先回去，明儿再来吧。"

陌雀还想争取一下，这时轿子里就传出了林陌染的声音："算了，我们在附近先找找，明儿再来给柳妃娘娘请安吧。"

话是这么说，可是坐在轿子里的林陌染分明不满地嘟起了嘴。

燕乐晟果然去了柳琦的院子。

她知道这是他的阴谋，可还是不免有些吃醋。

想了想，轿子走到不远处的小湖边时，她一咬牙，开口道："停轿。陌雀，扶我到湖边，用荷叶舀些水，淋我身上。"

陌雀讶然道："娘娘，好端端的淋水做什么？这是深秋，天凉着呢，若是染了风寒怎么办？"

林陌染不耐烦道："快！照我说的做，晚了就没用了！"

小太监赶紧将轿子停了，陌雀上前扶了她往湖边走，湖边荷叶很多，伸手一拽就能拽到。

陌雀犹犹豫豫地舀了水，担忧地又问了一句："娘娘到底要做什么？奴婢代你淋这水不行吗？"

林陌染心中感激，面上一笑，却摇头："你代替不了。"又迅速解释了一句，"一会儿你先喊几句'娘娘落水啦'，记得一定要喊得非常急切担忧，然后再舀水淋我头上，一定要淋得全身湿透，知道吗？"

陌雀哭着点了点头："一定非淋不可吗？"

林陌染坚定道："必须淋！非淋不可！"

她又指指旁边几个也神色担忧的小太监，道："一会儿她用水将我泼湿后，你们几个也到湖边，装出拉我上岸的样子。一会儿皇上带人来了，你们就一口咬定，我是为了找坠子，不幸失足跌入湖中，你们拼死相救才将我拉上来的！”

小太监面面相觑，都点了点头。

林陌染打起精神：“好了！这便开始吧！演得像一点儿！”

她暗暗打定主意，若是一会儿这几个小太监的戏演得不到位，她就只能真的跳进湖里让他们救了……

然而燕乐晟正在柳琦的屋里漫不经心地喝着茶，听她在耳边用娇滴滴的声音说着些闺房媚话，可谓是用尽了心意百般挑逗。无奈他越听越觉得恶心，越是没有半分感觉。

他方才按照紫袂的吩咐，将玉石磨成粉末混入御赐的茶叶点心中，并赏给了柳琦。柳琦这会儿正喝着他送来的茶，却完全看不出异样。难不成这玉石要第二天才能见效？若是这样，他便找个借口离开，明天再来吧，实在待不下去了……

就在他准备离开时，屋外突然传来嘈杂声，打断了柳琦的声音。

“怎么回事？”他立刻站起来，脱离了柳琦的纠缠，心里顿时松了一口气。

可是当小丫鬟急急进屋禀告时，他的心瞬间凉了。

“回皇上，是德妃娘娘不慎坠湖了！听声音，似乎就在翠柳斋的旁边，随行的小丫鬟陌雀说，是娘娘执意要寻不小心丢失的耳坠，才失足落入湖中的。”

柳琦故作关切道：“还不赶紧差人去救人？！”又回头，“皇上可是要去看看？”

燕乐晟心里早已急得不行，一挥袖子：“去看看！”

湖边，林陌染全身湿透，正冷得直打哆嗦，陌雀又心疼又担忧地揽着她，不停地给她呵气取暖。

燕乐晟到来时，看到的就是这么一幅画面，心里一揪，又是心疼又是气急，开口便道：“大半夜的，你就为了找一个破坠子，把自己弄成这样？！”

林陌染带着哭腔道：“皇上，臣妾知错。可那个坠子，是皇上送给臣妾的！臣妾视若珍宝，如今发现丢了，坐立不安，一心只想赶紧将它找到……”

燕乐晟当即脱下外衣披在她的身上，将她仔细裹起来，道：“好了，不闹了。朕送你回去，明儿朕再送你一副新的！”

两人相拥离开，燕乐晟再没有看柳琦一眼。

柳琦气得一张小脸发青，却没有任何办法！

回到陌雪坊，燕乐晟见左右没人，终于松了一口气，叹道：“亏得你这么一闹，我才能从柳琦那儿脱身！”

林陌染故意埋怨道：“她从前还是你最心爱的妃子呢！这才过去多久，你就见异思迁了！男人果然都很花心！”

“我是这样的人吗？！”燕乐晟急了，忙解释道，“我从前那是中了她的蛊毒！”

自从知道以前对柳琦的喜爱，都是因为自己中了她下的蛊毒后，燕乐晟越发觉得柳琦面目可憎，一刻都不想在她身边多待。

“紫袂给你的玉石呢？都用上了吗？”

“今晚用上了，却不见有何效果。”燕乐晟捏着眉心，突然想到什么，问，“明日你和小瑾一起去昆山踏青？”

林陌染刚点点头，就见燕乐晟站起来，大步往外走，边走边道：“我想到对付柳琦的方法了！你且好好休息，明日自有分晓！”

燕乐晟回到寝宫，当即招来魏喜，道：“前些日子朕让你寻名匠打造的精弓，你准备好了吗？”

“早已备好了。皇上可是想明日去昆山时，送给德妃娘娘？”

魏喜心想，那把可是绝世难寻的好弓，是皇上一声令下，从全大燕范围内寻来二十五名手艺绝佳的匠师，花了十天紧锣密鼓打造出来的，样式精巧，专为女子设计。皇上花了这么大心思，定然是给林陌染准备的。

当时朝中还传，不知道后宫哪位娘娘有幸能够得到这么一把独一无二的精弓。

不料燕乐晟满不在乎：“明日带上，送给柳贵妃吧！”想了想，又压低声音郑重道，“我给你的那些东西，可曾有熔解后偷偷加进去？”

魏喜点头应了声，才后知后觉地反应过来，那把弓竟然是送给柳贵妃的？但是他也不敢多问，恭敬地应了声，就着手去准备。

魏喜去监督弓箭的制造后，燕乐晟在寝宫的床榻上卧着看奏折。到了半夜时，已经晋升为辅国右将军的林奕请示后，匆匆走了进来。

“暗卫探得消息，林肃前日已经离开了武陵，似有意提前结束守孝，准备返回江陵林府了。”

自从辰靳退隐江湖后，暗卫一把手的位置就交到了林奕的手上。如今他既是燕乐晟手里的暗卫统领，也是林陌染琉璃阁的总管。虽说两个身份并不相同，一个为朝廷办事，一个行走江湖兼做商人，但是因为燕乐晟和林陌染的关系，两者其实常常联合行动。而林肃离开武陵一事，其实也是从柳十八那边探听出来的。

燕乐晟放下书卷，思索片刻：“从武陵返回江陵，快的话，半个月可到。届时我们做两手准备。若他有意为官，朝中兵部尚书一职还是空缺，可是调任他立刻上任！若他不愿为官，朕就得想个计谋，逼他不得不为官！”

既然林肃有反心，那么与其让他远离朝纲，在暗处偷偷谋划策反，不若将他安排在身边，就在自己的眼皮子底下，天天盯着！

林奕思索片刻，低声道：“皇上，这件事请交给臣去处理。”

第二天天气不错，林陌染起了个大早，穿上最近刚开始流行的骑马服，骑上马在陌雪坊后面的马场小跑了两圈，又练了练箭术。然后她才前往东宫门和小瑾会合，一起前往昆山。

自从小瑾被太后勒令要准备两年后出嫁的嫁妆后，就再也没有机会踏出院子一步。整日里被安逸教训各种为人妇的礼仪，还要每天学绣花。虽然小瑾身为太后最宠爱的公主，但这些东西还是一样都不能少学。

两人在东宫门刚碰头，小瑾就嘟着嘴开始抱怨。

半年不见，她鼻子上的胎记已经全部消失，圆圆的脸蛋也渐渐变成清秀的瓜子脸，终于有了那么点儿美人的感觉。

林陌染也是不久前回宫偶然得知，原来当初帮她治疗胎记的所谓高人，不是别人，正是紫袂……

“那个漂亮叔叔真的是你师父吗？”自从知道这个真相后，小瑾每次逮到她都要确认一次，“可他看上去一点儿都不老，小瑾觉得吧，他顶多也就比你大三四岁，这么年轻就能当人师父了吗？他武功是不是特别厉害？小瑾真的好想再看看他！如果小瑾日后能嫁给像漂亮叔叔一样厉害的人就好了！”

果然这就是个看脸的世界！只要一张脸好看，什么都是好的。

林陌染赶紧遏制住她后续的想法：“师父已经很老很老了！你千万不要被他的外表给骗了！还有，长得越漂亮的男人越会骗人！比如你的晟哥哥，他老是骗我！昨日答应得好好的，会做一副新的坠子送给我，结果我等到今天，别说坠子了，就连一颗珠子都没看到！”

小瑾顿时歪着头，担心道：“那你现在是不是很讨厌晟哥哥啊？”

林陌染想都没想，狠狠点头：“讨厌啊！讨厌死了！”

“可是你为什么还笑得那么开心啊？”

“啊，我有在笑吗？”林陌染撇撇嘴，掩饰道，“生气也可以是笑着生气的嘛！笑一笑十年少，愁一愁少白头，边笑边愁的话，两者综合，就不用担心会出现少白头了！”

“原来是这样！”小瑾有种恍然大悟的感觉。

林陌染心中流汗，这么小就被她扭曲了三观……不太好吧？

说话间，两人领着各自的随行，沿着宫道一路骑上了昆山。因为知道今日有后宫女眷要来，所以昆山早早就清了场，如今除了前山的寺庙还有香客外，后山包括皇家林场这一片，都不见一个人影。

时至初冬，昆山林场里的小动物为了过冬，个个都是养了一身肥膘，肉都十分厚实。

一行人从山道上去时，不时就能看到肥胖的松鼠、野兔等小动物穿过前方的草丛。林陌染兴致勃勃地拉弓，跃跃欲试。被闷了三个月的小瑾更是一脸期待。两人都是第一次狩猎，虽然手里的弓箭只能射一些野兔那样的小动物，她们也十分开心。

一夹马肚，小跑入丛林后，正准备寻个猎物试试手时，却听到丛林深处传来低低的说话声，似乎有两人在亲昵地窃窃私语。

小瑾当即有些害怕地躲在了林陌染的身后：“这林子里怎么好像还

有别人？”

林陌染也是疑惑：“当时不是说了，今日只有我和你要来吗？”

小瑾想了想，害怕道：“听说新的帝陵离这里不远！是不是帝陵中的祖先们跑出来了……”

“瞎说什么呢！”林陌染笑着安抚她，“这光天化日之下，鬼怪最怕阳光了，怎么敢跑出来！”

正说着，前方就隐隐出现了零零星星几个人影。

小瑾更加害怕：“他们来了……”

林陌染拍拍她的马头：“你看马儿们都乖乖的，不吼也不跑，来者肯定是熟人！”

来者果然是熟人！还是非常熟的熟人，前天他们还睡在一张床上。

燕乐晟身边陪着同样一身骑马服的柳琦，胯下一匹漂亮的小白马，手边还挽着一把一看就知道品质十分出色的弯弓。

柳琦见了林陌染和小瑾二人，轻笑着打起了招呼：“我道怎么远远听到有人说话的声音，原来是德妃和十二公主！”她故意弹了弹手里的弓，“德妃和十二公主也是来试弓的吗？”

林陌染直接忽视了她手中炫耀性的动作，不动声色地回击道：“回贵妃娘娘，妾身和十二公主不是来试弓的，而是来试一试我们的箭术的。”

言下之意，你来炫耀弓箭，不过是外物，是虚的；我们来炫耀箭术，那可是实打实的实力啊！因为只要箭术在手，不管弓好还是弓差，技艺肯定是比箭术不好的人胜上一筹！

柳琦听罢，脸色果然一沉。

而小瑾毕竟年幼，看了一眼柳琦手里的弓箭，再看一眼自己的，一眼就能轻易分辨出两把弓的质量差距，心里有些不爽，眼里流露出一股浓浓的艳羡神色。

柳琦将她的神色收入眼底，眼中带着一抹微微的嘲讽。

她转向燕乐晟，神色带着一丝撒娇的意味，柔笑着继续道：“听说这是皇上召集了二十五位名匠，花了十天打造的精弓！今日一大早，匠师们将这把弓赶制出来呈递给皇上，皇上就急着寻到臣妾院里来，非要拉着臣妾上昆山试这把弓！这不，本来昆山狩猎场今日是你们预订了的，姐姐我却要厚着脸皮来分你们的地盘，实在是心有惭愧……”

这话说得真叫一个高水准，首先告诉林陌染，这把弓有多么珍贵，而燕乐晟将弓送给了她柳琦；再告诉她们，是燕乐晟亲自带她来昆山的，足见两人感情十分融洽；最后，预订皇家狩猎场是要经过皇上批准的，一般有人预订后，就不可再对其他人开放，如今她柳琦却能在林陌染已经预订的情况下进来，可见是燕乐晟不惜为她打破了规矩……

一旁的燕乐晟忽地开口接话道："小瑾，方才你说你是来试箭术，不若射几箭给朕看看？"说话间，眼中精光一闪而过。

小瑾还愣着。

林陌染却瞬间接收到了燕乐晟眼中的信息，连忙道："小瑾还小，让臣妾来吧！"

燕乐晟不着痕迹地朝她一笑，又道："你那把弓不行，用朕送给柳琦的这把好弓！"说罢，又朝小瑾道，"朕记得你有随身携带朱砂的习惯？拿朱砂出来，抹在那棵树干上，就当作靶心。"

说到"朱砂"时，林陌染和燕乐晟同时偷偷看了柳琦一眼，只见她果然神色一慌。

小瑾对此自然毫不知情，乖乖按照燕乐晟的吩咐，用朱砂画好了靶心。

林陌染取了弓，站好，深吸一口气——拉弓，射箭，一气呵成！正中靶心！

周围的人当即喝彩。

林陌染将染了朱砂的箭取回，却并未放入箭袋，而是递给柳琦，道："贵妃娘娘也来试试？"

柳琦看了一眼箭头的朱砂粉末，露出犹豫的神色。

林陌染看准了时机，忽地将箭递上去——尖锐的箭头当即"不小心"划破了柳琦的手臂！

只听柳琦一声尖叫，猛地推开林陌染！那神色，仿佛见到了恶鬼似的！

随即，短短数秒内，柳琦的手臂越来越红肿……这玉石粉末，果然要以血为媒介才能发挥效用！

柳琦受伤，燕乐晟只是简单地呵斥了林陌染几句，便让随行的御医给柳琦包扎伤口。他的目的已达到，当即宣布回宫。

这时，斜刺里又冒出一匹飞骑，马背上一个英武俊朗的少年举着一把巨大的银弓，另一只手提着箭，从眼前的树林里打马而过，如风一样。

“皇上，这便回去了吗？看我再一箭射下一对大雁！”说罢，少年坐直弯弓，手臂肌肉绷紧，用极帅气标准的姿势，以绝对的力量将手里的箭射了出去！

惊扰了天空中一排南飞的大雁！

可惜，姿势虽标准，准头却实在不行！别说一对，连一只都没射中。

少年收了弓，似难以置信般，左手弹了弹手里的箭杆，又歪头搔了搔脑袋，再抬头时，满眼受伤的神色：“皇上，你们江陵的大雁才精明了！飞到我们武陵过冬的大雁，都是养得一身肥膘，飞都飞不动！根本不会躲开我的飞箭！”

小瑾讶然地睁大眼睛看过去，片刻后，扑哧一声笑了。

林陌染这才定睛看去，那自称来自武陵的少年将军，果然不是别人，竟然就是凤凌殊！

他怎么会从武陵跑到这里来？

燕乐晟沉声回应他：“技不如人，就不要找借口。遇到聪明的大雁，就要懂得用聪明的方法去捕捉。”

他话一出口，林陌染远远听着，心念一动。

此话一语双关，旁人听不出来，她林陌染却能听懂。就是说柳琦是一只聪明的大雁，他正在用聪明的方法去对付她，让她林陌染放心。

林陌染垂头低低一笑，目光落在玉指上，燕乐晟送的精致戒指在冬日阳光下闪烁发光。

凤凌殊这时已经催马赶上来了，也看到了林陌染，正要不顾形象地大喊一声，一抬眼发现林陌染身边不知什么时候多了一个青春靓丽的小少女，正睁着一双星星般明亮的大眼带笑看着自己，胸口顿时有些燥热，脸上就现出几分不好意思的神色。

“德妃娘娘。”说话间，凤凌殊也规矩了不少，“武陵太守凤凌殊，给德妃娘娘问安。”

林陌染早就瞧见了身旁小瑾望人家的神色不对，眼神亮亮的，毫不掩饰心里的好感，顺势就把小瑾介绍了：“这是十二公主。”又替小瑾引见道，“这是新任武陵太守的凤凌殊凤大人。”

小瑾大大方方地笑道：“我姓燕名乐瑾，大人唤我小瑾就好！”

凤凌殊挠了挠脑门，嘴巴张了好半天，就是不好意思开口唤她的名字，结果支吾了片刻，竟然手脚飞快地从包里抓出一团毛绒绒的什么东西，往燕乐瑾的怀里一塞，低声道：“这个送你！”

然后他就纵马逃离了现场！看那仓皇逃跑的背影，还略有点儿狼狈呢！

小瑾愣了好半晌，才反应过来，低头一看，怀里静静地窝着一只小狐狸，正蜷缩着尾巴，用一双明亮的黑眸子好奇地打量着她，应该是才刚出生不久。

猛地一看，憨态可掬，十分可爱！

小瑾当即爱不释手，将小狐狸抱在怀中，哄道：“小狐儿，快叫娘亲！你毛色白白的，像雪一样，我唤你作小雪球怎么样？”

小狐狸尖尖的小嘴张了张，发出轻轻的叫声，仿佛在答应一般，更显可爱。

一旁的林陌染却忍不住了，大笑起来：“你让小雪球唤你娘亲，那它是不是该唤凤凌殊作爸爸呢？”

“你！”小瑾被调侃，脸色顿时变红，闷声道，“不理你了！满嘴胡话！”她一夹马肚就往前走去。

林陌染担心她的安危，赶紧跟上去，口中还是止不住笑道：“刚还说要选驸马呢！难不成这么快，就选中了？”

“谁选中了！”小瑾嘟起嘴，紧紧搂着小雪球，将脸撇去一边，就是不看林陌染，“你再胡说！我以后就不跟你出来狩猎了！”

“哎！是是！”林陌染应着，“我可不敢说了！万一下次你果真嫌弃我箭术不好，不跟我出来，要跟箭术好的那位出来，我可就惨了……要被十二公主打入冷宫咯！”

“染姐姐！”小瑾一把捂住她的嘴，“叫你不要说了！谁要跟他出来！人家今天才见了他第一面……”

林陌染点点头：“第一面就十分满意，以后再见可还了得？”

小瑾气得在马背上一跺脚：“不说了，不说了！小瑾再也不要跟你说话了！”

两人就这么闲聊着，竟然也猎到了不少田鼠和野鸭。田鼠都分给随从们了，只留了一只野鸭，交给御膳房烤来下酒。

林陌染琢磨着要将这事跟燕乐晟说清楚，刚好凤凌殊未娶，小瑾也未嫁，两人岁数相差也不大，正是登对！

可是凤凌殊怎么会出现在这里呢？

许是来江陵办事？她想了想，觉得也没必要小题大做，边吃着烤鸭，边就将这事丢到了脑后。

不料第二天，坏消息就传来了。

说是武陵来了人，查出林博利用江陵总督的身份，在武陵从事非法的商业活动，具体是什么情况也没有细说。只知道燕乐晟听了后，在御书房大发雷霆，当天早朝结束，就把告病在家的林博给宣进宫来，狠狠地训斥了一顿。

陌鸳知道林博是她的父亲，得知消息后就赶忙过来通风报信。

“也不知道是查出了什么，皇上气得厉害，要将林大人投入狱中，还要命人搜查林府！”

林陌染细细听着，蹙紧了眉头。

这武陵来了人……昨日才见到凤凌殊，难不成竟然是他在燕乐晟面前举报的林博？不可能啊，凤凌殊很清楚林博是她父亲，而凤凌殊和她一向是交好的，怎么会害林博呢？

“娘娘要不要去找皇上说情呢？林大人一直在家休养，怎么会突然去从事非法的商业买卖，这里面定然有什么误会！”

“不错，肯定是误会了。”林陌染神色维持着淡定，“看样子皇上现还在气头上，我们现在过去只会帮倒忙……陌鸳，你拿我的令牌去找苏御史！什么也不必说，看到令牌，他就懂的。”

找苏御史，是为了找阿九，看到了令牌，再结合林博的这摊事，阿九肯定知道发生了什么！定会寻机入宫见她。

如今她身为德妃，又正值林博非法从商一事闹得沸沸扬扬的，莫说出宫，就连想在宫里约见谁都成问题！但阿九是定国公夫人，品阶身份俱在，阿九要进宫见谁，连燕乐晟都不能加以阻拦。

下午的时候，阿九不负众望地来了，带着一双孩子，还有两个丫鬟。

再一细看，其中一个丫鬟不是别人，竟是黎笙！

林陌染赶紧挥退了左右，讶然唤道：“你怎么来了？”

当初她进宫时，黎笙和林奕本是一起跟来的，前不久有了身孕后，林府也缺人打理中馈，林陌染就以她年纪大为由，让她出了宫，依旧回到林府。

今日竟不知她竟然也跟着阿九一起来了！

林陌染心疼她怀着身孕，正是关键的两三月时，不禁担忧道：“你身体不好，不在府里待着，跑来宫里，多费神。要是让林奕知道了，非得说我不成！”

哪知黎笙一句话还未说，直直走上前来，就是一跪！

“娘娘！奴婢对不起你！”

林陌染心里一个咯噔，还是上前要扶起她：“有什么话不妨起来再说！我们的情分不比一般的主仆……你这是做什么呢？”

黎笙声音染着哭腔：“奴婢和相公，做了对不起娘娘的事，奴婢理应受罚！”

“什么对不起我的事，你起来再说！说了再由我决定你要不要跪！”林陌染伸手不由分说地将她拽了起来，神色严肃，“你且说来听听，你和林奕到底做了什么？”

黎笙垂头叹气：“娘娘有所不知，三日后，林肃少爷就要回林府。刚好宫中兵部尚书一职空缺，皇上有意招他入宫为官，可林肃少爷说什么都不从……”

“所以你和林奕就提议，从我爹身上下手？将林府逼到绝境时，就由不得我哥说不了？”林陌染摇头道，“林奕为了扶他心中的准阁主上位，还真是一分情面都不留给林府啊！”

黎笙神色担忧：“我这几天在府里都劝过他，可他一意孤行，半句话都不听我的。还说什么朝政上的事，女人家不懂，就不要过问了。我心想，林肃少爷不想为官，一定有自身原因的，我们又何必逼他呢？”

林陌染皱着眉：“皇上和凤凌殊断不会用如此强硬的手腕去逼迫一个人，如此看来，这一切都是林奕在从中作梗，而皇上只怕是误会了我爹，还真以为他做了什么违背礼法之事……”

黎笙眼神更加焦急了：“这可怎么办？自老爷今日一大早被急急召进宫后，府里都乱套了，二夫人的疯病说犯就犯，这会儿被关在屋里，正满屋子砸东西呢！”

“依我看，此一事急不得。”一直不说话的阿九这时谨慎开口道，“我可以托相公帮你们向皇上传话求情，但林奕对此事的执念应相当深，恐怕不达目的不会罢休……”

她转向林陌染：“所以此事还是要看你，你是想让林肃回来做官，还是想阻止林奕呢？”

林陌染失笑，好像自从她苏醒，所有重大的决定都和她脱不开干系，但是往往她的决定通常最后都是不会被实现的。

她叹了口气：“我能怎么想，我唯有站在燕乐晟那一边。免得以后他又怨我，说我眼里只有这个肃哥儿，没有他。”

阿九扑哧一笑。

黎笙见她这么说了，就是不会再怪罪林奕了，也放下心来。就又说了些关于林府的近况，除了二夫人近来时不时发病外，一切都好，让她放心。

林陌染心里明白，顾清媚的病恐怕是装的。

正院的嫡长子要回来了，而这个嫡长子从前的死估计和她也有些许关系。一个曾经被她害过的人，活着回到自己的身边，她肯定逃不开被报复的结局，还不如就此装病，希望林肃能看在她已成为个半疯子的情况下，饶了她。

因此，她也没有多过问。

傍晚，阿九自回府寻相公商量。黎笙也回林府，准备当天府里一家老小的晚膳事宜。

只是苦了林陌染，陌雪坊一下子就冷清下来。她想找个人说说话都不行。只好抱了酒坛子，就着御膳房送来的刚出炉的烤鸭，一个人在院子里吃喝起来。

陌鸳和陌雀一人分得一个鸭翅，在一旁站着边吃边抱怨：“御膳房那几个也是狗眼看人低的东西，见娘娘前些天伤了柳贵妃，遭到皇上怪罪，这几天不受宠了，都忙着巴结柳贵妃去了！明明是咱娘娘亲自猎回来的鸭子，凭什么要分一半给翠柳斋送去！”

陌鸳低声嘘道：“快别说了，小心被人听到！我听人说，这是皇上的旨意。说柳贵妃去昆山狩猎，用的是好弓好箭，却连一点儿皮毛都没猎到，还受了伤！这会儿正在翠柳斋生闷气呢！皇上为了讨好她，才让御膳房将半边烤鸭送过去的。”

两人这边嘀嘀咕咕，低头一看，林陌染吃得津津有味，手指嘴边油乎乎的，看着都觉得诱人。

陌鸳不禁笑道：“瞧咱娘娘心态多好，依旧吃得香，根本不受影响！咱们要向娘娘学习！”

哪知林陌染抬头大笑：“你们道我为什么心态好？只因今天这只烤鸭，不仅没有昨天的那只肥膘丰厚，就连御膳房做出来的味道也差了一大截！难怪皇上让人给柳贵妃送过去，他知道我不喜欢吃……”

陌鸳和陌雀顿时笑了起来。

第 15 章 最后的告别

隔日去请安的时候，林陌染起得很早，不同于第一次那样，她几乎是用最快的速度洗漱完毕，换了一身素色的衣服，头上也只插了两支古朴的银钗，再无其余装饰。她火速地坐上轿子，早早赶到了柳琦的翠柳斋。

柳琦刚起来，一见她那么早就候在了里屋，也是神色讶然。

“哟！妹妹今日可早，姐姐我刚起来，你就到了。”她抬眼瞧了瞧屋外，未施粉黛的脸比之平常的浓妆少了一份媚俗，倒是和林陌染更加相像了，“昨日的烤鸭味道不错，还真是谢谢妹妹了。”

林陌染笑着回道：“那日误伤了娘娘，是该妹妹赔不是。”

柳琦笑了笑，语气有些幸灾乐祸：“可是依姐姐看，妹妹的那只烤鸭不应该给姐姐吃，而是应该拿去孝敬皇上。听说令尊林博林大人昨日被急召进宫，不知因何得罪了皇上，直到现在还被关押在宫里。皇上昨日来我翠柳斋闲坐时，神色很是气恼呢！若妹妹有心，亲自做一只烤鸭给皇上吃，皇上一吃，觉得味道不错，就放了林大人也说不定啊！”

林陌染又笑道：“一只烤鸭，他看不上的！不过，皇上既然生气，那就说明皇上在乎。若皇上总是对一个人爱理不理、听之任之的，反而说明皇上对此人不重视。”

柳琦又是脸色惨白。一只烤鸭都能被林陌染来来回回、明里暗里呛了这么多次，她心里能舒坦吗？

她放下杯子，不冷不淡道：“妹妹说得有理！不过这宫里人这么多，皇上却只有一个人，是想在乎也在乎不过来啊！只能对某些人爱理不理、听之任之了，妹妹你说对吧？”

说话间，两个尚仪也悠闲地晃过来了。

给柳贵妃请了安，又不冷不热地给林陌染请了安。

安尚仪不怀好意地揶揄道：“林大人如今正被软禁在宫中，真难为德妃娘娘还有这份闲心半夜让御膳房弄烤鸭吃。”

林陌染全程带笑，假意听不懂对方的讽刺：“确实心情不好，但一想着有烤鸭吃，总好过没有，而且烤鸭的味道又这么好，吃着吃着，心情也慢慢变好了。”

众所周知，后宫里只有一品以上的妃子才有资格去昆山狩猎，像她们这种尚仪，别说去昆山了，连平时想出一趟宫门都很难。

安尚仪的脸色当即就不好看了。

还是陆尚仪沉得住气，一边扯着她的袖子，一边笑着回林陌染道:“德妃娘娘心胸阔达，实属难得，我们该向你学习才对。”

林陌染用帕子擦着嘴边的茶渍，根本不听她话中带刺的恭维，连忙摆手道：“可别学我。方才柳贵妃说了，这宫里人多，皇上只有一个人，是想在乎也在乎不过来，只能对某些人爱理不理、听之任之了。我不巧就是这某些人其中之一，所以你们千万别学我，学了我，就得不到皇上的宠爱了。该多向柳贵妃学学！”

众人听完，顿时面色各异。

安尚仪沉着脸向柳琦投去几分带有敌意的目光。柳琦这话里说的“某些人”，可不就指的是她和陆尚仪？她们俩可是自进宫起就没见过皇上的面！

而柳琦更是恨得牙痒痒。那句话，她本是用来讽刺林陌染的，怎知此刻竟然被林陌染反用在了两位尚仪的身上，让她平白无故就当了一次坏人！本是同盟的三人，眼看彻底生出了隔阂！

就在这三人心思各异的时候，林陌染淡定地站起来，笑笑：“如果没什么事，妾身就先回去了。”

柳琦面无表情地挑了挑眉。她是没什么事了，闹完事，拍拍屁股走人，将她们三个人丢在这里！

不料林陌染将出门之际，又一扭头，道：“对了！贵妃娘娘，上次我的坠子不见，皇上说我可以从你的诸多首饰里挑一样？不知这话还算数吗？”

柳琦嘴角一抿。说不算数，这话是皇上说出来的，几时轮到她来说算数不算数？可是说算数嘛，又真心不想让这小妮子从自己的首饰里挑一样带走……

陆尚仪看看柳琦，又看看林陌染，果断做出自进宫后第一个决定以后命运的正确决定。她决定站在林陌染这边。

“德妃娘娘的坠子不见了？可知是在哪里不见的？妾身院里养了一只松狮，鼻子可灵了！娘娘若不嫌弃的话，妾身这便让下人带出来帮你找！”

很好！林陌染暗中满意地点点头，算这位陆尚仪有眼光。

柳琦恨她抢走了自己的一个有力的同盟，眼神一冷！

林陌染也回以挑衅的目光，她柳琦能演，她林陌染也不在话下，定要奉陪到底！

柳琦恨恨地一咬牙，还是要拿捏出那副白莲花的温柔腔调，只可惜实在是心里有气，腔调柔中带狠，反而有些走音，说出来更是显得无比滑稽。

“妹妹说的这是什么话！你要的坠子，姐姐早就为你准备好了！来人，去给德妃娘娘呈上来！”

柳琦送给她的是一副款式非常普通的玉耳坠，质地却是不错，看来燕乐晟送给柳琦的这批首饰，确实不是一般地好，难怪能将她哄得这么服服帖帖。

林陌染连声道谢，将耳坠捧在手里，一路捧回陌雪坊。回到陌雪坊的里屋后，她却立刻屏退众人，用烛台“哐当”一下将玉坠砸了个粉碎！

只见那玉坠中，果然夹杂着星星点点的黄色粉末——紫袂给的玉石砸成的粉末。这玉石里混合了牛黄、樟脑等物，简直是蛊毒的天敌！更何况，还有昨日她借着弓箭将柳琦手臂划伤、沾上去的朱砂……

她原来就想着，燕乐晟无缘无故给柳琦送那么多好东西，又是首饰又是弓箭的，其中肯定暗藏玄机，所以她始终不眼红，反而一直坐等看好戏。如今亲眼证实了自己的想法，更是松了一口气。

柳琦大概是被宠得昏了头脑，连这么点儿小计谋都没发现。

晚上的时候，燕乐晟来了。怕被宫里纷杂的眼线盯上，他还特意换了一身太监服，偷偷摸了进来时，差点儿没把林陌染给笑死。

她赶紧挥退了左右，只道他是来兴师问罪的。

没想到燕乐晟把遮着脸的帽子一摘，大步上前，什么也没说，先是紧紧地将她拥入怀中。

林陌染一愣："你不是来问我罪的？"

他哑声："先抱够了再说。"

林陌染嘴角扯着笑，并没有推开他，等他缓缓将自己松开时，才调侃道："这就抱够了？我还以为你准备抱一辈子呢！"

燕乐晟面色一僵，拧起了眉："我倒是想抱某人一辈子！可某人总是给我使绊子！"

"谁？我？"林陌染指着自己的鼻尖，顿时失笑，"皇上，臣妾冤枉啊！还不是你执意逼肃哥儿入朝为官，林奕才给你想了这么个馊主意！你又不是不知道，我哥是正儿八经的琉璃阁继任阁主，林奕自是巴不得他手中权力越大越好！"

她目光担忧："倒是你，怎也不忌惮些！暗卫知道你那么多机密，你不把暗卫的指挥权揽入自己手中，反而全权交给了林奕。林奕和肃哥儿要是联合琉璃阁造反，我看你怎么办！"

燕乐晟摇头笑道："反不了，有你在呢！你才是最厉害的角色。"他拉起她的手，"我只要把你拴牢了，就是真的后顾无忧了。"

是啊，她是林府的嫡长女，是定国公夫人的挚友，又是苏御史府上的常客，还有紫袂这个强大的靠山，有凤凌殊喊她美女姐姐，就连太后和太后最宠爱的十二公主都十分喜欢她。

一念至此，林陌染心里一暖，她还不算给燕乐晟丢脸，总体来说，以后是坐得住皇后这一位置的。

哪知燕乐晟又正色道："还有更重要的。我不逼着林肃为官，将来你父亲辞官，你失了娘家的势力背景，又该如何？就算我一意将你扶上后位，太后和百官也肯定会想尽各种方法，将各种身后势力更加强大的女人塞进来。届时你在后宫的生活，兴许会变得更加艰难。"

他叹了口气："我不希望看到日后有一天，你落入如此境地。在打定主意接你入宫的那一天，我就暗下决心，定要让你在宫内的生活和在宫外一样自在轻松。"

他句句语气都那么自然真诚，句句都说到林陌染心坎中，暖暖的，像海风一样，又润又厚重。

她低头敛眉，淡淡笑了，开玩笑道："快别说了。情话说太多，倒显得你不够诚心了。"

眼睛狡黠一闪，故意道："如今我就问你一句话，你今晚是留还是走？"

留？以太监的身份？还穿着一身太监的衣服？这未免太煞风景了些……燕乐晟皱眉，陷入尴尬的犹豫中，又怕若是说不留，会显得自己方才那番话没有诚意。

他这厢纠结得要死要活，那厢林陌染很不给面子地大笑起来："逗你玩儿呢！哪能留啊，一个小太监，怎配留宿本妃的陌雪坊！"

被说成小太监，燕乐晟十分不自在地愣了一下，面色有些难看。

哪知林陌染又好死不死地加了一句："妖孽！等你现出原形了，本妃再陪你玩儿！"

燕乐晟终于忍俊不禁地大笑起来："小东西！等我现出原形了，第一个将你吃干抹净！"

这一夜他虽终究没有留下，但因为这短短的一次见面，林陌染心情顿时好了许多，就连觉也睡得十分香甜。

第二天一大早，她还睡得意犹未尽、迷迷糊糊的时候，却被陌鸳给摇醒了。

陌鸳一脸的魂不守舍，又因为未经她同意将她摇醒，行动上更是赔着千万分的小心，见她睁了眼，赶紧松开手，恭恭敬敬地退在一旁，低声道：“奴婢万不得已，惊扰娘娘睡梦，还请娘娘以后责罚。”

林陌染揉揉眼睛坐起来，声音还沙哑着，不在意地摆了摆手：“无妨，什么事让你万不得已，说说看。”

陌鸳小步凑过来，压低声音：“翠柳斋那边传来消息，说柳贵妃昨晚突然暴病，半夜惊醒起来喊疼，喊了一整夜，把皇上都惊动了，这会儿十四五个太医全被传了过去，都看不出个所以然……”

她突然无比担忧地扫了林陌染一眼，欲言又止。

“怎么了？”

林陌染意识到玉石可能起了效果，这比她预计中要早了许多，如今柳琦吊着半口气，将死未死，真不知道又要打什么鬼主意。

情况兴许有变！

接下来，陌鸳果然道：“柳贵妃声称，是昨日你去翠柳斋请安时，给她下了毒药。这会儿正吵着要皇上杀你取血，用血来驱毒呢！”她哭丧着脸，“奴婢怕皇上万一真的答应下来，一会儿要派人来抓娘娘，所以才急着把娘娘喊醒……”

须知道，在这大燕后宫，主子若是死了，她院里的奴婢们可都是要被打回浣衣局，变成最低等的丫鬟，以后若有新主子认领，才能继续去当宫女，若是没有，就一辈子困在浣衣局中，干着最苦最累的活。

所以陌鸳此举，也是在为自己保命。

林陌染坐直了，思索一番：玉石起了效果，燕乐晟的目的就达到了，没必要继续装下去，为什么如今燕乐晟还巴巴地去翠柳斋守了大半夜？如今还传了那么多位太医去给柳琦诊治？

她坐起来：“给我更衣！”

眼下燕乐晟没有按常理出牌，她哪里还坐得住，生怕节外生枝！只能化被动为主动，自己先去探探路了。

陌鸳也知道情形严重，火速替她简单梳妆打扮一番，就急急打开了房门，找小丫鬟去唤软轿过来。

屋外，门口站了一堆的宫女和婆子，个个都神色不安。

这些人被分给她的院子，就是她的人，她手里的命，为了她们能在宫里安心生活下去，她必须争气！

林陌染深吸一口气，知道此刻必须先安抚人心，目光坚定道："放心，我很快就会回来，备好早膳等我。"

一句轻描淡写的"备好早膳"，瞬间显示出了她的志在必得和无所畏惧。一个还一心挂念着早饭的人，肯定是知道自己必然不会被处死的。

宫女婆子们顿时放下心来，目光流露出淡淡的崇敬。

一个人，不惧生死只能算是勇敢，在面临生死局面时，还能淡然处之的，才可谓是智勇双全。有这么一个主子在，她们还怕什么？

软轿很快便将林陌染送去了翠柳斋。

院子里跪了一地的太医，嘈杂声一片，见林陌染不请自来，俱是露出一脸惊讶的神色。

她不怕死吗？她是不是想到什么解救之法了？

众人如是想，所以有人露出佩服的神色，有人露出求救的目光。

林陌染踏进院中的第一步时，却只将目光投向燕乐晟。

只见他面露担忧地看着自己，眼中尽是责怪，怪她不该来涉险。

如此看来，燕乐晟自己也不想节外生枝，他是遇到了什么麻烦，自己也没有办法了……

她淡然一笑，施施然上前给他请安："臣妾给皇上请安。皇上一夜未睡，多有劳累，一会儿还要早朝，不若让魏公公送皇上回寝宫歇息，这里的事让臣妾来处理便可。柳贵妃身染重疾，妾身定当如对待亲姐妹般照顾她！"

说话间，她调皮地抬了抬眉，目光一闪。

燕乐晟接收到她的眼神，愣了片刻，心里虽然清楚，她如此镇定地主动来此，定然是想到了什么方法，但又实在不放心留她独自一人在此涉险。

“你……”他想说——你一个人顾不过来，我陪你一起处理。

想了想，他还是摇摇头：“罢了。魏喜，摆驾回宫，准备早朝吧！”

女人之间的后宫争斗，就让女人自己去处理，他相信林陌染有这个能力。而眼下，他有更重要的任务！

“昨天联名上奏要朕立柳琦为后的那几个大臣，今日可都来上朝了？”

燕乐晟坐在轿子里，脸色沉重。

轿外，魏喜疾步跟着，低声应道：“都来了。就连前不久重病的安将军，今日都早早候在了政阳殿外。”

安将军？燕乐晟略微皱眉。这个安将军，燕乐晟对他印象十分深刻。

平日里，他仗着自己有军功在身，是跟随先皇的遗臣元老，态度十分强横，并不把他这个皇帝放在眼里。从前赵琅坤暗中撺掇众臣谋反时，他倒是立场坚定，断然拒绝同流合污。太后便以他忠君为由，将他最小的女儿迎入宫里，当了个尚仪。

按理说，这人性格怪是怪了点儿，倒不至于如此不明事理，竟然参与上奏，要将柳琦扶上后位……

魏喜见他久久不语，忍不住道：“除了这位安将军立场十分奇怪外，其余几人，倒是多多少少和西域有所勾结。而据苏靖将军反馈的边疆战情来看，乾罗国近日隐隐有一统西域的企图。”

轿子里，燕乐晟默默听着，伸手苦恼地压紧了眉心。

朝堂之上，百官跪迎燕乐晟。这当中，又有以安成禄为首的一批臣子，在暗中交换眼色。

燕乐晟脚步沉重地坐上龙座，粗粗往下看了一眼，匍匐一地的众臣里，有几人是真正的忠臣？他也不能轻易下结论。就连曾经被太后喻为忠君之臣的安成禄，如今也有了自己的打算……

没想到，第一个上奏的臣子，竟然就是安成禄。

“启禀皇上，如今满朝太平，百姓安居，实属难得之盛世，放眼天下，边疆稳定，谷物丰收，事事和美，却独有一事，臣等实在是替陛下着急！”

燕乐晟冷哼一声，并不搭话，挑眉等着他的下文。

只听安成禄续道："皇上继位以来，励精图治，礼让贤臣，却独缺了一位伴君左右的皇后。中宫空虚，两位娘娘又无出，这实乃犯了大不孝之罪！"

"要朕立后很简单。"燕乐晟神色冷淡地打断他，搬出了早就想好的说辞，"谁先怀上子嗣，谁就能当朕的皇后。"

以安成禄为首的一批臣子听了，都面带喜色。

这段时间以来，燕乐晟对柳琦的宠爱是显山露水，无人不知，几乎是夜夜都要去翠柳斋就寝……谁能先怀上子嗣，这不是显而易见的事吗？

安成禄略一思索，又道："如今西域太平，都臣服于皇上天威，可巧柳贵妃又出身西域。若皇上能立柳贵妃为后，真真不失为安抚西域臣民的上策！"

西域太平？

燕乐晟边听边皱起了眉，这安成禄真当他傻了不成？乾罗国召集西域十六国国主入石城密会，搞出这么大的动作，还以为他不知道？如今还在他面前满口胡诌，大放厥词，声称西域太平？

他淡淡地抬眼，却见安成禄几不可察地朝自己递了个眼色，眯了眯眼，将要说出口的话又悉数咽了回去。

这其中，怕是有异数！

接下来，几位大臣轮番上报，都是些无关紧要的事情。

到了早朝将结束时，从人群之后慢悠悠走出一位丰神俊朗的年轻文官，身着正二品官服，头戴乌黑幞头，神色间隐隐有几番倨傲，目不斜视，似乎根本不屑于看其他人一眼，而那副面容，竟与不久前入宫的德妃有几分相似！

众人眼见来了位从未谋面的新官，又是如此倨傲之人，一时都有些愣住，再然后，纷纷窃窃私语起来。

林肃踏着沉稳的步子，锐利的目光只看着龙椅上的燕乐晟，那眼神，说不清是厌恶，还是臣服，抑或是其他。

随着他越走越近，魏喜有些担忧，准备护在燕乐晟面前。

燕乐晟却一手推开他，目光直直地和林肃对视，丝毫不曾退让。

他知道，林肃既然肯穿上官服，就已经是一种让步，他已经胜券在握，最后关头，他需要彻底地说服对方！

林肃走到龙椅前，冷着一张脸，默默注视着燕乐晟脚边三寸处，这是大燕的规定，臣子不能平视君主。可是他却不跪，也不开口。

他一张嘴，语气非常冷硬："请皇上立刻将臣父释放！否则，千里之外，臣亲手绘制的大燕军事分布图，就会迅速被转交到逆贼手中！"

不错！有备而来，还敢出言不逊，威胁皇上！

燕乐晟心中满意。

这一招果然有用，逼得林肃直接上朝来要人！他人既已在此，目的也达到了一半，断没有再"囚禁"自己岳父的必要。

燕乐晟大手一挥："魏喜！"

魏喜立即应声，走下台阶，对一旁的小太监低声吩咐，并故意让林肃听到："去陌雪坊请林大人来政阳殿相见。"

在陌雪坊？皇上会将犯人囚禁在自己后妃的宫殿里吗？犯人还和这位妃子是父女关系……

一低头，燕乐晟满意地看见林肃面上果然闪过一丝讶然。

林肃何等聪明，很快明白，这是燕乐晟为他设的苦肉计！

林博并没有被囚禁，昨夜燕乐晟扮作太监偷偷去见林陌染时，就将林博护送到了陌雪坊。

燕乐晟本想着，等林陌染见到林博不仅没有受苦，反而被照顾得好好的时候，就能体谅他此番设局的用心良苦，没想到昨晚，林陌染自己识破了他的计谋，压根儿不提林博的事。

就在众人纷纷指责林肃身为臣子出言忤逆的时候，林肃却毫无预兆地一掀袍裾，直直地双膝跪下，朝着燕乐晟恭敬地俯身磕头："臣林肃，蒙圣上厚爱，虚领兵部尚书一职。食君之禄，忠君之事。此后半生，臣定当为大燕竭尽绵力！"

一番话，终于让整个早朝都绷着脸的燕乐晟有了一丝笑容。

众目睽睽之下，他身为九五之尊，竟然亲自步下龙椅，伸手将林肃扶了起来。

林肃站定后，却从袖中掏出一个纸卷，双手呈上去。

只需稍看一眼，燕乐晟就知道这是什么了。

这是那天被他撕碎了的军事分布图，林肃又重新绘制了一遍，却是从千里之外的武陵带回了江陵呈献给他。

燕乐晟郑重地接过，目光毫不掩饰赏识之意："林爱卿旷世奇才，得之，乃朕之幸！"

林肃淡淡然受了他的夸赞，既不谦虚礼让，也不谢皇上夸奖，反而道："臣今日以此物，换皇上一句话。"

众臣又是愕然。

这人先是神态倨傲地威胁皇上，又是毫不客气地和皇上谈条件……果然旷世奇才的为臣之道，就是和他们此等凡人不一样啊！

燕乐晟并不恼："林爱卿请讲。"

林肃目光毅然："臣请皇上金口承应，立德妃为后，永不悔改！"

此言一出，一旁的安成禄果断按捺不住了，伸手一指林肃的脸："大胆狂徒，在皇上面前竟然敢如此出言不敬！皇上立后乃是举朝之大事，岂是尔等能左右的？！"

林肃回以淡笑："安将军说得好！皇上立后是大事，我等臣子还是勿要干扰比较好。"

一句话，让安成禄闭了嘴。

方才安成禄给燕乐晟使眼色，燕乐晟心中有数，知道安成禄并非如面上所表现出的那样，非要立柳琦为后不可，此时便站出来和缓道："此事不急，稍后再议。今日下朝后，还请安将军和林尚书留步，随朕到书房小叙。"

朝堂之上风起云涌。朝堂之下，后宫宅院里，亦是毫不逊色。

林陌染将燕乐晟赶走后，只身入了柳琦的里屋。见柳琦虽然面色苍白地躺在床上，眼神却是一片清明。

她冷哼一声，闷笑道："别装了，皇上已经走了。"

柳琦猛地一抬头，一见进来的人不是燕乐晟而是林陌染，目光瞬间锐利了几分。然而很快又柔和下来，她故作姿态地咳了一阵，道："妹妹说什么呢？妹妹难道以为，姐姐这病，竟是装的？嗬，妹妹怎么会有此等心思……"

"我什么心思？！姐姐还来问我？"

林陌染大步走到她床头，眼看着她惺惺作态，神色骤然变得更加厌恶，一伸手就扯掉了她的被子，冷笑道："那我便告诉你！我今次入宫，一是为了和燕乐晟团聚，二就是为了除掉你！我始终没吭声，你就以为我好欺负？！"

此言一出，柳琦瞬间目光变得凛冽起来，抿着唇边的一抹讥笑："我想你是不记得了，我如今之所以会变成这样，到底是拜谁所赐！从前你和我抢紫袂，现在你又来和我抢燕乐晟！林陌染，搞清楚，现在是谁更讨人嫌！"

哟嗬！她还有脸说……说起紫袂，自己和紫袂相识相伴了多长时间，她柳琦才不知道从西域哪个角落里蹦出来的。

再说起燕乐晟，若不是中了蛊毒，根本不会爱上柳琦。柳琦遭蛊毒反噬昏迷期间，燕乐晟才得以遇到了自己真正心爱的女子……说得不好听点，当初作为贵妃被迎入宫的人，本就应该是她林陌染啊！

林陌染双臂环抱："你要我搞清楚是吗？那我问你，对皇上下蛊的人，是不是你？！"

柳琦神色倨傲："就算是我下蛊迷惑了燕乐晟又如何，就算你才是燕乐晟真正喜欢的女人，那又如何？！如今，燕乐晟全副身心都放在我身上！昨晚我闹了一夜，他便守了我一夜！我吵着要取你的血解毒，他也只是稍稍犹豫了片刻……"

"那如果你死了呢？"林陌染轻声一句话，将她说得哑口无言。

柳琦满眼狠毒："你杀不死我！"

却在这时，屋外传来有人疾奔的声音，隐隐还夹杂着宫女的阻拦声。

屋里两人俱是惊愕，齐齐侧目看向了屋外。

脚步声渐渐靠近里屋，犹豫了片刻，一双小手掀起玉帘，一张白玉小脸也紧接着探了进来。

竟然是小瑾！

此刻，小瑾的脸上满是担忧，目光停留在林陌染的身上，那抹担忧更甚。旋即她又望向柳琦，那目光瞬间变得狠辣。

她大步踏进来，不由分说地拉起林陌染的手，也不给柳琦请安，恨恨地扫了她一眼，对林陌染道："我们走！去找晟哥哥说理去！我不相信！不相信他竟然不立你为后，反而要立她！"

她口中说的"她"，自然是她目光所指的柳琦。

柳琦一愣。

燕乐晟要立后了，皇后不是林陌染，而是她！

她终于圆了自己的心愿，成为全大燕至高无上的女人！她再也不用惺惺作态、装模作样，她可以立刻就寻个理由将林陌染除掉，砍去手脚，丢进粪池，做成人彘。

一念闪过，她旋即嘴角一扬，彻底释放出一抹得逞的笑意。

"林陌染！你看到了，他要立我为后！你死心吧，皇上依然宠我！"

她狠狠地看向林陌染，讥笑着厉声道："他确然对你动了杀意，相信我，他很快就会下令杀了你！"

林陌染冷冷起身："既然左右逃不过被他杀的命运，我何不先自杀，顺便杀了你？！"

说罢，林陌染再不看她一眼，随着小瑾疾步走出翠柳斋。

出了翠柳斋，到了不远处，一路死死拽着林陌染袖子的小瑾才长长地松了一口气，道："我真怕柳贵妃不会让你活着离开……"

"她不敢杀我。"林陌染笑道，"她还一心想坐上后位呢！今日我若是在她翠柳斋出了事，她能逃得了干系？能证得自己清白？背着杀人的罪，她就别想坐上后位！旁的不说，林府和苏府第一个不放过她！"

说到这里，林陌染就有些郁闷，她长叹一声："你的晟哥哥该不会真的想立她为后吧？"

小瑾突然狡黠一笑："若是真的，你准备怎么惩罚他？"

"拉倒吧。"林陌染疲惫地捏着眉心，"你这么一说，我就知道肯定是假的，看不出来啊，你人小小的，演技这么好，一骗一个准！”

大概也是因为小瑾之前在宫里从未骗过人，而通常是被人利用的那个，所以没有人觉得她会说谎吧。

小瑾和林陌染还在回陌雪坊的路上时，暗卫就将这里的动态悉数转告给了燕乐晟。因为时刻担忧林陌染的安危，他一听到消息后，第一时间就想去陌雪坊见林陌染。

书房里，另外两人却是不约而同地阻止道：“皇上，切勿操之过急。”

燕乐晟皱眉抬头，不自在地咳了一声：“这里事已讨论完毕，朕欲去哪里，大概和爱卿无关吧。”

林肃只是清冷一笑，再不多话，简直闷骚到了骨子里。

“皇上，臣以为这里事并未讨论完毕。”

这一次，却是安成禄板着一张脸，道：“还有几处细节，臣觉得，需要再次嘱咐皇上……”

又来了！又开始摆他的长辈架子了！

燕乐晟是一点儿都不想听，抬手就要喊魏喜送客。

安成禄面色一沉：“若是先皇在时，定会训斥皇上性子急躁！皇上如今继位三年，理应改掉从前做皇子时的不足，须集思广益，群策群力，广开言路，迅速成长为一代得以独当一面的帝王……”

他滔滔不绝。

燕乐晟的眉头越皱越深，若是今日不听他的，恐怕这货会跟着自己一整天，不停地在耳边唠叨。

想来离彻底收拾柳琦还有一段时日，确实不急于一时，他抬起的手就这么放下了。

然而将手放下之际，燕乐晟却使了个眼色，对魏喜道：“去给柳贵妃送药。另外，让安逸带多些宫女婆子去陌雪坊，就说小瑾要跟德妃学女工，先不回自己的寝宫了。今晚也在陌雪坊歇下吧。”

吩咐妥当，燕乐晟这才转向安成禄，叹了口气：“爱卿你且说。午膳前，务必将应对西域的事宜全部理清！”

“方才臣说了，臣在朝堂之上，先表现出欲积极和西域结盟的一面，其余人等就不会怀疑臣其实在暗中部署兵力以应战乾罗国。而林大人则一意主战，如此，他们自然会将主要精力用在排挤林大人一事上……”

此刻，翠柳斋。

柳琦沉浸在即将成为皇后母仪天下的喜悦中，找来最华丽的衣服，让人梳了最繁复的发髻，笑意张扬地静坐在院子里，等候封后的旨意。

然而不多时，派去打探消息的宫女却一脸茫然地回来禀告说，宫里并没有风声说皇上要马上立后。

“十二公主兴许是从哪里偷听来的，第一时间就找来咱翠柳斋讨人，这会儿，消息许是还没传开呢！”

柳琦皱了皱眉，将信将疑。

太巧了，林陌染才跑来她这里闹，那边皇上就要下旨封她为后？

“娘娘！娘娘！”这时，屋外有一个小宫女急急奔来，“魏公公领着人来了！”

柳琦大喜：“赶紧将魏公公迎进来！”

远远就见着魏喜果然双手捧着一盘东西，用金黄色的布盖着，很是抢眼。

柳琦欣喜不已，一心以为那就是给她的谕旨，摆弄摆弄头发，就要迎着谕旨跪下——

哪知魏公公一脚踏入翠柳斋，却沉沉道：“贵妃娘娘，皇上嘱咐咱家来送药了。娘娘如今大病未愈，体虚气寒，这药名贵滋补，是皇上特意寻了奇医对着症状给娘娘开的，还特意嘱咐了，要咱家服侍娘娘喝完。”

柳琦一听是药，而不是封后的谕旨，心就凉了半截，她起身走过去，端起碗就欲一饮而尽。

猛然之间她醒悟过来——

这上午她还是痛得卧病在床，中午却能下地行走，依照她的病情，哪能恢复得如此迅速？

方才她没顾上这等破绽……可是魏公公为何也不问一句？

柳琦淡淡放下了碗，并未饮一口，却道：“既然是补药，德妃今日上午照料本妃有功，还请魏公公也给德妃送一碗去吧。”

若这碗药真的有问题，那林陌染肯定也不敢喝！

魏喜立刻道：“药材名贵，如今宫里只熬得这一碗，皇上顾念娘娘的病，让奴才只给娘娘送来，其他人没这福分。”

柳琦喊来小丫鬟：“将药端进去。魏公公，本妃一会儿就喝，还请公公先回去复命吧。”

魏喜站着没动：“皇上有吩咐，这碗药珍贵，奴才得亲眼看着娘娘喝完。”

柳琦眼中瞬间有了杀意，然而一眨眼稍纵即逝，又掩了下去，抿嘴轻笑一声：“魏公公如何这般固执？本妃方才刚用了午膳，如今腹胀得很，等一会儿消了食再饮，可好？”

魏喜想了想，没辙，只能先告退。

“如此，还请娘娘记得，一会儿便喝。喝完了，便让奴婢来通报一声，咱家好向皇上复命。”

柳琦收了笑容：“那是一定。”

将魏喜送出门后，柳琦在院子里默然地站了片刻。

她看见院子里，燕乐晟很久之前种下的树，那时候，他还被她用情蛊控制着。

后来，她施蛊遭到反噬，差点儿死去。从棺材中苏醒时，她想到的第一件事，不是找林陌染复仇，而是找到燕乐晟。

这么多日子以来，她被这种情感折磨得快要疯掉，久而久之，竟然分不清到底是不是真的喜欢上了他。

可惜，燕乐晟始终对她很是生疏，甚至自她醒来后，几乎不曾主动来探望她。

她为此心酸难过，每夜里黯然落泪。

前不久，燕乐晟突然表现出对她的关爱，送首饰，每天必定抽空到翠柳斋小坐。她受宠若惊，仿佛一下子拥有了整个世界。

那种真正被宠着爱着的感觉，她活了这么久，还是第一次感受到，第一次觉得这么不舍，小心翼翼地护着。

不让林陌染接近，不让任何女人接近，她用尽一切手段霸占燕乐晟。

谁知道，今天才发现，她如此可笑地活在梦中！

活在燕乐晟和林陌染联手为她编织的噩梦中！

她眼中腾起狂怒，忽而甩袖挥出一道锐利的冷光，院子里那株柳树应声断成两半，轰隆一声巨响后倒地。

柳琦勾起冷笑："林陌染，是你逼我的！"

转身，她吩咐宫女将药装好，穿上最艳丽的衣服，装扮更加繁复的妆容，点唇画眉，镜子中俨然一张绝世神女的容颜。

这般美，他却不喜欢！更可恨的是，还是她依照林陌染的模样伪装的！

再次起身出门，柳琦的声音冰冷刺骨："把药带上，去陌雪坊！她不是要玉石俱焚吗？本妃这便亲自去领教一番！"

那株柳树倾倒的时候，魏喜已经知道不好，事情败露了！

皇上这次委实急了点儿，不该这么快就给她送药！

可他不明白，为何柳琦会突然起疑？

直到一路上听到宫女们窃窃私语，说皇上要立后，是十二公主传出来的……才一拍脑袋恍然大悟！

皇上让十二公主随便找个理由去将林陌染接回来，没想到十二公主竟然用了这个理由！生生坏了他们的好事！

他顿时顾不得身后一群随行的小太监，脚步一点，施展轻功就往政阳殿奔去。

陌雪坊里，林陌染正和小瑾下着棋。

"晟哥哥昨晚是不是偷偷来过陌雪坊啊？"小瑾一边歪着脑袋，随意落下黑子，一边兴致勃勃地问，"我带着小雪球偷溜出来散步时，好像看到他和林大人各穿了一身太监服，偷偷摸摸地朝这边走。"

林陌染放下一子，毫不客气地堵了她的退路，这才回神，道："是是是，什么都瞒不过你，他将我爹送来陌雪坊，因为怕被人认出来，穿的是太监服。"

小瑾撑着脑袋，漫不经心地又落下一子，“哦”了一声，道：“我就知道，他再怎么生气，也不敢囚禁自己的岳父大人！”

其实昨晚，她并没有去看林博，怕人起疑，只是让陌鸳对外面说，这位公公明天要替自己出宫办一件事，今晚她得把事情都交代清楚，就留他在陌雪坊外不远处的一个独立小院子里住一夜。那时候已是深夜，倒也没有人察觉。

而她也整整一夜不敢迈进那座院子，就怕被人发现。

林陌染落下最后一子，松了一口气：“你输了！”

小瑾淡淡地看了一眼，满不在意：“不错啊，你今天都能赢我三局了。”语气间夹杂着调侃。

林陌染顿时气愤地反驳：“燕乐晟请了最好的棋师教你，我都是自学的，能赢你就不错了！”

小瑾点头一笑。瞧那神色，简直和她哥没啥区别！果然有其兄必有其妹，不是一家人不进一家门！

两人正你来我往地斗着嘴，院外突然响起一道通报声。

“柳贵妃驾到！”

这个时候，她来做什么？

林陌染和小瑾对望一眼，都从彼此眼中看到了浓浓的戒备！

没给她们对话商讨的时间，外间就传来一阵嘈杂声。

柳琦刚进院子，众人还未请安，就听得一个女声突然惊讶地尖叫了一声——接着是什么人倒地的声音！

“不好！”林陌染迅速奔出院子。

小瑾紧随其后。

只见院子正中，柳琦一身艳丽装扮，神色倨傲狠戾，宛如九天妖后，那浑身腾起的浓烈杀意，不断逼得周围的宫女步步后退。

她凌厉的目光只锁着林陌染一人，那气魄，沉重而浑浊，无尽地弥漫。

“林陌染。”她一开口，连声音都染着妖气，“我今天不杀你。我只需把你废了，变成个半死不活的活死人，你就永远不可能再跟我争宠！玉石俱焚是吗？我倒想看看，今天的你还有没有资格跟我提这四个字！”

她的手迅速施展蛊术。

林陌染紧紧护着小瑾，将她交给安逸："带十二公主进屋！不要出来！"

而安逸带来的一群婆子宫女则惊慌失措地簇拥在林陌染身边。她们来之前得了魏公公的命令，一定要护好德妃娘娘，可她们怎么也没想到，今日要面对的竟然是个妖女？！

一声巨响！

伴随着刺眼的白光！

整个陌雪坊仿佛被一团厚重的云雾笼罩！

站在外层的宫女婆子纷纷被巨大的气流横扫开去，远远地跌在一旁，不知死活。

充满杀意的云雾，骤然积聚，越来越阴沉，压得人喘不过气来。

柳琦轻蔑一笑，缓缓收回了手！

在她鼎盛的实力下，没有人能存活，陌雪坊今日注定横尸遍野。

而对林陌染，柳琦会先毁了她那张脸，再废了她的筋骨，将她丢去宫里的浣衣局，再贬为最低等的宫女！

然而云雾消散而去时，眼前却不是她预想中的局面。

林陌染原本所站之处，不知何时多了两个人。

一人一身虬龙锦袍，将林陌染紧紧护在自己怀中，是燕乐晟。

另一人一身白衣胜雪，冷冷举着一把光芒清冷的长剑，正面色沉冷地看着她，却是紫袂！

"杀够了？"紫袂踏前一步，眸子冰冷如雪，刚才的异动对他来说，仿佛根本不曾有丝毫影响。

他将手里的剑举起，剑尖对着柳琦："当初我顾念旧情，并未将习了邪术的你赶尽杀绝，终酿成今日大祸！而今，我只能亲手杀了你，以绝后患！"

紫袂的突然出现，已经深深触动了柳琦的记忆。

许多年前，她深爱的人不是燕乐晟，而是宛如神祇般的紫袂。他从西域马贼手中将她救下来，教她如何饲养凤凰。当时的她一心一意只想讨得他的欢心，却悲哀地发现，他虽然面上不动声色，但他的所有心思却只在一个人身上，那个人是林陌染！

“紫袂……”她低低地唤了一声，眼角流露出一丝悲凉，“当初是林陌染害我变成这样！你为何不帮我，却要帮着她？！”

她声音哽咽，这一次不再是装出来的，她真的陷入了绝望：“你还要我死，要我死……”

紫袂的声音清冷不带任何情感：“你眼中只见陌染将你赶出百草谷，却为何不见自己从前曾在我眼皮底下百般折磨侮辱她？柳琦，你今天变成这副模样，都是你咎由自取，与陌染没有任何关系！”

他的每一句话都宛如刺刀一样，狠狠地扎在柳琦心上。

每一句话都宛如一簇火苗，刺激得柳琦内心那座疯狂的火山爆发！

“你杀不了我！”她猛地抬头，狂笑而起，“如今的我，已经不再是只需要你庇护的异族少女，我有西域蛊王！我若是尽全力，即便拼得与你们同归于尽，也是值得！”

杀意再一次席卷而来。

“小心！”燕乐晟将林陌染紧紧拥着，生怕她被风刮伤。

而狂风之中，紫袂岿然不动，声音冷漠无情：“你以为，你还有能力再次施展蛊术？如今的你，怕是连我的剑都推不开！”

不远处，柳琦神色一变：“玉石……你果然……”

她惶然瞪眼。

紫袂摇头：“即便我这一剑不刺进去，你也活不过今晚。”

柳琦狠狠咬牙：“那我便先杀了她！”

柳琦反手一掌，拼了全力扑向林陌染，燕乐晟护着她疾速后退，紫袂也横剑阻拦。所有人都护着林陌染的时候，却不料柳琦突然变向，手中锐芒闪烁，竟是刺向了燕乐晟——

“不！”

林陌染情急之下推开他，下一秒，只觉得后背火烧一般一阵剧痛，一只无形的手刺穿了她的肌肤，直抵心脏，狠狠一抓——

心脏猛地一阵紧缩！

最后一口气，仿佛抓不住的气泡，迅速从肺部涌向咽喉！

到了嘴边时，却只化成一句轻轻的叹息。

她沉沉地落回在燕乐晟怀里，视线所及，是燕乐晟那张惊慌到极点的脸。

抱歉，这一次，让你亲眼看到了我的死亡。

一滴泪，从眼角无声无息地滑落。

最后的景象，是紫袂狂怒中一剑刺穿了柳琦的心脏！

她仿佛还能听到，两个灵魂同时破碎的声音，就轻轻一声，比梅瓣飘落在地所发出的声音更轻。

眼皮缓缓地合上。

这是她和这个世界最后的告别。

林陌染合眼之际，紫袂旋即将剑一丢，席地而坐，替她疗伤。

天边，最后一群南飞的候鸟，咿呀鸣叫，划过蔚蓝的晴空。

这是个离别的季节，候鸟将迎来来年的新春。而有一些人，却只能永眠在这个微凉的初冬。

直到一声清凉的鸣叫自空中响起——凤凰炽盛！

已然长大的炽盛准确地落在林陌染的身边，眼中泪滴轻轻落下……

“嗯——”林陌染痛苦地低哼一声。

燕乐晟立刻将她抱起：“御医！”

众人忙成一团，而燕乐晟始终紧紧抱着林陌染，不曾松手。

紫袂在一旁看着，他知道，这里已经没有他什么事了。这两人有属于他们自己的新生活，即将开始。

他苦笑摇头，默默离去。

等林陌染睁开眼睛，抬眼望去，院子里却再也不见紫袂，只余地上一把光泽清冷的长剑，证明此人曾经出现过。

第 16 章 为夫一生奉陪

八月十五，皓月当空，又是一年中秋佳节。

燕宫里人声鼎沸，花灯星罗棋布。

花灯之下，只见一人在十余人的簇拥下，急匆匆地穿过灯光点缀的宫道，边走边急着问身边的人：“皇后现下如何？”语气很是焦急。

一旁的大公公立刻回道：“方才太医来报，说是快了！”

一听“快了”，燕乐晟便再也等不了了！

方才西域战场传来捷报，安成禄非要拽着他邀功一番，根本不体谅他心中的急迫和紧张感！

好不容易脱身，他迈开步子直奔陌雪坊！

今年新年，他将林陌染册封为皇后，天下庆贺。而林陌染本该搬到他的寝宫，从此和他同床共眠，哪知她却死活不乐意，定要住在她那座小院子里。

燕乐晟没辙，思来想去，干脆将自己的御书房、龙床什么的也一股脑搬了过去。

于是现在的陌雪坊，其实就是帝王的寝殿。

他走得十分急促，本以为赶得上，不料才走到陌雪坊的院门前，屋里婆子一声高喊：“生了生了！”

旋即就是一声响亮的婴儿啼哭！

他大喜，连忙抬起脚欲奔进去——

这时又是一声啼哭，婆子的大嗓门又一次高喊：“还有一个！这个是皇子啊！”

燕乐晟愣了一下，脚悬在半空，差点儿没把自己给绊住！

突然又是一声！

这次，就连婆子的声音都有些颤了：“又一个……三喜临门，恭喜皇上、皇后娘娘！”

燕乐晟倒吸一口凉气！这也太能生了吧？！当初还跟他说三年抱俩比较困难，如今这都反过来了！变成两年抱仨了？！

燕乐晟又喜又慌，率先大步迈了进去。

“哎哟，皇上，您可不能进来！”婆子立刻就要阻拦他。

他袖子一挥，也顾不得推没推伤人，一阵风似的就越了过去。

床榻上，他心爱的女人正歪靠着，满脸是汗。而在她怀中，三个小小的身子正蜷缩着，时而发出几声不安分的哭闹。

他的心，顿时就软得一塌糊涂！

人人都道生孩子就是女人从鬼门关前走一遭，十个里只有七八个命硬的活下来。

而如今，林陌染竟然如此争气，头一胎就一口气给他生了三个！

这命得有多硬啊？！

他轻手轻脚地走过去，生怕吵扰到母子四人，终究还是没忍住，缓缓张开双臂将四人统统拥入了怀中。

刹那间，那涌上心头的满足感，无以复加！

几年过去，又是春天。

燕宫里因为有了两个小皇子和一个小皇女，显得比以往更热闹些。

虽然时常有宫里人小声抱怨，说这唯一一个公主，太鬼机灵，连着气跑了三个女先生！愣是不肯背《三字经》，还说这玩意儿将来宫斗用不上！

众人就纳闷了，这才四五岁的孩子，怎么如此早就想到了以后宫斗的事呢？

殊不知，每天夜里，都有一个女人将她拉到自己身边，神神道道地传授自己的经验：“若是将来哪个高官子弟看上你，跑来你面前说，我要娶你什么的……你第一次一定要回绝！你回绝得越爽快，人家越觉得你性格特别，越将你当成宝贝！”

小公主嫌弃道：“母后！父皇都说了，这招儿太土，早就不实用了！”

女子一愣：“那什么招实用？！”

小公主非常认真地转述道：“父皇说了，要是哪个男人跑到我面前跟我说这样的话，我要二话不说先一拳揍翻他！”

林陌染顿时扶额：“我的儿啊，你可千万别信你父皇！他这是准备把你培养成大龄剩女啊！”

元宵节前一天，又恰逢十二公主出嫁。驸马是武陵太守凤凌殊。

几年过去，这位当初跟在林陌染身后一脸稚气地喊“美女姐姐”的少年，也长成了英武不凡的青年。武陵在他的治理下，迅速发展成为大燕国仅次于江陵的繁华都市。

据说，十二公主出嫁时，花轿旁还跟着一只忠心耿耿的雪白大狐狸。只要它在，任谁都不能靠近公主一步。只有驸马上前接新娘时，它才会舔一下驸马的手臂，乖乖地退到一旁。

还据说，驸马洞房夜喝得有点儿多，结果当晚就被罚跪了……不过这些都是酒后佳话，权当博君一笑。

在大燕王朝百姓看来，所有的美事都比不上元宵这天，能一睹皇上和皇后真颜更让人觉得赏心悦目！

花灯簇拥下，皇上骑马当先而行，一身明黄龙袍，气宇轩昂，气魄不凡。

两位皇子则一左一右地骑行在轿子两旁，身子板和脸蛋虽都还带着童稚，却隐约能看出和皇上相似的那股傲人气质。

而藏在轿子里的皇后则时不时地抱着怀中的小公主，露出半张脸，微微一笑，便已美得惊为天人！

一行人簇拥着皇帝和皇后来到江陵城西的玉楼春，才缓缓停下。

众人只见皇上下了马，又几步走到身后的轿子旁，一只手轻轻撩开轿帘，亲自将皇后牵了下来，又回身将小公主一把抱在怀里。

那股子溢于言表的恩爱劲儿，简直羡煞旁人！

待帝后登上玉楼春最高一层早就为他们备好的看台时，江陵城数十年来最大的一场灯会正式宣布开始！

五彩缤纷的烟火在夜幕下绽放，映照出林陌染那张莹玉般纯净的容颜。

这么多年过去了，她丝毫未变老，甚至，晚上熄了灯摸到她的肌肤时，他总觉得她越来越年轻了。此时，他情不自禁地一手缓缓移到她的腰下，轻轻捏了一下。

耳旁听得她低叫一声，又迅速放开，面上依旧装出一副若无其事的正经模样。

林陌染羞恼地瞪了他一眼，轻声说："晚上，你等着！"

燕乐晟喜津津地回了几个字："为夫迫不及待！"

烟火之后，便是花灯花船游行。

这时，阿九也带着两个孩子和苏孟登上了玉楼春，边走边抱怨："人真多啊，半路上给塞在巷子口了，唉……迟到了，我自罚一杯啊！"说罢端起杯子，却递给了一旁的苏孟，"罚我的酒，你来喝了吧？"

苏孟低笑一声，二话不说，接过一饮而尽。

在他们身后，许久不见的初娘子也挺着个大肚子，在苏靖的搀扶下，缓缓迈上楼。

林陌染顿时惊讶，赶紧也上前扶她："你这二胎都快生了吧，怎么还出来走动啊？"

"出来走走好。夫君说了，他大将军的儿子才不会如此娇贵……"

苏靖顿时红了一张脸。

坐了片刻，男人们饮了酒，就开始大肆讨论朝纲之事。小孩子也有自己的玩乐。倒是苦了林陌染这些妇道人家，坐着什么也干不了。

嗑了几把瓜子后，林陌染率先按捺不住了，拉起阿九的手："走！我们下楼看花灯去！"

玉楼春一如当年那般热闹，而楼外的街，也还是那条街。

那一年，她火烧玉楼春，熊熊的大火下，她就在这里，和久别重逢的燕乐晟紧紧相拥。

算来，她这短短的二十余年，竟然死了三次，却没有一次真正死去。

阿九一边赏灯，一边笑："上次你说你那师父，后来如何了？"

"紫袂啊……"林陌染的目光越过了这片灯海，望向遥远的南边，百草谷又将迎来一年新春。

"他大概是回去了。"她的目光从远处收回，望向了头顶的天空。

她曾让林奕带着人搜遍了整个大燕，却没有发现紫袂的踪迹。他仿佛彻底消失了一般，说没有就没有了……

这时，阿九又似乎看到了什么，转身摘下来一个花灯："你看！这花灯上的诗，字写得真漂亮！"

"写了什么？给我看看。"林陌染收回了思绪，也低头去看。

然而一看之下，脸色瞬间变了！

这花灯上，寥寥数行，写的是：去年元夜时，花市灯如昼。月上柳梢头，人约黄昏后。

她突然想到一个同样消失了许久的人！

她猛地抬头在四处寻，抱着一线希望。张望了片刻后，陌生的人群中并没有那张熟悉的脸。

林陌染闷闷地放下了花灯，一旁的阿九已经转去看别的东西了。

其实这样也好，知道他还在身边，过得逍遥自在……

正自我安慰着，耳旁传来一道温润清雅的声音："你在找我吗？"

她回头——对上一张清俊的面容，一袭锦袍，手执锦扇，翩翩如天外客！

"辰靳！"两个字喜不自禁地脱口而出！

辰靳含笑点头："是我，我回来了。"

"太好了！燕乐晟也在，就在玉楼春，我带你去见他！知道你回来，他定会很高兴的！”

辰靳默默摇头，轻笑着拒绝了她伸过来牵他衣袖的手，淡淡道：“这几年我江湖逍遥，自在惯了！见了他，若是他逼迫我回去做官呢？还是算了吧……”

“那你以后打算如何？”林陌染担忧道，“就这样一直漂泊下去？”

“非也！”辰靳摇着锦扇，淡淡一笑，凑到她耳边道，“城西的那座小四合院又被我盘下来了。他若是对你不好，你随时可以来找我……”

林陌染愕然。

在她惊愕的目光下，辰靳朗声一笑，如来时一般，转身又没入了人群。

良久，她抬头，望向三层高的玉楼春顶楼。

嘈杂的闹市中，楼上那人静静地凝视着她，目光温柔如水。

事后某人狡辩：“朕当时在看风景！”

“拉倒吧！你就是怕我跟他跑了！”

“胡说！朕怎么会连这点儿自信都没有！相较之下，不对，完全没有可比性！朕比他优秀千倍！”

“好好！那你说说看，你望着风景，怎么眼睛却是朝楼下看，嗯？”

某人眉头一皱。

“不狡辩了？没词儿了？”

某人狠狠拧眉。

“你就承认一句你当时是在看我又如何了？我还会笑你不成？！”

某人低咳一声：“其实这么多年来，每当你离开朕的视线时，朕都会不安。要亲眼看着你，知道你无恙，朕才能放心。”

“傻瓜……你这么时时刻刻盯着我，你不累，我都嫌累了！”

一挥手，不干了！

“我要休假！”

某人很配合地喊了一声：“诺！”紧接着道，“生一个休假半年，生一双休假三年，你自己看着办吧！”

见过坑爹坑娘的，没见过孩子他爹坑孩子他娘的！

林陌染愤愤不平：“我之前还一口气给你生了三个呢！难道不

算？！”

“那是试用期转正。”

“燕乐晟，我今晚跟你没完！”

“为夫一生奉陪！”

番外01

又要选秀？

燕和十二年，朝政安稳，天下昌盛，帝后和睦美满，百姓安居乐业。而到了这一年冬季，两位皇子和小公主也迎来十周岁的生日。

就连皇太后也自昆山回宫，坐着大轿一路晃悠悠回到了她的清正宫。还没休息呢，就先传旨要见三个孙子孙女。

彼时，林陌染正领着三个孩子在陌雪坊晒太阳。自身边多了这三个活宝后，林陌染觉得自己就没什么时间能好好休息，因此逮着空闲的时间，什么也不干，就是一整天坐着发呆。就连燕乐晟来了，也难得起身伺候他，反而使唤着两个儿子给他斟茶递水。因此，燕乐晟总说她为老不尊，把小公主养得和她一样懒了。

这时，一旁总会冒出一个小脑袋，愤愤不平地呛道：“母后说了，将来女子要生儿育女，苦一辈子，不若趁着能闲的时候赶紧偷闲！”

燕乐晟苦笑，生儿育女确实太累，所以这么些年过去了，他始终不舍得让她再次怀上身孕。但仍是每晚宿在陌雪坊，从来不去其他妃子宫中。

说起来，安尚仪和陆尚仪这么些年也着实安分了不少，压根儿不敢跟林陌染争宠。只不过陆尚仪会做人，经常带着些自己做的糕点到陌雪坊给林陌染请安。

宫中本来就人少冷清，只不过这些年多了三个孩子，稍显热闹一些，如今既然有人主动和她交好，林陌染也乐得多一个人和自己唠嗑。只要两位尚仪不整什么幺蛾子，她还是会以礼相待。

帝王专宠一后，这事也成为了大燕国的美谈，从江陵一路传到武陵，又传到西域。

而西域乾罗国，更被安成禄和林肃联手打得落花流水，自柳琦死后，就再也没兴起任何风浪。

对她来说，那些都是男人的事情，她只需过好现在的生活就行了。她的心很小，脑容量也很小，管不过来的。

燕乐晟就爱她这点，懒。明明是有几分小聪明的，可一旦从他这里获得了安定的生活，就开始不思进取了。懒得去动脑子，懒得去争什么。只要他一日不停止给予她美好安稳的生活保障，她就一日不会自己爬起来去觅食。

“朕把你养得太懒了。”他不止一次抱怨。

而她回驳得十分在理：“这不是正合你意吗？本宫以懒出名，旁的人自然不会稀罕要我这么个懒人了，那我就不会被人抢走，你就有安全感。再说了，本宫懒成这样，这世间除了你，可能还真没有别人养得起我……”

也有某些时候，燕乐晟会恨铁不成钢地抱怨她懒。

夜里的时候，燕乐晟就不止一次哭笑不得地叹气道：“你懒也就算了，这个时候，你总得配合着动一动，总是朕在上面卖力，你在下面躺着躺着就睡着了。”

林陌染撇撇嘴：“谁让你每次一来就得一个时辰才肯下去？我又没你那么好的体力，当然容易乏了啊。”

说得燕乐晟无言以对，其实他自己也不知道为什么，不管白日里多累，只要一对她起了那个念头，肯定是要折腾个半宿才够的！第二天下了床榻，他通常是一整天神清气爽、无比精神，而她则是苦兮兮地卧到正午才下床，还不停地抱怨这里疼那里疼，听得一屋子宫女嬷嬷面红不已。然后一整天，她都不会出陌雪坊，就窝在床榻上看闲书。那都还是他每次微服出巡，替她从各地搜罗回来的。

也因而今日，清正宫新进的赵嬷嬷领着太后的旨意来陌雪坊请人时，看到的亦是这样的场面，林陌染捧着书，歪靠在软榻上，而原本放在屋内的软榻，此时也已被搬到了屋外的廊柱旁，借着屋檐遮去一半的阳光，林陌染就舒舒服服地躺着看书呢。

皇长子燕翎和皇次子燕炽，却是一人举着枪，一人拿着剑，在院子比画，而小公主燕芸正窝在林陌染臂弯里睡得香，手边是一卷白宣纸，手上还抓着一支墨早就干了的画笔，纸上乱七八糟写着几个字，虽然少，倒是有模有样。

至于小公主为什么要学写字，这还要追溯到帝后相识不久时的一段往事，据皇后娘娘说，这辈子写字都赶不上皇上了，那就生一个小公主，写字比他好看就不算输！

燕乐晟这些年，也是倾囊相授，一身武艺教给了皇子们，治国之策也慢慢传授给了皇长子，才情笔墨则是悉数教给了这位小公主。所以小公主小小年纪，非常聪慧，写字、写诗俱是十分了得，宫里的人都特别喜爱她。就是有点儿懒……看这样子，是没写几个字就歪着睡着了吧？

赵嬷嬷不忍打扰小公主睡梦，走到林陌染身边轻唤："皇后娘娘，老奴来传话，太后在清正宫有请。"

林陌染揉揉眼睛，从书的世界里回神，看着眼前不知什么时候出现的赵嬷嬷，又看一眼院子里舞枪弄棒的两个儿子，不知什么时候已经停了下来，规规矩矩地立在一旁，虽只有十岁，却是身姿英武，隐约可见未来那卓尔不群的非凡气质。

嗯，倒是像他们的父亲！

而燕芸则眯着眼，沉沉睡着了，小小的身子蜷缩在自己怀中，十分惬意。

林陌染心中不由得一软，不禁脱口道："芸儿方才用了午膳，就急巴巴地找出了笔墨和字帖，嚷嚷着习字，委实太累了些。"

赵嬷嬷一愣，斜眼看那字帖，也没写几个字呢，心知皇后是护犊心切，便趁势道："五日后便是皇子公主的十岁生日，也该好好办一场，让皇子公主们尽兴玩一玩。"

经这番话提醒，林陌染总算心里舒畅了些。燕乐晟平时教子十分严厉，请来的都是大燕最有名的先生，稍有不对就要挨罚。偏生三个孩子都是要强的性格，不愿服输，所以经常私下里自己刻苦训练。

她早就不满了，想来自己一代懒妃，除了燕芸稍稍有点儿自己的懒劲外，养出来的两个皇子都是这般勤奋刻苦，着实有点儿货不对版啊……

太后回宫急着见孙子孙女，不好让她老人家久等，林陌染差人给三个孩子换了衣服，重新拾掇一遍，就跟着赵嬷嬷前去。

这几年，太后深居山中，清修礼佛，倒也保养得十分不错。一见面，和从前她还未入宫时见到时一个样。

林陌染进了清正宫，还未请安，两个孩子已经飞扑过去，皇长子燕翎还算懂事，先规规矩矩请了安，才笑着上前给祖母一个大大的拥抱。

赵容宝贝得不行，逐个赏了好些东西，尤其喜爱燕翎，看到他就想起燕乐晟小时候，心中宠得一塌糊涂，又知道他喜欢读史书，更是多赏了好几本难得的珍品藏书。

燕翎十分懂礼地谢过，眼角的余光撇见弟弟燕炽投来羡慕的目光，特意翻几页显摆了一番："这是前朝开国大宰相苏甯唯一一本传于后世的书，写的是如何开疆拓土和振兴国家。"

太后满意地夸道："上回听皇上说，你一直追问林尚书，如何不用兵而使盛世恒久，哀家便想着，这本书里兴许有你想要了解的事情。"她目光宠爱，"想当年，这还是先皇赠给哀家的呢！"

燕炽愕然："祖母也喜欢看这些书？"

赵太后大笑道："哀家看不懂，但是哀家善于保管东西，所以先皇总爱将他喜爱之物赐给哀家，让哀家代为保管。"

这时燕翎显摆够了，又插嘴道："那太后有没有收藏什么稀罕的宝剑，或者字画？"他挠挠脑袋，目光在一双弟妹身上一晃而过。

林陌染笑道："这孩子！得寸进尺了，是想送给炽儿和芸儿吧？"

燕炽和燕芸当即亮起渴望的眸子望向赵容。

赵容看着燕翎小小年纪就这么懂事，而燕炽和燕芸更是知书达理，不是自己的东西，他们不强求，也不会哭闹着去讨要。当即心情舒畅，道：

“有！都有的！先皇有一把小短剑，正适合燕炽！字画就更多了，燕芸一会儿跟赵嬷嬷去藏书阁取，看中了哪幅，直接拿便是！”

一旁的赵嬷嬷领命应了声。

而燕炽和燕芸更是乐不可支，要知道，就连他们的爹爹，皇上燕乐晟都没这个待遇可以走进太后的藏书阁一步！

燕炽分得了好东西，斜眼向燕翎投去嘚瑟的目光，燕翎一笑而过。

两人的这番神情，被赵容和林陌染尽数收在眼中，两人私下里对视了一眼，知道彼此想法是一致的，燕翎性子稳重大度，是太子的最佳人选。而燕炽年轻气盛，还需经过一番历练才行，他这么爱武，兴许放他带兵打几年仗也是好的。

打发了三个孩子去玩，赵容才转向林陌染，谈起了正事：“五日后的十周岁庆生宴，皇后打算如何操办？”

林陌染道：“横竖不过是请几家关系特别要好的大臣，带着家属入宫赴宴。”这些年来，由于她懒，大大小小的宴会都是避之不及，能小搞就绝不大搞，能不搞就不搞。

果然，赵容面露几分不满：“皇长子十周岁生日，这是大事，如何能如此敷衍了事！你身为皇后，理应将这后宫诸事打理起来！瞧瞧哀家不在这几年，后宫就没办过几场像样的宴会，如此太过冷清！”

林陌染想了想，没有出声。她这几年得到皇上的专宠，有点儿不把其他人放在眼里，又因为没了宫斗对象，不仅懒惰，脑袋也钝了。所以今儿太后隐隐有发怒迹象时，她干脆不说话，明哲保身。

不料赵容一语尽了，紧接着又道了一句：“你既然不爱管，那就莫怪哀家举办大选，从良家子里选几个进宫，替你管这后宫！”

什么？又要大选？！林陌染一下子坐直了！

看赵容神色无比坚定，根本不是说笑的。

她刚想开口辩解几句，赵容一句话打发了她：“大选诸事，你不需要插手，哀家亲自来办！皇后这便回去，将皇长子的生日宴准备好！”

林陌染顿时心中哀号！完了完了，若这大选真的选了几个姑娘进宫，年轻貌美不说，肯定又是出身朝廷重臣权贵之家，背后有权有势的……

就她这将宫斗技能早八辈子就忘光的半老徐娘，可怎么斗得过啊？！

林陌染决定先从燕乐晟下手！夜里回去，她赶紧凑到他耳边说了这事，哪知燕乐晟竟十分赞同地点头："母后所言极是！这次选秀，多招几个女人入宫，正好治治你的懒病！"

林陌染当晚就气得将他赶去御书房睡了。

第二天起来，没想到，燕乐晟竟然一声不吭就去上朝。林陌染坐在床榻上发呆，总觉得心里十分空虚，他从前不管走得多早，都必定会给自己一个吻，替她掖好被角！

今日这是怎么了？难不成……他得知即将有新人入宫，就开始冷落她了？！

男人都是见异思迁，没一个好货色！

林陌染恨得牙痒痒！一骨碌爬起来，决定制订一个详细的作战计划！决不能让燕乐晟被那些个年轻貌美的女人蛊惑走！

第一日，她积极督办采买皇子皇女生日宴的各种物品，招来全江陵最好的绣楼绣娘，给孩子们各量身定做了八套衣服，按布料薄厚分为夏冬两季，又按款式分为宫装便装。

第二日，她差人去清正宫打探消息，看是准备迎哪家的女儿入宫。又自以为神不知鬼不觉地打探起皇上最近对哪家大臣更加倚重。

第三日，她开始琢磨燕乐晟近来的喜好，大到家国政事、稗官野史，小到用膳口味如何，喜欢哪种甜食、穿什么衣服、听什么曲子……

魏喜将这些事细无巨细地禀告给燕乐晟听，燕乐晟在御书房里持笔批阅奏折，只是挑眉笑笑："由她去吧，有事做，总比没事做在那儿发懒来得好！"

瞧他那眼角带笑的模样，根本是在幸灾乐祸！

第四日，林陌染找了个无人的时候，偷偷把魏喜的袖子一拉，讨好地递上一枚金元宝，道："魏公公昨日将本宫这些日来的行为告知皇上后，皇上是什么态度啊？"

魏喜得了燕乐晟的吩咐，不能点破皇上是在治她懒病，只能板起脸，有些担忧道："皇上听了之后，只对老奴说了四个字，由她去吧……唉，还望娘娘好自珍重啊！不过这后位，也不是谁都能当得起的，娘娘只要不出差错，即便不受宠，还是能在后位上待一段时间。”

林陌染一听，脑袋轰地一下就炸了！她做了这么多事，就换来四个字，由她去吧？！

如今，魏喜还用这副表情安慰她，说横竖不过是失宠……失宠已经很严重了好吗？！她才不要把燕乐晟和别的女人分享！

一想到以后清清白白的燕乐晟变成了公用的黄瓜……啧啧！她也替燕乐晟担忧啊！就他那不到一个时辰绝不偃旗息鼓的旺盛精力，夜夜和不同的人这样折腾，哪里吃得消？！

不行！为了改善夫妻关系，更为了燕乐晟的健康着想，选秀这事，她管定了！而且，既然暗中来不行，那就明着来！

于是，当天下午，她就领着两个宫女，提着两盒膳食，自己亲手捧了一壶好茶，亲自送到政阳殿给燕乐晟。

燕乐晟刚送走安成禄等一批大臣，正歪靠在龙椅上闭目养神，抬眼见林陌染远远走来，眉眼一笑，又迅速敛去笑容，故作一副深沉模样。

林陌染进了屋，见他无动于衷，神色冷淡，心里一沉，又安慰自己他肯定是累了。

刚成为皇后那会儿，她经常午膳时领着宫女亲自来伺候他用膳，给他捶背。皇后贤惠体贴，一时传为后宫的美谈。后来她懒了，就许久没来政阳殿，燕乐晟只好一到午膳时候，就自己走去陌雪坊，午歇过了又自己走回来。

再后来，七月大暑，燕乐晟也嫌热，午膳就变成各吃各的了。

这会儿林陌染来送下午茶点，他其实是十分怀念的。但为了吓一吓她，还是闭着眼不去理会。

林陌染给他摆好茶，冲泡好，就转到他身后给他捶背按摩，动作行云流水，一时自己也愣了，原来从前自己做这些事时是如此熟练。

而龙椅上，燕乐晟眯着眼，感觉肩膀上的娇柔小手，时轻时重地按捏着，只觉得半天的疲惫都顷刻间烟消云散，全身无比舒坦，不禁内心感叹，好久没有享受过这种待遇了，真是难得！为了能让自己多从陌染那儿讨得些享受，母后应该多搞几次选秀！

按摩了小半会儿，林陌染估摸着时机差不多了，下手的力道轻下来，有一搭没一搭地从一旁取来糕点递到燕乐晟面前，声音也酥软了几分，带着点儿撒娇的意味："这是臣妾今早亲手做的糕点，皇上您尝尝？"

难得能吃上她自己做的糕点，更难得她亲手喂自己，燕乐晟生怕是梦境，赶紧张开嘴，一口吃了下去，味道甜而不腻，确实非常美味。

燕乐晟点点头："味道不错。"却只字不提选秀之事。

林陌染柳眉沉了沉，这货摆明了是要狠狠敲诈她一笔啊！只能按捺下内心的急躁，把茶递上去，柔声道："这是臣妾今早趁着朝露摘的茶，说来这株茶树还是臣妾刚当上皇后那会儿，皇上您亲手栽下的。如今也有十年了，一年比一年泡的茶香。只可惜太少，每年五月摘下的茶叶，也只够泡一壶的。"末了，不忘讨好道，"皇上如今喝的这一壶，可就是全燕宫里唯一的一壶呢！"

燕乐晟抿了一口，入口甘甜，唇齿清香久久不散，确实是壶好茶！

只是放下茶杯，他依旧不提选秀之事。

林陌染更急，没办法，只能使出撒手锏！于是她又娓娓道来："明儿就是翎儿他们的生日宴，你答应给他们仨准备的礼物，可不准赖账啊！"

燕乐晟心知这不是她今日来的重点，满口答应下来，只是态度依旧不冷不热的。

果然，继而又听她道："这几日也不知怎的，头疼得十分厉害，夜里也经常做噩梦，睡醒时一身冷汗，白日里总是魂不守舍，走路也时常犯晕……"声音越说越低了，还隐约可闻一丝担忧。

"臣妾如今倒也不盼什么，就盼着三个孩儿平安长大，盼着臣妾能健康长寿活着看到翎儿当上太子那一天。只是近日来身体越发不好，就难免想到些不好的事情。"

燕乐晟听了，微微坐直，眉头皱了起来。

林陌染见他脸色正经起来，心道有戏，赶紧趁热打铁，换上低低的哭腔："你说，若是哪一天臣妾不幸去了，这宫里新进的皇后待他们不好，那可怎么办？若是将来皇上和新后有了自己的孩子，翎儿不再得陛下的欢心，被罢黜太子之位，满怀才情无处施展，郁郁寡欢，那可怎么办……”

“胡说什么！”燕乐晟终于猛地转过来，又是皱眉又是无奈地看着她，苦笑道，“不就是一个选秀，看把你急成了什么样子！开头倒还好好的，后来怎么满嘴尽胡乱说些不好的事情！”

他语气微恼，声音不禁大了些。倒把林陌染给震了一下，当场蒙了。

他只能叹气，起身笑着将她拥入怀，道：“朕答应你，没有别的女人。你也需答应朕，好好活着。”

林陌染顿时从惊讶转为讶然，等反应过来，就气鼓鼓道：“你不是一心盼着选秀，多找几个年轻貌美的女人入宫吗？我前些日子做了那么些事，你满不在乎，就说了四个字‘由她去吧’，就连魏公公都来安慰说，望我珍重！如今怎生又说没有别的女人。燕乐晟，你是耍我呢？！”

燕乐晟一愣，自己一时心急，怕她当真乱想，想坏了身体，不自觉地露了馅，须得赶紧扯谎圆回来，不然她若是知道自己心里只有她，装不下别的女人，以后也根本不需要宫斗邀宠，就不会这么殷勤地待他好了……那损失多大啊！

他旋即飞快地板起脸：“朕答应你没有别的女人，又没答应你说太后不会给朕塞女人。选秀这事是太后的主意，又是后宫之事，朕向来是不会插手的。要想让朕身边没有别的女人……”他眸光一闪，深笑，“皇后还请自己想想办法吧？”

闹了半天，还是要她自己想办法！

林陌染气得一跺脚，茶也不给他喝了，收拾糕点一并带走！

五日过去，林陌染一心顾着笼络燕乐晟的心，倒也没把翎儿他们的生日宴给怠慢，张罗好了一切，又在政阳殿和清正宫两处同时设宴，分别邀请大臣权贵以及他们的家眷赴宴。

因算是林陌染登上后位操办的第一个宴会，太后有心办得热闹些，所以让不是命妇的女眷也都来参加，清正宫内外热热闹闹的。

一个个请过安后，按着品级坐下。林陌染和太后分别端坐主位和下首，边吃边应酬，眼睛还不时到处瞄，竟是不约而同地替三个孩子寻觅起亲家来。

“礼部尚书有个孙女倒是不错，聪慧开朗，模样喜人，只是家族势力弱了点儿，将来指给炽儿倒是不错……”林陌染分析得头头是道。

结果一旁的阿九插嘴道：“听说礼部尚书最小的女儿刚及笄，正准备参加这次选秀呢！”

林陌染一嘴的茶差点儿喷出来。

正巧太后和一个命妇寒暄完，扭头来问：“女儿孙女都迎进宫来如何？”

林陌染赶紧摆手：“刚听阿九说，这家人的小女儿有怪癖，半夜睡觉爱打鼾，着实有些失礼，且会影响皇上夜里休息。”边说边用脚在桌下踢了一下阿九。

阿九吃痛，“哎哟”一声，在太后质疑的目光中也是忙道：“可不是嘛！样样都好，就这点着实要不得！”

太后半信半疑，竟然也没有再提。

结果一晚上，但凡家里有刚及笄的女儿想要送进宫来的，都被林陌染以各种理由推掉了。

这事后来传到燕乐晟的耳中，在场的人说，小太监在他耳边嘀咕了什么之后，本还是浅笑的他，突然就如风吹柳絮般猛地笑开了。

晚上送走大臣后，某人声称吃得太饱要消食，负手一路“闲逛”到了陌雪坊，结果一晚上都没有再从屋里出来。

宫人却纷纷表示，夜里主屋闹了一夜，什么动静都有，笑声、求饶声，后来是低低的喘气声，再后来又吵起来了……乱七八糟，暧昧不已。

第二天，众人又开始传，帝后感情和睦美满，难分难舍，实属大燕立国以来头一桩美事。

若问，既然这两口子感情这么好，干吗还要选秀？

年龄稍长的宫女就红着脸道：“就好比那道醋排骨，甜甜的太腻，要加点儿酸来调剂一下才好。”

转眼就到了选秀的日子。

这一天，林陌染穿上皇后的冕服，梳一头凌厉的朝天髻，戴上凤冠，妆容也是华丽霸气，手指上五个金指套尖锐锃亮，眼神里透露出来的尽是生人勿近的气息。

接着，一行数十人，八抬大轿，把她轰轰烈烈地送到了政阳殿。

今日皇上已经放出话来，他不参与选人，所有事宜一概由皇后和太后负责。

彼时，秀女们已在殿外等候多时，远远见着凤舆来到，都纷纷让开道路。

林陌染戴着沉重的头饰，慢悠悠地步下轿子，只是抬眼随意扫了一眼人群，也不让众人起身，就这么踩着她们让开的路，神色高傲地一路走了过去。

她气势凌人，难免有些心高气傲的秀女不服。

走了几步，果然听见身后有人嘀咕："不能容人，脾气又这么差，真不知道皇上是看重她哪一点，竟然让这样的女人母仪天下当上皇后……"

林陌染嗤笑一声，默默记住了这个声音，继续不声不响地往前走。

她和太后都不能坐龙椅，只能各自搬了一张椅子，分别坐在龙椅的左右，算是坐在主位上。坐定后，她朝也是刚刚到来的太后请了安，目光凌厉地一扫大殿内众人，声音空灵严厉："把第一个秀女带上来！"

那秀女怯怯地迈进大殿，规规矩矩地朝太后皇后请了安，还未说一句话，主位上的林陌染已经直接开口了："太丑，不要！"

众人都愣了，哪有对第一个进来选秀的女子，就这么不给面子的？

秀女更是差点儿就当场哭出来！

一旁的太后愣了一下，深吸一口气，好歹克制住了脾气，只低低道："皇后，第一个你就不由分说说人家丑，若是得罪了人，可不要怪哀家！"

林陌染挑眉一笑，淡定道："臣妾自有分寸。"

为了这场选秀，她昨晚可是通宵做足了功课。哪个秀女是哪家的，早就把一张张脸强记下来。而眼前这一位是普通家庭出身，父亲只是个小县尉，一心想把女儿嫁入宫里，为自己谋一份出路……可是可想而知，这样没有权势的女人，进了宫也是个炮灰的命！还不如放出宫去嫁个富贵人家，享一世安稳呢！

所以她林陌染第一批要淘汰的，就是这种娘家没有权势的秀女，其次才是那些没有才情、性格骄横的官家千金。

秀女见没有任何回转的余地，又气又羞，哭哭啼啼地跑了出去。

接下来又进来了两个，都被林陌染三言两语打发了，其中一个当场就被她的毒舌给毒哭了。

太后又在一旁说了几句，这次语气重了点儿。

林陌染面上乖巧地应了，心里却浑不以为然。殊不知，前面打发的这些都是打酱油的，厉害的角色还在后面呢！

再进来一个，却是方才暗中编排林陌染脾气差的秀女，一脚走进来，不由分说先借先朝几个皇后不能容人、被打入冷宫的典故，明里暗里责怪了林陌染一番，然后才骄横地请安，满脸挑衅的神色。

对于这种人，太后也是不喜欢的，性格太厉害了，将来把后宫闹得腥风血雨不说，还给皇上添堵，于是给林陌染使了个眼色，让她赶紧将此人打发。

林陌染早有准备，一开口就笑道："本宫倒是不知，喜爱背后说人坏话的女人，如今倒还有资格在本宫面前信誓旦旦地指责本宫疏于礼仪？"

那秀女面色一僵。

林陌染继续幽幽道："方才你不是说，本宫脾气太差？这话委实可笑了些，本宫长得如此好看，脾气好还得了？届时只怕别说选秀了，就连直接钦点进宫的女人，皇上恐怕都不会多看一眼。"

哪有人这么厚脸皮，说自己长得好看的？可林陌染是皇后，全大燕最尊贵的女人，她这样说了，倒真没人敢站出来说自己比她好看……

秀女气得狠狠跺了一下脚，匆匆施礼，转身就走。算是自己弃权了。

一旁的赵容有些看不下去了，低咳一声警告道："恰到好处就行了，于人于己总是要留点儿分寸，没必要嘴巴那么毒。"想了想，又道，"下一个进来后，你还是不要开口了。"

林陌染却想，最好能再毒点儿，让全天下都知道燕乐晟有个狠毒不能容人的皇后，看以后谁还敢往燕乐晟的后宫塞女人！

这事又传到了燕乐晟的耳中，那时他正在御书房会见大臣，太监在他耳边说完，他兀自一拍桌案，哈哈大笑起来，惹得众大臣都是一脸的莫名其妙。

他也顾不上事情还没谈完，起身笑道：“今日家里有事，明日再续！各位辛苦，请回吧！”

说罢，他迫不及待就出了书房，径直往选秀的地方走去。

边走他还不忘自嘲道：“这小东西，霸道起来真是没边了！偏生朕听后，心里怎么还这么乐呢……”

御书房其实就在政阳殿的后面，他步子迈得急，一会儿就到了。来到门口，他却不让随行的太监通报，就领着魏喜一人，悠闲自在地负手穿过人群。

众人见他来了，纷纷愕然，旋即跪倒一地。

整齐响亮的请安声中，燕乐晟面带淡淡的笑意，昂头迈进了大厅，刚一进去，视线就急不可耐地寻到了那个坐在龙椅旁的女人。

见她虽然紧闭着嘴，面上却隐隐有些焦急的神色，坐在椅子上的小身板也是扭来扭去很不安分。

而另一边，太后正询问大殿上一名秀女，不时满意地点点头。

看来，她就是为这个在着急呢！

燕乐晟顿觉好笑，正准备走上龙椅坐着看戏，不料前方林陌染一眼瞥见他进了大殿，猛地眸子一亮，像寻到救星似的，腾地就站起来，迈起小碎步，远远就迎着他走来。

燕乐晟一看她这神情，就隐隐觉得事出不妙，正想着该怎么躲避一二，脚步一退，林陌染的喊声就传来了！

“皇上！臣妾给皇上请安！皇上来得正好，如今选秀刚开始，臣妾瞧着几个秀女的品性都比从前那位德妃好！想来日后入了宫，应该不会落得和德妃娘娘一样被乱棍打死的结局……”

燕乐晟正想说，前任德妃不就是你吗？然后醒悟，她说的德妃应该是之前被毒死的那位。

而一旁的秀女听了林陌染这句话，顿时就是浑身一颤，眼中流露出一丝恐惧的神色。

四妃之一的前德妃，据说是赵府出身的嫡女，入宫八年，素来位高权重，突然一日之间就传出暴毙的消息！没想到，竟然是被乱棍打死的！身世背景这么厉害的女人都遭殃了，她这种小官小吏家庭出身的，哪还有本事自保啊？

没想到林陌染指着大殿上的秀女，紧接着又说了一句："这位妹妹看着水灵，想必也是个聪明的角色，想来以后入宫，也不会跟柳贵妃一样，尽做些糊涂事，最后被皇上您亲手所杀……对了，还有柳妃，她是怎么死的来着，哦对了！是利剑穿心，啧啧！那血都飞溅几尺高了！"

秀女再也听不下去了，发出一声尖叫，匆匆一屈身子算是请安，掉头就往殿外跑去！

太后赵容面色十分不虞，眯眼盯着林陌染。好半晌，她神色严厉道："哀家怎么觉得，皇后娘娘今日不是来帮忙的，倒是来阻止皇上选秀的？"

林陌染背对着太后，冲燕乐晟挤了挤眉眼，换来后者无奈的一声苦笑。她这才转向赵容道："太后明鉴！臣妾不过是据实而论，那些个秀女心性不坚定，听闻些困难就自己放弃入宫而已！臣妾可没有逼她们离开啊！"

太后恨恨地盯了她一眼，将手里的茶杯一放："还请皇上到龙椅上坐好，皇后接下来不准插手！哀家要亲自替皇上选一个秀女入宫！"

林陌染耸了耸肩，吐着舌头往自己的位子上走去。

燕乐晟在她身后轻笑一声，一只手自自然然地就将她的手牵着，帝后并肩牵手一同走向他们各自的位置，看在众人眼中，尽是艳羡。

这般深厚无间的感情，要说能被一个小小的秀女所取代，那是谁都不信的。

太后拿了名册，亲自挑了一个秀女，唤入殿中。

乍一看，这秀女冰肌玉骨，眉目如画，确是好看！就连燕乐晟也情不自禁地夸了一句："陈将军家谪仙般的好女儿！"

那陈氏秀女顿时面色飞霞，落落大方地道了谢，扬眉笑道："是大燕近来国泰民安，百姓宜居，人与人相处平和，心境和环境都好了，人自然也养起来了。”

一句话就赤裸裸地盛赞了一番燕乐晟治国有方！

太后不禁喜上眉梢，越看此女越是满意。又问了几个问题，此女一一作答，神态大方得体，回答得也十分圆滑。

眼见着就连燕乐晟都在一旁附和地点起头来，林陌染顿时觉得很不是滋味，偏偏她被要求了不能说话，也不能插手，只能干坐着，眼睁睁地看着太后在名册上轻描淡地画了一笔，选中了这个女子！

她愤愤不平地扭头去看燕乐晟，只见燕乐晟竟然也没有丝毫要帮衬她的意思，任由太后宣布，将此女迎入从前柳琦的翠柳斋，封号昭仪。

接下来，太后再也没有选中哪个满意的女子，片刻后，就宣布选秀结束。

林陌染腾地从座椅上站起来，朝太后请了安告退，带着一脸恨恨的神色就走了出去。

赵容看着她的身影，朝燕乐晟一阵叹气:“她从前也是个颇识礼数的，却是被你给惯坏了。”

燕乐晟失笑，道：“朕回去定会好好约束她！”

陈昭仪就这么被接入了翠柳斋。

只是燕乐晟当晚并没有去翠柳斋就寝，而是出政阳殿一拐弯，命人将轿子径直抬到了陌雪坊。

陌雪坊里灯火通明，他站定在门口，隐约可以听到里面传来女子的啜泣声。

“娘娘莫哭了……娘娘从前可不曾这般小气……”

林陌染吸着鼻子：“从前？哼，都是被他害的！你说，好几百年了，这宫里都没有别的女人跟我争宠，突然冒出来一个要和我分享皇上，我能不难过，能不哭吗？！”

顿了一下，她又非常愤恨道：“我为他做了多少事，一胎生了三个孩子，选秀前对他多好，选秀时那么卖力地去阻止秀女入宫……结果呢！昭仪昭仪！还是那么年轻漂亮的小妞……”

似乎又传来一声摔镜子的声音，伴随着一声哀号："天啊！我都有鱼尾纹了！"

燕乐晟站在门外，当真是哭笑不得。

他悄悄推开了门，正准备暖言安慰几句，冷不防就是一个不明物体摔到自己面前："出去！谁都不要来告诉我皇上今日去了哪里！哼！他肯定是留宿翠柳斋了，有了新欢，就忘了旧爱！"

燕乐晟皱眉，将那个不明物体伸手接住，甩到一边时才发现，竟然是女人的肚兜，当即眉头皱得更深，噙着薄怒道："谁说朕去了翠柳斋！"

屋里的声音一下子静下来。

陌鸳等人见是燕乐晟，匆匆请了安就赶紧溜出去，顺带关上了门。

燕乐晟手里握着那个肚兜，紧紧蹙眉走过去，将肚兜掷回她的床榻上："这玩意儿是能随便丢的吗？！万一刚才进来的是个太监呢！"

林陌染声音一下子低下去："我就是顺手拿的……"

"这玩意儿还能顺手拿？！"燕乐晟扶额，心里想象着她从怀里猛地一拽，将肚兜拽出来，丢出去，心里就是一阵又怒又躁的火！

林陌染抬起一张泪痕未干的脸，眼神无辜又可怜，撇着嘴道："这可不是我的肚兜……是方才陈昭仪来给我请安时，不知怎的落下的。"

燕乐晟愕然："她来探望你，还能落下肚兜？"

林陌染后知后觉："是啊，就藏在她给我的食盒里，也不知道怎么会藏在那里……"

燕乐晟顿时气不打一处来，一把抓起她的手，将她拽到自己面前，恨铁不成钢道："我不过是把你养在这宫里宠了十年，你怎么如今，竟笨得连女人间最基本的宫斗阴谋都分不清了？"

林陌染满脸的莫名其妙："唉？陈昭仪才刚进宫，就敢欺负到我这个皇后身上了，她胆子也太大了吧！"

燕乐晟恨恨低声道："分明是你太笨！"

林陌染抄着手："那你说说，她准备如何害我？"

燕乐晟眼光锐利地扫了一眼那个肚兜，猜测道："方才送食盒来的，一定是个小太监？"

林陌染愕然："你怎么知道？"

"我不光知道，还知道他并非真太监，而是假太监！他奉陈昭仪之命，将藏了肚兜的食盒送来，待会儿一转眼，陈昭仪必定会到太后处诬蔑你和这个假太监偷情！而那个太监被屈打成招后，一定会承认他从你房间出来后，随手将你的肚兜放在食盒里，准备一会儿和食盒一起拿走……"

林陌染惊得浑身一哆嗦："这么狠毒！"

燕乐晟亦是后怕道："幸好朕来了！否则，就你这个猪脑！"他一指头戳上林陌染的额头，道，"照你这个速度退化，你说朕如何敢将别的女人娶进宫来？你肯定会被吃得渣都不剩！"

林陌染赶紧点点头，满眼"吾皇圣明"的崇拜目光。

燕乐晟看了看肚兜，左思右想，决定先去太后那里禀告一番，这陈昭仪如此狠毒精明，城府极深，实在不宜放入宫来为妃，他可不愿将来枕边睡着这么一个恶毒的女人，于是他淡淡道："你且乖乖留在院中，一会儿太监若是来了，你就让人将他抓住。朕先去一趟太后宫里，以免陈昭仪那女人恶人先告状！"

林陌染乖乖应道："嗯！你赶紧去！千万别让那女人把我害了！"

燕乐晟哪里知道，当他步履匆匆地离开陌雪坊后，林陌染再也忍不住，弯腰捂着肚子就笑了出来！

"还真信了！燕乐晟，可不是我真心想骗你，这陈昭仪今晚虽没有用肚兜害我，可柳十八等人却打探得清清楚楚，她确实从家里带了几味极阴寒的毒物进宫！我不过是先下手为强罢了……"

她笑声还未止住，突然屋外又传来脚步声，未几，门被"砰"的一声打开，露出燕乐晟那张哭笑不得、又怒又怜的脸。

林陌染一下子蒙了："你、你怎么又回来了……"

燕乐晟佯装生气："该是朕问你，你为何竟如此歹毒，设计害那才刚入宫的陈昭仪？！"

林陌染捏着衣角不说话了。

燕乐晟眼神锐利地盯着她看了几秒，直看得她身子越缩越矮，心里直发毛。

半晌，她几乎承受不住就要主动求饶时——

燕乐晟突然一声轻笑，猛地将她拥入怀中，声音瞬间变得柔和了："朕知道你委屈，眼看着太后又塞了别的女人进宫，生生插足在我们之间。莫说你，若是眼看着你有了新欢，朕心里也会难受的。"

林陌染的心，快被他这一句话融化了，她何德何能，竟然能赢得这位帝王的宠爱，赢得他为自己换位思考！

燕乐晟抚着她的背，继续道："朕答应你，明天就将陈昭仪和她带入宫的那些毒物统统清理干净！"

燕乐晟果然说到做到。第二天就寻了个理由，将陈昭仪连人带物统统打包出宫。

然而出乎林陌染意料的是，他竟然一纸婚约，将陈昭仪赐婚给了一直隐居在江陵城郊小四合院里的辰靳！

可怜的辰靳当天接到谕旨，看到那太监身后领着的哭哭啼啼的小娘子时，一个头两个大了！

又见小娘子可怜得紧，不得不先暂时收下。

于是，一向逍遥自在的辰靳，终于被迫成了一个有家室的男人。

而深宫中，燕乐晟听闻魏喜回来禀告后，终于长长地舒了一口气，这么多年来，辰靳这个隐患终于被他解决掉了！既哄回了娘子，又除掉了多年来的情敌，真可谓一石二鸟！

嗯……今晚要去陌雪坊好好"放松"一下！

番外 02
一梦了无痕

谪仙何处，无人伴我白螺杯……那，若是在梦中呢？

辰靳被迫成了有家室的男人这一天，依旧早早起来，先到厢房看新娶进门的娘子还未起身，便换一身白玉长袍，拿了他的锦扇，又逛到江陵城中的玉楼春。

玉楼春正是早市，往来小贩在外吆喝，丝竹弦乐在内弹唱，热闹非凡。

他摇着锦扇，寻了个好位置，叫上一壶武陵的铁观音，点了几样宫廷点心，神色悠闲地听台上唱着黄庭坚的《水调歌头》。

“我欲穿花寻路，直入白云深处，浩气展虹霓。”

他眯了眼跟着哼了几句，也不知是一大早嗓子没开，还是想到了自己的处境，竟一时声音哑了，哼了哼觉得实在没趣。他又默默地拾起桌上的杯子，心事重重地抿了一小口。

这时，台上的小倌开始唱起下阕。

“谪仙何处，无人伴我白螺杯。我为灵芝仙草，不为朱唇丹脸，长啸亦何为？”

他一口茶辗转在喉间，听闻此句，又是悲寥又自嘲的，竟觉得喉间的茶也苦涩了几分。

长叹为何？

若她能听到，听到后还会对他产生几分怜悯……他倒是不妨多叹几声。只是，那人深居宫里，莫说听，就是平常想见一面，也是极难。

辰靳举杯饮罢，将茶杯往桌上一扣。满目人海茫茫，他却宛如只身漂泊，实是寂寞得很！

一曲丝竹唱罢，又悠悠地转了腔调，这一次，却是唱起了另一首更加为人所熟悉的《水调歌头》。

“明月几时有，把酒问青天……”

敢情今天一大早的，玉楼春就在赶客人走吧？怎么尽唱些悲伤的曲儿？！

辰靳再也没有心思坐下去。他将两枚铜板丢在桌上，起身便摇着锦扇，晃晃悠悠地往小院走。

小院门开着，前些日子买回的一个小丫鬟，正舞着扫把在院里艰难地对付着满地的落叶。

辰靳习惯地抬头看了看隔壁小院，一树枯叶越过了墙头。

又是一年秋啊！这个惹人苦恼的季节。

厢房里，小娘子刚起，正在指点着陪嫁丫鬟替自己梳妆打扮。

望着窗纸上隐隐映出的人影，听那一声声轻言细语，辰靳眼中神色复杂，不由得想到，她本可不必如此大费周章，不管她打扮得多漂亮，在他心中，也终究抵不过那人一分一毫。

可是仔细一想，又觉得她实在可怜，原是宫里的昭仪，堂堂陈府的嫡女，被无缘无故打发到他这座小四合院里，同他这个穷人一起过上了荆钗布裙的生活。

嫁过来这么些日子，倒是没听她抱怨。每日里默默替他做饭洗衣，夜里他躲去偏房睡，她也不曾过来质问一句。

一念至此，辰靳倒觉得有点儿对不住她，脚步一拐，不由得就往厢房走了过去。

不料才迈了几步，却听得从屋里传来低低的说话声。

“你整日里哭着那张脸做什么？本小姐倒是觉得，在这里的生活，要比在宫里好！起码在这里，娘亲给我准备的那些个毒物都用不上，我不必去害人。”她轻笑一声，声音染上几分羞怯，“在这里，只有他和我两个人，一夫一妻，一心一意，生活简单而安稳……”

一夫一妻？一心一意？

嗬！辰靳嘲笑地扬了扬眉，心里又浮现出那个人的影子，这迈出去的脚步是怎么都不能继续了。

在半空中僵硬地一抖，他又掉头返回了自己那间小屋。将门一关，和衣便躺倒在木榻上，屋里有早开的淡淡梅花香，让他更想念起某人，和着他身上的茶香，倒也不失为一种催眠的好味道。

卧了半晌，正迷迷糊糊间，忽听得门外有人激烈地叩门，把木榻都震得抖了起来。

他猛地坐起，几步冲过去，将门一开——只见屋外赫然站着一个神色焦急、浑身浴血的人！

仔细一看，竟然是燕乐晟！

他大惊失色，立即伸手撑着他腋下：“你怎么了？！为什么会伤成这个样子？！”她呢，她可曾有事？！

然而这后半句话，却生生咽了下去……

因为他敏锐的洞察力正告诉自己，眼前这个曾经英武不可一世的帝王已经不行了……

燕乐晟嘴边溢出血沫，一股股鲜血，艳如残阳，惊心动魄！

“带她……走……”他虚弱地伸出手，指着玉楼春的方向。

辰靳立刻会意，林陌染在那里等着，情况危急！

“你且放心养伤！我这便去玉楼春！”

他话音刚落，燕乐晟似了却心愿般终于沉沉地合上了眼睛。

良久，再也没有睁开。

辰靳颤巍巍地伸出手指，去探他的鼻息，没有丝毫的气息。

到底是什么人，把燕乐晟伤成这样？！这可是弑君啊！

陌染……陌染！他惊慌失措地默念这个名字，脚下一跃，旋即奔出院子，径直奔往玉楼春！

早上还繁华热闹的大街，此刻宛如末世！百姓携家带口奔逃出城，城门方向拥堵成黑压压的一片，皇宫方向更是硝烟四起！

有人谋反！这是辰靳的第一个念头！

然而当看到玉楼春陷入一片火海时，他瞬间什么念头都没有了！

她还在里面！他仰头便看到她小小的一张脸，惊恐地探出三楼窗外，正茫然绝望地看着自己！

“陌染……”他低咒一声，迅速拨开人群，飞蛾一般扎进了大火里。

楼外大火肆虐，楼里竟然还未波及，看来是有人故意纵火，要封锁楼里某些人的出路。他毫发无损地轻松蹿上了三楼。

“陌染！”伴随着他嘶声大喊，窗边的女子回过了头。

这时他才看清，她额上被什么擦伤，鲜血直流，往日里那本就无辜的大眼睛，此刻更是茫然失措。

辰靳顿时心疼不已，来不及细想，跨前一步猛地就将她拥入了怀中！

拥紧之后，脚步轻跃，几个纵跳从窗户跃了出去，抱着她稳稳地落在了地上。

“没事了！”他第一时间捧起她的脸，细声安慰。

而她却依旧是那副茫然的神色，似不知道说什么才好，好半晌，她才客气而生疏地挤出两个字：“谢谢。”

那语气，就像是在跟陌生人说话。

辰靳的心一凉。

然而情势所逼，容不得他细想，他抓紧她的手，带着她藏进了嘈杂的人群中。

两日后，他们随着人群出了城，一直往南奔逃了数十里，才寻了一座破旧的山中小院，暂住下来。

这期间，林陌染始终没有说话，也没有问他燕乐晟的去向。

他虽然心中存疑，却始终没有说破。

直到方才，他从山溪取了水回来，让她梳洗干净。

她解着发钗，突然扬起脸，满眼疑惑地问道：“你到底是谁？为什么对我这么好……”

辰靳这才肯定，她果然失忆了。

“我从前认识你吗？”眼前的小女人还眨着那双无辜又茫然的眼睛，固执地追问着。

她不知道此时此刻对辰靳来说，她的样子有多迷人！

衣衫半解，风尘仆仆，面容却依然如中月般皎洁，碎发凌乱散于胸前，半遮着白玉无瑕的脖颈……辰靳听见自己的心猛地跳了一下。在那双黑曜石般眸子的注视下，他顿时有些六神无主，鬼使神差般张了张嘴，听见自己坚定而温柔的声音，清晰地回答她道：“陌染，我是你的夫君，辰靳。”

话音刚落，他觉得口干舌燥，心跳剧烈。

原来得到她时，是这样一种感觉；原来想要得到甜头，也不过是说一句谎言而已。

然而下一刻，他却没料到，还有更加巨大的狂喜等着他！他几乎难以自抑，甚至宁愿就在这一刻死去算了！

林陌染眨了眨眼，歪头思索了片刻后，竟然抿唇一笑，梨涡浅浅如梅盛开。

她带着点儿娇羞轻声道：“原来我的夫君长得这般好看……”

他是在做梦吧？曾经梦寐以求的人，如今就在自己面前，喊着自己“夫君”！

辰靳激动地执起她的手：“娘子可是饿了？为夫替你猎些野味来！”

说罢，不顾她微微惊讶的神色，他将小院门锁好，交代了一句：“我回来之前，千万不要离开小院，好好照顾自己！”

秋高气爽，正是一年好时节！

他心情愉悦无比，猎起野物来，竟然也是从所未有地得心应手！不过小半个时辰，就一手提了一只野鸡返回了小院。

见林陌染已经梳洗完毕，正挽起袖子，拿着院中被主人遗弃的扫帚，仔仔细细地整理着院子，心中又是漾起一股暖意。

从今以后，他和她就要这样生活在一起吗？他打猎，她持家，荆钗布裙，一世安稳。

原来陈昭仪所言极是。只不过，他想要一心一意对待的那个人，只有林陌染而已。

林陌染瞧着他满载而归，喜上眉梢，原就俏丽的容颜，一笑之下，仿佛梅花瞬间绽开。

看得辰靳更是心神荡漾，当即三下五除二将野鸡弄好下锅焖煮，不一会儿，就端上了一锅香喷喷的油焖鸡！

这一夜，两人吃得饱极，神色满足地并肩卧在四合院堂屋里。原主人的床，他们思来想去，还是没有睡，而是找来被子铺在地上，和衣而眠。

一整晚，林陌染就睡在自己身旁，辰靳眯着眼，却一动不敢动，更不敢睡着，生怕一觉醒来，发现一切只是一场梦。

而脑海中，除了浮现日后和林陌染相依为命的生活外，还不时地浮现出燕乐晟的脸。

他知道自己对不起人家。

“可这于她，于我们，都是最好的结局。”他在心里默默发誓，若有一天她想起来，他绝不会阻止她为燕乐晟守孝。

但是这一次，他绝不会再放手！

两人在院中过了三日，才得知大燕发生了什么事情。

陈将军反了！只因燕乐晟不由分说地处死了他的女儿陈昭仪……陈昭仪不是在自己的四合院里吗？什么时候被燕乐晟处死的？

辰靳觉得有什么地方不对劲。他甩了甩头，决定不去想这些，毕竟此刻照顾好林陌染，对他来说才是最重要的事。

林陌染今天已经换上了院子主人留下的衣服，绛红的上衣配灰色裤子，虽然稍显朴素，却丝毫掩盖不了她那浑然天成的俏丽。

“又要出去打猎吗？”她一双眸子不放心地凝视着辰靳。

让辰靳心中顿时一暖，点点头：“前几天的存粮吃完了，我今天再去打多点儿，以后就能歇个六七天再出去。”

“你打些野鸡就回来，不要走远。”

听她细细絮叨，辰靳心中暖意更甚，郑重地点头：“为夫知道！”

林陌染又小步走过来，搭着他的肩，在他脸颊上轻轻落下一个吻，依旧有些不舍：“小心点儿，快些回来！”

“嗯！”他轻快地应了声，迈出去的脚步有些虚浮，带着浓浓的不舍。若是可以，他真恨不得一天十二个时辰陪在她身边，哪里也不去。

辰靳打来猎物满载而归时，林陌染已经在屋里生了火煮好了饭，他从来不知道娇生惯养的林府嫡长女竟然也会干这些粗活，一想起是为了他，就又是心疼又是惊喜，抢过去说什么都不让她继续干了。

“这些让我来！你去那边坐着等就行！”

林陌染抹着额上的汗，道：“哪有丈夫辛辛苦苦打猎回来，妻子还坐着等的道理？”

辰靳喜在心头，嘴上依旧心疼她：“莫要伤了手！”

林陌染干脆抢过他手里的碗：“我心疼你，你又心疼我！这饭干脆别做了！”

辰靳愣了一下，突然又觉得这才是他从前认识的林陌染。有点儿小霸道，不让人。

嘴角情不自禁地一勾，他就在一旁细细看着她将饭煮了，碗筷摆好，下油锅开始焖鸡……

“我从前并不知道你懂这些。”辰靳望着望着就脱口而出，“还道你是千金小姐，只有那泼天的富贵才配得上你……”

林陌染头低低的，神色并不能看得太清。她边择着豆苗，边轻声回了一句：“我从前也并不知道，有一天我会和你过上这样的生活。”

辰靳听罢，本是暖融融的心突地就是一沉。

他站起来，目光自那张小脸上逡巡而过，声音沉闷得几乎将自己呛住：“你是不是想起了什么？”

“你觉得我应该想起什么？”林陌染抬起头，却是朝他淡然一笑，那双明亮的眸子中依旧如这几天相处时那般无邪真诚，带着点儿茫然。

辰靳一时捉摸不透，不敢再开口。

晚饭后，他牵着她的手，趁着夜色，带她走到山腰一片开阔处，并肩看着山下灯火稀疏的江陵城。

陈家军的铁蹄踏过，大燕都城江陵完全沦陷，如今战事刚结束不久，整个江陵还未恢复生机，夜里看去，如同死城。头上繁星都比城中的灯火明亮。

“在男人看来，夺得王位，就那么有成就感吗？”林陌染闷闷一叹。

辰靳不知如何回答，又想起燕乐晟，只能闭上眼驱散脑海中关于他的一切，低头回道：“也许因为……只有得了天下，才能得到他一直想要的某些东西。”

比如说心爱的女人。

林陌染却似并未听出他话中的自嘲，反驳道：“在女人看来，没有什么比一生一世一双人更重要。”

辰靳连忙执起她的手，轻笑道：“如今我们不正是一生一世一双人？为夫只觉此生足矣！”

林陌染笑骂：“没出息。”歪倒在他怀中，半晌，自他怀中闷声传出一句话，“只是天下依旧有许多人并不知足，不懂得珍惜眼前人。”

辰靳忽而不知如何回答，他对陈昭仪，算不算是不懂珍惜？

夜幕渐沉，星辰璀璨，细看之下却能发现依然有斗转星移的变化。天地如此庞大，尚能一朝一夕变化不止……何况人心呢？

“回去吧，天凉了。”他牵起林陌染的手，带她往小院走去。

林陌染点点头：“快走！快到中夜了，屋后面的那株昙花今夜就要开了！”

辰靳道：“你还喜欢花？”

谁知林陌染摇摇头，喜滋滋道：“我一直在等它谢啊！花谢之后，我才能摘了它，晒成花干，以后用来煲汤……”

辰靳顿时失笑。

两人携手赶回小院，只见昙花果然已经开了一半。

辰靳搬来两把小木椅，两人靠着坐了，一直守在花旁边。待它缓缓绽放出风华，又在暗夜中悄悄地收敛，谢落。

“真可惜。”林陌染摸着谢落的花瓣，又有些于心不忍，“都说女人如花，其实女人还不如花。花开时，起码有人在一旁欣赏它的美。而有些女人，花容月貌就那么短短数年，偏生还无人欣赏，只能独自老去……”

“你今天一直在感叹。”辰靳搂着她，一只手勾起她的下巴，“是不是我去打猎时，你又胡思乱想了？”

“我还能想什么。”林陌染推开他的手，“无非是柴米油盐！你胃口那么大，我光想着怎么喂饱你已经很头疼了！哪还有空想别的！”

说话间，她提着裙子就奔进了里屋，“砰”的一下将门给关上，留下一串清脆的笑声。

辰靳笑着喊了一声：“小妖精，别跑！”步子一迈，他大步赶了上去。

他吹熄蜡烛，摸到被褥上蜷缩的小小身影，一阵心乱如麻，胡乱地欺身而上，手掌触到那滚烫的肌肤时，百感交集，说不清是什么感觉，又颤巍巍地将手缩了回来。

“睡吧。”片刻后，他只是拥着她，在黑暗中强迫自己平复剧烈的心跳。

第二天，他照例出去打猎，不知是因为昨晚的事，还是因为什么，心神始终不安宁。箭法也失了准头，结果一上午就打了一只瘦小的野鸭。

即将回到院子时，他敏锐地发现，院里多了一个人！

辰靳悄悄地挨过去，从半掩的院门闪入，院中多了一匹马，见了他，正不安分地喷着鼻息。他蹑手蹑脚地踱步到房门，耳朵刚贴上去，就听到一阵熟悉的声音。

“等他回来，我们便走吧。说来，这么多天，还得感谢他替我照顾你。”

竟然是燕乐晟！

他竟然没死，此时此刻，竟然又要来抢走他的林陌染！

一阵难以压抑的怒火蹿上辰靳的心头，他猛地将门推开，手里的剑箭寻了屋里那声音传来的方向，就猛地刺了过去。

那一刻，他一定是疯了！他知道自己不能这么做，可那一刻，手里的剑还是不管不顾地刺了过去——

屋里并没有人，一个人也没有。

他猛地睁大眼睛，从床上坐了起来！

是一场梦。他梦到了他这一辈子都不可能得到的一切，甚至还梦见自己欲杀死最亲的挚友……

辰靳两手撑着额头，又疲惫地躺倒在床上，手指沉沉地按着眉心。

屋外人影晃动，陈佩仪的声音透过厚重的木门，隐约传来："姑爷这场风寒来得突然，一病就是七八天，整日里也不见睁眼，就这么昏沉沉地睡着……奴家守了他七八天，实在不知道该怎么办了！大夫，求你一定要好生看看！"

门被推开，辰靳睁开沉沉的眼皮，看见一个年迈的大夫正一只手搭在他的手腕处，不时叮嘱一旁的陈佩仪该抓什么药。

一旁神色焦急的陈佩仪，眼睛早已哭得红肿，仍然坚忍地点头，样样记下来。

大夫把了脉，站着等陈佩仪给诊金。

陈佩仪毫不犹豫地摘下手腕上最后一个玉镯递了上去："这玉镯是陈府的家传之宝，值不少银子，还请大夫拿剩余的银子替奴家把药也抓了。姑爷这个模样，奴家实在是不敢走开……"

辰靳的心忽地就揪痛起来。

他昏迷的这些天，陈佩仪就一直这样？守着他，哭红了眼，为了治好他，将身上的首饰都变卖了。

"咯……"他挣扎着坐起来。

陈佩仪猛地一喜，走过来扶着他的肩，将他扶起来："姑爷，你终于醒了！"

原本一直强忍的泪水，在这一声呼唤中顷刻决堤。

辰靳笑着将她拥入怀中："为夫病重这些天，辛苦娘子了！倒是娘子，也该改口唤我夫君了吧……"

他懂得了，林陌染带给他的那场梦，并不是为了圆他一生一世一双人的心愿。而是为了告诉他，珍惜眼前人。

那个等着和他过一生一世的人，等着将风华美貌悉数展现给他欣赏的人，已经在他身边了，此刻他要做的，就是放下曾经的执念，重新真正地爱一次。

后记

写这篇后记时，刚好是惊蛰。月半弯，万物复苏。未来一切充满了不可想象的惊喜。

此时此刻，在另一个世界的北燕江陵城，大概也送走了今年最后一场雪，开始迎接春的到来。

恍惚间，仿佛能看到林陌染披着雪白斗篷，笑嘻嘻地走进人声鼎沸的茶楼。而在三楼雅座，一袭紫色锦袍的男子放下了手里的书，如水的目光温柔凝视着她。待她来到自己面前，便亲手替她解了御寒的斗篷，细心拂去她发上的雪絮，再捧起她的小手放在唇边，心疼地叮嘱她下次出门一定要带上暖炉……

其实，他们的故事已经写完很久了。但我又总觉得，一切都还没结束。

总觉得林陌染和燕乐晟这么一对恩爱又闹腾的小两口，还在世界某个角落里，每天幸福美满、柴米油盐地继续过着属于他们的生活。

只是这一段故事，我们再也无缘目睹。

也罢，我们这些“第三者”就不要打扰人家恩爱的两人世界了！

关于书中角色。

从一开始我就设定了燕乐晟是男主，自始至终都没有想过改变。

但是很多读者吐槽说，心疼辰靳和紫袂。

超级“稀饭”辰靳啊！一直不离不弃地保护女主，明明是开挂的人生，却为女主放弃了拥有的一切……

心疼紫袂啊，明明是一个无所不能的神仙，却等了几百上千年，为她默默承受天劫亦无怨无悔，用无尽的岁月来守候自己的爱人什么的简直戳心！

其实我也知道，相较于这两位男配，燕乐晟反而不是最适合林陌染的人选。他身为帝王，行事生活诸多限制，林陌染跟他在一起，倒不如与辰靳快马江湖，或与紫袂逍遥修仙来得舒坦自在。

可是！架不住人家撩妹技能满分啊有木有！燕乐晟这个男人，是值得林陌染全心全意地去爱的。

后来有读者问过我，燕乐晟在现实生活中是不是有原型啊？

原来是有的。但我写着写着却发现，他早已不是我曾经想写的那位古人。他有了自己的思想，自己的魂与骨，他带着我的笔和思维往前走。

结局还是我定下的结局，但这其中曲折繁复的过程，是他带着我去经历的。

包括林陌染也是。

所以为何不把他们都当成独一无二的存在来看待呢？

说到这个，又想起有位小读者找我聊天，说很喜欢林陌染的性格，如果自己或者身边有朋友是这样性格的女生就好了。

在写林陌染的时候，我也有过这种感觉。多希望某些时候，自己能像她一样果敢聪慧又幸运啊！

可是后来我明白，其实林陌染就是我塑造给我自己、给大家的一个理想中的女性朋友啊！她陪你走过一小段光阴，带你领略了一段奇妙的旅程，她的性格曾经打动过你、甚至在某些时候鼓舞过你，现在她只是暂时离开你而已。但我相信，她带给你的某些感受会一直铭刻于你内心深处，也许未来某天，你会忘了她这个人，但那种感觉不会消失。

看书的乐趣在于什么呢？一是经历那些可能我们一辈子都不会经历的美妙故事；第二便是认识书中形形色色的朋友了。这些“朋友”对你成长的影响，有时候真的会超乎你的预料！

写到这里，仿佛又回到刚写完小说的那一夜。也是深夜，也是独自一人，呆呆地坐了很久很久之后，才后知后觉地松了一口气。

美满结局所带来的喜悦，完成任务所带来的成就感，都没法掩盖那萦绕在心中、日益强烈的不舍。

书里纷纷扰扰的故事已落幕了，窗外熙熙攘攘的车水马龙却还在继续。合上书页，第二天该上学的上学，该上班的上班，现实世界依旧如此。

我塑造了一个世界，但这个世界却又不属于我，怎么感觉有点失落了啊……

小说的开篇写道：“一角紫色鹫纹锦袍，堪堪拂过路边盛开的徽州台粉梅。”此刻我的内心，就像被稍纵即逝的衣袍拂过，留下一阵余香和无限遐想。

书中时光虽有尽头，烟火人间却永不落幕。

最后，文末表白：谢谢一直为本书全心付出的主编晗姐和责编周周！谢谢每一个陪伴在子衿身边的读者和朋友！因为有你们的支持，子衿才有了自己的第一套实体书，才有机会成长！爱你们，么么哒！

轻卿子衿

2017 年 3 月 5 日